中国当代现实主义文艺谱系研究

厉 萆 研究论集

主编 段建军

西北大学出版社
·西安·

国家社会科学基金重大项目"中国当代文艺审美共同体研究"(18ZDA277)研究成果

陕西省哲学社会科学重点研究基地"陕西当代文学研究基地"建设成果

本成果受西北大学社会科学科研管理处经费资助

编委会

主　编　段建军

副主编　陈然兴

编　委　（以姓氏音序排列）

陈　诚　段怡然　巩　杰　韩志斌　胡宗峰
柯尊斌　李丰庆　李　浩　李有军　梁红涛
雷　鸣　王鹏程　汪　涛　徐　琳　杨馥宁
杨　辉　杨乐生　张　碧　张　蕾　张　璐
周燕芬

阿莹照片

《长安》首稿

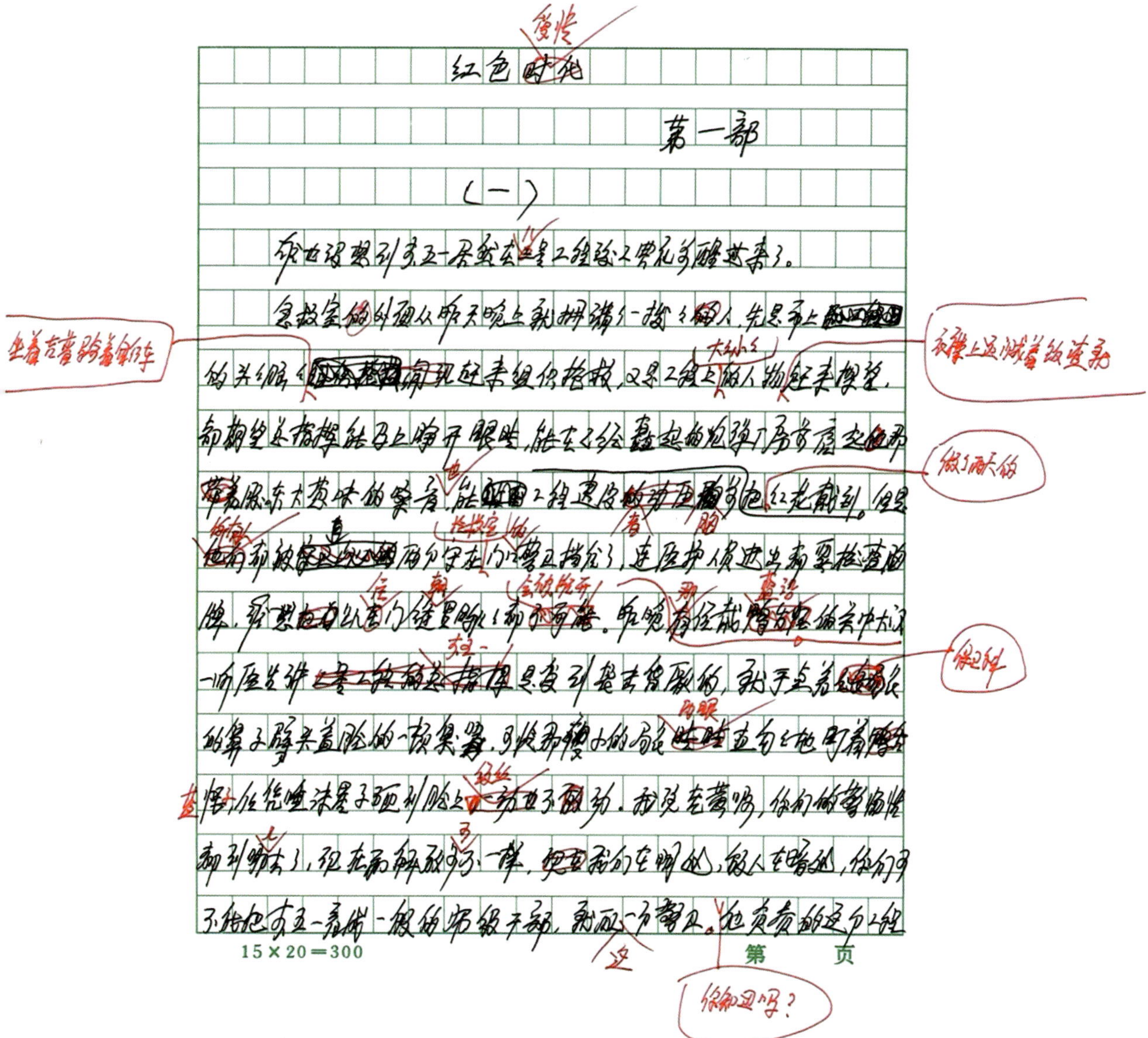

阿莹手稿

序

段建军

阿莹从1979年开始文学创作，至今已有40余年。他发表过短篇小说、散文、报告文学，也发表过秦腔和话剧剧本，是一个地道的文学多面手。为他奠定中国当代文坛地位的虽然是长篇小说《长安》，但是他早期发表的众多文学作品，多篇被收入全国年度选题和中小学生课外读物，这足以证明他出手不凡。他的散文作品曾连续5年被收入由中国作家协会和中国散文学会主编的年度散文选。散文集《俄罗斯日记》荣获第三届冰心散文奖和俄罗斯契诃夫文学奖；散文作品《饺子啊饺子》也荣获了第五届冰心散文奖；报告文学《中国9910行动》荣获第三届徐迟报告文学优秀奖；歌剧《米脂婆姨绥德汉》荣获了第九届国家文华大奖特别奖、优秀编剧奖和第二十届曹禺戏剧文学奖；话剧《秦岭深处》也荣获了第三十一届田汉戏剧奖一等奖。

长篇小说《长安》完成之后，便入选中宣部2021年"主题出版"与"重点出版物"。出版当年，便登上了2021年度第六届长篇小说年度金榜，并荣获作家出版社2021年度20种好书桂冠。读者好评如潮，一年之内，多次重印。

文学作品是交流情感的媒介。作品所写的人和事、所表达的思想感情如能够激发诱导读者，与其进行对话交流，甚至产生同感共振，实现自身的交流价值，就是成功的作品。反之，作品发表之后，读者反应冷淡，不愿与其对话交流，作品无法实现自己的价值，就是失败的作品。正是从读者接受的角度来说，阿莹40余年的文学创作无疑是成功的。

阿莹创作获得成功的关键，在于他始终围绕一个"情"字做文章。这里包含着家人之间的亲情、朋友之间的友情、男女之间的爱情，在作家的铺排描写下，有了让读者心潮澎湃或潸然泪下的力量。他尤其善于发掘和表现普通人身上的英雄主义崇高情感。在社会整体氛围处于回归平凡、躲避崇高的大背景下,他的《法门寺之佛》《中国9910行动》《秦岭深处》以及《长安》,通过讲述普通人的英雄主义故事,表现普通人身上的崇高情感,给文坛注入了硬实的筋骨,更给时代带来了积极的能量。

阿莹的这种创作趋向,与他的成长经历有很大关系。少年时期的阿莹,因为社会运动的冲击和影响,敏锐地感受到了人间冷暖的巨大冲击,他十分渴望温暖、真挚的亲情和乡情,也正是父子、母子、爷孙的亲情,保育和滋养了他的人生,以至到了后来,他参加工作走上了领导岗位,始终萦绕在他心头,行诸他笔下的,最感人的文字,就是家人间的亲情,玩伴、工友之间的友情。他在表现这些情感的时候,总能够写出最具个性化的细节,让读者过目难忘。比如散文《红袖章白袖章》中,写到自己给带白袖章的父亲送饭一节,"我把饭碗递给他,父亲也不问,便吃起来,似乎吃得很快,大口大口的,像许久没有吃饭的样子。我站在那里感到身上印满了眼睛,有的温柔,有的麻木,有的惊奇,也有的恶毒。然而,更使我吃惊的是,父亲右臂上真的套了一个白色的袖章,脏腻腻的,还吊着毛边儿,但我怎么移动角度也看不到上面的黑字。我当然不敢问父亲,只是怔怔的站着,且仅仅几分钟,便体会到了一种凌乱的尴尬,一种绝望的悲凉,多年后父亲告诉我,他远远看见我,第一个反应就是把袖章有字的那一面悄悄转到腋下夹上了。"任谁看了这些描写,都会被"我"的敏感、父亲所受的屈辱,以及父子之间无言的情感交流所震撼。

陕西是一方有着辉煌历史的空间。在这历史空间中,不计其数的英雄人物,都曾在此处书写过他们个体人生的华章,甚至创造出民族历史的伟绩。人文始祖轩辕黄帝、医圣孙思邈、文化英雄司马迁、开启中西交流篇章的英雄张骞,这些古代英雄人物的故事,滋润和陶冶了阿莹的心灵,使他心向往之;同时从现代来看,他自己生活工作的军工厂,从身边那些普通的工人到管理者,他们不计个人得失,为国家奉献自己青春和生命的崇高品质,更激荡起阿莹心中歌颂英雄的强烈愿望。

在早期散文《法门寺之佛》中,阿莹就开始歌颂人民英雄。他讴歌明代勒刻重建宝塔的四通石碑和重修砖刻的工匠,石碑和砖刻中洋洋洒洒两三千字,记载了重修宝塔的艰辛过程,连谁捐过几升麦谷、几块方砖都记载得清晰翔实,却没有写下关于地宫的只言片语。当时的工匠一定知道地宫的供奉物价值连城,但为了避免以后有人搜寻盗掘,有意在重建宝塔的碑文中"遗漏"了发现塔下地宫的情形,为后代留下人类文明的顶级珍品,也让现代人能够直观地感受到大唐的魅力,"这绝对是一个伟大的'遗漏'"！20世纪30年代,朱子乔将军重修法门寺地宫,专门让部下放出流言,说法门寺地宫下游动着一层青蛇,揭开就会有青蛇飞出咬人,用这一神奇的护宝咒语,把邪恶挡在了法门寺的残墙之外,"这绝对是一个伟大的'谎言'"。"文革"中,良卿法师为了护宝而焚身,他用生命捍卫了国家宝藏和佛界尊严,"这绝对是一个伟大的'涅槃'"。文章最后写道,"归根结底,这里的老百姓护宝之心古已风行,那几近乎天真的'遗漏'和'谎言',黎民百姓绝对心知肚明,只是良心驱使,不愿揭穿罢了,所以法门寺能有今天的辉煌,绝对是有真'佛'的佑护,而这个真'佛'就是世代劳作在这片土地上的百姓,那乡绅那将军那法师就是他们虔诚的代表！正是他们守护了中华文明生生不息。"

报告文学《中国9910行动》,报道了反坦克导弹战斗部的技术负责人余世英、飞机部装分厂工段长舒明金、担任总指挥的大校军官、航天人项建杏……他们有的为了按时完成反坦克导弹实验,冒着生命危险去拆臭弹;有的为了科研任务,做完癌症手术不去休息,又坚守在自己的科研岗位;有的把发动机试验的轰鸣当作儿子和儿媳步入婚礼会上的礼炮声;等等。他们都清楚,尽管战争的概念在发生变化,但接连不断的硝烟告诉我们,没有用高科技装备武装起来的强大的国防力量,和平和安宁便只能是人们心中一个美丽的幻想,一如作家所言,"今天的幸福生活是烈士的鲜血换来的,要让我们的电视整天歌舞升平,就要把我们的国防建设成铁壁铜墙"。

话剧《秦岭深处》讲述了周大军、罗安丽、刘娟等一群人隐居在秦岭深处,研制新型反坦克武器"秦岭飞狐"的故事。设备不够,军工人自己改进;经费不足,军工人自掏腰包。数十年间,不少军工人不幸殉职,化为山中的一座座雕像。只是为了研制成功打击纵深目标的反坦克武器;为了在未来的战场上,董存瑞不再身扛炸药包去炸碉堡,黄继光不再用身体堵枪眼;为了摆脱因为落后而遭受挨打的民族和家国的命运,军工人把美好的青春与生命都奉献在秦岭深山之中。他们燃烧自己的青春,铸造护国的神剑;他们义无反顾,勇往直前,自觉挺起共和国的脊梁。正如刘娟的魂灵所说,"他们在这里进行的每一次科学研究,都是向这个世界投射出的希望之光;他们在这里进行的每一次导弹试验,都是向天空放飞的一只和平鸽;他们把和平与希望带给了世界,也带给了未来的日日夜夜。"剧作把国之利器的艰难创造过程,与抗日战争、抗美援朝战争因武器装备落后而被动挨打以及牺牲的场面相互穿插,形成了强烈的感情冲击,引发人们思考"落后就要挨打"这一现实问题。同时,文章也把国之利器的锻造过程,与军工人的风险与牺牲穿插起来,那一个个远去的背影、一尊尊新落成的雕像,不仅彰显着军工人巨大的牺牲,也矗立起让每一个读者为之动容的伟岸与崇高。整部作品的高潮部分是"拆弹",在这部分,作品尤其把军工人为了中国军工事业的发展,为了国家的国防安全、人民福祉而奋斗的英雄主义精神,表现得淋漓尽致。

阿莹前期各种文体的创作和实验,无论是对人间温情的敏锐感知与表现,还是对英雄主义行为和崇高精神的发掘和颂扬,都在生活层面、精神层面和艺术层面为长篇小说《长安》做了充分的铺垫和准备。《长安》是当代文学中独树一帜的长篇力作。首先,作品打破了中国当代文学题材的局限,填补了当代文学军工题材的空白。这是一个充满挑战与机遇的新领域,《长安》的成功为当代文学工业题材的创作带来了新的生机。其次,作者通过精心构筑的叙事框架,将建国初期到改革开放长达30年的社会发展历程中,民众们的面貌和军工人的精神风貌,生动地展现了出来。它让读者在鲜活生动的故事中,感受到那个时代的气息和一代军工人的情感历程。最后,《长安》的写作手法也相当巧妙。它一方面为读者展示了军工领域的挟雷抉电的宏阔气势,另一方面又举重若轻地描绘出众多人物的精神气质和情感深度,从而解决了当代文学写重大题材往往容易出现的"大而空"的问题,这是非常难得的。作品运用一系列有趣的情节和细节,艺术地表现重大题材,较好地融合了重大性、趣味性与可读性,把《长安》创作成为一部思想性、艺术性和可读性俱佳的作品。作品中的忽大年、黄老虎、忽小月、连福、满仓、黑妞儿、靳子等众多的人物,用自己对生活的认真,对工作的执着,践行着对国家的忠诚。这种忠诚支撑着他们在任何情况下,不管自己遇到多少困难、多大挫折,付出多大奋斗和牺牲,也要造出先进的反坦克火箭,护卫国家的长治久安。《长安》为读者展示了一幅波澜壮阔的中国军工企业创业史,填补了当代现实主义文学在军工领域的空白。

2024年5月12日于西安

目 录

一部真实的军工史
　　——品读阿莹长篇小说《长安》·············· 艾克拜尔·米吉提(1)
阿莹的长篇小说《长安》：慷慨激昂的军工之歌 ·············· 白　烨(9)
乡土资源与经典意识
　　——评音乐歌舞剧《米脂婆姨绥德汉》·············· 白　描(13)
再读阿莹 ·············· 陈忠实(20)
献给生命中最宝贵的那些记忆
　　——三读阿莹先生《秦岭深处》·············· 陈　彦(23)
散文创作个性化的"试纸"
　　——读阿莹《俄罗斯日记》有感 ·············· 陈孝英(26)
新时代现实主义文学的重要收获
　　——评阿莹的长篇小说《长安》·············· 段建军(30)
一道明丽的朝霞
　　——大型秧歌剧《米脂婆姨绥德汉》观后 ·············· 何西来(40)
阿莹长篇小说《长安》：充溢在军工厂的国家意识 ·············· 贺绍俊(43)
大型军工国企的光荣写照
　　——读阿莹长篇小说《长安》·············· 胡　平(48)
翱翔于蓝天的和平鸽
　　——阿莹话剧《秦岭深处》观后 ·············· 红　柯(51)

《长安》是一部现实主义力作 ………………………… 贾平凹（56）

重量级的贡献

——《长安》讨论会上的发言 ………………………… 蒋子龙（59）

长安的期待 ………………………………………………… 孔令燕（61）

千载家国梦 何以赋长安

——浅析阿莹长篇小说《长安》 ………………… 李 舫（65）

重器是怎样炼成的？

——长篇小说《长安》的新视角 ………………… 李 浩（70）

一部深耕着三秦大地的厚重之书

——读阿莹散文集《大秦之道》 ………………… 李 星（74）

工业文学的思考、书写和收获

——评阿莹的长篇小说《长安》 ………………… 李国平（78）

新中国人民史诗的一个重要收获 ………………………… 李敬泽（82）

散文的新空间 ……………………………………………… 李若冰（85）

新小说传统中的《长安》经验 …………………………… 李 震（87）

我们都应时常回望精神的绿地

——谈谈白阿莹的散文 …………………………… 梁鸿鹰（100）

社会主义中国初期的经验叙事 …………………………… 刘大先（104）

历史本质真实的一种艺术探索 …………………………… 刘 琼（106）

心灵辩证、"复调"叙事和《长安》故事的实与虚 ……… 马佳娜（109）

工业题材小说新收获

——评长篇小说《长安》 ………………………… 孟繁华（121）

《长安》展示出一个文学开拓性的反响 ………………… 南 帆（126）

《长安》之长与短 ………………………………………… 潘凯雄（129）

《长安》创作的传承、示范与引领价值 ………………… 齐雅丽（132）

"秦岭飞狐"颂长歌　军工精神唱大风
　　——评阿莹新创话剧剧本《秦岭深处》……… 孙豹隐　孙　昭(137)
和平语境下的军工故事与军工精神
　　——评阿莹话剧《秦岭深处》……………………… 吴义勤(142)
工业题材长篇小说的史诗性建构
　　——关于阿莹长篇小说《长安》………………………… 王春林(145)
阿莹散文的文学三域 ………………………………………… 王建华(163)
一代军工，千载长安
　　——简论阿莹《长安》笔下的军工画卷 ……… 王建华　杨欣涵(176)
当代历史的现实主义美学重构
　　——《长安》与中国当代文学的现实主义问题 ……… 王金胜(191)
长安，如何长安？
　　——从阿莹的小说《长安》谈起 ………………………… 王　尧(209)
《长安》的"破局"
　　——评阿莹长篇新作《长安》 …………………………… 肖云儒(212)
现实主义的无边魅力
　　——在当代流行文化语境中品读小说《长安》………… 徐　璐(219)
阿莹《长安》：小说艺术中国化的一次成功实践 …………… 弋　舟(227)
宏大主题的叙述策略
　　——读阿莹长篇小说《长安》随想 ……………………… 阎晶明(231)
观"风"察势：《长安》的一种读法 …………………………… 杨　辉(234)
"创业"叙述、"新人"塑造和传统文化的显与隐
　　——《长安》阅读笔记 …………………………………… 杨　辉(245)
历史宏视与个体心魂
　　——阿莹小说《长安》中的辩证书写 …………………… 张　碧(259)

— 3 —

比高原更高的 ………………………………………… 张清华(268)

至刚者至柔

  ——论阿莹长篇小说《长安》兼及其他 ………… 曾 攀(271)

一部真实的军工史
——品读阿莹长篇小说《长安》*

艾克拜尔·米吉提

我与阿莹2005年和2007年两次成为中央党校同班同学,我们的友谊一直保持至今。仔细想来,其实在同学情谊之上,还有一种文学情怀,让我们走得很近。

在繁忙的工作之余,阿莹是一个勤奋的作者,他的作品题材体裁涉猎广泛。迄今创作出大型秧歌剧《米脂婆姨绥德汉》,话剧剧本《秦岭深处》《红箭 红箭》,新编历史剧《李白在长安》,大型秦腔新编历史剧《李白长安行》,散文集《俄罗斯日记》《大秦之道》,中篇小说《进山》等。而长篇小说《长安》更是他的扛鼎之作,被誉为"一部共和国军工的'创业史'""慷慨激昂的军工之歌""一曲军工人的嘹亮赞歌""工业创作具有里程碑意义的作品""新时代现实主义文学的重要收获""一部现实主义力作",等等。

我应当是阿莹长篇小说《长安》最早的读者之一。2020年年底,我看完《长安》付梓之前的电子版,便被深深地触动。整部作品恢宏的气势、精心的构思、真实的细节、丝丝缕缕的情感令人难以忘怀,呈现出一部真实的军工史。

真实。真实是《长安》的生命线。阿莹自己就是军工人,对军工领域十分熟悉,对那里的人和事熟稔于心,由此他的小说写得非常真实。从主人公忽大年带领转业军人在这方土地上创业军工伊始,讲述着一幕幕惊心动魄的故事。透过忽大年命运的沉浮冷暖,让我们看到了一幅幅真实的历史画面。那是不可复制的历史画面,但或许正在被人们淡忘。作品如此逼真地以艺术形式还原在读者面前,让老读者忆起当年既兴奋又扼腕;让年轻一代读者看到了闻所未闻的真实故事,会让他们感到触目惊心和震撼。这也是作者的本意,更是作品所

---

* 本文发表于《文艺报》2024年4月29日,收入本集时有修改。

蕴含的艺术力量。

独特。由于是写军工生活,这部作品便有了独特性。故事主线围绕着八号工程铺展开来,循序渐进,丝丝入扣,气势磅礴,一泻千里。"眼下这个工程实在太重要了,多少人流血牺牲打下的江山,要想法子守住才算本事啊!"这是作者的慨叹,也是作品人物组群的心声。

"这个被冠以八号的工程,与周边此起彼伏的夯地,都是苏联老大哥设计的绝密项目。人们都知道部队刚刚从朝鲜撤回国内,蒋介石又在海岛上张牙舞爪,广播里隔几天就会报导擒获泅渡特务的消息,看样子一场大战势所难免。所以,这也让那些在硝烟里浸泡透了的转业军人,像听到了重返前线的号角。当然,所有在这片土地上忙碌的人,都清楚手中的一锨一镢都是国家秘密,当他们签下那张油印的马粪纸保密书,喉咙会咕隆涌起一股热流,一个个好像陡然穿上了军装,英姿飒爽地等待着将军检阅似的。自从那杆呼啦啦的红旗插到乱坟滩里,挖地基的、砌墙柱的、拉电线的,你来我往,穿梭交错,铲平了古墓新坟,修筑了围墙马路,用日新月异来形容毫不为过。一排排厂房就在人迹罕至的韩信坟下生长出来,从此游荡在这里的鬼魅再也不知去向,连夜间冤魂的呼号也消失得无影无踪。"伴随着忽大年这位总指挥的脚步,绝密工程终于完成了厂房建设,顶天立地矗立在古城东郊。将来从这里源源不断运出的炮弹,会一发发落到敌人的壕沟里,砸到蒋介石的楼阁上。这种独特的历史叙述视角,让这部作品具有了特殊品质。

冷峻。作品的格调既热烈又冷峻。有忽大年他们的热血沸腾、挥汗如雨,也有他们的起伏命运。忽大年和黄老虎、哈运来,还有那个一脸苦大仇深的钱万里之间交织的情境,无不卷起惊天波澜。当然,让读者也体味到了涌动的暗流、绞杀的力量,由此,作品透着一种难得的冷峻。世事变迁尽在转瞬间,黄老虎虽说现在见了忽大年还是那么客气,可毕竟是他抢了长安的头把交椅。尤其是厂务会上,过去忽大年一开腔会场鸦雀无声,只听笔尖沙沙响,没人敢不识时务乱议论。现在若是忽大年发言,有人便会交头接耳,有人或明或暗表达相反意见。

"忽大年在战场上见到的死亡,多得让他都麻木了,也就是一眨眼的事,人生轰轰烈烈多好啊,尤其结束之时应该有点动静,应该定格在一个永恒的瞬间。不能像久病于床的人扳着指头捱日子,时间就变得重复了,什么美味佳肴都失去了兴趣,什么山川河流都没有了感觉,什么好死不如赖活着,活着叽叽歪歪又有啥意思?当然,他自己远没到那么难耐的地步,那只是一个痛苦的假设,他仍可在街头散步,在办公室签字,在检验台下料,动作也还算麻利。可那又有什么意思呢?一个堂堂的正师级厂长忽然降了级,谁看他的眼神都含着一层怜悯了。"这种忽大年人生所遇到的冷峻时刻,令读者反倒对这位共和国的功勋肃然起敬,从他身上看到了一种钢铁般的意志,一种崇高的精神境界。

严酷。作品以一种大无畏的气势,描写了一种我们曾经所经历过的严酷。忽小月的命运和结局诠释了这种严酷。她小时候竟然被他哥哥送给了戏班,那时候她太小不懂事,也不懂在戏班混饭要受苦。解放了,到了军工厂,成了俄语翻译,还陷入一场不可能有结果的爱情。那个连福成为内控对象,直至劳改送到铜川煤矿,每天在矿井深处劳作,连通信都中断了,这让忽小月彻底绝望。在苏联实习期间惹下绯闻(被人诬告),因为她无知地私自给伊万诺夫寄资料陷于被动。更让她感到悲凉的是他的亲哥忽大年要活埋她。当然,忽大年之所以摆出一副埋人的架势,就是想刹刹妹妹的戾气,想教训一下妹妹,让她知道世道凶险,以后走路脚步踏稳点。谁知被靳子找来的黑妞儿不问青红皂白跳下坑去要陪葬,把好端端的意图摧毁成一副败局。又被门改户们趁着夜色贴出攻击人身、侮辱人格的大字报,这最后一根稻草彻底压垮了忽小月的精神世界。让忽大年也没想到的是,人精神上的弦是会绷断的,绷断了一切都归于零。最让忽大年悔恨的是,前天他已经签发了妹妹的调令,可就在那天她搞出了一张"苦恼"的大字报,他是工厂行政总负责,也可以说那张大字报是冲着他来的,这会儿调令让军代表看见了会要说法,所以没有下发。然而,铜水无情,几乎把美丽的姑娘推到了鬼门关,在她身上留下了一个永久的疤痕。

"这一切,都在告诉忽小月一个严酷的事实,她刚刚从一个危险境地侥幸逃生,但是依然无用。她立在烟囱上,望着那个黑乎乎的北方,大概有一条路是通向铜川煤矿的吧?连福那个没良心的家伙,现在一定躲在哪个角落舔着自己身上的伤口,却把跟他在军列上欢愉的同伴忘得一干二净了,都说他在一个很深的矿井挖煤,进入巷洞一天也走不到头。人都说近朱者赤近墨者黑,人在煤堆里时间久了,皮肤可能变黑,心也会变黑吗?他的心咋变得那么硬?为啥见到信要退了呢?哼,信能退,人的感情能退吗?忽小月在心底里百般焦灼,但是,没有人发现已爬在烟囱上的这位可怜的姑娘。

"不过,忽小月似乎能看见大字报前人流涌动,那个挤人最多的报栏,还贴着那些肮脏的内容吗?连标点符号都点的乱七八糟的臭字,怎么会吸引那么多人?不怕玷污了自己的眼睛呀?

"忽小月闭上了眼睛,面前霞光乍现满目通红,身体慢慢向前一倾,脚尖轻轻一勾,双手伸展开来,终于像大雁一样飘了起来,只感觉风声异常的粗粝,心绪像从嘴里一下子飞出去了,飞得很高很快,向着深邃天空那片彩色的云霞飞去……

"忽小月那无所顾忌的纵身一跃,击碎了工厂每个人的眼球。已经看不清跳烟囱人的脸颊了,头颅被散开的长发盖住了,静静地趴着一动不动,好像趴在地上睡着了,身上还落了许多槐树叶,只有一只紧握在腰间的拳头,在告诉人们这里发生了长安筹建以来最为惨烈的悲剧。

"靳子是最先赶到烟囱下的亲人,这时忽小月还在那里趴着,还没有盖上那件浓绿的雨衣。她气喘吁吁呼喊着名字,呼喊着医院,呼喊着医生,但是这位在战场上见惯了鲜血的八路军卫生员,却对忽小月头发下汩汩流淌的血液产生了莫名的畏惧,竟没敢上前托起她的头颅,包扎她的伤口,只是手足无措地盯着地上的人体,心里最先想起她昨晚到过家门口。她来干什么?给了她侄子子鹿一把零钱几张冰棍票,如果她当时追下去把忽小月拉上来,让她倒倒心里苦水是否就不会跳烟囱了?还有,那天丈夫晚饭时还嘟囔了一句,该把月月调回技术科了,熔铜车间就她一个女的。可她当时却说了句什么?先等几天吧,月月贴的大字报引起不少议论,不知道又会牵扯到什么麻烦,别让你这个当哥的又背上啥黑锅。于是月月的调动耽搁了几天。天哪,这位当嫂子的感慨道:'如果与我那句顺口的唠叨有关,我不就等于杀人犯了吗?'"是的,这一切的一切,构成了忽小月悲剧的结局,令读者无不扼腕叹息。

从容。从容是《长安》的一大特质。小说叙述很是从容,不紧不慢,徐徐渐进,娓娓道来。让读者的眼球紧跟作者的笔端,随着字里行间的伏笔,逐渐走向故事深处,没有那么多的闪跃腾挪,眼花缭乱,而是静静地享受阅读的愉悦。小说从容叙述会给读者带来阅读的愉悦,阿莹的小说《长安》完美地做到了这一点。

命运。"连福闷了一天喝了三碗高粱烧,下决心脱离苦海一跑了之,临走还故意往浸着牛皮的铁槽子尿了一泡,可是刚尿完日本监工就进了操作间,疑惑地问怎么满屋子骚味？连福心忖今天的恶作剧算是玩到头了。但是，没想到那天的牛皮熟出来特别柔软，装上油压机一连三十天没渗油，第一次完成了生产指令，这让日本人欣喜若狂，特奖了一套军服和一百块银元。连福没想到自己一泡尿，能尿出这多奖赏来，正想把这个奇迹梳理清楚，日本人却突然宣布投降了。新厂长让他把绝招传授给工友，他嘟嘟囔囔说就是一泡尿，工友们哄堂大笑，争先恐后往溶液槽子撒尿，可笑声过后牛皮圈依然开裂，厂长一气之下就派他来支援大西北了。然而，他万万没想到自己会被戴上历史反革命帽子，而这顶狗屎帽都是源于那泡倒霉的尿啊。他忽然变成了内控对象，头顶的罪名鲜血淋淋，似乎没被押赴刑场已属万幸，想跻身赴苏联实习队无异于白日做梦了。"

升华。"在瓦界山谷，忽大年看到两门翻倒的火炮已经被战士们拖到了山石后边，毛豆豆兴奋地拉住他围着两门大炮检查，一门炮管弯了，但炮身尚好，一门炮拴扭了，弹药推进去合不上膛。毛豆豆居然傻傻地说，想把战士们集中起来，一队人扛炮管，一队人卸炮身，只要凑好一门炮，就不怕山上暗堡敲不下来。可那一脸胡子的火炮营长强调这里是原始森林，树高林密，地下松软，腐草落叶足有一两尺厚，像铺着一层厚厚的被褥，既使火炮修好也支不稳，炮也就没准头，我们还是快调增援部队吧。

"然而，战士们在忽大年指挥下，很快就把两根炮管卸了，二十多人又抬起沉重的炮管，咔嚓一声推进了另一个炮膛，大家几乎忘了这是在战场上，忘情地一片呼啦。可大炮座落到松软的腐草上，咋解决瞄准问题呢？火炮营长又无奈瞅他，忽大年让战士们绑了一副木梯，架到白杨树上。然后派侦查员上去观察，必须一炮把印军指挥所炸掉，否则我们的位置一暴露就会挨打。战士们摇动炮管瞄准印军目标，可仰角超过了加农炮设计，炮弹出膛瞬间，强大的后座力会使炮身翻过去，不但打不中敌人，还可能伤了自己人。这时毛豆豆出了个鬼主意：可以把炮管固定到树干上嘛。

"这能行吗？忽大年稍一思忖，好像有点道理，便命令所有战士把腿上绷带解下来，扭成两条粗绳将炮管缠到树干上，绳头由四个战士拽住，打炮时拽紧，瞄准时松开，没想到这一招不但防止了火炮后仰，还提高了射击精度，后来有人总结这是加农炮参战史上的第一次。

"第一发炮弹进膛，树梢上的观察哨不停地报告参数，炮管不停地移动，终于一声'放'，炮弹呼啸着飞向目标，观察哨报告偏左一度，调整炮口，拉紧绷带,又一声放,又一声轰响,敌人没来得及转移,指挥所就被摧毁了。接着在观察哨引导下,山腰上的明碉暗堡一个一个都被炸掉了,忽大年几乎能从步话机里听见马铁龙兴奋的呼叫。最终等那冲锋号响起,山坳里隐蔽的突击战士呼叫着,向山地发起最后的冲锋,漫山遍野一片震耳欲聋的喊杀声,残存在暗堡壕沟里的印军吓得丢枪弃械扭头就逃。忽大年指挥炮口瞄准溃逃方向连打几弹,狼狈的印度兵一个个站住投降了。

"忽大年激动地喊叫毛豆豆拿茶来,可他忽然转头看见毛豆豆中弹倒在血泊里,卫生员正在给她宽衣包扎。不知从哪飞来的流弹,在她肩下钻了个枪眼,鲜血泉水般汩汩直冒,纱布都换不及,压住一叠,马上染红了。忽大年见过的血腥多去了,却从没像今天这样让他心疼难耐,他猛扑过去狂喊:毛豆豆,毛豆豆!姑娘已经合上的睫毛竟然灵性地张开了,声音微弱地告诉厂长:茶水凉了。忽大年紧紧搂住姑娘,那长长的睫毛张开一下,又轻轻合上了,他知道一切的一切,都已经成为过去。

"忽大年懵了,顿时对胜利失去了热情,呆呆地靠在白杨树旁,望着胜利之师继续沿着瓦界山谷穷追猛打。听说印军司令最后乘坐直升机逃离了战场,在飞机上给总统语无伦次地说,中国军队神出鬼没,打仗没有章法,失败不可避免。后来忽大年见到了被俘的印军第一旅旅长,这位经历过'二战'的准将半是赞叹地说:'你们只用了一天,就攻克了一个王牌旅,贵军用的什么武器,那么大仰角还能摧毁我们的碉堡?'忽大年苦笑笑说:'这是个秘密武器!'"这是一种自然而然、不加修饰、不经意间的升华——让小说的意境忽然之间飘逸起来,是那样的畅快淋漓。

责任。责任重于泰山,那天忽大年孤身抢险拆弹令人触目惊心。"打开保险的炮弹,一触即炸,上人去拆,不要命了?故障弹稳稳躺在粪堆上,任凭晓风吹过没有一点动静,厂长居然手拎钢盔,准备走向那枚故障弹。靶场主任猛扑上去,死命拽住他胳膊想阻止,却被他奋力推开。这时,哈运来得知掉弹的讯息也赶了过来,但他一进靶场看到这般惊悚一幕,慌忙挺着臃肿的肚子吼叫着跑过来,想劝老厂长放弃鲁莽,可忽大年都没拿正眼瞧他。总工程师赶紧让尚仁义电话报告黄老虎,这可是人命关天,成功与失败就是一眨眼间,一场惊天动地的事件眼看就要发生。

"忽大年望着那枚卧在粪堆边的臭弹,心里一阵莫名的冲动,他一步一步走过去，就像当年带领战士们去攻城略地。但今天他是一个人，去执行一个孤独的任务，用义无反顾好像有点勉强，用舍生忘死也不是那个意思。这枚已经解锁的弹头砸到地上怎么没炸呢？尚仁义刚刚还请示要不要机枪引爆，他觉得那是一个傻瓜的动议，机枪一响，一切因由化为乌有，想要解开问题密码，恐怕没有三五月都不可能了。只有拆开故障弹，把内部结构暴露于光天化日，才会找到问题症结。当然，现在的冒险也会引来惊讶，会为他的鲁莽发出阻止的声响，但这种声响越大，越能激起忽大年昂首向前。

"人在世上，生来一样，死却不同。当年在八路军扛枪的时候，忽大年缴获过鬼子好多炮弹，看着扔掉了可惜，他就交给修械所解体，卸下保险，掏出炸药，一发弹能制五颗地雷，所以修械所的师傅都喜欢跟他套近乎，一有机会就拉他过去喝两口，都是因为他有拆卸引信的本领。可是缴获的炮弹都没上镗解锁，眼下这发炮弹却处于开锁状态，谁知道风吹草动会不会爆炸呢？

"忽大年前去拆弹，就是炸了，可以一劳永逸地离开这个心烦的世界，汉江边牺牲的六千战友大概都在等他呢，那也是一种难以言说的快乐呢。那些战友在汉江边把枪管打红了，把炒面吃完了，面对滔滔东去的汉江水，面对着武装到牙齿的美国鬼子，没有表现出一丝一毫惧怕，他怎么面对一发瞎火的臭弹，会颠三倒四地思虑呢？即使到了那边可以和大家一起出操，一起喝酒，一起唱歌，一起行军渡河，一起伏击冲锋，那会是多么惬意的日子啊，究竟有什么割舍不下的呢？

"忽大年把发白的军帽轻轻放到地上，套上简易的防弹服，其实就是在胸前挂了块钢板，脸上的汗珠止不住地往下淌，淌到肩上、钢板上，只好不停地用袖子去擦拭。现在所有的压力都集中到他手上了。他把扳手从地上捡起来，用衣袖擦去油迹，再蹭蹭脚下有无土块松动。然后，他操起扳手，卡住弹头的引信帽。别看这个小小的引信，可是炮弹的大脑，掌控着炮弹的命运，引信不炸，弹头不炸，引信炸了，炮弹开花，所以苏联专家愿意讲解火炮的细节，却对引信讳莫如深，生怕泄露了秘密会挨上司的训斥。"

而此时的忽大年正是由书记降为厂长，身处逆境之时，他把生死置之度外，毅然决然地去拆除炮弹，体现了他的高度责任心，他把责任看得非常神圣。

结语。"忽大年带领队伍马不停蹄在西安建起了长安机械厂，以后的岁月尽管没有了弹雨硝烟，却是丝毫不比扛枪打仗轻松。他始终觉得到西安建设长安机械厂,装备要是上不去,就愧对躺在地下的战友。在他人看到的火箭是杀人,在他看到的火箭是和平。只有把装备搞上去,才能制衡敌人,阻止战争,那才是真正的普度众生!

"此刻,二代火箭弹要打最后一个单元,试验进行了整整一个下午,三个科目,九发九中,不论是打太阳仰角,还是施放强磁干扰,没有出现一点点遗憾,长安人期待已久的时刻来到了!二代火箭弹成功了!对于这一天的到来,忽大年是有过预见的,只是没想到会这么快。他想到马上给北京起草电文!然后给每个长安人发一个搪瓷杯,做为二代火箭弹试验成功的纪念。是的,似乎整个靶场的人都蜂拥跑上山梁了,大家找来一把藤椅,铺了一床棉被,人挨人围住,簇抬着忽大年朝山下走去。"小说结尾余音袅袅,悠久绵长,读者看到长安人嘴角笑意盈盈,脸颊却是泪水涟涟,充满一种成功道路上的心酸与无尽的喜悦……

(作者系中国作家协会影视文学委员会副主任、中国电影文学学会常务副会长)

阿莹的长篇小说《长安》：慷慨激昂的军工之歌*

白 烨

已走出军工企业多年的阿莹，一直想写反映军工企业的"一部长篇小说"。想写而又"因繁重的行政工作"无法全力投入写作的状况，使他一直不能释然，长久萦绕萦怀。阿莹在"后记"里告诉人们，军工企业的过往生活"像画卷一样在我面前徐徐展开，让我沉浸在那激情燃烧的岁月而不能自拔"。事实上，故事在脑海里的一再闪回和不断发酵，早已发育成熟，只待一朝"分娩"。果然，在卸下繁重的政务工作，有了写作的条件之后，阿莹便一吐为快地写就了长篇小说《长安》。而这个孕育了多年的文学"胎儿"，一呱呱坠地，便血肉饱满，一表非凡。

《长安》主要描写位于西安附近的某军工企业从八号工程发展为长安机械厂，为研制和生产军用炮弹不懈奋斗的艰辛过程与激情岁月。在社会主义革命和建设的大格局和总进程中，描写军工企业的创业之难、发展之艰，并着力于这一战线中各色人物的性格塑造与命运描摹，写出了军工企业对于军队和国家的特殊贡献，以及军工人特异的精神风采，这使《长安》这部作品不仅在题材领域里具有了弥补弱环的意义，而且在人物塑造方面也为当代人物画廊增添了新的光彩形象。

阅读《长安》，不止一遍。每次阅读，都会有新的感受，新的发现，或引人思忖，或令人慨叹。诸多阅读感受之中，印象最为突出的，有两个方面：一是以过渡中的渐次行进，反映军工企业筚路蓝缕的拓进与发展；二是以人物群像烘托主要人物，塑造了军工战线各类英才人物，尤其是作品的主人公忽大年。

军工企业"八号工程"及后来的长安机械厂，从建厂房、招工人，到搞研发、造炮弹，这个军工企业创业与发展的每一步都举步维艰，每一段都步履蹒跚。

---

* 本文发表于《中国艺术报》2022年1月18日。

作品在这些方面的表现上,可以说是不吝笔墨,不惜篇幅,写得充分而细切,生动而深刻。读来令人感佩,也引人深思。制造军队急需炮弹的长安机械厂,是保密性的军工企业,这在大讲阶级斗争和政治统帅一切的那个年代,便面临了一系列的悖论与难题。这个时候的长安机械厂,最需要的是有知识、懂技术的各类人才,但最懂技术的连福因为曾有日伪工厂的工作经历,一直被另眼看待,不但不被重用,反而被严加看管起来。通晓俄语和专门联络苏联专家的忽小月,因为往来信件被过度解读,也被认为有"泄密"嫌疑,在受到种种委屈和冷遇后,无奈地选择了自尽。作品中比较详切地描写了"反右""反右倾"在长安机械厂激起的种种风浪和层层波澜。在这些政治运动中,不仅连福、忽小月等人得到了不应有的对待与处理,厂长兼书记的忽大年也一再受到牵连,难以正常主持工作。即使主持工作也处处受到掣肘,难以行使职权。作品里的副市长钱万里,副书记黄老虎,好像是成心与忽大年作对一样,紧跟愈来愈紧的政治形势,执行愈来愈严的整治措施。不是搞甄别,就是搞审查,使得连福、忽小月一直被冷落,忽大年也一直"靠边站",直到"文革"来临,长安机械厂在两派争斗中彻底陷入瘫痪。忽大年只能借着运动的间歇,斗争的缝隙,艰难地维持着工厂的生产运行,使长安机械厂生产的炮弹先后在福建前线、西藏边境等战事中发挥了重要的作用,赢得了军工人应有的荣耀。

  作品写了钱万里驾轻就熟的官僚做派,黄老虎亦步亦趋的极"左"作为,但并没有把他们简单化、脸谱化,而是写了他们对于政治的教条理解和对于时政的被动顺应,写出了时代大势对所有置身其中的人们的有形与无形的钳制,以及人们在无奈承受中的尽力适从和渐次调整。某种意义上,这也从一个重要侧面折射了国家在社会主义革命和建设时期的一个真实状况。《关于建国以来党的若干历史问题的决议》中谈到这一时期的历史时郑重指出:"由于我们党领导社会主义事业的经验不多,党的领导对形势的分析和对国情的认识有主观主义的偏差。'文化大革命'前就有过把阶级斗争扩大化和在经济建设上急躁冒进的错误。后来,又发生了'文化大革命'这样全局性的、长时间的严重错误。这就使我们没有取得本来应该取得的更大成就。""经历了曲折的发展过程。"《长安》一作中,长安机械厂由一连串的政治运动造成的种种坎坷,正是这样一个"曲折的发展过程"的小小缩影。正是在这个意义上,这一段历史的真实描述,既写出了军工企业令人唏嘘的艰难进取,又写出了国家发展令人难忘的曲折历程。

因为热爱军工企业,熟悉军工人物,并把充沛的激情、朴茂的感受倾注于笔端,揉进了文字,作品从一开始,就随着故事的发展演进依次推出了一个个人物形象。同时,特殊环境中人们的跋前疐后和手足无措,使一个个的人物显示出他们的独特个性来,或令人眼前一亮,或令人过目难忘。如跟随着忽大年由军旅转场到军工企业,从保卫组长升任副书记的直率又莽撞的黄老虎;从东北到西北支援军工生产却又总是不受待见的聪明又敏感的连福;与哥哥忽大年失散多年又在长安相遇的伶俐聪慧又为人执拗的忽小月。此外,作品里忽大年的现任妻子靳子,与忽大年有过"一夜夫妻"之名的黑妞儿,性格都分外鲜明,命运也相互勾连,写出了动荡年代和社会替嬗带给她们的人生难题。尤其是黑妞儿这个人物,从胶东老家千里寻夫找到长安机械厂,不料忽大年已经有了妻儿和家庭,还坐拥了厂长兼书记的高位,她的一举一动必然会对忽大年造成不可估量的影响,这使她只能面对现实,努力去调整自己。她在长安机械厂,几乎是从头学起,自谋生路,渐渐成长为一个合格的军企工人,并在"反右"和"文革"的系列运动中,同情忽小月,支持忽大年,成为环绕在忽大年身边的积极力量。而且在她身上,妇女的贤良,农民的质朴,工人的担当,三种元素合而为一,融为一炉,这使她成为长安机械厂急公好义的先进工人自不待说,从她身上也分明可以看到那个时期的时代新人的某些鲜明特质。

《长安》一作里最为突出而鲜明的人物形象,当然还是忽大年。忽大年从部队师政委的岗位上调任八号工程总指挥,一开始并非心甘情愿。但"北京的动员会"上领导讲到要改变国家"一穷二白"的面貌,"建立起自己的工业体系",由此知晓自己将要指挥的工程是"苏联援建的装备项目",是"为军队准备的"之后,他对着领导"要争气"的嘱咐,"腰板挺得笔直,敬了标准的军礼",并在与首长握手时感到了"沉重的托付"。从这个时候起,失去了领章帽徽的忽大年,有了铭刻在心的神圣使命。但他要面对的现实,既让他应接不暇,又让他难以应对。频仍而来的运动,使得工厂无法使用人才,研发受到影响,生产难以正常进行。此外,还面临着靳子、黑妞儿、忽小月等家人家事的种种羁绊。可以说,他基本上处于一种内外交困的状况。但是,"疾风知劲草,板荡识诚臣"。正是这些困难、苦难和磨难,使得忽大年越来越坚韧,越来越坚定。他以宽广的胸怀隐忍了种种委屈,以怀柔的方略维护着工厂的稳定,抓住一切可能的时机,推动长安机械厂的炮弹生产,并在两度奔赴前线的炮火支援和实弹演练中,使长安厂的军工产品在关键时刻发挥了作用,显现了威力。这样的忍辱负重和奋力前行,充分显示了一个老军人的使命担当和军工人的初心所在。作品结尾部分写到站在山上指挥火箭弹定型试验的忽大年时,作者很是令人动容地形容道:"一个老兵在山顶上铁塔般的站着。"这样一个具象的场景描写,实际上也是忽大年这个人物在人们心中的形象定格。共和国的军工人如何志坚行苦,如何无私奉献,如何风骨峭峻,如何大义凛然,都凝聚在这样一个雕像般的形象里,可歌可泣,叫人感激感念。

(作者系著名文学评论家、中国当代文学研究会会长)

乡土资源与经典意识
——评音乐歌舞剧《米脂婆姨绥德汉》*

白 描

在浩如烟海的中国民歌宝库中,陕北民歌具有独特的地位。悠久的历史,多元文化交融构成的鲜明地域特色,口语入歌与古代诗歌比兴手法的应用,信天游式的自由发挥与旋律歌词的规范性、严整性,民间创造与文人整理、加工、创作相结合,使陕北民歌成为中华土地上历久不衰、影响巨大、传唱广泛、深受人们喜爱的民歌种类,成为中国民间艺术百花园中的一枝奇葩。据专家统计,仅现存民间的陕北民歌,数目高达8000多首,而这中间,许多曲目为人们耳熟能详,经久歌唱,成为黄土地特定生活情态、特定情感样类、特定心绪表征、特定时代标志的音乐化符号,创造了中国音乐史话中一道奇丽的景观。

陕北音乐歌舞剧是在陕北民歌基础上发展创造的一个新品种。其雏形诞生于20世纪40年代。1942年延安文艺座谈会以后,延安解放区的广大文艺工作者,积极响应毛泽东同志和党中央的号召,投身到工农兵群众之中,认真研究民间艺术,热情地向群众学习流行于陕北农村的一种歌舞形式——秧歌。并在群众性秧歌的基础上,熔歌、舞、剧于一炉,创作出"秧歌剧"这一艺术形式。其情节单纯,人物少,道具简单,化妆简便,载歌载舞,随时随地均可表演。著名作品有《兄妹开荒》《夫妻识字》《动员起来》《宝山参军》等。秧歌剧角色仅有两三个,属于"小场子戏"。因为秧歌剧是实践毛泽东延安文艺座谈会讲话精神的文艺新成果,与革命斗争实际紧密相连,与根据地人民生活息息相关,既有传承又有创新,故而产生了很大影响,这种影响一直持续到新中国成立以后很长时间。1976年粉碎"江青反革命集团"后,为清除"三突出"文艺遗毒,陕西省歌舞剧院应邀携"陕北民歌五首"和《兄妹开荒》《夫妻识字》等节目在首都连续演

---

* 本文发表于《艺术评论》2011年第9期。

出,产生很大轰动。许多观众第一次欣赏秧歌剧,深深地被那极具生活气息、极富鲜活情调、极有泥土色彩的表演所打动,感觉耳目一新,对其喜爱有加。

但《兄妹开荒》《夫妻识字》等秧歌剧的重新上演,只是历史的一种回声,不得不承认,自此以后,陕北秧歌剧和音乐歌舞剧再无大的突破、大的发展。在此期间,陕北民歌的辉煌一直在持续,除在大江南北广泛传唱,在各种音乐会、大型演出场合频频登台外,也唱红了许多专业和民间歌手。2010年新年过后还进入维也纳金色大厅,首次在海外举办陕北民歌专场演唱会,陕北民歌在真正意义上走进了西方音乐殿堂。而作为陕北民歌的华彩版本、升华形式,陕北秧歌剧或音乐歌舞剧,却沉寂下来,少有好的创作,鲜见好的剧目,实在令人惋惜。

在人们的审美记忆开始淡化、欣赏心理准备很不充分的情况下,《米脂婆姨绥德汉》犹如一道电光划过长空,照亮了陕北的舞台、西安的舞台、首都的舞台,照亮了新世纪现代观众既复杂多样又挑剔苛刻的眼光。自2008年10月在陕西榆林首演以来,截至2010年年底,在两年多时间内,《米脂婆姨绥德汉》(简称《米》剧)先后在西安、北京连续演出,进京演出达四次,在国家大剧院、中国剧院、全国政协礼堂、保利剧院场场观众爆满,掌声热烈,好评如潮。中国剧协、《剧本》杂志、中国艺术研究院和陕西省委宣传部,分别三次就《米》剧召开专家研讨会,《文艺报》《中国艺术报》等报纸发表整版评论文章,《剧本》杂志在《重点关注》栏目推出《米》剧剧本和研讨会摘录。《米》剧也先后荣获陕西省第五届艺术节优秀编剧奖、优秀导演奖等七项大奖,陕西省第十一届精神文明建设"五个一工程"奖,文化部文华新剧目奖等殊荣。这部历时四年创作完成的大型原创剧目,以其荡气回肠的西部气度和风姿卓绝的艺术品貌,实现了陕北音乐歌舞剧在新世纪的一次耀眼爆发。

《米》剧以陕北民歌为素材元素,以男女爱情为剧情主线,以乡土风情为背景色调,以文化人类学视角和当代意识为统领,用推陈出新的编创风格,演绎了米脂女子青青和绥德后生虎子、石娃、牛娃几人之间动人的爱情故事。幼年的虎子和青青不谙世事,童言无忌,私定了"长大以后我要娶你"的誓约。当他们长大以后,虎子被迫离家成了"山寨王",石娃成了远近有名的好石匠,牛娃成了青青家的好帮手。三个后生都深爱着青青,但成熟起来的青青情有独钟,只爱穷石匠石娃。爱情的冲突就这样在三名男子和一名女子之间产生了。

男女情爱向来是陕北民歌表现的主题之一,而且是一个大主题,产生了许多流传广泛、影响深远、带有经典意味的曲目,如《兰花花》《走西口》《赶牲灵》《羊肚肚手巾三道道蓝》《叫声哥哥你快回来》等。陕北民歌对于爱情的歌唱,融进了陕北独特的历史、地理、人文特色,其感情形态、表达方式、词句调式,有直白,有委婉,有热辣,有凄凉,有深沉,有活泼,有庄重,有谐谑,可谓五彩斑斓,丰富多样。按学者张小兵的说法,这一方热土是"中原与边疆的过渡地带,汉族与胡人的过渡地带,农业与牧业的过渡地带,山西与蒙地的过渡地带,战争与和平的过渡地带,定居与游牧的过渡地带,安静与躁动的过渡地带,现实与浪漫的过渡地带,谦和恭顺与不安现状的过渡地带,儒家循规蹈矩与多神崇拜随遇而安的过渡地带"。这里的男人刚烈质朴、直率坦荡,这里的女子美丽善良、热烈多情,"清涧的石板瓦窑堡的炭,米脂的婆姨绥德的汉","这"米脂婆姨绥德汉"即是这种男人和女人的代表。他们是现实中的男女,又是一种文化符号,要用一台音乐歌舞剧写他们的爱情,而且是三名男子与一名女子之间的情感纠葛,既值得人们期待,又有很大难度。

值得期待的是它一定不一般。导演陈薪伊、作曲赵季平、编剧阿莹"三驾马车"组成豪华的主创阵容,让人振奋。重要的还在于,陕北民歌是一座富矿,可资创作者利用的素材很多,独特的地域文化和丰富的民歌资源本身已经具备撩拨人心的魅力,在此基础上建构音乐歌舞剧作品,根基雄厚,底气十足,具有难得的先天性优势。难度在于,很难找到一条清新而明朗的故事线索,把那些珍珠般散落在黄土高原的素材串成一体,成为脉络清晰、筋肉丰满、意蕴丰沛的艺术架构,而且要有人物,要有性格,要有诗情,要有画意,要有感动人心的力量;难在写出魂,写出性灵,写出神韵;难在不需要太过复杂的情节,却要完成故事的讲述,彰示情感的激荡,立起人物的造像,实现意蕴的表达,托举出闪闪发亮的戏剧内核,人情人性的内核,一方土地一方人特有的精神内核、气质内核、文化基因的内核;难在没有同类题材、同类形式可资借鉴的成功范例。从昔日的秧歌小剧到音乐歌舞大戏,不只是场景变得宏阔,人物变得众多,而且是一次全新的创造,从形式到内容,都必须完成全面提升。

首先考验的是编剧。编剧阿莹正是面对这样的期待、这样的难题,走进了《米》剧的创作。在阿莹之前,表现"米脂婆姨绥德汉"这一题材的本子已先后出现几个,而抓此项选题并组织创作、负责实施的正是时任陕西省委宣传部常务副部长的阿莹。几个本子与人们的期望还有距离。著名舞台剧导演陈薪伊以激将法鼓动阿莹:如果你写本子,我就导。阿莹一咬牙:我来。一夜之间,他就拿出《米》剧提纲,陈薪伊一看:就是它了!

不是阿莹有过人的天分,也不是他具备深厚的舞台剧造诣,他写小说,写散文,写报告文学,写电视剧,他的另外一个身份是陕西省作家协会副主席,著述颇丰,但音乐歌舞剧从未涉猎,写舞台剧本于他尚属第一次。他的优势是站得高,看得远,钻得深,吃得透。站得高,既是指他的社会身份,又是指他的文学势场,具有高起点、高学养、高境界、高追求;看得远是因为他视野宏阔,统揽全局,独有的眼光和发现;钻得深是说他对陕北文化有着深入的研究;吃得透指他熟悉黄土地上的生活,懂得那里的男人和女人,了解那里的风土人情。具备了这些条件,《米》剧出自他之手,既有偶然的成分,也有必然性。

音乐歌舞剧的形式决定了《米》剧剧情应该相对单纯和集中,但剧情展开,便是三名男子和一名女子的冲突,剑拔弩张的人物关系并峙对立,充满悬念,也让人为如何收场生出担心。虎子、石娃和牛娃都想娶青青为妻。最终牛娃做了青青的"亲哥哥",虎子和石娃约定七月七日太阳落山前为娶青青的婚限。七月七日,"山寨王"下山娶亲,而"走西口"的石娃也赶回家迎娶青青,二人为此展开抢亲争斗。"山寨王"虎子劫持了青青和石娃,矛盾冲突达到最高潮时,峰回路转,石破天惊,虎子出于对青青的真情至爱,以暴烈的方式完成了一件最温情的义举,他绑架着青青石娃,为他们操持婚礼,让他们拜天地,送他们入洞房,使有情人终成眷属。这番举动惊世骇俗,既成全了别人,也完成了自身思想和精神的蜕变,把一腔火烈私情升华为一种超然大爱。虎子的转变可谓神来之笔,出人意料,又入情理,把最质朴也最高尚的爱情诠释到极致。

《米》剧歌词中,编剧创作占了很大比重,却不着痕迹,与原生态民歌浑然一体,以至于让人误以为编剧仅做了些民歌串联工作。这里显示的正是编剧的才华和功力。当大幕开启,《黄河神曲》幽远而热烈地传来时,一群光屁股男娃身上只裹着兜肚,从黄土黄河中一耸一耸摇摇摆摆地钻出,口里念唱:天上有个神神,地上有个人人。神神照着人人,人人想着亲亲。氛围的渲染,意境的营造,被点题的歌谣一下子晕染了,这首歌谣的句式、风格、味道,很容易让人以为源自民谣,其实完全出自编剧阿莹的手笔,是他全新的创作。再看概括主题的尾声合唱:大雨洗蓝了陕北的天,大风染黄了陕北的山。天上飘下个米脂妹,地上走来个绥德汉。妹是那黄土坡上红山丹,哥是那黄河浪里摆渡船。高坡上爱来黄河里喊,米脂的婆姨哟绥德的汉。借用和创作,编织与改造巧妙结合,针脚绵密,天衣无缝,令人不由击节称绝。类似的唱词还有:天上的鸽子地下的鹅,一对对毛眼眼照哥哥。哥哥你笑来妹子照,照着哟照着哟贴个近近了。上两句从民歌中拿来,下两句根据剧情需要新创。白格生生脸蛋苗格条条腰,走过了崖畔畔山也摇。红格樱樱小口歌声飘,树林林的山雀雀也跟着笑。这样的歌词似乎耳熟,但查遍陕北民歌却不得,由此得知这又是阿莹的编创。这种创作,不是对原民歌素材的简单组合,不是生硬捏弄,而是对其选择撷取消化,通过再发酵、再创造,从而有机地酿制成一坛甘洌清纯的新酒。新酒却窖香醇厚,劲道十足,回味绵长。

青青妈与老羊馆的情感故事,是剧中顺带扯出的一条旁支,但丰润了浪漫温馨的情爱底色,垫厚了全剧爱情主线的文化土壤和发育根基,凸显了人物的至情真性。

通观全剧,编创者以大文化的眼光,着力凸显黄土地上男女赤诚质朴的天性,赞美他们高尚博大的情怀,讴歌了真善美的生活与人生,润物无声地发挥了教化作用。而单纯与丰盈,明快与激荡,浪漫与厚重,绵柔与峻峭,清婉与沉雄,谐谑与庄严,土风与诗意,舒曼与急促,记事与象征,再现与表现,写实与写意,构成供人玩味、耐人咀嚼、启人遐想的美学意蕴和艺术风格。

《米》剧与经典还有距离,但可以看出创作者走向经典的自觉意识和做出的努力。谁都知道黄土地文化和陕北民歌是当代音乐创作的一个资源宝库,前些年中国乐坛也曾刮起过一阵"西北风",有人尝试赋予陕北民歌以通俗流行音乐的形式,这种尝试是有益的,但现在看来那只是一阵风而已。为什么?因为创作者根底不深,缺乏对陕北、对陕北人、对陕北文化深刻的体悟,缺乏对其精魄神韵的领会、发掘和捕捉,题材写"黄土高坡",结果却貌合神离,虽然也曾一度传唱,但生搬硬套的痕迹太过明显,最终流于不伦不类。对此,陕北民歌研究专家朱继德批评说:歌词完全摆脱了信天游的格式,唱什么"白云悠悠",给世人一个错觉——陕北民歌原来是这样的形式。作者大概想推陈出新,但脱离了陕北民歌的原汁原味,让听惯了陕北民歌的人们,很不是滋味,同时也误导了不少青年人。

陕北文化没有中原文化所特有的排他性,陕北民歌是一个开放的体系,汉族的主色调中融合了匈奴、鲜卑、羌、蒙古等少数民族文化色彩,同时吸收了关中、山西戏曲和民歌元素,加入甘肃花儿和内蒙古民歌的旋律,成为这些优秀民间艺术杂交繁育的产儿。对陕北民歌的继承、发展、创新，自然是时代的需要，也有着广阔的前景，但必须考虑其自身艺术特征，遵循其艺术规律，既要顺应人民群众在新时代、新文化背景下新的审美需求，又要保护传统，保护地域文化的特色。只有这样，才能使陕北音乐文化应和着时代主旋律，与先进文化的方向保持一致，同人民群众生活息息相关，创造新时代的经典。

音乐界向来有重作曲而轻写词的风气，一部音乐剧作品成功与否，常常将筹码押在作曲上，作词往往被置于次要地位，作品获得成功，聚光灯下出现的也常常是作曲家。其实无数获得巨大成功的音乐作品都是词曲双耀，相互辉映，两相结合，才构成金声玉振的艺术魅力。而且，词是作曲家灵感的母菌，是走向创造所倚恃的基石，特别是歌剧、音乐剧等台本剧目，剧本的重要性更为突出。世界上许多成功范例都在证明这一点，以具有世界影响的音乐歌舞剧为例，或取材于文学名著，或改编于巨匠剧作，或脱胎于大家诗文，或诞生于作词名家，剧本和歌词无不彰显着先决性作用。著名音乐歌舞剧《窈窕淑女》，是根据英国剧作家萧伯纳的剧作《皮革马利翁》改编的，一经在百老汇演出，即大获成功，被乐评界称为"20世纪最优秀之音乐歌舞剧"，荣获托尼奖。还有红遍全球的《猫》，是根据T.S.艾略特的诗集谱曲的音乐歌舞剧。艾略特被认为是第二次世界大战前用英语写作的最有影响的诗人，对英美现代派文学及新批评派评论起了开拓作用，1948年荣获诺贝尔文学奖。《猫》曾获得七项托尼奖，20世纪初开始风靡世界，使用十几种语言在数十个国家无数次演出，仅仅在伦敦的演出即达9000多场次。可以说，没有诗人艾略特，就没有音乐歌舞剧《猫》。最有意思、最引人遐想的是《西区故事》。《西区故事》是美国音乐歌舞剧的经典之作，词作者是斯蒂芬·桑德海姆。桑德海姆本来一心要成为一名作曲家，当他四处闯荡寻求发展机会的时候，遇到了著名指挥家伦纳德·伯恩斯坦。伯恩斯坦十分欣赏这个年轻人的天赋，安排他协助自己写《西区故事》的歌词，说是协助，实际上《西区故事》作词基本是由桑德海姆一个人独立完成的。重作曲而轻写词的风气那时就存在，伯恩斯坦把作词看作是件"杂活"，让年轻人先锻炼锻炼。桑德海姆一开始本想推辞，但在词作名家哈默斯坦的劝说下终于改变了主意，踏踏实实地在剧组中做起这份不起眼的工作。1957年，《西区故事》正式上演，好评如潮，27岁的桑德海姆一夜成名，他的名字与伯恩斯坦（作曲），哈罗德·普林斯（制作），杰罗姆·罗宾斯（导演、编舞）这些业界巨擘放在了一起。

此后又为《玫瑰舞后》写词,上演后大受欢迎,凭借这两部佳作,桑德海姆一举成为人们眼中的"著名词作家",直到后来美国剧作家协会主席的重担也落在了他的肩上。

《米》剧最初被归类为秧歌剧,但现在看来归入音乐歌舞剧更准确,更符合作品实际面貌。音乐歌舞剧是将音乐(声乐与器乐)、戏剧(剧本与表演)、文学(歌词台词)、舞蹈、舞台美术等融为一体的综合性艺术。《米》剧完全具备这些因素,呈现出多种艺术门类交融的复合形式,表现手段多样,规模容量大,这些都不是秧歌剧所能涵盖的。应该说,《米》剧是新时期第一部取得巨大成功的陕北音乐歌舞剧。

音乐歌舞剧创作是我国当代艺术的一个薄弱环节。近年来,不少有志于发展音乐歌舞剧的艺术家,多方向、多途径努力,力图为中国观众展现音乐歌舞剧的精品佳作。这种尝试也催生出不少新作,但我们看到,在这些努力中,有些倾向值得商榷,那就是在形式上的雕琢远大于在实质内容上下的功夫。有些是把西洋东西拿来,热热闹闹地进行"中国化""民族化"改造;有些寄希望于高科技,树起"多媒体"歌舞剧的大旗,对声光电的兴趣比对剧作艺术本身的兴趣更为浓厚;有些不惜投入巨额成本,以"大手笔"推行"大制作",依靠恢宏的舞美场景和绚烂的舞台装点,把观众吆喝到体育场看音乐剧。作为尝试或者说实验,这些努力亦无不可,但不应该把最本质的东西即剧本创作丢在一边。回顾我国舞台剧发展历程,包括话剧、歌剧、音乐歌舞剧,但凡获得成功、产生影响、深入人心的作品,无一例外都是先有一个好剧本。《白毛女》《洪湖赤卫队》《小二黑结婚》《刘三姐》《江姐》《红珊瑚》《红霞》……当我们怀念早先那些脍炙人口的优秀作品,感慨当下难得一见昔日辉煌情景的时候,就会发现,问题出在剧本上,没有优秀剧本,发展舞台剧便是无米之炊,更遑论经典的诞生。

由此看来,《米》剧带给我们诸多启迪。它让我们思考什么是乡土资源,什么是本土文化,什么是中国风格,什么是大众情怀,什么是贴近实际、贴近生活、贴近群众。它还提供了一种富有借鉴意义的实践经验,即从剧本入手,发掘中华传统文化宝库,立足人民大众鲜活生活,开掘丰富的乡土资源。据此进行艺术创新,从而使艺术家的劳动具备了这样一种可能性走向经典,逼近经典,创造经典。

(作者系中国作家协会报告文学委员会副主任、中国报告文学学会副会长)

再读阿莹[*]

陈忠实

和作家朋友谋面聚首,常会说到各自读得很有兴趣的新书,这是自然到几乎无意识的事,既在释放阅读获得的新鲜启示和快感,也在有意无意地向对方推介。我由此获益匪浅,得知刚刚出版了一部哪位大家的翻译作品,或是国内文坛冒出来某位新星的超凡脱俗的新作,这些都会成为我阅读的选择。今年遇到这种场合,有朋友问我,你看过《俄罗斯日记》?不等我回答,对方便说出他的感动,阿莹部长真是个作家。还是等不及我做出反应,他紧接着辩证关于阿莹是个真作家的理由,这本《俄罗斯日记》写得很不一般。他列举了几本作为"一般"出访异国的游记,不过是些浮于表面的见闻录,缺乏一点历史人文的独立感受,文字也缺失了优美和情趣。阿莹恰是在这些文本参照之下,显出"很不一般"的独俏风姿来。到这时他又问我读没读过这本书,感觉如何?显然是要印证他的阅读感受。我说我读过了,确实"很不一般"。这部《俄罗斯日记》甚至令我颇为不解,短短的半月左右时间,阿莹竟然把眼看着的和感触着的俄罗斯写成一本近十万字的书,可以看出历史上的俄罗斯和现实里的俄罗斯,还有中间夹着一段的苏联。作者目光所触笔下所系,尽是一个中国作家特殊的也是独有的历史性感受,一条河一幢建筑一个展馆,让我感受到从沙皇时代到列宁和赫鲁晓夫时代,再到普京时代所遗存和所呈现的历史印痕,透见一个民族从精神到心理的颠覆和重构的运动过程,真是非一般的游山玩水赏景观奇之作。朋友见他的观点得到呼应,我俩便都有"英雄所见略同"的快慰。这本书已出版两三年了,之所以到今年才引发如此不同凡响的阅读反应,我想在于《文化艺术报》的连载,扩大了与读者的接触面。这种纯粹个人间阅读感受的交流,不是某种场合上的捧场,更不属于看人的眉高眼低的评论,故而应当是真实的、可靠

---

[*] 本文发表于《延安文学》2007年第5期。

的。借此机会传达给作者阿莹,添一分自信。

让我更惊讶的是读了陕北歌舞剧剧本《米脂婆姨绥德汉》。

陕北是一块盛产又盛行民歌的天地,无论是愤世的或是咏叹生活的民歌,都生动准确到令人一遍成记。尤其是表白男女情爱的民歌,不仅一遍成记,而且经久不忘。陕北民歌走出陕北走出陕西走向全国的过程中,本来属于交流障碍的方言却不构成局限,中国南北审美情趣差异很大的各方人群都乐于欣赏,这确凿是一个奇迹,足以见陕北民歌独禀的气质。随着陕北民歌的广泛传播,米脂出美女绥德出俊汉的佳话也流传到各地。榆林地区要搞一部民歌歌舞剧,把遍地流传的几成经典的爱情故事升华为一部代表性作品,无疑是适时而又适宜的富于创造性的思路。去年弄出来一部剧本,邀集西安多位评论家讨论,我也参加了,意见纷纭却都中肯,涉及剧本的基础性意见,要修改提高,几乎是脱胎换骨的难题。提罢意见和看法后各人回各家了,不知剧作者该费多大劲才能整出新的剧本来。确实意料不及的是,今年夏天遇见阿莹,说他写成了《米脂婆姨绥德汉》歌舞剧本,让我看看。原来,那次讨论会后,他竟动了写这个剧本的念头,而且一挥而成了。

歌舞剧塑造了一个米脂的"貂蝉"青青,长得漂亮自不必说,却不是弄得吕布昏头晕脑的那个貂蝉,而是爽快泼辣透亮开朗的乡间民女。在她周围,紧盯着三个性格各异却各有一架俊骨的年轻汉子,对她展开了痴情的追逐,戏剧冲突和冲突中的情趣十分抓人。同样在这冲突中,把三个个性迥然不同的青年演绎得十分生动鲜明。当这场爱的追求激烈到不可开交时,我真不知如何归属,如何收场,达不到追求目的的虎子会发生什么暴烈行为,因为按他的性情和当时的生活位置,很容易让人做出这种猜断。我的这种猜断无疑是最愚笨的庸常的思路,剧作家总是以超凡脱俗的构想出奇制胜,制造惊心动魄的戏剧效果,给观众以始料不及的心灵冲击。阿莹在这里完成了堪称绝妙的一笔,虎子把青青和石娃送进了拜婚结亲的福地,不仅观者的我料想不到,参与婚礼的乡亲也惊诧不已,尤其是拜婚双方也如同梦里相逢。我读到这里,不由噢呀一声慨叹,一个顶天立地、仗义不恭的虎子的形象挺拔起来,透出耀耀的心灵之光。没有说教也没有表白,惊心动魄的一幕就发生在人物最合理的性格行为之必然,让读者的我在这一刻充分回嚼人物的魅力。阿莹既完成了一种美的心灵的展现,也完成了一个陕北汉子的形象塑造。

这部歌舞剧的唱词也是几近完善的。阿莹穿插了大量的陕北民歌歌词,这些歌词经过不知多少年的传唱和不断地锤炼而完成了经典化过程;这些歌词又经过了不知多少年和多少人的传唱,又完成了一个扬弃和筛选的过程;留下来被当代人有滋有味歌唱着的,无疑都是最具生命活力和艺术魅力的唱段。这些经典歌词被剧作家穿插在唱段里,不仅具备原生态的魅力,而且进入了具体的人物对象的心里,也进入具体的情节推进过程中人物的情感波浪之中,把一种泛化的情感变成活生生和单指的人物情感,不仅如鲜活的血液注入人物,而且因人物的具体化而使这些歌词顿添活力,这也是我始料不及的艺术效果。阿莹自己创作的唱词,紧紧把握着人物的个性,紧紧切脉着人物在不同情景下的心灵情感,准确而又鲜活。依着陕北民歌的格律和语言习惯,多是生活化的民间表达方式,几乎让我分辨不出自创和借用,浑然天成,功夫匪浅。我印象里的阿莹的创作,以小说散文为杰,这部歌舞剧的成功创作,真是让我刮目相看,也切实体会到阿莹创作的多样性活力。

认识阿莹有许多年头了。20世纪90年代中期,初识阿莹时,他是一家国防工业大厂的领导,指挥着军工生产,业余时间却写着抒情散文,我那时就颇费解,那种冷冰冰的钢铁家伙充塞着脑子,如何转换出诗样的优柔情怀来。我为他的散文集《绿地》作序时,就在心头悬着这个问号。几年后,阿莹调到陕西省委宣传部做领导,分管文艺,应该说与他的特长和爱好接上弦了,确凿也显示出内行的效应,陕西文学创作和艺术创作呈现勃勃生机。到今年年头上,阿莹又调到陕西国资委当领导去了,作为外行我都可以想象事务的繁杂和压力之沉重。这人的出众之处在于,不仅把担子挑得悠然,事项有条不紊,创造性思路显示着活力,业余时间仍能进入形象思维,弄出一部陕北特色的歌舞剧来,在我就不仅是刮目相看了。

愿阿莹的事业兴旺发达,也愿他的创作活力持久鲜活,这无疑是最充实的人生。

2007年9月27日二府庄自序

(作者系著名作家、曾任中国作家协会副主席)

献给生命中最宝贵的那些记忆
——三读阿莹先生《秦岭深处》*

陈 彦

阿莹先生客气,在话剧《秦岭深处》的创作先后,请我读过三次剧本,说是征求意见,这也是戏剧创作界的惯例,剧本总是要在反复听取意见,反复打磨修改后才投入排练的。我的很多部创作剧目,也都经历了这个过程。作为编剧,我深深懂得听取意见与谈意见的重要。

第一次读剧本,我被深深地感动和震惊了,没有想到,作家阿莹先生能把这样一团"坚硬"的生活,揉搓得如此浑全筋道。尤其是"拆弹"那场戏,看得我提心吊胆、脊骨阵阵发凉。那是真正的戏剧紧张情势,一般戏剧是很难营造出来的,但这个特殊题材,让戏剧的"紧张情势"一词,得到了极致的发挥。我想,仅有这个"戏核",全面发散开来,就是一个可看性相当强的好剧了。何况围绕着这个戏核,他已经把"馒头"发得有模有样了。

军工题材,大概是特殊原因,舞台上很少有表现,《秦岭深处》以十分陌生的面孔,突然呈现出来,让人确有一种耳目一新的感觉。加之阿莹先生过去已成功创作过大型秧歌剧《米脂婆姨绥德汉》,还获了"曹禺戏剧文学奖",面对这样一块难啃的"骨头",自然还是游刃有余了。关键是他熟悉这段生活,用他自己的话说,几乎半生都沉浸其间。对于一个剧作家,写熟悉的生活,远远比掌握编剧技巧更重要。技巧是很容易把握的一种东西,而技巧背后的精神、思想、感情蕴藏,却是真正在为戏剧起作用的生命气血。即使有再高超的技法,没有血脉的汩汩流动,也终将是苍白无力的。《秦岭深处》好就好在让我看到并听到了心血的怦然流动与流速声。这是真实的,是真实发生在这块大地上的事,当它转换成戏剧时,依然保持着属于艺术的真切与生命活性。

---

* 本文发表于《陕西工人报》2018年1月8日。

这个剧尽管主要塑造的是周大军、罗安丽、刘娟这三个人物之间的情感纠葛，思想交锋与精神碰撞，但更是一组群像的雕塑，是一幅军工生活的壮阔画卷。因为陌生，而让我们急切地想了解；因为了解，而让我们感到他们也是我们中的一群。除了工种不同，他们的精神世界与我们完全一样，世俗生活的诱惑，也是异曲同工。不过，他们活得更"单色"、更纯粹、更高尚而已。生活中的确层出不穷地存在着这样的人群，因了他们，我们的世界、我们的历史、我们的时代发生着深刻变化，也正是这种静水深流的变化，才使时尚生活变得安详而五彩缤纷、繁花似锦起来。因此，英雄，尤其是不为人知的幕后英雄，永远应该成为我们时代的主题。阿莹先生抓住这个主题，去持久而深层地开挖，的确让我们看到一个作家的责任与担当，也看到了他的执着。此前我还看到过他写的同样是这个题材的长篇电视剧。也唯有他能去触碰这个题材，这个题材与他的人生经历、精神生活是血肉相连、撕扯不开的。也因此，让我在第一次接触这个剧本时，感到了一种惊讶：我觉得这是一个很独特的剧本，是一个没人涉及的领域，关键是他完成了从生活到艺术的转换。许多作品的题材很好，却囫囵吞枣得没能完成这个转换。我只挑了"几根小刺"，就回复他了。

第二次读剧本是在半个月以后，他做了不小的调整，大概听的意见比较多，剧作明显有点"不堪其累"。我的意见是坚持第一稿的主骨架，持守创作初衷：当时是什么触动了自己，为什么要反复去回忆、去写，这是创作的最根本源泉与动力。我说尤其要保持好"有戏的部分"。我始终对他剧中拆臭弹前后的铺陈很感兴趣，不仅有戏剧动作，有舞台悬念，也有生命精神意象，我说那是"戏眼"，很多剧所找不到的"内核"。其他东西多了，这个"眼"与"核"是会有所减弱的。

后来又拜读了第三稿。这次改动更大。有很多新植入的内容，也有减法，我能感到外部意见对作者主体意识的某些"干扰波"。同时也能看到，阿莹先生是投入了很大的心血与精力，在思考、在盘桓，也在迷失、在辨别。总之，他是在一点点细细打磨着这个让自己无法忘怀的生命记忆。

《秦岭深处》是一个主题十分丰富的剧作。当然，先是思考了生命的价值与意义，而后又对家国情怀、战争与和平等主题也做了多侧面的开掘。活着，很美好地活着，很时尚、轻快、自由自在地活着，该是多么美好的事呀！可就有这么一群人，为了承担起"落后就要挨打"的民族与家国责任，将美好与生命都奉献在秦岭深山中了。那里没有发生战争,但有与战争一样的死亡。剧中牺牲的刘娟,以灵魂隔空对话的方式,说出了这么一段台词:"死亡是什么?死亡就是每时每刻都可以看到你爱的人,看着他出门、上班、吃饭,却再也不能关照他;再也不能与他相依相伴;再也没有权利守望爱情。我们两人近在咫尺,却是世界上最遥远的距离,我给他拥抱,他却感受不到;我向他呼唤,他却听闻不到;我想给他献上玫瑰,他却看不到献花人……"那一群群远去的背影,那一尊尊新落成的雕像,都蕴含着巨大的哀伤,也矗立起你不能不为之动容的伟岸与崇高。剧中有现实的国之利器的艰难创造进程,也有抗日战争与抗美援朝战争因武器装备落后而被动挨打牺牲的插叙场面,这不仅形成了感情冲击,也有政治、军事考量,更有对战争利器好与坏、善与恶、先进与落伍的历史、哲学思辨。在生活的全然陌生化中,让人突然有了对生命深远背景的迫近感。我们的一切安逸生活,都在这个巨大的背景板下,变得不敢、不能,也不可过于轻飘起来。

阿莹先生关于军工的相关题材,给了我很多日常生活以外的认知,我很喜欢这种感知生活的陌生化状态。相信观众也会有对异质生命样态的相识渴望。戏剧应该有日常生活的汤水恣肆,有时尚生活的流光溢彩,更应该有对历史记忆的蓦然回首,尤其是对庄严生命的垂首肃立。

《秦岭深处》是阿莹先生献给生命中最宝贵的那些记忆,我觉得他的写作姿态是十分庄严肃穆的。他在向他心中曾经有过的惊涛骇浪致敬。我相信他有一种释然感。因为他曾激扬过、兴奋过、痛苦过、思考过,也经年难以释怀过。而这部作品是可以让他释怀的了。但愿这不是他军工生活的全部记忆。我期待着他那珍贵宝藏的持续发掘。

(作者系著名作家、中国作家协会副主席)

散文创作个性化的"试纸"
——读阿莹《俄罗斯日记》有感*

陈孝英

他总是给读者带来阅读和观赏的特殊快感,他总是为读者创造艺术的特殊震撼,人们总在期待,下一次他将会用什么给这个世界带来别样的惊喜。即便是这本十年后再版的远非卷帙浩繁的游记——《俄罗斯日记》(简称《日记》),也不例外。

前不久,为了让俄罗斯读者和中国读者共同分享作者阿莹这次"精神远足"的独特感受,俄罗斯世界出版社决定出版其俄译本。参与本书翻译的过程,让我作为一名特殊的读者,通过语言转换的特殊桥梁,走进了那个性鲜明的艺术世界和内心世界,汉语和俄语彼此寻求默契、作者与译者心灵同频共振的数十个昼夜,为我留下了一份特殊的纪念——这便是本文的来由。

创造散文新文体的尝试

这本标明为"日记"的作品,它所标注的日期,其实并非作者旅俄时记在宾馆信笺和随身携带的笔记簿上的日期,而是他返国后整理成文的日期,这为作者保留了一段审美距离,使他可以将"睁大眼睛"观察得到的各种印象,再"眯起眼睛"加以审视、反思和重组。它虽被称作"游记",也记下了不少异域见闻和人文风情,但这些通常被当作游记主角的审美对象,在本书中似乎更像是一种特殊的道具,由此衍生出作者对俄罗斯社会、历史、文化的说古论今与评析反思。它虽蒙评论家厚爱,被赋予"游记性艺术散文"或"文化散文"的桂冠,但作者那遮掩不住的政治情结、政治智慧和政治家眼光不断突破"艺术"与"文化"的樊篱,使这本《日记》更像是一部"政治文化散文"。它努力挣脱艺术形态学

---

* 本文发表于《南方文坛》2015年第2期。

对"游记""散文"的规范,不仅拓展了其思想的容量,而且向姊妹艺术的技法张开双臂,吸收了小说的对话、诗歌的跳跃、杂文的犀利、评论的推断,乃至相声和小品的俏皮。它从表面看是二十首单曲的独奏,实际上却组成了一部浑然一体的交响曲,一本同一主题的系列散文集,似乎亦可视为一部长篇散文,半个世纪前那位江南才子的概括"形散神不散"被这位北方汉子的《日记》赋予了新的诠释……

日记与游记,游记与散文,文化散文与政治文化散文,单曲联唱与交响曲,散文集与长篇散文——艺术形态学和文学分类法的种种传统边界于不经意间被一一穿透,开始变得模糊起来。

与此同时,另一种印象却一步步逐渐清晰起来,那就是作者对创作个性化的情有独钟,以及由此而生的对散文新文体的创造性尝试。

挑战语言"陌生化"的极限

《日记》对创作个性化的追求,对散文新文体的尝试,不仅反映在思考者的独特身份、思考内容的独特品格和对思考对象的独特发现,而且更直观地体现为对语言表达个人化的努力。无论是再现访俄时的见闻与故事,还是回放异域印象所引起的政治性、历史性、文化性反思,作者都力求使用自己独特的表达方式,努力"寻找属于自己的句子"(海明威语)、自己的搭配、自己的节奏、自己的章法,千方百计创造自己笔下文字的摩擦力和陌生化。

作者对语言个人化的追求,包括那迅疾转换的意象、不拘一格的组接、重叠排比的句式、跳跃别致的语势、"点金成石"的反讽,以及信手拈来的对比联想和血脉偾张的连环诘问,使《日记》形成了自己特立独行的风格。有作家指出,他的语言"接上了传统中国的气脉",使之与文学陕军有了相通之处,此言不谬。不过《日记》的语言给我印象最深的,还是作者那既追求个人化,又具有综合性的风格。他似乎力求将中国古代文学语言的古朴、典雅、精准、凝练与西方现代文学语言的跳脱、叠加、奇崛、异趣化为一体,试图摸索一种中西合璧的,富有独特表现力、感染力和创造力的现代汉语文学语言,从而使他在文学陕军中独树一帜。

于是,"陌生化"就被赋予了双重含义:一方面,他不喜因循,不恋熟路,力图加大摩擦力,从而使他的语言与教科书所规范的汉语相比似乎有点"另类";

另一方面,也使他在比较重视继承"传统中国的气脉",而对吸收西方现代文学营养相对关注较少的文学陕军中显得个性鲜明。

学者型的冷幽默

也许是受职业习惯的影响,读《日记》时,我每每会被作者于不经意间闪露出的幽默感所吸引。如果说,开篇首句"那莫斯科的太阳居然会穿透厚厚的窗帘映到床头上",拉开了全书幽默之旅的帷幕,那么,列宁格勒纪念坛铜像前两束"黄黄的桦树叶"的素描则纵情演绎了作者对经典幽默的创造性继承。而接近作品尾声的那一幕滑稽戏更为全书的幽默博览会画上了一个匪夷所思的感叹号:在社会主义"被一些政客们糟蹋得面目全非"的这片黑土地上,位于圣彼得堡中心的尼古拉宫大门前,身穿沙皇军服的俄罗斯乐手们居然"激情荡漾"地向中国观光者演奏《社会主义好》。

《日记》的幽默细无声地浸润到字里行间,显然不会让人误辨,但细加分辨,又觉得它与我们在现实生活和文艺作品中常见的那种幽默似乎有点不同。这或许同前述本书的"政治文化散文"的特点有关。既然作者运用的是一种特殊的审视态度、特殊的审美评价和特殊的表述方式,那么他笔下的幽默自然也会同一般文化人的幽默拉开某种距离。当我们看到社会主义之旗降下、沙皇军服重现和《社会主义好》被激情演奏的不谐调画面时;当我们面对"列宁先生"展示出招牌式的动作,将右手伸向前方,执着地继续着他那激情洋溢的演讲,被人谑称为"列宁'打的'"的街头铜像时;当我们在"阿芙乐尔"号巡洋舰上邂逅了那位自称既无出生地(列宁格勒已变成圣彼得堡),又无国籍(苏联已解体)的"活化石般的老人"时;特别是当我们读到作者那些率真大气、毫不遮掩的自嘲时(例如,为了违规或违愿拍下一张渴望拥有的照片,作者居然称自己"骨子里的劣根性便张扬起来",或者竟至于"献媚地夸她[拍摄对象]光彩照人")……这时我们的感受,既不像听京津人"耍贫嘴"、东北人"唠嗑儿"、四川人"摆龙门阵"、陕西人"谝闲传",也不像某些相声小品、幽默短信、网络段子取悦观众读者的"世俗幽默"和"文革"前盛行的那种阉割了喜剧精神的所谓"歌颂性喜剧"。展现在我们面前的,是一种戏谑与忧伤并存,嘲弄与沉思相伴,滑稽走上了前台、机智伫立于侧幕、嘲讽潜伏在幕后的"大幽默"(恕我杜撰)。

这是一种"学者型的冷幽默"。这里所说的"学者",是指政治学与文化学双栖的广义的研究者和思想者;这里所谓的"冷幽默",是指一种彻底超越的心态和不事张扬的境界。

保持清醒的"文学圈'票友'"

思考的个性化和语言的个人化追求,构成了《日记》最引人注目的特征。

所谓"个性化"或"个人化"创作,是对我们这里长期盛行的千人一面、千篇一律的审美观的校正,是对以扼杀创作个性为特征的群体性意识、集体性叙事的反拨。卢卡契说过,在我们这个时代,试图一次就抓住现实的全貌几乎是一种乌托邦式的幻想。无论多么伟大的作家,也难免会带有认识上的种种局限,因此,让每一位作家都从大一统的"群体"中剥离出来,先将人还原为"人",并进而还原为"个人",然后再把一个个"个人"的智慧汇入"群体"的智慧大海,实在是接近现实本质的必由之路。正如有的学者指出的,个性化、个人化创作是一种真正的生命的涌动,是个人的感性与理性、记忆与想象、心灵与身体的飞翔与跳跃,在这种飞翔与跳跃中,真正的、本质的人将获得前所未有的解放。

《日记》为散文创作实现个性化、个人化提供了一张不可多得的"试纸"。所谓"试纸",是一种用指示剂浸过的纸条,它可以检测物质之中是否存在某种特定的化合物。《日记》使我们相信,思考个性化和语言个人化的成功化合,将有可能为我们的散文创作带来个性张扬、百舸争流的新气象,将使我们的散文家获得新的视野和新的天地。

当然,这张"试纸"也没有向我们隐瞒实验的风险:政治和文化会打架,政治家和文化人会打架,政治家的智慧和他的局限也会打架,陌生化更是不可避免地时时与规范性打架。特别是个人化的语言追求,对语言规范性某些规则的牺牲,甚至向翻译家关于人类不同语言之间"可译性"的信条提出了挑战,使翻译的难度激增,让我和我的朋友们在翻译这本《日记》时叫苦不迭。好在这场实验的操盘手一如既往地保持着他的那份清醒:尽管实验屡屡成功,桂冠连连不断,但他仍执拗地把自己归入"文学圈'票友'"之列,向那些埋头专事创作、硕果压弯了枝条的大作家们投去真诚钦羡的目光。

(作者系文学评论家、陕西省社会科学院文学研究所原党支部书记)

新时代现实主义文学的重要收获
——评阿莹的长篇小说《长安》*

段建军

长篇小说《长安》是一部以军工业的发展为视点,以军工人的命运为对象的优秀长篇小说。作者用深情的现实关怀意向,透视生存于被折叠的两个空间中军工人的生存状况,揭开了蒙在军工厂、军工人及其生活世界上面的神秘面纱;用充满张力的文字,塑造了忽大年、黑妞儿、忽小月、连福、焦克己等典型军工人物的鲜活形象。小说通过军工人与我国军工事业同坎坷共进退,与民族命运共起伏的故事,从一个侧面反映了新中国从成立到改革开放三十年艰难向前的发展历程。

一、折叠的生存空间

现实主义小说是一种讲述人生故事的艺术,它讲人在特定时空中的情感起伏和命运变化。因此,小说的时空也应当是产生有意味的人生故事的时空,而不是平淡无味的缺少故事的时空。优秀的作家为了给读者讲一个好故事,传达一种好声音,就要营造一个有意味的时空,让主人公在这种时空中展示他的智慧风貌,召唤读者进入其间与主人公同感共谋,建构一个诗意共同体。

小说《长安》描写了从建国之初到改革开放三十年,发生在一个叫"长安"的军工厂的生产、生活故事。作品为读者构建了两个相互关联的生存空间——生产空间和生活空间,两者共存于一个长安厂之中,由同一群人来支撑。作品通过两个空间的交互折叠,表现人生道路的坎坷不平,通过主人公们在艰难中对信念的坚守,在不平中对事业的坚持,唱明作者对国家安稳、人民安心的祝福。现实中的每一个人都在两个空间中生存发展,一个是生活空间,一个是生

---

* 本文发表于《小说评论》2022 年第 4 期。

产空间。在生活空间中休养生息,在生产空间里劳动创造。人通过劳动创造发挥自我,实现自我。通过休养生息回归自我,颐养自我。因此,生活空间是基础,人生在世首先要生存,要活得像人一样,有自我,能养我,他才能安心去生产,发挥聪明智慧,创造世界,实现自我,赢得尊严与认可。如果人没有自我,不能养我,他的劳动就会异化,生活就会悲催,对于他就没有任何价值与意义。异化悲催的生活影响人聪明才智的发挥,干扰人劳动生产的积极性。

人的自我是在与人交往的过程中显现出来的,是在生产劳动中发挥出来的。与人交往呈现出个体的善良、淳朴,或者丑恶、奸诈,生产劳动表现出个体的勤劳智慧,或者懒惰愚笨。因此,人在生产空间的表现又反过来给个体定性,甚至决定个体及其所在群体生活的安心和安稳程度。人只有在生产活动中充分发挥了自己的聪明才智,在生活世界中贡献了自我的积极主动性,才可能实现自我的价值,获得世界与他人的认可,得到安稳和安心的生活。正是在这个意义上,生活空间虽然是基础,但是生产空间似乎对个体具有更重要的作用。人只有在劳动生产活动中发挥了自我的实力,实现了自我的价值,才可能在人群中赢得尊严与认可,生活才能回归它的本义,才有保障,人才会安心工作和生活。之所以强调个体实现自我,赢得尊严与认可的过程是发挥自身实力的过程,因为每个人的生存空间都是被折叠有褶皱的,要在被折叠有褶皱的空间实现自我是会遭遇障碍和阻力的。只有发挥自我的实力——智慧、力量和勇气,才能打开折叠穿越褶皱,才能实现自我的愿望。个体是这样,民族更是如此。一个民族创造出表现自己智慧与力量的文化与文明,才能穿越民族生存的褶皱,获得世界的尊重与认可,才不会遭受侵犯与凌辱,才能过上长治久安的日子。当然,要在折叠的空间中塑造人,把生产与生活交织在一起,会让人的生存现实变得复杂,让人物关系不好处理。许多作者对于这种情况一律进行简化处理,以时间维度为主,省略了空间的折叠,故事的线索变清晰了,然而,空间生存方面的问题也被遮蔽了。《长安》没有回避生活的复杂性,它为我们还原了生活的本色,让我们直面生活本身。

"长安"首先是一个生产空间,是以忽大年为代表的军队转业人员为了保家卫国在内地建设的一个军品生产空间。它虽然占据的是内地的一方空间,但是它的兴衰影响着千里之外边防线的消长。这方空间虽然只有几千人,但是与亿万国人的命运相连。这里生产的每一颗炮弹的质量,都关系到边界争端的胜负,国防线的安危;关系到国家领土的完整,关系到边防战士的生命安全;关系到民族的荣辱,更关系到人民的尊严。因此,这方生产空间的一举一动,都牵动着省城与京城,影响着省委与军委的决策。所以,这方生产空间既和政治空间——省委、军委相关联系,也与国防空间——台海、珍宝岛、中印边境相关联。这是一方既牵连着政治和军事的成败,又关联着国家民族荣辱的空间。在这个空间中生存的长安人是一个共同体,生产炮弹保家卫国的共同体。它生产的不仅是炮弹,更生产着国家的兴亡、民族的荣辱。所以,这也是一个生产荣誉和勋章的空间。而荣誉和勋章既是对生产者智慧与奉献的奖励,又在一定程度上改变着生产者的现状。凡是能改变个体现状的东西,都能激发个体的念想,诱导个体的谋划,导致个体间的竞争。有竞争的空间既能生产崇高也肯定生产卑下,他们在竞争中把这方空间变成一个充斥着矛盾对立的张力空间。把为了一个共同目标走到一起来了的共同体成员,分隔成为为了不同利益而相互竞争的个体。

"长安"又是一方生活空间。忽大年、忽小月、黄老虎、门改户等一批军工人在这里就职,在这里谋生。所有的谋生都不是简单地活在当下,它都带着过去谋求着未来,脚踩现实仰望着理想。所有的谋求者都不满现实中自我的生存现状,都在谋求着改变现实中的我,实现理想中的自我。为理想而谋划的人生都是有志向的人生,为实现谋划而奋斗的人生都是想活出滋味的人生。然而,不同谋生者的个体谋划往往是相互冲突且难以调和的。因为关系个人升迁的职位都是固定的,只允许一个人担纲;关系个人幸福的爱情是排他的,不允许他人共享。所以,不是所有的谋划都能够获得成功,不是所有的理想都能够实现。你的谋划与实践,可能就是他人谋划与实践的褶皱和阻力,他人的谋划与实践可能就是你的谋划的褶皱与阻力。人生中的褶皱把个体发展的空间变小了,让生存者的生存发展变得艰难了,人生中的阻力把生存道路变坎坷了,让个体的生存成长更加费劲了。

不仅如此,每一个谋划都有其历史的根源和现实的基础。它会把个体当下谋划的生活空间与其过去的生活空间折叠在一起,让原本单纯的空间变得复杂,让原本平直的道路变得曲折。忽大年、黄老虎们现在生活在长安,却都摆脱不掉曾经的生活空间及其所发生的人与事的纠缠。胶东半岛的黑家庄,河北保定的白洋淀,山西的太行山,甚至莫斯科边上的图拉市,都会与他们的生活空间如影随形无法斩断。当下生活中生、旦、净、丑的吃喝拉撒，饮食男女的交友交恶，甚至阳谋阴谋，纯洁诡诈，喜剧悲剧，崇高卑下，已经在多种谋划的碰撞中发生了曲折，过去空间的人事勾连又给当下的曲折中添了几分沉重，让主人公在曲折和沉重中展开他们的人生实践。

如果认真分析，谋划给人生带来的不仅是上述的曲折和沉重，更糟糕的是它能把当下生活折叠、压缩，一分为三，让生存者对此剪不断、理还乱。有着辉煌历史的人物，也可能有着不怎么阳光的过去，因此，过去既给他加分，又给他减分；经历平淡的人，却因为历史的清白而在某些特殊的历史时期获得了特别的青睐。所以，谋划既是主体对对象的主动选择，又是对象对主体的选择和淘汰。既是单个主体充分挖掘自身资源，展示自身智慧风貌的一次实践，又是不同主体为了改变自我进行的一次生存竞争。竞争给本来就相当波折不平的生活又增添了几分紧张，给原本就在寻求和谐的生活增加了几多杂音，把为了一个共同目标奋斗的共同体中温馨的"我们"，化分成了"自我"和"他人"，让双方在实现自我、改变自我的过程中，相爱相杀。"他人"的谋划是对"我"的异化，"他人"不仅异化了"我"的谋划，而且异化了"我们"共同的生活空间，甚至异化了"我们"的生活共同体，让原本温馨的"我们"，分裂成为众多的你、我、他，让原本安心安稳的生活既不能安心更难以安稳。于是，你、我、他之间的爱恨情仇，把一部军工生活演绎得张弛有致，耐人寻味。

二、崇高的生存精神

我们生活在一个崇高缺席的时代，自20世纪90年代人们有意"躲避崇高"以来，崇高成为文学和人生的稀缺。20世纪90年代以来的文学作品一直在描写城市生活的一地鸡毛，乡村生活的琐碎与泼烦，让人们直面生活本身的无奈，反思人生的无趣，品味平凡中的意义与意味，也创作出了一批为平凡生活揭蔽，为普通百姓开眼的好作品。这些作品对于矫正"文革"文学的"假大空"现象，让文学回归其"人学"本位，表现人民生活，塑造人民形象，传达人民声音，发挥了重要的作用。与此同时，文学界也出现了有意躲避崇高，打压崇高的现象。凡是塑造崇高形象表达崇高意味的作品，都被某些人挥舞"假大空"的棍子把它打倒，再用各种一地鸡毛的理由踩上几脚，让它不得翻身。其实一个民族、一个个人的价值，很大程度上取决于他给自己经历上打下的永恒价值的印记。个体和民族凭借坚守永恒的信念而崇高,凭借对于崇高的追求而超凡脱俗。当个体和民族彻底抛弃了崇高,他极有可能失去尊严地活在地球上,也有可能被其他民族开除地球的球籍。因此,一时躲避崇高可以,一直躲避崇高将给个体和民族造成灾难。正如人民生活不全是"重于泰山"的沉重,人民生活也不全是"一地鸡毛"的轻飘。过"一地鸡毛"生活的人不意味着他心中缺失"重于泰山"的崇高信念。缺少重于泰山的信念,一地鸡毛的生活就缺少支撑,缺少支撑的生活一定是散了架的。因此,文学不仅需要品味"一地鸡毛"的泼烦,也需要正视"重于泰山"的崇高,正如忘记和遮蔽生活中的一地鸡毛,就是无视人民生活的幸福,忘记和遮蔽人民生活的崇高,就等于对人民生活进行矮化。

《长安》最大的亮点,就是塑造了一位具有崇高理想的主人公忽大年,传达了一种为军工事业献身的崇高精神。平凡的生活只能形成平凡的人格,动荡冲突的生活则会造就强劲有力的人格。忽大年生存在两个被折叠的逼窄的空间里,双重的矛盾把他的人生变成了一个张力场,把他的性格形塑成一个张力结构,让他时刻带着紧张进入生活,进行工作。让他的生活与工作都在张力的驱使下进行,而他生活与工作的每一时刻,都自觉主动地把个人的命运与军工生产联系在一起,与国家民族的荣辱联系在一起。为了生产出一流的穿甲弹,他可以置个人的生死于不顾,亲自拆除臭弹,亲赴前线检验炮弹的质量。作品把忽大年个人生活的一地鸡毛与为国为民的重于泰山较好地融为一体,让轻于鸿毛随时都能被运动和他人的奸诈放倒的忽大年,挑起了重于泰山的担子,于是,忽大年的站起与卧倒,前进与后退都象征着军工事业的发展与停滞,他顶着各种压力为国家研究和生产军工产品的过程,也就是从平凡走向崇高的历程。

作品的巧妙之处在于,把忽大年的个体生活、工作张力作为小说故事发展的动力,把忽大年下一刻生活的变化,未来命运的起伏,作为故事发展的悬念来展开。作品要表现忽大年的崇高人生,却以忽大年遇袭,上级领导督促保卫组长黄老虎追查凶手开篇。这个牵动了长安厂几千军工人心,牵动了上层领导的袭击事件,却源自忽大年青少年时代的一件糗事,一个羞于对人言说的秘密。作品由此把笔触伸进忽大年隐秘的个人生活史。

小说通过忽大年个人的内心活动,牵出了他参加革命之前,一段羞于对人言说的历史。正是这段历史,驱动他逃离老家黑家庄,参加了革命。由于他屡立战功,受到上级信任,让他转业,并委任他在大西北建设一个生产炮弹的军工厂。老首长讲述了建设中国自己军工厂的重要性,"现在,不光打仗的枪炮是外国造的,就是螺丝、灯泡、三轮车,咱们也生产不了。如果不改变这种局面,建立起自己的工业体系,咱们用鲜血打下的江山就会拱手让出,甚至被地球人开除球籍!"[1]他从领导的嘱托中明白了,上级委派自己的事情,是填补我国军事工业空白,用国产炮弹代替洋枪洋炮,保卫国家安全,保障人民安心生产、安稳生活的一项崇高神圣的事情。

他是带着神圣感来建厂的,就在厂子刚刚建好,准备庆功典礼时,袭击者的一巴掌,把他的生活折叠了起来,让他崇高的当下与一地鸡毛的过去连在了一起,也让他明白了往事并未如烟般散去。那个当年和他拜过堂的冤家黑妞儿,如今不远千里执着地找到"长安"来,如橡皮糖一样黏上了他,给他的生活添堵添乱,让他的生产、生活不安。她不仅搅扰忽大年家庭生活的安稳,也影响忽大年工作中的安心。那个曾经的黑家庄,不仅走出一个黑妞儿专门来找忽大年的茬,更从天上掉下来一个他失散多年的胞妹忽小月。亲人相遇本是天大的喜事,况且胞妹如今已是外国专家的翻译。然而,忽小月思想单纯,做事不考虑后果,时不时搞一些出格的事情,让忽大年的工作闹心、生活烦心。更麻烦的是此后,黑家庄出来的这两位冤家竟然鬼使神差地成为"闺蜜",合起来给忽大年的工作添堵、生活添乱。让他的日常工作难以安稳,让他的日常生活难以安心。更让他这个一厂之长在各种掣肘之外,又添了一重家庭的掣肘。

作为一名军人,忽大年十四岁就跟随游击队送情报,打鬼子,可以称得上是英雄少年。转业成为军工人之后,他始终不忘初心,一直保持着战士的情怀和作风。炮弹在试验中卡壳,他把生死置之度外,亲自冲上去拆弹;中印边界冲突,他奔赴前线试验炮弹的威力,寻找改进的方法;珍宝岛冲突,他带领儿子亲自送炮弹到前线,并且不顾安危指挥儿子试射新弹……他是一位"始终昂首挺立在前沿阵地的老兵"。他用这种"老兵精神"——忠于国家,献身事业,是非分明,雷厉风行的精神,带领"长安人"进行炮弹研制和生产,即使政治运动让他的职位几上几下,即便"文革"中遭受挂牌批斗的屈辱,他照样为了造出新一代导弹,不顾个人安危,组织专家进行攻关。他是上级认可、同事爱戴的炮弹专家,始终保持着保家卫国的那份初心。

---

[1] 阿莹.长安[M].北京:作家出版社,2021:10.

忽大年不仅是一厂之长,还是家庭的一员。他不仅要指挥军工厂的生产,还要处理家庭事务,照顾家庭生活。指挥军工厂的生产,他的老兵精神特别灵验。处理家中的男女事、兄妹情的时候,他的老兵精神却显得简单、粗暴和力不从心。常言道,清官难断家务事。家中的事,是与非并不那么分明,情与理常常矛盾交织。经常是这样也可,那样也可,就是不可下判断;说不清道不明,谁想说清道明谁就错。老兵遇到家务事,让他陷入难堪,把他搞得很泼烦。家中的事是隐秘的,却是每天都必须面对的,是没法摆在桌面上与人言说,更不能让他人帮忙处理的。由于处理家务事欠妥当,他伤了夫妻的情,冷了妹妹的心,以致间接造成妹妹忽小月的人生悲剧。作品就这样把忽大年塑造成了一个有个性的老兵,一个接地气的军工英雄。

《长安》是一部充满英雄主义精神的作品。小说中的生活空间和生产空间都是打了许多褶皱的,作者深入这种褶皱中,描写忽大年被褶皱压缩的生存空间。刻画这种空间怎样掣肘忽大年生产生活智慧的施展,如何给他的前方挖坑,给他的人生路上设置路障,让他哪怕每前进一步,都会遇到各种阻力,都要迎接各种挑战。这些阻力和挑战把忽大年的生产生活变成一个战场,把他的人生变成一场战斗,呼唤着忽大年身上的战士精神和战斗的勇气。换句话说,忽大年身上的战士精神和英雄气质,包括他身上的各种缺点,都是被那个时代、那种空间里的褶皱折出来的,也是他坚守初心、迎接挑战、脱颖而出的结果。忽大年所经历的为人民打天下,为民族保平安的时代,是一个需要勇气和胆量,呼唤崇高精神的时代。忽大年面对一次次无端的陷害,一次次不公正的打压,一次次遭人误解,甚至一次次背着不该有的处分的情况,始终无怨无悔,忘记小我、勇做大我,带领团队钻研最先进的炮弹技术,生产前线急需的炮弹,保证国土和国民的生命安全的作为,是那个时代崇高精神的本色表现。忽大年用他大半生坎坷而非凡的人生实践,演绎了一部现实版的崇高人生,他用自己奋不顾身的精神为祖国保平安,让人民有尊严。

三、艺术的突破

小说是一种认识的艺术,它剖析社会、剖析人生。他为社会揭蔽,为人生启蒙。国家随着工业的发展而富裕,随着军事工业的发展而强大。但是工业题材的文学没有随着国家的富强而繁荣。由于我们国家长期处于农耕文明之中,农业人口几乎占总人口的五分之四,经济欠发达,社会底层的农民尤其贫困,他们身上蕴藏着巨大的革命动力,是革命年代的英雄。早在延安时期,毛泽东就提醒中国真正的马克思主义者不要忘了农民。"我们说的马克思主义,是要在群众生活群众斗争里实际发生作用的活的马克思主义,不是口头上的马克思主义。"①活的马克思主义者都知道,要想推翻帝国主义和封建统治,必须发动农民组成浩荡的大军,革命才能成功。在社会主义建设初期,农民依然是社会的大多数,工厂里的工人是从农村招来的,军队里的士兵是从农村征来的,工农兵中的多数人都有农村经历,都有自己的农村亲戚,都有自己的乡愁。写农村生活,塑造农民形象,既能政治正确,又能够获得多数人民群众的共鸣,更容易获得成功。因此,文艺为人民服务,落实在创作上就更多倾向于为农民服务。

工业题材在农耕文明的中国属于小众题材,关注的人少,所以,容易被人们忽视。加之真正熟悉工业生活,了解工人状况的作者也少,这就造成了我国工业题材的作品较少,影响力不大的局面。作者阿莹从小生活在军工大院,对军工生活非常熟悉,对军工人一往情深,他深知"军事工业从来都是尖端科技的首选之技,是大国重器的诞生之地,我国几代军工人以高度的历史责任感和爱国主义情怀,默默无闻地劳作着拼搏着,形成了艰苦奋斗、攻坚克难、精益求精、勇于奉献的军工精神,为共和国的历史增添了浓墨重彩的一章,是共和国名副其实的脊梁!"②他一直立志要为军工生活揭蔽,为军工人立传,《长安》是他塑造军工人崇高形象,传达军工精神的一部大作。

首先,作者把"长安"打造成为一个由生产与生活相互折叠,过去与未来纠缠着现在的艺术空间,这是对我国工业题材创作的一次艺术突破。过去的工业题材作品,由于作者对工厂生活不熟,往往把工厂的生产、生活单一化,或者以生活为前景,以生产为背景,主要展开生活矛盾,辅之以生产矛盾。或者以生产中的方案之争为中心,简化生活矛盾。"长安"的主人公们,都生存在生产、生活的褶皱处,褶皱是他们生活的阻力,是他们工作的干扰,从两个空间考验着主人公战胜阻碍穿越褶皱的力量、勇气和毅力。"长安"的主人公们又生活在过去和未来的折叠处,他们的当下常常既受到过去的纠缠,又受到未来的拉扯,处于一仆要伺三主的艰难局面。主人公这种置身褶皱处伸不直抻不展,充满波折

---

① 毛泽东.毛泽东选集:第三卷[M].北京:人民出版社,2009:858.
② 阿莹.长安[M].北京:作家出版社,2021:后记.

的人生,给他们的生活生产造成了很多阻力,也带来了很多挑战,让他们的人生一直充满张力。主人公们在集体性社会化的生产活动中,常常受到个体化私密性的生活的搅和;他们个体化私密性的生活,又常常会遭受到社会化集体生产的干扰。多重的褶皱给"长安人"造成了多重的考验,让长安厂这方空间变成考验一个人的勇气毅力的试验场,主人公们都在不安中生存,都在追求着自我和国家民族的长治久安。有些人为了自己的前途和发展,耍心眼、搞阴谋,搞得自己和别人都不安;有的人心地单纯把人生想得太简单,不能忍受褶皱造成的不安,决然告别了这种紧张不安;有的人背负着不安以勇气和毅力迎接褶皱的挑战,以智慧和胆量穿越褶皱勇往直前,把自己创造成一个崇高的英雄,把"长安"升华成为一个崇高的空间。

艺术生产是对社会人生张力的发现和展示。张力是艺术生产的动力,又是艺术魅力的源泉。张力驱使主人公行动,给艺术空间注入活力;张力召唤读者和观众进入艺术世界,与主人公产生同感,与主人公进行同谋。诱导读者和观众在分享主人公的爱与怕,力和勇的过程中,与主人公私下结盟,共同建构一个诗意的审美世界。每一部优秀作品都会给读者和观众创造和展示一种不同的审美张力,让读者和观众在悬想期待中度过一段诗意人生。《长安》的张力由生活、生产的不同空间以及过去和未来对现在的折叠造成。作品中多重褶皱造成的人生的不安,与人对于安心安稳生活、生产的追求形成一种难以调和的紧张,这是作者对生活的一个发现,对艺术的一种创造,这一发现和创造,已经超出了军工题材以及军工人的生活与工作,对创作和欣赏都具有普适的审美意义和价值。当代工业题材的小说如作者所说,喜欢沉浸在"方案"之中,围绕工作"方案"做文章,对人的情感命运关注不够。"解放后的作品习惯反映技术方案的先进与落后,后来的作品习惯反应改革方案的正确与否,当然这类作品也诞生了经典。"①围绕方案之争所创造出的作品,偏重于表现主人公的意识形态品行,却往往忽视甚至遮蔽了人现实的生活世界、心理世界的开拓,因此很少揭示人丰富的内在精神与性格。虽然人的生活不可能和意识形态相分离,但是,人现实的生活世界又不可能被意识形态所覆盖或者充盈。除了意识形态,个体还有自己的私人生活。文学以人的个人生活作为视点,透视人的生活世界史。以

---

① 阿莹.后记[J].当代,2021(3):114.

个人情感的起伏，命运的跌宕，透视社会发展的历程，这样塑造出来的英雄才是有人气的英雄。

《长安》用褶皱表现当代英雄的人生，拓展了艺术透视世界和人生的视野。反观每一种社会人生，其实都在多重褶皱中寻求伸展，在多重阻力中寻求自我的实现。有价值的人生一定是克服重重阻力，在褶皱中伸展的人生，崇高的英雄克服的阻力一定是那个时代的阻力，他伸展的人生也是民族的人生。

《长安》对当代工业题材小说的第二个突破，是采用对象化的叙事手法进行写作。作品打破了传统工业题材的第一人称或第三人称贯穿到底的写法，改用对象化的手法进行创作。每一特定章节以特定人物为视点，审视军工厂中的人物和事件，用透视者的心理感受他所看到的军工人的一举一动，用他的情感语调讲述自己看到和感受到的社会人生，于是这一章节就打上了透视者性格、心理和情感语调的印记。不同章节因为透视主体的变化，形成讲述社会人生时性格、心理和情感语调的对立与互补。这就把每一次人际交往，都化成对透视主体产生冲击的心理事件。同时，每一个章节切换不同的透视主体，变换不同的体验心理和话语腔调，也使文字变得活泛有冲击力。

从创作角度来看，这种方法丰富了文本中的叙述话语方式，增加了故事演进过程中的语调变化，增强了叙事的复调性，也丰富了文本的社会人生蕴含。从阅读角度来讲，一方面通过透视主体的变化，更新读者的阅读视野，让读者不断换个角度看社会，换种心情体验人生；另一方面通过叙述话语的变化，更新读者的阅读趣味，变化情感冲击方式，增强读者的阅读快感。因此，《长安》不单是新时代工业题材小说的一次突破，更是新时代现实主义文学的重要收获。

[本文系陕西省基地重点项目《区域文化与新时期陕西文学研究》(13JZ054)研究成果、国家社会科学基金重大课题《中国当代文艺审美共同体研究》(18ZDA277)阶段性成果]

（作者系文学评论家、西北大学文学院教授）

一道明丽的朝霞

——大型秧歌剧《米脂婆姨绥德汉》观后*

何西来

年前,在保利剧院看了榆林市民间艺术团进京演出的大型陕北秧歌剧《米脂婆姨绥德汉》,至今耳畔仿佛仍回响着那狂野嘹亮的歌音,闭上眼睛,也好像能看到那一幕幕在舞台上上演的乡土味十足的情爱故事。看这个戏,曾使我非常感动,沉迷于那既熟悉、又陌生的曲调曲词之中,心醉神驰,获得了极大的审美满足,同时也慰藉了我作为远方游子的乡情和乡思。

《米脂婆姨绥德汉》的编剧为白阿莹,总导演为陈薪伊。阿莹的散文和报告文学都写得不错,属于写实和纪事一类,用情、议论,画龙点睛,也都恰到好处。薪伊的戏,我看过不少,是当今饮誉华夏、名满海内的大导演,是活跃在剧坛上的健者、强者。她的许多戏,大气磅礴,慷慨苍凉,有须眉之象,而少儿女之态。主要由他们二人合作的这台《米脂婆姨绥德汉》,在阿莹,虽是牛刀初试;在薪伊,却是久经沙场之后,向故园、向乡土的一次回归,依然大气、淳朴、厚实、单纯、明亮是主色调、主风格。整出戏,就像无定河边一道明丽的朝霞,辉映于东天之上。

米脂、绥德是无定河边两个相邻的县份,古属上郡,地貌环境、气候条件、风俗方言,都相差不大。秦皇北筑长城,却匈奴七百余里,命蒙恬发大军30万,以公子扶苏为监军,司令部就驻扎在这一带。因为已经是塞上,自古多兵气战云,金戈铁马,故自来民风雄强浑朴,哪怕是情歌,也颇见苍凉的韵调,其高亢处如角、如号、如笳,与江南的《一朵茉莉花》的调韵,形成鲜明对照。因此,地域文化色彩浓郁的《米脂婆姨绥德汉》在艺术上表现出的大气、淳朴、厚实,就是渊源有自了。

---

* 本文原载于《米脂婆姨绥德汉》(陕西人民出版社2015年版)"第二辑 评论"。

在我看来,《米脂婆姨绥德汉》的编导,显然在相当自觉地追求一种单纯明亮的审美效应。故事很单纯,主要是写女主人公米脂姑娘青青和三位男青年之间纯真的爱情纠葛。石娃、虎子、牛娃,都是好男人,真正的绥德汉。他们之间的冲突,是一出爱情面前人人平等的竞争情境。这竞争,剔除了情爱之外的政治等附加因素,成了看谁爱得最深沉、最真挚的比拼。牛娃是青青妈中意的女婿人选,勤劳、淳厚,给青青家出过许多力,帮过许多忙,青青也把他当哥哥看。他最后老老实实做了青青的哥哥和保护者,退出了三人婚恋的竞争。青青最属意的是石娃,不仅因为他从野狗和泼皮们的手里救了青青一命,而且人生得壮实、剽悍、帅气,有石头一样坚贞的强毅性格。他是无定河边有名的石匠,像他刀凿下的石狮一样,言必信,行必果,践行诺言,赶在"七月七日"日落前筹足婚款,从西口回来娶青青。虎子与青青是青梅竹马的小伙伴,儿时玩耍,两小无猜时曾戏赠小手绢给虎子,一个说要嫁给你,一个说等你长大了就娶。这个"赠帕"的"人之初"的过家家细节,还有作为信物一直被虎子珍藏的那方小手绢,曾在剧情的推进中一再提及或闪回,从而产生了一种回环咏叹的效应。

《米脂婆姨绥德汉》不仅故事单纯,人物性格也单纯。连啸聚山林,做了山大王的虎子,也没有被刻意塑造得内心复杂,人格分裂,或者凶残狠毒。他虽然深爱着青青,而且把她抢上了山,但他知道青青爱的是石娃,不是他,因而克制了自己,成全了石娃和青青,一手导演了一个如云里雾里,梦中幻中的入洞房的喜剧式大团圆结局。

与青青圆房的是石娃,石娃是青青心目中的中国式、陕北式的"白马王子",他的戏却并不比虎子多多少。虽然有虎子这个绥德汉抢人而更增加了这个戏单纯明亮的特色,却又不失其戏剧故事的跌宕之致。

孩子们的戏,跳唱着"天上有个神神,地上有个人人,神神照着人人,人人想着亲亲"掀开大幕,像是序曲,又断续闪回,一直唱到第四幕,穿插于结尾前的酒令猜拳的咏唱之间,平添了全剧的童声与童趣,使整出戏就像演绎一个童话,奏响一曲童谣或儿歌。

儿童的眼睛,是诗性的眼睛,儿童眼里的世界,充满了单纯和奇幻,又都洋溢着热情。《米脂婆姨绥德汉》的单纯,不是单调,而是从纷繁世情中提纯升华出的一种童心和诗情,也可以说是一种人们向自己原始精神家园的回归。

当然,玉成这回归的舞台呈现的,不只是编导,还有一个庞大的、超豪华的创作团队。乐曲是歌剧的灵魂。《米脂婆姨绥德汉》的作曲编曲是当代乐坛上著名的音乐大师赵季平,他又是陕西人,陕北民歌音乐元素的运用与掌控,可以说达到了出神入化的程度,酣畅淋漓,流转自如,略无凝滞,令人心醉神迷。几位主要演员:饰演青青的雷佳,饰演石娃的王宏伟,饰演虎子的吕宏伟,饰演牛娃的武合瑾等,不仅扮相好,而且声腔、用情,一个比一个好。既唱出了陕北黄土高原的地域文化特色,也唱出了高亢的、崛起中的中华民族的时代精神,自然也烙印上了他们各自的演唱个性与特色。另外,舞台美术、灯光、服装、化妆等,也都共同烘托着单纯、明亮、浑朴、诗意的主体追求与表达。

总之,这是一篇现代中国版的《水晶鞋》,现代中国版的《渔夫和金鱼的故事》,成人爱看,孩子们也爱看。

行笔至此,我仿佛又看到了无定河畔那道辉映东方的明丽朝霞。

(作者系著名文学批评家、曾任中国社会科学院文学研究所副所长)

阿莹长篇小说《长安》：充溢在军工厂的国家意识[*]

贺绍俊

最近连续读到几部描写工人生活的长篇小说，竟生出兴奋之情，因为很长时间没有听到发自工厂、具有金属般悦耳的铿锵之声了。这几部小说分别是李铁的《锦绣》、罗日新的《钢的城》、阿莹的《长安》。工业题材小说，或者说反映工人生活的小说，曾经是共和国文学中的一道很重要的风景。当然，工业题材小说创作的成果并不尽如人意，但当年对它的期待是很高的，对它的关注度也是很强的。它的成果尤其是与乡土小说比较黯然失色。公平地说，其中一个重要原因是中国现代文学中的工业题材小说缺乏足够的文化积淀。但这决不是我们可以忽略工业小说的理由。从现代化的角度来看，工业文明代表着未来，它应该成为文学发展的重要资源，只是我们至今还未能有效地利用这一新的资源开拓出当代文学的新空间。不幸的是，现代化的进程在提速，在我们还没有充分消化、吸收工业文明之际，如今又进入了后工业文明的时代，这也是为什么在现实中工人越来越被边缘化、工业文化越来越被淡化的原因。但即使如此，工业文明对于当代文学的价值和意义仍然不可低估，因为对中国来说，工业仍是我们城市生活的重要内容。在我看来，工业经验和工人文化应该是推动当代文学发展的重要因素。这也是我读到以上几部小说而感到兴奋的缘故。我希望这几部小说是一个美好的征兆，预示着当代文学中的新工业文学已经积蓄起力量起锚扬帆。

我对这几部小说满怀希望，还有一个原因是这几部小说写的都是国有企业里发生的故事。国有企业，这是一个曾经让人热血沸腾的词语，那时候，国人以能成为国有企业一员而自豪；这又是一个充满悲壮甚至屈辱的词语，破产、重组、国有资产流失，它带来的一系列连锁反应震撼了整个社会。直到今天，国有

---

[*] 本文发表于《文艺报》2021年10月11日。

企业仍然是国民经济发展的中坚力量，是中国特色社会主义的强大支柱。当我们要讲好"中国故事"的时候，又怎么能够把国有企业忽略不计呢？这几部小说不仅讲述了国有企业里的人和事，而且透过这些人和事，揭示出国有企业在形塑中国人文化形象上的作用以及国有企业的精神品格。

我要特别说说阿莹的《长安》。这部作品所写的工厂是一个更加特别的国有企业——军工企业。军工企业可以说是一个国家必备的生产企业，大多受到政府较强的调控和干预，在中国，军工企业的国有性质更突出，并且还具有机密性。阿莹聪明地抓住了军工企业的机密性做文章，从而使小说的情节具有更大的吸引力。但这也许仅仅是一个技术性的问题，它并不是这部小说最有价值的地方。我以为这部小说最有价值的地方是对军工人的精神品质的揭示。

《长安》的故事是从中华人民共和国成立之初写起的。主人公忽大年是中国人民解放军的一名高级将领，他正率领部队在贵阳大山剿匪，突然接到命令参加工业培训，随后被任命为一个新建的军工厂的领导。从此他脱下军装，与一群军工人一起，从白手起家盖厂房，到抢时间为金门炮战生产出第一批炮弹，作者忠实地顺延着时间发展，一直写到他终于在晚年看到了工厂制造的二代火箭弹试射成功了。作者当年也曾是一名军工人，他熟悉军工厂的生活，他也对军工人满怀着深情。真实感让这部小说稳稳地站住了，同时因为作者更多地将自己的深情凝聚在对人物的刻画上，所以小说中所写的众多的军工厂的人物形象生动，富有感染力。这些人物性格各异，非常值得一一分析，但我想专门谈一点，在这些军工人身上有一个共同点，即他们具有一种鲜明的国家意识。这正是国有企业精神品格的一种表现方式。

忽大年是作者精心塑造的人物，他曾是一名出色的军人，他也热爱军人职业，更愿意驰骋在战场，但为了国家利益，他毫不迟疑地转战军工企业。因为军人出身，他也把军人作风带到了军工厂，从而更加凸显了军工厂的国家意识。他刚刚来到长安组建军工厂，就陷入了个人情感的纠葛之中，甚至在厂房竣工典礼前夕被悄悄来找他的黑妞儿一掌击得晕了过去。但只要面对工作，他就把家事私情完全搁置在一边。他以军人的方式来处理生产，终于酿成了事故，被省委一纸处分，下到车间劳动。小说非常真实地描写了受到处分后的忽大年的沮丧和窝囊，完全一副破罐子破摔的姿态。但是，当他有一天在传达室取报纸，看到《人民日报》上的新闻标题："我炮兵猛轰金门蒋军"，他的神经马上绷紧了起来,责任感也被猛然激活了,他就像一个在前线听到战斗号令的军人,直接回到办公楼,三步两步冲进调度台,指挥生产调度。小说这样描写此时的忽大年:"他再也不管下放的禁忌了,不但在动员会上发出了嘶哑的号令,还把部队鼓舞士气的招数使出来……人们都说他像战场上打红眼的指挥官,双眸星火,一脸杀气,谁都担心不小心撞到枪口触犯天颜。"为什么一个还在为自己挨了处分而耿耿于怀、情绪低落的人,突然间就变成了一个在战场上冲锋陷阵的战士?就因为他的内心里有着强烈的国家意识,报纸上的新闻报道的是国家行动,它就像一根引线,马上引爆了忽大年内心沉睡的国家意识。小说多次写到忽大年在逆境中仍然不顾个人得失和安危,一定要完成国家交给的任务。可以看出,国家意识是他头脑中一根始终绷紧的弦。国家意识在现实生活中体现为一种责任担当,人们将自己的行为与国家大事连接了起来,由此也在自我的行为中增加了庄严感和神圣感。国家意识也强化了人们的奉献精神,这一点在忽大年身上同样表现得非常突出。有一次靶场遇到大麻烦,一发交验弹落在粪堆里没有爆炸。此时的忽大年又处在受处分的逆境中,被降为副厂长,但他一听到这个消息,便"好像他又成为了工厂的主宰",马上赶去靶场。当时最安全稳妥的办法就是引爆这颗故障弹,但忽大年坚决不同意引爆,因为这样一来就无法找出故障的原因了。他毅然戴上钢盔,只身前去拆卸炸弹。这完全是一次置个人生死于不顾的英雄之举,作者满怀深情地详细描写了他拆卸故障弹的过程,读来特别感动。

军工厂是一个充溢着国家意识的特殊环境,身为军工人,在这种环境的熏陶下,会逐渐确立起自己的国家意识。连福这个人物就典型地体现了这一点。连福是工厂的一名技术人员,也可以说是这部小说中少有的几个知识分子形象中的一个,在他的身上,不同的时代都留下深深的烙印。新中国成立以前,他在东北一家日本人办的工厂当技术员,因不满后来工厂对他的安排,便来到长安进了这家军工厂。他很聪明,在技术上高人一筹。经常在生产环节上遇到难题,大家一筹莫展时,他一来,三下两下就把难题迎刃而解了。但他也是一个对政治不感兴趣的人,他沉湎在自我的情感世界里,为了获取忽小月的爱情,他费尽了心机。这样一个重视个人小世界、身处主流社会之外又有着一定的知识分子独立性的年轻人,应该是与国家意识无缘的。事实上也的确如此,他来到军工厂后,并不认真干活,倒是发现这里到处藏着古代宝物,便把心思花在私自收藏文物上。在当时强调阶级斗争的政治大背景下，连福属于有着历史问题的人物，在军工厂这样政治色彩很浓的机密企业里，处境就十分艰难。他不但不能受到重用，而且一旦有什么风吹草动，就成为被怀疑的首选对象。为此他遭了不少殃，如被取消在技术部门工作，被铐上手铐送往劳改农场，被安置到一个偏远的矿区劳动改造，等等。可是我们仍能从这个人物身上看到国家意识的影响。连福在军工厂这样充满着机密性和严肃性的环境里，深知其工作与国家是一种什么样的关系，因此尽管他平时在工作之外会有很多鬼点子，却从来不会敷衍、懈怠工作。哪怕他已经处在极其屈辱和窘困的状态中，只要是军工厂调配他去解决工作问题，他也决不会将屈辱的心情带到工作中。面对工作，他就换了一种认真的状态。作者通过连福这个人物非常真实地再现了当年对于那些被认为有历史污点的知识分子所采取的不公平甚至不人道的措施。作者写到有一次连福又被军工厂召回解决技术问题，忽大年见到这个年轻人已被折磨得不像人形，也露出同情之心。但连福即使在那种失去尊严的日子里，仍然严肃认真地对待工作，发挥自己的技术专长。他因此还被他所劳改的矿务局当成了"难以割舍的宝贝"。小说让连福最后一次出场是在军工厂押运火箭弹去中苏边境的情节中。这时海军前来求助军工厂人，希望他们能想办法将沉在江中的苏军坦克打捞上来。这次又是连福想出了使用绞盘的办法。在小说中军工厂人只有忽大年和连福直接参与了海军的打捞。我很欣赏作者的这一情节安排。连福是绞盘的设计者，忽大年本来只是军方请他一起过来便于与连福沟通的。但在打捞过程中，忽大年发现战士们干得十分吃力，便冲上前去当起了指挥员，小说写道："这真是一个奇迹了，茫茫的冰天雪地，几十个战士在一个老兵号令下，钢缆一寸寸绞了上来。"这是忽大年与连福在无意之中为了国家行动的一次密切合作。这种合作其实是富有深意的，它勾连起国家意识是如何在不同人物身上发酵，又如何从不同的支流汇合到一起的。

作者在书写连福时其实是处在一种犹豫不决的心理状态之中，他犹豫着不知该从调色板中沾上什么样的着色涂抹在连福的身上更合适，这也就造成了目前连福的形象显得不够完整。即使如此，我仍非常欣赏作者对连福这一独特形象的塑造。

《长安》从一定程度上为开掘国有企业这一文学资源做出了有益的探索。我从中读出了"国家意识"，尽管在小说中并没有出现这个词，但小说中的军工人,都在以自己的行动表现出他们内心中充溢着的国家意识。我以为,我们在讲述发生在国有企业内的"中国故事"时,还应该把国家意识讲得更透彻些。

(作者系文学评论家、沈阳师范大学中国文化与文学研究所副所长)

大型军工国企的光荣写照

——读阿莹长篇小说《长安》*

胡 平

  一个作家的潜力,往往与其阅历相关,一个有过其他职业较长经历的作家,相对而言,更有条件写出一两部厚重作品。因为他可以较为准确和深入地凸现一个领域里人们特殊的生存状态,这是他的优势。读阿莹的长篇小说《长安》,我们能够分外感受到,一家自建国初期开始兴建、坐落在古城西安的大型军工国企,半世纪里经历了如何跌宕起伏的发展历程,直至创造出令国民振奋的国防业绩;就职于这家大型国企的领导干部和职工们,又经历了多少风风雨雨的考验,体验世情,辨识人心,获得弥足珍贵的人生信念。这样的题材,如此的跨度,显然不是局外作家靠一番采访就能圆满驾驭的。

  小说里呈现的许多场面都是今日年轻人们难以想象的。解放之初,苏联专家圈定厂址,土地上遍布坟茔。毫无思想准备的师级军官忽大年被派来创办长安厂,清地时遇到文物贩子和清理墓室的人的围攻,状子一直告到国务院,忽大年本人也遇袭昏迷在医院。仅仅这样一个开场,带给读者许多新奇的观感,也带来新中国军工产业草创阶段的真切氛围。这种氛围弥漫开来,具有结实的质感,揭开了这一产业历来被蒙上的神秘面纱。

  从长安军工厂长期发展过程来看,对科研与生产影响最大的莫过于历次运动带来的冲击,它们扰乱了正常的工作秩序,造成不必要的人际矛盾,更阻碍了国防现代化的脚步。《长安》很大的价值,在于借助作者的亲身阅历,帮助后人正确认识历史教益,从而在前行的道路上走得更加自觉平稳。

  忽大年和黄老虎,是小说中给人留下最深印象的两个人物,他们的关系持续数十年,纠缠全篇。黄老虎乃忽大年的老部下,在战争年代被忽提拔为保卫

---

* 本文发表于《文艺报》2022年3月2日。

干事,后跟随忽到长安厂任保卫组长。忽对黄很信任,平日黄可以毫不客气地端起忽的茶杯喝水,忽并不介意,可见彼此情意之深。然而,在运动中,身为全厂领导的忽大年常常受到批判,黄老虎也就一再有机会取而代之,主持工作。显然,在权力的诱惑之下,黄是乐于选择进步的,但面对老首长,有时又需要做出自我表白。忽大年眼看他气焰日盛,心里"不是滋味",而黄又不能长久得势,风向一转,便"像霜打的茄子蔫了下来",甚至有过和忽一起挨斗的时候。此时,忽大年倒是为黄愤愤不平,认为有些责任自己有份,不能让黄一人承担。这里,重要的不是写形势,是写形势下对人性和人品的考验。忽大年虽然历经沧桑,时起时伏,但始终保持着革命初心和正直本色,终于修成正果。黄老虎在正常环境下可以不失常态,本分做人,遇到天赐机遇,获得某些"上升空间",则可能失去理智,愧对良知,投机趋利,到头来却是一场空。这部作品书写的"过来人"的经验,对许多后来人的生活选择都具有醒世意义,毕竟世事变幻,人心叵测。

小说中的各种人物关系得到精心设计和刻画,其中,忽大年和黑妞儿、靳子的姻缘最为复杂。在战争年月,忽大年参军前与黑妞儿有过两夜失败的交会,留下休书,后在部队与靳子结为夫妇。没想到黑妞儿仍认定他为夫君,不肯他嫁,后找上门来,并落在长安厂参加工作,造成一场人伦危机。作品的不落窠臼之处,在于没有像寻常情节那样,以前妻的离去告终,相反,是以后妻的辞世,主人公与前妻的续缘了结。这里面,前前后后便生出不少纠葛,检验了当事人的品行。过程中黑妞儿虽然泼辣,眼看着靳子要喝煤油,便不再勉强,与忽大年平静相处。靳子惦记着黑妞儿,好心为她和黄老虎做媒。运动中,黑妞儿一度比忽大年更风光,未听忽提醒劝阻,而她参加群众组织只是为了保护忽,并在忽陷于绝境时施以援手。三个人都是好人,只是出于阴差阳错结出恩怨,而他们在此种情境下的所作所为,并无可指摘,彰显了中国传统伦理道德的光泽。忽大年与黑妞儿经过小半生光阴,闯过大风大浪,才真正达到相知甚深,这种产生于人间的情感内涵也是颇为独特的。

《长安》是一部标准的主旋律作品,相当程度上真实记录了一家军工企业自力更生、艰苦奋斗,克服种种来自外部和内部的干扰,将火箭弹送上天,出色完成了党和国家交给的重要使命的征程。而它能够紧紧抓住读者,让人读至篇末的重要原因,则是作者能够正视现实、不回避历史,在通篇结构中设有悬念和紧张情境,充满多方面的冲突。小说这东西,基本面仍然是故事,而故事的内核仍然是人际关系与冲突。阿莹能够透彻理解这一层,从谋篇布局始即做出坚持和把握,方能够在主题创作中获得不俗表现。他的经验是值得借鉴的。

阿莹还为自己作品制定了基调上的质地,那就是努力使之贴近生活原色,保护生活气息。《长安》中并不是所有场面都扣人心弦,但几乎没有什么场面出自矫情臆造;《长安》中并不是所有角色都牵动人心,但几乎没有一个角色在生活中找不到类别。每个人物做出的事,说出的话,大都不脱常情,不失常理。即便是主人公,有大功于社稷和企业,也不是没有过一点有失体面的作为。应该说,作者的文学观念是较为成熟的,追求的方向是可靠的,这将使他的写作具有长远的前景。

阿莹是陕西作家,承继了陕西作家深厚的现实主义传统,为陕西文学创作增添了新的光彩,令人感喟。

(作者系著名文学评论家、中国作家协会创作研究部原主任)

翱翔于蓝天的和平鸽
——阿莹话剧《秦岭深处》观后*

红 柯

2016年6月10日我在西安人民剧院观赏了西安市话剧团演出的话剧《秦岭深处》。这是我平生看的第四场话剧。上大学时喜欢上西方话剧,读的都是剧本。希腊戏剧、莎士比亚、奥尼尔、易卜生、梅特林克、契诃夫、荒诞剧派戏剧等,跟读小说一样当纯文学作品读。直到2000年参加中青社"走马黄河"活动,黄宾堂给我们赠送北京人艺小剧场的戏票,我怀着巨大的好奇心看了北京人艺排演的《切·格瓦拉》,那种震撼至今难以忘怀,我才明白戏剧在欧美为什么有那么高的地位。2004年年底迁居西安,看了老朋友王真(孙惠)的话剧《郭双印连他乡党》,这是全国名剧,不用我赞美。第三个话剧就是《白鹿原》,北京人艺在西安上演,好好欣赏了一番。这次观赏《秦岭深处》让我感触很深。

剧情从导弹试验失败刘娟牺牲开始。刚刚牺牲的刘娟灵魂不死,以灵魂独白的方式讲述秦岭厂军工人的故事。刘娟看见丈夫总工程师周大军与罗安丽发生争执,她悄然隐去。当年刘娟与罗安丽同时追求周大军,周大军选择刘娟,罗安丽离开工厂下海创业发了大财,又返回秦岭厂,正好刘娟牺牲,罗安丽又有了追求周大军的机会。秦岭厂准备给刘娟立雕像,周大军不同意,他认为:"舍身炸碉堡堵机枪眼是军人的英雄壮举,却是我们军工人的耻辱,我们军工人没有给战士造出好武器。"周大军提出全厂职工集资研制新武器。罗安丽以高薪劝说周大军离开工厂到自己的公司工作,周大军告诉她研制新武器不是为了战争而是为了和平。刘娟的灵魂飘然而出,讲述战争年代这个军工厂难忘的历史。新武器研制进展顺利,到了关键的导弹威力实验阶段。罗安丽回厂复工,期望接近周大军。导弹威力实验中途熄火,为了不影响实验进展,周大军建议

---

* 本文发表于《文艺报》2016年6月22日。

人工拆弹。他要亲自上阵,众人争执不下。刘娟的灵魂出场,再现战争年代军工厂先烈辫子雷牺牲的情景。总部决定由罗安丽的弟弟罗安平拆弹,周大军监控。罗安平极度紧张,手臂颤抖无法拆弹。周大军当机立断换下罗安平亲自上阵拆弹。罗安丽换下弟弟罗安平走上监控岗位配合周大军,两人密切配合,故障弹被成功拆除。罗安丽随后听到了周大军拆弹前留在手机中的"遗言",知道了周大军一家两代人对军工的情感与付出,也知道了周大军选择刘娟的原因,周大军也在遗言中对罗安丽许下承诺,请她等到导弹试验成功的那一天。刘娟的灵魂目睹了周大军与罗安丽拆弹的凶险一幕,她的灵魂告诉周大军希望他与罗安丽爱情美满。半年后,在戈壁滩进行新武器最后的抗干扰试验。受大风影响,干扰源的火焰达不到要求,大家脱下大衣,浇上汽油,试验成功。罗安丽要周大军兑现之前的承诺,离开秦岭厂。两人发生激烈的争执。她甚至告诉周大军,你的父亲不是烈士,你没必要死守在秦岭深山,周大军告诉罗安丽他继承的不是家业而是事业,他研制武器不是为战争而是和平,每一发升空的导弹就是放飞的一只和平鸽。这是他的爱妻刘娟的誓言,刘娟牺牲前已经怀孕,已经买好两张电影票,试验成功就给丈夫周大军一个惊喜,不幸的是试验失败,刘娟带着未出生的孩子离开人世。刘娟的灵魂不断地告诉周大军:秦岭深处才是她的安魂之地,才是她生命的故乡。此时此刻,刘娟的灵魂再次出现,祝福丈夫周大军重获爱情和幸福,罗安丽爱恨交加:"大军,我爱的就是你这一点,可我恨的也是你这一点。"周大军和罗安丽情不自禁遥望远方,历史的一幕再次闪现,烈士的英灵穿越时空看到军工墓园,先烈们生命重生。刘娟的灵魂向观众向整个世界讲述完了秦岭厂军工人真实的故事,每一次导弹试验就是向天空放飞一只和平鸽。

  文学艺术的一个永恒的主题就是战争与爱情,严重对立的水火不容的两种元素合为一体,就能产生强烈的艺术张力和艺术感染力。话剧《秦岭深处》在表现革命英雄主义这一传统主题时,也暗合了战争与爱情这个古老而常新的永恒主题,这就给革命英雄主义主题以深厚的文化支撑和铺垫,同时又以崭新的和平年代军工人的革命英雄主义给古老恒久的战争与爱情主题注入新的活力。和平年代的爱情太平常不过了,而和平年代的战争状态离我们那么遥远又陌生。《秦岭深处》表现的就是和平年代一个特殊群体军工人的生活,他们生活在远离繁华闹市的群山腹地,生活在模拟的战争状态中,最大的生存挑战就是一次次靶场试验。秦岭厂专门建有军工墓园,纪念那些因公牺牲的烈士。戏一开场周大军就失去了怀孕的妻子,爱情与亲情远在武器之上。这也是整部戏最大的冲突和高潮。不错,戏剧的关键是冲突,需要高潮迭起。周大军面临一系列的情感考验,父亲当年遭人诬陷愤而自杀,老厂长隐藏了这个秘密,周大军作为烈士后代被老厂长抚养长大。但烈士墓园又没有父亲的雕像,罗安丽为此到处奔走为周大军父亲争取烈士荣誉,她查明真相后,周大军有充分理由离开秦岭厂,可他拒绝了罗安丽的要求,他为事业而不是家业。周大军挑战亲情的精神动力源于他与刘娟的爱情,他与刘娟的结合称得上爱情与事业的巨大成功,刘娟牺牲后她的灵魂不断显现,她用灵魂告诉周大军,秦岭深处是她生命的归宿,是她的安魂处。周大军每当面临挑战,刘娟的灵魂就会显现。不由得让人联想到但丁《神曲》里那个引领诗人灵魂上升的贝雅德丽采,歌德不朽之作《浮士德》结束就有这么一句"永恒的女性引领我们上升"。话剧源于西方,西方艺术中女性总是提升男性,中国古典文学的封笔之作《红楼梦》也是如此:林妹妹提升贾宝玉,洗涤男人的灵魂。《秦岭深处》表面的武器研发试验集资等场面冲突的背后,是人的灵魂搏斗和精神冲突。最紧张的拆弹环节,罗安丽回厂复工,与周大军合力冒险完成故障弹的拆除,这个下海挣大钱的女商人并没有丧失军工人的本色。从少女时代就对周大军苦苦追求,在情敌刘娟牺牲后罗安丽去墓园献花祭拜时依然把亡人当情敌,既有爱情的自私,又有爱情的执着,感伤中有美好,无奈中有深情,亡人未亡,等于刘娟不死,爱情永恒。残酷血腥的战争被牢牢地掌握在爱的激情中,爱情的浪漫与灵魂独白贯穿全剧始终,可以说是用浪漫主义手法抒写严酷的现实主义内容。艺术的真谛是分寸、是度。《秦岭深处》这个度把握得特别好,太过浪漫主义易于空虚,太过现实主义易于僵硬死板,好的作品应该既有现实主义的深度又有浪漫主义的高度。不断搅局的罗安丽时时显露出不俗的一面,在情敌刘娟的灵魂感召下精神世界一次次飞跃。这大概是因为作者白阿莹就是老军工,对军工人充满深厚的感情所致。

  阿莹多才多艺,出版多部小说散文集并多次获奖,《秦岭深处》的语言诗意盎然。刘娟把一次次导弹试验比喻为放飞的和平鸽。罗安丽在刘娟墓前祭拜时情不自禁喊出:"刘娟姐啊,我宁愿你继续作为情敌活着,也不愿你孤零零地躺在那儿……"牺牲后的刘娟灵魂独白:"我今后就永远留在秦岭深处了,那里是我最想去的地方,试问秦岭风物好,此心安处是吾乡。"周大军则告诉罗安丽:

"我渴望的爱情不是在外漂泊游荡,应该是在秦岭深处生根发芽开花结果!"刘娟的灵魂看到周大军与罗安丽密切配合拆弹成功,就呼喊:"大军,松开我们相牵的手吧,快点去拥抱生活,拥抱幸福。永别了,亲爱的,直到告别你的最后一刻,你依然是我最爱的人。"英国作家毛姆说:"人生最大的悲剧不是死亡,是他们不再爱了。"爱就是一团永不熄灭的生命之火。

《秦岭深处》的另一成功之处是导演孙超,调用各种艺术手段,在传统的话剧舞台插入多媒体电影镜头,如导弹飞行镜头与战争年代军工先烈们的场景,形成一种崭新的戏剧蒙太奇观赏效果。五幕话剧,高潮迭起,观众掌声不断。演员的表演非常出色:周大军的扮演者乔新峰和罗安丽的扮演者周听,处于不断的剧情冲突与内心冲突博弈中,有点莎士比亚戏剧的激情特征。而刘娟的表演者余燕妮更让人敬佩,一开场她就牺牲了,她只能很庄重地独白,几乎没有可展现的身体动作,全凭独白,既是剧情的讲述者,又是灵魂深处的真情流露过程,完全体现出难度极大的契诃夫戏剧特征,在声光电交响乐一般的舞台上,以对白和动作深深吸引观众,从面部表情到一个眼神,传达出人物丰富细腻的情感和复杂多变的内心世界。老厂长、试验员、军代表、研究人员这些次要角色也都表演得有声有色。观众可以感受到从原作到编剧到导演到演员,形成一个完美而出色的话剧表演艺术的系统工程。

最后不得不说《秦岭深处》这个剧名,这部戏从剧情到人物内心都有强烈的冲突效果,作者却用了这么一个朴素的剧名,这种朴素恰好是一种深沉的情感表达,大戏至简,简单淳朴中包含着丰富。这也恰好是西北人的精神气质。秦岭不但是中国地理南北分界线,也是动植物王国,更重要的是中国历史上重要的一道国防屏障。元灭宋用了三十年,蒙哥大汗就死在秦岭腹地襄阳城下,一个南宋士兵随便发射了一发炮弹击中蒙哥大汗,几日后大汗去世,当是时也,几路横扫世界的蒙古大军从埃及,从欧洲,从世界各地纷纷撤兵,回蒙古本土争夺汗位。南宋存活了二十多年,欧洲免遭灭绝,整个人类历史因秦岭深处一发世界上最早的古老的火炮而改变。我以为这正是作者取名《秦岭深处》的原因所在。

军工人给新中国的贡献应该大书特书,观看《秦岭深处》总让我想起小时候看过的吴运铎的纪实作品《把一切献给党》。其中一个细节,吴运铎拆炮弹引信时炮弹当场爆炸,他被炸飞几十丈,因为胸口揣着一枚怀表挡住了弹片,捡了一条命。作者白阿莹作为一名老军工,见识过多少战友牺牲的场面,可以想象作者写这部戏时的内心之痛。

(作者系著名作家、曾任陕西省作家协会副主席)

《长安》是一部现实主义力作

贾平凹

今天,中国作协创研部、创联部和中共陕西省委宣传部,陕西省作家协会,作家出版社共同主办阿莹长篇小说《长安》创作研讨会,共同探讨阿莹的创作成就和这部长篇小说的文化内涵、艺术价值和社会意义。这对繁荣陕西文学事业,推动陕西作家不断创作出精品力作具有重要作用。在此,我代表陕西省作家协会向中国作协领导的关心、支持表示深深的感谢!特别是因受疫情影响,许多专家学者只能采取连线方式参会,向你们表示感谢和欢迎!同时,也向阿莹坚守文学初心,辛勤耕耘,取得丰硕成果,表示祝贺。

小说《长安》把新中国军事工业从无到有、从弱到强的历史变迁书写得细腻逼真,把一代勇于献身国防工业的群体描写得栩栩如生,把一段热血沸腾的奋斗岁月编织得动人心魄,作品极具现实意义和地域、行业特征,在当前文学创作中很特别,有几个方面值得肯定。

一是坚持以人民为中心的创作导向。习近平总书记指出,社会主义文艺是人民的文艺,必须坚持以人民为中心的创作导向。阿莹的小说《长安》围绕着一群他所熟悉的军工人而展开,小说里的核心是人,是人的命运,是对国家的关注,对时代的关注。在新中国军事工业发展的大背景下,他始终把笔墨对准和聚焦于一个个具体而普通的人。粗豪刚硬、隐忍且讲究谋略的忽大年,善良单纯、朝气蓬勃却又略显执拗任性的忽小月,性格爽直、刀子嘴豆腐心的黑妞儿,质朴纯良而寡言少语的满仓等四十多个生动鲜活的人物,跃动在"长安人"的工作和生活中,构成了一个真实完整的生活世界。正是以人物命运纠葛为重要线索,围绕人物在工厂大院里的命运来铺排,才让这部小说塑造出了中国文学中一群活灵活现的军工人群像,书写出了一部中国军工人的心灵史。

---

* 本文为2022年6月19日"阿莹长篇小说《长安》创作研讨会"上的发言稿。

二是秉承陕西文学传统,坚持"深入生活、扎根人民"。这是陕西作家的优秀传统和传承不息的创作精神。正是因为有这样的文学传统,才形成了文学陕军这股强大的力量。阿莹自己本身从小就生活在军工大院,在军工企业参加工作,逐步成为企业领导,曾在军工企业工作20多年,可以说他书写的场景、故事和人物都是他最熟悉的。即使如此,为了创作好这部小说,他仍然深入扎实地做了大量的调查研究工作。他翻阅了自己父母和数十位老军工人的档案,翻阅了多部军工企业的厂志,翻阅了《人民日报》和《陕西日报》,两人多高的合订本,一页一页翻看,他还阅读了大量的战争资料,可以说为了创作这部小说下足了功夫。在生活积累和专业知识积累的基础上,他还做了大量艺术积累。他几乎阅读了所有能找到的工业题材小说,深刻分析和考量了这类小说创作的得与失,在反复思考中找到了属于自己独特的创作路子。正是这种长期的生活积累和深入扎实的学习、研究、调查,才让他把生活经验、知识经验转换为艺术经验,将自己的观察、思考和创作自觉地融入时代发展的大势之中,自觉地将个体命运与民族、国家的命运紧密联系在一起,把才情在小说创作中予以充分发挥。

三是聚焦现实题材,深刻反映我国军事工业波澜壮阔的发展历程。陕西文学有着悠久的现实主义传统,现实主义创作不仅是陕西当代作家的血脉根基,也是陕西当代文学赢得尊重和荣誉的重要法宝。二十多年军工企业的生活工作经历,让作家阿莹有着深深的军工情结和源自心底深处对于表达军工人这个特殊群体生命轨迹、精神历程的渴望。他站在国家和民族的高度,对人、对军工行业、对共和国历史进行观察与反思,通过小说《长安》讲述了从20世纪40年代末到70年代末,建于古都长安的共和国第一代军工企业——长安机械厂30年的坎坷历史,这是源于现实而高于现实的艺术创造。小说对每个具体的人、具体事件的叙述,背后都牵扯着国家和民族命运的兴衰起伏,国家的每一次潮起潮落都投射到了每一个人物的个人命运之中。从作为小说隐线的抗日战争、解放战争和抗美援朝战争中,我军由于缺乏先进武器所遭遇的惨痛经历,到作为小说明线的金门炮战、对印自卫反击战、珍宝岛自卫反击战中,长安机械厂的军工生产所发挥的重要作用,小说以军工厂为视点,真实地记录了共和国军工事业发展的必然逻辑和历史过程。小说的基本创作手法是现实主义的,从人物塑造到故事讲述,都严格遵循了现实主义的文学原则,尤其是对历史叙述的客观、包容和感性,显示了他在文学层面、精神层面对现实的认识和判断。难能可贵的是阿莹在小说中特别重视日常情感叙事,让小说更具烟火气,更接地气,更具可读性和吸引力,整部作品富有鲜活而丰满的情感,这无疑就是我们常说的艺术真实。

最后再次感谢各位领导和专家们一直以来对陕西文学事业发展和陕西作协工作的关怀和支持。预祝本次研讨会圆满成功,祝大家工作顺利,身体健康!谢谢大家!

(作者系著名作家、陕西省作家协会主席)

重量级的贡献
——《长安》讨论会上的发言*

蒋子龙

现代社会每个人都是"工业人",从头到脚、从里到外,都离不开工业品。"工业性"剧烈地影响了人性,所有的人生,都是"工业人生"。

然而,当代文学的创作,却小心翼翼地躲避着工业。工业题材一直处于一种"好汉子不愿意干、赖汉子干不了"的尴尬境地,聪明的作家绝不涉猎。而军事工业,更是当代文学创作中的紧缺资源。

所以,阿莹的《长安》,不仅拓展了中国长篇小说创作的领域,而且是重量级的贡献。

至今在一般人的心目中,中国工业值得骄傲的还是体现在军事工业上。由于它的特殊性,极少有作家涉及,这就使这一题材愈加神秘。作者很好地驾驭了这个题材,具有开创性地破译了军工题材的神秘性。这就决定了这部书的分量很重,值得给予足够的重视。

我说《长安》是部分量厚重的小说,并不全是因为其题材重大,更重要的是作者举重若轻,既写出了军工领域那种挟雷抉电的气势,又提供了一个气质深厚、引人入胜的好故事。经典作家说,作家的主要价值就是提供故事。托尔斯泰甚至说,活着就是为了讲故事。《长安》的故事结构、人物设计,因时依势,收放自如,都很有意思,有些细节具备了经典元素。

《长安》里,人物鲜明,语境酣畅,将复杂的难以说清的军工劳动和生活,处理得从容明快,兴会淋漓,能给读者带来一种阅读的享受。我读的是原稿,已经过去三年了,一些人物、一些细节仍然在我脑子里。这三年里我还读了很多书,有不少书没有读完,甚至有的书读了开头就扔掉了,有的读一半读不下去就扔

---

* 本文为2022年6月19日"阿莹长篇小说《长安》创作研讨会"上的发言稿。

掉了,而《长安》的故事、人物、细节,三年来不但没有忘记,还记得很清楚。这说明这部长篇的文学品质坚实。

不只好读,还耐读。

比如男主角与拉郎配的女子的纠葛,那女子冷不防能一掌把他打昏,以后若能让她一直保持这种武人的性格,或许还会生出更多有趣的故事。还有,出身不好的技术员和他苦恋着的恋人一起扔炮弹、私自跳上火车送炮弹……小说中人物的风骨襟怀、人格气度,也反映了作者谋篇布局的功力。

像《长安》这样的小说,是很值得讨论和研究的,相信文学界也能够给予这部作品与它的价值相称的重视和评价。这对长篇小说的创作,特别是工业题材的创作,都是一件幸事,也是对当今文学读者的一种鼓励。现在文学作品好像出不了文学的圈子,像这样一部长篇著作就应该让更多的人读到它,若能阻止格拉斯所说的"文学正从公众生活中撤退",功莫大焉。

我为《长安》这部小说的出版感到高兴,也祝贺阿莹先生创作出了这样一部学识丰富,气象雄厚的作品。

(作者系著名作家、天津市作家协会名誉主席)

长安的期待

孔令燕

作家阿莹在其长篇小说《长安》后记里,真诚地期望阅读者能从这部作品中,"找到今日中国崛起的秘密"。恰如所言,《长安》以饱满鲜活的人物群像、生动刻骨的故事细节、波澜壮阔的历史画卷,全面立体地再现了新中国军工企业从无到有、从弱到强的艰辛历程。小说通过众多血肉饱满、生动真实的军工人的人生际遇和情感纠缠,形象地写出中国军工企业在建国初期迎难而上的卓越贡献,写出了这个特殊行业乃至新中国在建国之初的艰辛探索,深情重现了那段火热岁月中,一代奋斗者、建设者对国家、民族、人民的无悔奉献。面世以来,《长安》被评价为一部新中国军工企业的"创业史"。其所蕴含的文学与社会价值,渗透和充实在作品的内外:

第一,这是一场饱满而真诚的"心怀国之大者"的写作。显而易见,作品的故事核心是讲述新中国军工企业从无到有、自力更生的艰难历程,人物重心是集中展现第一代军工人的生活境况和情感世界,的的确确是一部为共和国建设者画像立传的现实主义力作。军工厂是建国之初的国家秘密工程,是关系着国家安全的物质保障,必是由最忠诚、最热血的将士们开疆拓土,他们即将开启的事业,与战场上的保家卫国无异。作品聚焦于军工厂的起步阶段,还原了地处秦岭深处的"长安机械厂",从一无所有、自力更生到发展壮大所经历的非常艰难的探索实践过程,同时展现了新中国初创时期的社会全貌和国家境遇。这处肩负重任、地处西安古城墙外一个个严加防范的工程,"仅仅两年多时间,就在这史迹庞杂的皇天后土上,砌起了十多个灰砖围挡的兵工厂,还在墙头拉上了一道恶森森的电网。后来人们才知道有生产弹头的,有生产火炸药的,有生产引信底火的……俨然建成了一座戒备森严的兵工城",这个兵工城北边落成的

---

* 本文为2022年6月19日"阿莹长篇小说《长安》创作研讨会"上的发言稿。

八号工程,负责炮弹总装,对外称为"长安机械厂"。这个工厂的总指挥、作品主人公忽大年,是一名战功卓著的解放军高级将领,他正率领部队在贵阳大山剿匪,突然接到命令参加工业培训,接手这个用另一种形式保家卫国的重任。从此他脱下军装,与一群军工人一起白手起家,从清理荒地盖厂房,到技术创新为金门炮战生产出第一批炮弹,为中印反击战、珍宝岛事件进行武器支援,直到他终于在晚年看到了工厂制造的二代火箭弹试射成功。每一步变化,都伴随着军工企业在社会主义初级阶段艰苦奋斗迎难而上、军工行业乃至整个国家在特殊历史时期的时代风云。忽大年的命运,与军工厂的命运、与国家时代的进步息息相关,他是我国几代军工人的典型代表。

作者曾是一名军工人,他熟悉军工厂的生活,对军工人满怀着深情。真实和情感让这部小说的"国之大者"具体可感,使众多的军工厂的人物形象生动,富有感染力。

第二,这是一部为民族立魂的作品,真诚歌颂了军工人为国牺牲、敢于奉献的精神。《长安》成功刻画了以忽大年为代表的第一代军工人形象,他们从战场上下来,带着高度的责任感和爱国主义情怀直接参与到新中国的建设洪流中,艰苦奋斗、攻坚克难,为国家长治久安提供军需保障,是新中国名副其实的钢铁脊梁。作品真诚歌颂了一代人的精神,也彰显了那一代人的理想主义情怀,忽大年们说"用鲜血打下来的江山要把它守住"。正是一代一代的人坚守这样的精神,才能直面一穷二白的现实、克服层层困境、历经种种磨难,白手起家建设出军工企业。作者在多部军工企业的厂志中看到"那波澜壮阔的生活,那艰苦卓绝的努力,那给共和国带来激情和荣耀的故事,像画卷一样在我面前徐徐展开,让我沉浸在激情燃烧的岁月而不能自拔。"由此,作品中的所有人物,除主人公忽大年,还有他周围的人如黄老虎、忽小月、靳子、黑妞儿、连福等,都写出了个性和时代感,并通过这些人物,写出了他们创造的那个时代。"这个时期的人物有着特定的语境和行为,几乎人人都渴望成为时代的建设者,而我国正是积累了这样一个宏大的基础,才催生了翻天覆地的改革开放。"

第三,这是一部为人民抒怀的作品,展示出作者对军工人、对共和国第一代建设者的深厚情怀。艺术来源于生活,作品之所以能生动形象地呈现军工厂的真实历程,之所以具有打动人心的力量,根本原因还在于作者对军工人生活的熟悉和饱有真挚的感情。作家生在军工家庭,自己也曾在军工厂工作,军工人的工作和生活就是自己的经历,他熟悉军工领域的各个工种和各个人物。这也是作者对军工人充满理解和感情的根本所在,他说自己"对军工人一往情深,依旧和一帮工友保持着热络的联系,几乎年年都要与他们在一起喝喝酒聊聊天,那些看似乏味的酸甜苦辣,那些听着不很入耳的粗俗玩笑,那些有些夸张的过五关斩六将,让我心里很受用也很过瘾,军工情结已深深地渗透到我的血液里了"。

为了将人物写实写活,"为了寻找从生活中走来的艺术形象",作者还翻阅了其父母和数十位老军工人的档案,了解到上一代人血汗饱尝的厚重历史,"那厚厚的牛皮纸袋,浸润着老军工的汗水和泪迹,装着他们的人生,也装着他们的灵魂。那已经远行的我的父母、我的师傅、我的领导,又微笑着向我走来,活生生地出现在我的视野里,让我禁不住想跪下了"。作家将这份渗透在血液中的情感与艺术手段融合,写出了深情厚意、波澜壮阔的军工史,塑造出饱满生动的军工人群像,让性格鲜明、真实鲜活的忽大年、黄老虎、忽小月、黑妞儿、靳子们,从作品中走出来,走进读者的心里,实现艺术上的成功。这些真诚感人、血肉丰满的军工人,既是企业英雄,又是活生生的人;既是国家工程的建设者,又是日常烟火的参与者。主人公忽大年是一个有性格、有感染力的人物,也是小说的灵魂人物。作者没有将他塑造成一个完美无缺的英雄,而是充分描写了他生活中的真实,符合一个胶东农民出身的军人形象。如与前妻黑妞儿和妻子靳子之间的情感纠葛,与搭档黄老虎的理念冲突,与妹妹忽小月的兄妹情感等,都生动塑造出一位真实鲜活的军人干部形象。正因为有这群鲜活的军工人群像,这部书不仅梳理出军工厂艰辛发展的大历史,也展现了军工人情感和生活的日常,使整部作品有波澜、有情感、有细节,具有感动人心的艺术感染力。

第四,作品丰富了行业写作的题材,扩展了中国当代文学的写作边界。《长安》是近年来逐渐式微的工业题材写作的一次成功实践,著名作家蒋子龙评价本书,"难得一见的神秘的军事工业场景,不可多得的各色文学人物及他们的故事:炮火连天下的爱恨交加,大山深处的世俗争斗……交织成一个时代的传奇"。蒋子龙最初走上文坛,引起关注,就是对工业题材的真实书写,他的"乔厂长"系列深入几代读者的内心。1979年,《乔厂长上任记》在杂志发表,后经电视剧改编使乔厂长的名字传遍大街小巷,成为改革开放、时代先锋的代表形象。而之所以能创作出如此真实有影响力和感染力的作品,根本在于作家对工业生活的熟悉,甚至是曾经有过当一线产业工人的经历。近年来,随着时代和文学书写的变化,文学领域中工业题材的作品越来越少。几十年间,随着时代的发展,社会分工越来越细,作家中有相似经历的人越来越少,即使再有聚焦工业的写作,也多以纪实或报告文学为主,能真实展现某一行业发展历程和人物命运的小说几乎是凤毛麟角。如今这部《长安》的出现,切实扩大了文学书写的边界,为工业题材中的军工人树碑立传。创作的根本,也如所有成功作品一样,都源于对生活的熟悉和对人物的情感。作家自己和父辈们,都是曾经浸润在军工厂的历史和生活中,对其间的辛苦甘甜刻骨铭心,基于此的写作才让整部作品充满了震撼人心的历史真实和生动感人的生活细节。《长安》以浑圆气满、血肉丰足的长篇小说形式,为当代文学的工业题材书写充实了新生力量。

正如作品的名字,"长安"既能表明小说发生地是古都西安,也蕴含着作家和书中人物为代表的第一代军工人,对国家长治久安、对和平年代的深情期待。这一代人从战场上、硝烟中,从旧时代的战乱流离中进入军工厂,自己的青春热血和生命付出与共和国的军工事业从无到有、逐渐壮大的行进历程水乳交融,其间的艰辛、坎坷和苦难是他们生命的印记,更是工厂逐渐成熟的见证。这一代人,对和平、对长治久安、对今天的日子,怀有更加深情的期待。正如小说完成于 2020 年,恰是建国 71 周年,出版于 2021 年,正逢建党 100 周年,这些无形中的巧合一次又一次表明,《长安》是对新中国 70 年来从白手起家到逐步壮大,是对中国共产党历尽硝烟、热血牺牲、艰难探索、筚路蓝缕的伟大历程一次真诚的献礼,是对国人发自内心的底气和骨气的一次有力验证。

(作者系著名文学评论家、人民文学出版社副总编)

千载家国梦 何以赋长安
——浅析阿莹长篇小说《长安》*

李 舫

"谁也没想到,忽大年居然在绝密工程竣工典礼前醒过来了。"

翻开作家阿莹的《长安》,让人不禁想起我们熟悉的那部长篇小说的开头:"多年以后,奥雷连诺上校站在行刑队面前,准会想起父亲带他去参观冰块的那个遥远的下午。"

1967年,哥伦比亚作家加西亚·马尔克斯徘徊着,写下了一部小说的开篇。他万万没有想到,此后长达半个世纪的时间,这部魔幻神秘叙事风格的作品坚韧地占据了世界文学的高地——这就是著名的《百年孤独》。

多年以后,在错综复杂、分类混乱的一家小书店,我读到了马尔克斯的《百年孤独》。他几乎在一夜之间风靡神州,这个"多年以后"句式所蕴含的神奇力量,如同一道锋利的犁铧,开垦着中国文学被冰封多年的肥沃土地,布恩地亚家族七代人充满神奇色彩的坎坷经历和马贡多小镇一百多年来从兴建、发展、鼎盛直到消亡的历史,让我清晰地看到了我们的狭窄视野所无法触及的宽广世界。

毫无疑问,阿莹也试图构筑着他的同马尔克斯的马贡多一样的"世界"。这一次,他将目光转向了军工题材,拿出了厚重深沉的长篇新作《长安》。

中国军工企业从无到有、从弱到强的过程,背后不变的是以忽大年为代表的军工人从革命战争年代流传下来的精神传承。我国正是积累了这样一个宏大的工业和群众基础,翻天覆地的改革开放才会应运而生,小说无疑用文学语言呼应了这个问题。

一座长安城,千载家国梦。

---

* 本文发表于《文学报》2021年10月31日,收入本集时有修改。

陕西是中华民族和中华文明的重要发祥地。从中华文字文明的始祖仓颉在这里发明文字,到周文王制定礼乐制度、周武王分封天下;从秦始皇统一中国,到灿烂辉煌的汉唐盛世;从丝绸之路的起点到延安宝塔的雄姿,无不激荡在阿莹的笔端。

这一次,陕西作家阿莹将厚重的历史积累,演化为沉甸甸的长篇新作《长安》,让人耳目一新。小说《长安》以五十万字的篇幅,讲述了从1949年建国初期到1978年,筹建共和国第一代军工企业的历程。这部铸魂立传式的著作,呈现了难得一见的神秘的军事工业场景,表现了共和国第一代军工人,用热血和生命投身军事工业发展的艰辛,演绎出国家与个人交融、战争与和平交叠、个人感情与世俗争斗交织的时代传奇。

在中国当代文学史上,工业题材未能成为文学创作的主流,这其中的原因很复杂,一方面与中国历史上以农耕文明为主,我们国家又长期是农业国家有关;另一方面,这类题材和多数文科背景的写作者隔得比较远,对作家生活经历、认识水平的要求也比较高。因此,高水平的军工题材作品在中国当代文学中特别是新时代的文学史上是缺位的。令人欣喜的是,阿莹的《长安》敢于尝试这个书写难度较大的特殊题材,为我们带来了一部新中国现代工业创业史的壮歌。

小说描写了从战火硝烟中走来的一群人,在新中国成立后继续用热血、生命投身于工业化发展的进程,并从这一原点逐次展开。作者通过忽大年、黑妞儿、忽小月等典型人物形象,将个人命运的兴废、起伏,家庭的喜怒哀乐、悲欢离合与历史交汇,将一代建设者的奉献熔铸于时代洪流中,生动形象地写出了中国军工企业在建国初期的特殊贡献,写出了这个特殊行业乃至整个国家在建国之初的艰辛探索,再现了那段火热的奋斗岁月,树起了一组可歌可泣的军工人的群像,是一部为军工人立传的优秀作品。

小说开篇第一句话:"谁也没想到,忽大年居然在绝密工程竣工典礼前醒过来了。"这不禁让读者想到马尔克斯在《百年孤独》的开头:"多年以后,奥雷良诺上校站在行刑队面前,准会想起父亲带他去参观冰块的那个遥远的下午。"短短的一句话,容纳了未来、过去和现在三个时间层面,而作家穿越了过去,隐匿在现在,正准备带领读者走向扑朔迷离的未来。隐藏在《长安》开头中的标志性人物忽大年,本是解放军的一名高级将领,正在云贵高原上驰骋杀敌,突然接到命令参加工业培训,随后被任命为共和国第一代军工厂的总指挥。此后他经历了成功的喜悦,又承受着感情的挤压,他早年的女人黑妞儿竟然在厂房竣工典礼前夕找到他,两人从此开始了长达三十多年的情感纠缠,而这正是那个时代一个特殊而真实的现象。

但是,陷入磨难的忽大年把家事私情搁置一边,习惯以军人的方式来处理抢险,终于被一纸处分下放到车间劳动。可沮丧中的忽大年没有沉沦,当他看到《人民日报》上的新闻:"我炮兵猛轰金门蒋军",责任感便被猛然激活了,就像在前线听到战斗号令的军人,直接冲进办公楼,又开始指挥生产调度,甚至直接冲进市委会场催要供电额度,把下放的禁忌抛到了九霄云外。而且当他下放劳动时,得知靶场试验出现掉弹故障,毅然率领工人前往寻弹拆弹,生动地再现了大无畏的英雄气概,读之不由地潸然泪下。显然,作为一名军人出身的企业领导干部,忽大年有着共和国初创时期干事奋进的激情,也有着作为普通人的视野局限,而这两方面的叠加赋予了小说主人公熠熠生辉的光彩。

在忽大年的人生历程中,我们看到,作者注意展现党的领导在主人公成长过程的作用。显然,忽大年的英雄之举是党多年培养的结果,作品巧妙和自然地将这方面内容融入故事的发展过程,也即展现在江南人深沉的托付之中,成司令关键时刻的援助之中,武文萍半城停电、保障长安的决策之中,钱万里推心置腹的交谈之中……总之,作者不是在板着面孔说教,不是用文件式、新闻式的语言突出党对军工建设的领导,而是把这个特征熔化到事件的肌理里,表现在具体的工作进程中,使作品人物在那个浓郁的时代背景下,在奋进和磨难中完成了人格塑造,活灵活现地站立起来。

随着长安机械厂的发展,小说中一批军工人也先后亮相,这些人物性格各异,极富感染力,给人留下了深刻的印象。黑妞儿朴实善良,却只认死理,用半生心血追讨未能圆房的丈夫,营造出一个传奇的身世;忽小月天真单纯而又可爱脆弱,导致了她与丑恶的剧烈冲突,也催生了悲剧的发生;小和尚满仓具有向善向美的秉性,因小月自杀再度出家,却在修行时仍然为"长安"祈祷;连福是个被误认为敌特的技术员,因出众的技术天赋,反而造就了他颠沛流离的坎坷命运;毛豆豆是个天真又英勇的姑娘,在中印战场英勇牺牲,就像一只在战火中飞走的和平鸽……小说通过对每个人物性格和内心的深度刻画,树起了一组军工人的艺术群像,挖掘出了战争与和平的宏大主题,也让读者感受到不屈不挠的奋斗精神,我们中华民族正是有忽大年这样一大批脊梁式的人物,才能历经磨难发展壮大,这也是伟大祖国今日崛起的一个核心"秘密"吧!

从宏观视角来看,这部军工题材小说从第一个五年计划开始,意在彰显我国现代意义上的军工力量正是从那个时期开始的,也与我国现代工业的发展相同步,后面一直写到改革开放大幕启动的1978年。整个故事是在一个完整的计划经济时期展开的,作家精准地描写了这个时期人物特定的语境和行为——人人都渴望成为时代的建设者,人人都视国家利益为最高准则。阿莹选择这个历史阶段是独具匠心的,应该说展现的是改革开放后我国军事工业飞速发展的"前史"。作为一部2021年的小说,这种回溯性视角的意义在于,它揭示了一种精神基因的传承,也彰显了一种历史观。中国军工企业从无到有、从弱到强的过程背后,不变的是以忽大年为代表的军工人从革命战争年代流传下来的精神延传。我国正是积累了这样一个宏大的工业和群众基础,翻天覆地的改革开放才会应运而生,小说无疑用文学语言呼应了这个问题。

作家阿莹是陕西耀州人。生于斯长于斯,他对这片土地一往情深。我们知道,陕西是中国的地理中心,是中华文明的发祥地之一,在相当长的历史时期处于中国历史舞台的中心。也正是站在了这块令人无比爱恋的土地上,阿莹近年还写了许多文化散文,他以高超的叙事技巧和恣肆的叙事激情敏锐捕捉了西北文化的精神特质,深刻地注释着其背后中华民族的精神命脉,关注着陕西对于中华文明发展和中国历史进程所具有的标志性作用。阿莹的文字充满了黄土高原的丰厚和戏谑,充满了历史的诡谲和诗意的奇想,从敦实的石鼓山到巍峨的秦岭山脉,从神话的远古到神祇的风物,从出题的祖先到答题的子孙,阿莹用看似憨朴的叙述讲述着岁月的机锋、历史的机智,从而处处充满了深刻的启示。他的文学,不仅从中华文明的优秀传统中汲取了营养,而且将人类的普遍处境逼真地反映出来,殊为难得。

阿莹是一个有着严肃创作态度和勤恳创作精神的作家。2013年,他创作了歌剧《大明宫赋》;2017年,又在《大明宫赋》的基础上创作了秦腔剧《李白在长安》。我注意到,他"受邀撰写有关大明宫的歌剧剧本,原以为写上几稿就可以交差,却没想到剧本受到各方的关注重视,改来改去,清样就有三四十本,摞起来已快半米厚了,最后总算定了稿,可回头看去与最初的结构,甚至主要人物都有了重大变化"。在创作笔记中,阿莹感慨,这便是歌剧《大明宫赋》的问世。

此后，正巧西安秦腔剧院邀他写一部有关李白的秦腔，他抓住在《中国通史》关于金城公主远嫁吐蕃、向唐王朝索取五经的记载，将剧本做了颠覆性的修改，强化了李白在剧中的形象，着意把与李白有关的传说加以艺术处理。比如，人们熟知的降辇迎接、力士脱靴、赐金还乡等传说穿插到情节中，一方面反映了一代诗仙的气魄和自信；另一方面反映了诗人经历了宫中磨难，发出了对人世的感叹。

时隔短短几年，阿莹出手不凡，又拿出了他的军工题材小说《长安》。作品里沉着的笔力、深刻的思考，不仅得益于作家工作生活的经历，更源于他浓厚的军工情结。阿莹在后记中说："我从小生活在一个负有盛名的军工大院里，在这座军工厂里参加了工作，又参与过军工企业的管理，后来我尽管离开了难以割舍的军工领域，但我依旧对军工人一往情深，依旧和一帮工友保持着热络的联系，几乎年年都要与他们在一起喝喝酒聊聊天，那些看似乏味的酸甜苦辣，那些听着不很入耳的粗俗玩笑，那些有些夸张的过五关斩六将，让我心里很受用也很过瘾，军工情结已深深地渗透到我的血液里了。"

与陕西其他作家一样，阿莹的作品也有着厚重、扎实、深沉的质地，他对小说人物的理解、对军工事业的认识，不是外在于形，而是内化于心。他曾深情回忆过一个往事："我清楚地记得，在一个兵器试验场，参试的反坦克导弹发生故障，一位年近花甲的工程师为能保证试验按期进行，毅然上去拆卸了令人胆寒的弹头引信。而让我为之动容的，不仅仅是工程师的果敢，还有他腰间系着的一条红腰带。"阿莹注意到了红腰带这个细节，显然细节的真实是一部作品的生命，那些令他难以忘怀的见闻、轶事，使整部作品枝节丰满，情节动人，支撑起一个个饱满的艺术形象，以开阔的视角和尺幅，展示了我国工业发展的绚丽画卷，也让我们看到了一位作家质朴的情怀与责任担当。

（作者系著名文学评论家、《人民日报》海外版副总编辑）

重器是怎样炼成的？
——长篇小说《长安》的新视角*

李 浩

阿莹先生是陕西资深的作家，涉及的创作领域很多，在每个领域都留下了足迹，特别是在散文、戏剧、报告文学、艺术评论等方面均有深耕。在散文创作方面，曾著有散文集《大秦之道》《饺子啊饺子》《俄罗斯日记》《旅途慌忙》《绿地》等。在戏剧方面有歌剧《米脂婆姨绥德汉》，话剧《秦岭深处》，秦腔剧《李白在长安》，歌剧《大明宫赋》，实景剧《出师表》，电视剧《中国脊梁》(合著)等。报告文学方面有《中国9910行动》，艺术评论方面有画论集《长安笔墨》，还有短篇小说集《惶惑》等。可以说，他是一位勤于耕耘的高产作家。

阿莹先生在创作上不仅产量高，而且质量也高。每当新作问世、新戏上演，就在古城西安风靡一时，影响广泛。其中散文集《俄罗斯日记》获第三届冰心散文奖和俄罗斯契诃夫文学奖；散文《饺子啊饺子》获第五届冰心散文奖；报告文学《中国9910行动》获第三届徐迟报告文学优秀奖；歌剧《米脂婆姨绥德汉》获第九届国家文华大奖特别奖、优秀编剧奖和第二十届曹禺戏剧文学奖；话剧《秦岭深处》获第三十一届田汉戏剧奖一等奖。

我曾认真拜读过他的系列散文作品，还专门写过评论。也曾参加过他的秦腔剧《李白在长安》的专题研讨会。对阿莹先生在创作上的一丝不苟、精益求精印象极深。还记得他在创作秦腔剧《李白在长安》过程中，对唐代文学、唐代历史，特别是唐代时期的丝路文化特别关注，曾查询过很多史实和历史细节，也就如何编入作品反复斟酌，绝不含糊。在写作《长安笔墨》过程中，他对石鲁、赵望云两位在中国现代美术史上有重要影响的艺术大师，不盲从盲信学术界已有的看法，也不轻信坊间的一些传闻。他对史学研究的口述理论有独到的理

---

* 本文原载于《慢耕集：纸上的春种秋收》(陕西人民出版社2023年版)，收入本集时有修改。

解,通过实地采访,发现了许多精彩的细节。特别是利用难得一见的当事人档案材料,厘清了事实,恢复了真相,把坊间的许多不实传闻彻底澄清。

关于他的小说创作,过去只知道他的短篇小说集《惶惑》,长篇小说《长安》问世,我先是在刊物上看到连载,出版后又拜读了全书。感慨颇多,一方面觉得这是阿莹先生的另外一次文学远征,是他对驾驭长篇这种文体的一次创作之旅。但另一方面,他选择的是自己最熟悉的一个生活基地,即军工企业。这是他成长和生活的一个真实环境,也是他曾长期工作过的一个部门。他曾经用散文和戏剧书写过,这一次则用长篇小说的时空来展示,对读者来说,既熟悉也陌生。

《长安》自出版以来,引起学术评论界的高度关注,已经发表的评论文章不少,移形换步,从各个角度来进行解读。但还有一个视角,即从装备技术的视角看阿莹的《长安》,大家谈得并不多,也没有讲透彻,以下我就从这个角度谈谈我自己阅读《长安》的肤浅体会。

评论家李舫在她的评论文章中曾说,当代小说家主要是文科背景,故写工业题材的少,写高科技的更少。读者看作品时,也喜欢看风花雪月,不太喜欢看写"技术控"的作品,遇到技术和工艺描写就跳过去不看。故有关技术书写,或者说关于"器"的书写,不能说是空白,至少是当代小说叙述的低谷地带。

在我看来,阿莹的《长安》作为一部以建国后重工业领域为背景的军工题材长篇小说,作者浓墨重彩的军工企业既是国之重器,也是装备技术的重器,小说中影影绰绰的军工重大项目八号工程就是神器,贯穿小说的自产炮弹、穿甲弹、火箭弹、二代火箭弹就是利器。小说以重器为活动舞台,以神器为具体情境,以利器为贯穿性道具,编织故事,塑造人物,展开叙事。

从时间轴来看,第一章的叙述从建国后抗美援朝开始,忽大年请缨赴朝参战未果,被调任新组建的长安机械厂厂长,小说第六章尾声时,应该是"文革"快结束时的20世纪70年代中期,实写时间的跨度为二十多年,期间出现的军事冲突有抗美援朝、中印边界冲突、中苏珍宝岛事件,当然还有抗美援越,但小说没有强调。

从空间轴来看,小说人物的主要活动舞台是古城长安以及长安机械厂,但也不完全局限于此。小说多次以回忆、倒叙方式追叙了忽大年、黑妞儿等的故乡胶东地区,此外穿插写了忽大年几次赴北京、赴东北、赴中印边界。主人公赴北京军事博物馆、赴东北、赴中印前线,都与考察、观摩、测试利器有关,小说长达五十万字,但作者的闲笔很少,几乎都围绕着这根经线来回穿梭,编织情节。

阿莹出生在军工大院,成长于军工企业,在企业中当过工人、干部,后来又做过科工委的领导,小说中忽大年的原型应该是他父辈中的一位。所以,他对他所写的这些很熟悉,这就构成了小说生活真实的基础。

更重要的是,他所写的这些与国家军工发展历程吻合,与小说人物形象吻合,这是小说艺术真实的基础。

小说结束时写到:

> 就是因为装备太差,一人一杆枪,一袋子弹,还得自己背炒面,可美国鬼子是飞机、坦克、大炮……本来我也应该去朝鲜的,可派我到西安建设八号工程,装备要是上不去,我愧对躺在地下的战友啊!

作为神器的八号工程,实际上是国家军工重大项目,是一种装备技术的国家级指令计划,有中国特色,也有二十世纪的特色。二十世纪前半叶,德国有"铀计划",美国有"曼哈顿计划",苏联有太空计划,都是指令性计划,也都是各自国家的神器。

作为贯穿性道具的利器,既不是单一的物件,也不是同一型号的系列产品,而是相关产品的不断更新换代,是一种持续的递进和升级,代表着对旧工具的扬弃,对新技术的追求。美国科学史家托马斯·库恩《科学革命的结构》一书中提出了一个以"范式"理论为中心的动态科学发展模式:前科学时期——常规科学——反常与危机——科学革命——新的常规科学。基础科学是这样的,工程和技术进步大致也是这样的。所以,小说中所写军工产品的每次更新换代,都有一种颠覆和革命的意义。对于冷战时期的西方联盟,这种进步是国与国、企业与企业互相交流、互相促进的常规进步,没有特别的意义。但对于先受到西方封锁,后又承受中苏关系紧张之累的中国军工企业,要在悲壮的自力更生、独立自主的旗帜下开展研发和制造,就具有了一种特别的意义。

当然,小说将现代军工企业放置在历史积淀深厚的文化古城长安,一方面是生活真实,另一方面也具有某种象征性意义。小说写到古城和工厂地下的文物(我称其为历史的祭器与礼器),与地上的重器、神器、利器互相投射,光彩斑斓,构成了某种复杂的现代性,使小说有了一点复调的意味。

总之,构成小说的厚重,与作者对地上的重器、神器、利器和地下的祭器、礼器的书写分不开,如果剥离掉作者对这些"器"的精心构思和艺术刻画,那么小说的人物、故事要单薄不少。假如没有这些代表军工文化的"器"的存在和展开,那么也就无法给作品冠上重工或军工题材的名号了。

建议大家阅读和解读小说《长安》时,也能从"器"的视角切入,将来如将小说改编为影视时,也能延请一批懂得武器装备的"技术控",将小说中的"器"真实而生动地展示出来。

随着中国军工企业的国际化和更多尖端技术的引进和集成创新,新时期以来的军工利器完全是另一番景象,阿莹在话剧《红箭 红箭》中已经让我们略窥一斑,也希望在《长安》的下卷中有更充分的展示。正如长安地下埋藏着丰富的古代文化的祭器和礼器,长安地上的以长安机械厂为代表的一批军工制造工厂的厂址也变成了工业文化遗产,个别长安人与文物贩子的认知差不多,眼睛只盯着地下的文物,对地上的工业文化遗产视而不见。阿莹有情怀,也有独到的眼光,读懂了这批宝贝,独乐乐不如众乐乐,阿莹还能写出来与大家分享,我们也应该看得懂。当然,进入新时代的中国军工企业和军工技术早已跨越式腾飞起来了,这不是我们文科背景的技术盲所能理解的,也不是本文关注的重点,就此打住。

(作者系著名学者、西北大学中国文化研究中心主任)

一部深耕着三秦大地的厚重之书
——读阿莹散文集《大秦之道》*

李 星

人民文学出版社 2016 出版的散文集《大秦之道》无论对于著者阿莹本人，还是对于陕西乃至整个中国散文界，都有着重要的价值和意义。

这是一部主题散文集，有《汲古》《仰止》《雅鉴》《游思》四辑五十余篇，主要是阿莹近四五年所撰写的散文，他以一己之力，实现了对三秦大地的历史和文化，人文胜迹和先贤遗址，文明创造的一次大面积巡视和考察，以开阔的历史视野，深邃的人文眼光和丰富的考古、艺术知识，从一个个人和物的个案中，或发现着为时光遮蔽着的历史隐秘，或重现着它们巨大的思想文化意义，或在蛛丝马迹中寻绎和复原着那些非凡人物的伟大业绩和人生命运轨迹……其历史文化含量之重和寄情之深，与那些文人雅士"到此一游"的海量游记散文划出了明显的界限，进入了历史文化散文的新层次。它既是作者对三秦大地丰富历史和文化的一次深耕，也是作者献给三秦大地和它的伟大人民的一曲深情颂歌。诗人艾青说过："为什么我的眼里常含泪水，因为我对这土地爱得深沉！"从阿莹的散文中，我所感受到的正是这种炽热的情怀，这份祖国、家乡、大地儿子的赤子之爱。

阿莹的历史文化散文既有执着的民族文化自信，也有自己坚定的人民立场和崇高信仰。《石峁城之古》《石鼓山之谜》《法门寺之佛》《地宫艺术之光》等不仅肯定古代劳动人民的智慧创造，而且歌颂在中华文明遭遇浩劫的战乱年代那些为保护中华历史文化和文明创造的仁人志士所付出的巨大牺牲和艰苦卓绝的巨大贡献。《法门寺之佛》中，明代乡绅重修寺塔碑文中一处"伟大的遗漏"，抗日爱国将军一个"伟大的谎言"，"文革"浩劫中为护寺住庙法师"自焚"

---

* 本文发表于《美文》2017 年第 7 期。

的一次"伟大的涅槃",感人至深,惊心动魄。在数百年历史风雨中,这些"伟大"事件的真相或已湮没,或隐而不彰,阿莹却通过自己的散文,将他们的牺牲和贡献艺术化、情节化,使其刀雕斧凿般突显出来,彰显于地宫宝库重见天日之时。在法门寺塔和地宫之旁,为这些无愧于民族脊梁的人物立起了一座文字之碑、文学之碑。作为中国宗教文明一个伟大象征和见证者的法门寺塔不倒,这座抵抗邪恶、张扬正义、弘扬着伟大爱国主义精神的文字碑就将永远为人们所铭记。而作者阿莹也会因人不分穷富,时不分远近,超越宗教信仰的对民族大义、人间正气的书写和坚守赢得人们的尊敬。

从《法门寺之佛》一文中,我们可以看出,为了增强散文的可读性,阿莹借鉴了自己早有不凡收获的戏剧文学创作实践中的情节性、场景性因素。比如,《乐游原之下》从武惠妃墓的盗案,引出韩休墓的被盗,又由韩休与《五牛图》作者韩滉的父子关系,联想到盗墓者电脑中所录存的韩休墓中失名的风景壁画,并推测画的作者或许正是墓主人的儿子韩滉。若果真如此,它不仅揭开了一桩画坛趣闻,而且还会改写中国风景画的绘画史。在作者以丰富绘画艺术知识对韩休墓风景壁画的鉴赏中,我们不仅看到了一个艺术家的情怀,还看到了一个官员的责任和担当。正是这些侦破式盗宝、卖宝事件,使《乐游原之下》一文有着侦破小说般的艺术魅力。异曲同工的还有《仙游寺之宝》《上官婉儿之殇》《药王山之神》等篇目。

阿莹的历史文化散文还是以人为历史主角的。《大秦之道》中的许多篇幅,虽然写器、写物、写事、写遗迹,但在阅读之后我常为与它们相联系,甚至共命运的许多伟大人物而感动,如《草堂之雾》《诗人之梦》《玉华宫之路》《上官婉儿之殇》等。《草堂之雾》的价值不仅在于对鸠摩罗什这个为佛教中国化做出伟大贡献的译经大师的赞叹,更在于对这位历来面目模糊的番僧人生履历的清晰呈现:鸠摩罗什随母走遍西域名山古寺是他青年人生的第一阶段,滞留西凉的十七年应该是他汉化并坚定人生志向更为关键的时期,而草堂寺的译经盛场则是他硕果累累的生命季节。我曾经读过一位诗人关于圣僧鸠摩罗什的长诗,却将西凉这一段忽略了……而阿莹的文章却似乎轻而易举地将这些史料钩沉出来。这使我不仅惭愧于自己的孤陋寡闻,还感叹于这位圣僧实际上比那些诗人想象的活更为潇洒。

《玉华宫之路》更是一篇因其对唐太宗、唐高宗两代皇帝与唐玄奘关系独具慧目的透视而令人受到极大的心灵震撼的散文力作。在部分正史和人们的印象中,玄奘与几代皇帝的关系似乎一直很美满,曾经就有小说家写过如此的玄奘传。阿莹却以现有史料为依据,揭开了唐太宗和玄奘这两位各有不同抱负的伟大男人之间关系的另一层真相:唐太宗对玄奘的器重固然有开国英主的胸襟气度与爱才之乐,但并不排斥有用这个传奇大师的声望来增加其从父兄手中抢来的皇帝的神圣性;而玄奘与他的结交也有其使佛法得以弘扬,且上升为国教的目的。这是人间皇帝与宗教领袖之间的特殊利益关系。玉华宫在交通发达的今天,也依然是遥远曲折的瞻仰之路,而阿莹的《玉华宫之路》以穿越式的联想复活了当年玄奘通向玉华宫之路:

>玄奘当年一定是乘着御车慢腾腾进入这道门阙的,当时的心情也一定郁闷难耐。这位庄严博学的大德,在唐太宗给他营造的(长安城南村慈恩寺)的曼妙氛围里,可能编织过一个藏于心底的大秘密,就是通过佛养滋润将唐太宗度为中国的阿育王,至少可以借助皇权推动弘法扬佛,否则他何必天天不厌其烦地伴随左右呢?然而,玄奘法师毕竟是一位出家僧人,他显然高估了自己与皇室的关系,竟然试图改变佛教的社会地位。文献记载他几次向唐太宗表奏,要把佛教置于道教和儒教之上,僧侣免受刑律的管辖。谁都知道李唐王朝一直将道教祖师李耳奉为祖先,这些懵懂的提议显然使圣皇感到了难堪。但唐太宗毕竟是个雄才大略的政治家,他后来下旨让玄奘将《道德经》译成梵文……以示警戒。

得意弟子、著译的得力助手辨机因与唐公主奸情败露,被唐太宗公开腰斩于午门的惨烈,终于惊醒了懵懂、痴执的圣僧,明白了自己伴君如伴虎的处境,遂萌生离京去故乡河南嵩山少林寺修行的请求,然而这一无异于自贬离京的愿望也遭到太宗之子唐高宗李治的断然拒绝。阿莹从高宗御批中挑出"切复陈情"四个字,浓缩了皇室对这个年过六十的高僧大德的绝情。如果说封建宫廷对失宠后妃们的处理是"打入冷宫",而玉华宫对玄奘来说,完全无异于后妃们的"冷宫"。相比于国都慈恩寺的十二年,唐玄奘在玉华宫四年的心境可想而知!一次意外的小腿骨折竟然能使他一命归西,就说明当时的他已经十分衰弱！

据报载,阿莹的散文《法门寺之佛》中三个伟大的护宝之举,已被敏感的艺术家改编为舞台剧,并颇受欢迎。那么,仅从《玉华宫之路》所透露的一代大师唐玄奘从慈恩寺走向玉华宫的路,就包含了帝王与圣僧之间惊心动魄的命运故事和丰富深刻的社会历史内容。

散文《好古之吏》中对清代陕西巡抚毕沅保护三秦重要古迹之举的描述,令人在记住这位文化官员的同时,也让人看到阿莹散文中的职业视野。阿莹从青年时代起,无论岗位、职务如何变化,他对文学的热爱和痴迷,却始终如一,这使他观察、处理任何历史和现实的文化现象时,始终有着对人情感、精神的关怀和眷顾。正是这些原因,我从《大秦之道》中既读到了历史,理解了文化,又看到了一个个具体生动的人。《大秦之道》——一个深爱着家乡故土的老秦人创作的,并值得更多的阅读和思考的,兼具思想性和艺术性、知识性和趣味性的厚重之书！

(作者系著名文学评论家)

工业文学的思考、书写和收获
——评阿莹的长篇小说《长安》*

李国平

阿莹的长篇小说《长安》，我是较早的读者之一，和阿莹的交流中，我能感受到他身上精益求精的文学精神，同时又能感受到因为一次写作在他内心里发生的有关历史认识的、社会理想的、记忆的和情感的难以平复的翻滚。长篇小说《长安》对于阿莹来说，是刻骨铭心、安妥灵魂之作。我当时就写下了我的感言，我认为，阿莹的长篇小说《长安》是一部有历史感，洋溢着时代精神的现实主义力作。作者的创作，调动了自己的生活积累和情感积累，一如陕西的文学创作，有着厚重的生活内容和艺术上的独特追求。《长安》对历史感的追求体现在两方面：一方面是历史长安，这是一个既遥远又贴近的背景，作品很自然地将这一历史感、文化感融于作品之中，既有写实，又有寓意象征，贴合着新时代的愿景；另一方面，是中国革命的历史，这一历史始终萦绕、贯通于作品，是人物性格的血液，极其合理地书写出来了军工人的思想性格、职业行为、社会理想的历史逻辑。《长安》不乏诗意、抒情，甚或传奇浪漫之亮点，这个亮点映照着那个时代蓬勃向上的时代氛围，但总体上是写实的，书写的是军工战线的发生史、成长壮大史，一代军工人的奋进史，再现了共和国历史上一个特殊领域的奋斗岁月，有为一代人立传，颂扬共和国精神的主题和效应，是书写共和国道路、经验的主题，连接着新时代的大主题。

《长安》出版之后，迅速引起了文学界的注意和评论家的高度评价，我也追踪关注有关《长安》的评论，以印证自己的判断，扩展自己的视野。阎晶明的"戏剧性和烟火气"，贺绍俊的"国家意识"的揭示，王春林的"宏大叙事和日常叙事"，肖云儒的"破局"，孟繁华的"富于激情的个人和国家民族命运"的分析，

---

* 本文发表于《大西北文学与文化》2023年第2辑。

李敬泽的"富于宏观视野的社会主义重工业史书写"的概括,构成了一个总体上打开《长安》的丰富内涵和文学意义的景象,给人以豁然开朗之感。

长篇小说《长安》书写的是建国之后,第一个五年计划开始之际一直到改革开放前夕,我国军工企业从无到有、从创建到发展壮大的历史,书写的是一批从战争的硝烟中走进新生的社会主义时期,投身于新中国现代化工业建设的第一批军工人的历程,是一部典型的工业题材小说。评论《长安》绕不开工业题材创作的坐标,绕不开这一领域历史性的参照。打开中国当代文学史,回顾建国后的工业题材创作,几乎找不到作家作品的位置,"创作总体上乏善可陈,描述范围狭窄,人物、情节设置的公式化,是普遍问题。"洪子诚在他的《当代文学史》中的评价,几乎是当代文学史家的共识。但是尽管当代文学史上的工业题材创作没有取得像乡土创作、历史题材创作那样高的思想和艺术成就,但也不能否定这一领域作家的耕耘努力。考虑到中国是一个传统的农村大国,乡土题材创作有深厚的土壤和传统,而工业题材的创作不可避免地要受到工业发展基础、背景和经验的有限性的影响,我们在工业题材领域的开垦反而显得更难能可贵。20世纪五六十年代,艾芜的《百炼成钢》、草明的《乘风破浪》为工业题材的创作积累了经验,改革开始之前和改革开始之后蒋子龙的《机电局长的一天》和《乔厂长上任记》创造了一个时代工业题材的辉煌。这些年来,工业题材创作虽然不占显赫位置,但一直有作家在投入热情和行动,在做观念和艺术方面的探索,这显然是有一个工业题材创作的谱系。当我们评论阿莹的《长安》时,把它放到陕西或者西北这样一个文学领域,我们就会想到杜鹏程《在和平的日子里》开启书写共和国工业建设的传统。现在我们评论当代文学史上的工业题材创作,应该说,有几代作家在整个中国文学界都被认为难以驾驭,难以表现的工业题材领域里进行了执着、可贵的探索,他们为中国当代文学的品貌增添了轰鸣和火花,在他们笔下,也留下了共和国宏阔的曲折雄壮的脚步,中华民族的自尊,自强而奋进的行动、信念和精神。

阿莹的《长安》就是在这个延长线上出现的一部作品。

陕西有深厚的文学土壤,常常有意想不到的作家作品出现。陈彦的长篇小说《主角》获茅盾文学奖之前,并不太为"圈内"知晓,其实他已有长久的文学积累。阿莹也是这样,他是陕西改革开放之后涌现的第一批中青年作家。阿莹二十世纪八十年代初期的小说创作,起点很高,显示出他对社会运动和时代转型的思考追寻,对于创作方法和叙述视角的探索尝试。近几十年来,阿莹在多个艺术领域实践探索,取得了可观的成果,而工业题材的创作,一直是他心之所系。例如,他的相关报告文学写作,他的话剧《秦岭深处》,聚焦的都是我国军工历史,军工建设的题材和主题。当我们把它们和《长安》联系在一起的时候,自然会把这些看作作者创作长篇小说《长安》的积累,包括生活经验的积累和艺术经验的积累。阿莹在《长安》的后记中讲到自己从小生活在一个负有盛名的军工大院里,"在这座军工厂里参加了工作,又参与军工企业的管理,后来我尽管离开了难以割舍的军工领域,军工情结已深深地渗透到我的血液里了"。阿莹说,"我的视角应该聚焦在相对熟悉的军工企业"。在阿莹的文学世界里,展现着两种人文地理坐标,两种创作取向,一种是相对遥远的牵动着他情感的故乡,他主要以散文形式表现。另一种更重要的是他以职业和生命的双重身份投入其中并具体伴随着他整个生命历程的鲜活的沸腾的共和国的工业战线。阿莹差不多是与共和国一同诞生,以自己的人生过程见证了共和国工业历史和共和国现代化过程的一代人中的一员,共和国在工业战线遭遇的风风雨雨,灾难曲折,改革和开放,复兴和发展,阿莹都感同身受。所以阿莹说,可能是由于长期从事工业管理工作的缘故,对我国富起来的过程格外关注,看到《大国重器》这类电视节目常常会泪流满面,而我们国家发生巨大变化的原因,阿莹认为,"其中坚力量是工业的突飞猛进。"文学要宏阔地书写历史,反映时代,从事工业题材创作的作家都有共同的心愿和抱负。蒋子龙说,"我国缺少一部工业题材的小说"。阿莹说,"面对波澜壮阔的时代,文学绝不能缺位啊"。阿莹创作《长安》是为了实现一个曾经的军工人心底的夙愿,而我们在《长安》中读出的是一位情感饱满,情怀深厚的作家在文学理想、社会理想价值坐标上的实现和统一。

《长安》应该是挑战难度的写作,这个难度表现在两方面:一方面在艺术经验的积累上,当代工业题材的长篇小说创作始终是一个薄弱的领域,创作实践和理论探讨并没有提供丰盛的资源,站在今天的新时代从事工业题材创作,必然有一个如何面对过往的经验和教训问题。阿莹在这方面做了充分的准备,他不仅阅读了大量的国内外尤其是前苏联和我国建国后一直到改革开放时期的有关工业题材的长篇小说,而且在艺术上进行了深入的思考。阿莹说:"我在阅读我国工业题材的小说时,感觉这类作品喜欢沉浸在方案之中。解放后的作品习惯反映技术方案的先进与落后,后来的作品习惯反映改革方案的正确与否,当然这类作品也的确诞生了经典。但我想,我这部长篇小说不应拘泥于方案之争,而应抓住人物在工厂大院里的命运来铺排,所以我将人物置入巨大的工业齿轮中去咬合去博弈,以便释放人物的内在性格。也就是说想努力反映军工人的灵魂轨迹,而没有仅仅将工厂作为一个背景,以使工厂大墙里的喜怒哀乐具有更为深厚的时代烙印。"阿莹对工业题材创作的问题和局限的认识,不同于一般的理论认知,而多了一层来自创作实践中的艺术感受。《长安》有宏阔的历史视野,有重大的历史事件、战争事件的背景,但着眼的是人物的具体遭遇,人物的命运,发生在军工人之间的伦理冲突、情感冲突,交织工作与生活、现实与理想之间的爱恨情仇,有着浓重的历史印记,又有着丰富的人性内容。《长安》创作难度的另外一方面,是如何面对历史,如何追求历史逻辑和文学逻辑相统一的问题。《长安》所写的是建国初期到改革开放前我国工业历史上一个特殊的国企——军工企业的一个完整过程。对这一时段的艺术把握,不像我们后来读到的例如国企改革类写作,哪怕你面对国企的际遇命运,表现了充足的人道主义感伤,但这个写作也有更宏阔时代背景或政策背景的参照。《长安》以西部军工企业为典型书写的这一段历史,它是一个历史存在,是一个社会进程的历史逻辑问题,有浓重的政治生活、社会生活的影响和投射。书写这一段历史,要求智慧,但不仅仅是智慧;要求平衡能力,但不仅仅是平衡能力,它要求有很多的综合素养。这个要求体现在文学之外,又必须体现在作品之中,它要求写出一段具象的历史现实,但必须有今天的思考和站位,要求写作者在历史条件,现实冲突,安全和命运背景,战争与和平的环境,工业生产尤其是军工生产的工具理性链和价值追寻链上展开思考,在现实需要和理想目标之间打通一个大命题,一个连接今天时代的命题。《长安》通过军工人顽强奋斗的历程,精神丰富深化升华的历程的书写,含蓄而充分地用艺术的方式表达了这样的思考。从这一方面来说,《长安》是当代工业书写的最新收获。

(作者系著名文学评论家)

新中国人民史诗的一个重要收获*

李敬泽

我们今天是在一起研讨阿莹的长篇小说《长安》,《长安》是一部很重的书,一方面这个重是体现在它自身包含的思想、艺术以及经验的提炼,另一方面它也确实写了新中国重工业、国防工业的发展历史,所以我们现在面对的就是这样一部50万字的很重的大书。其实我刚才听到蒋子龙老师谈到这部书的时候,也谈到说这是一个工业题材,是我们文学中工业题材创作的一个很重要的收获。

第一,在中国当代文学中,工业题材确实是非常重要的一个脉络。当我们谈到工业题材的时候,绝不仅仅是按照一般的行业思维在谈这个问题。工业题材、农业题材不是简单地按照行业思维划分,而是中国确实有其特殊性,我们是在几十年的时间里由一个一穷二白的农业国发展为世界第二大经济体并拥有世界最大规模的制造业,这本身就意味着这个工业的经验是中国现代经验中非常重要且具有基础性的一个经验。所以文学对工业题材、工业经验的把握不仅仅是行业思维在起作用,那么从这个工业题材切入,从这种对工业经验的表现切入,实际上能够让我们更为完整、更为精确地认识中国的现代经验,让我们更为完整、更为准确地认识中国人在这样一个近百年的现代历程中是如何走过来的。其实工业题材的创作、工业经验的处理,在文学上有相当的难度,也正是面对这个难度,我们才不得不说工业题材是需要重视的、需要大家努力的。

就《长安》而言,我认为它确实在工业题材、现代工业经验的表现方面令人印象深刻,取得了令人瞩目的艺术进展。阿莹的这部《长安》确实能够让我们感觉到它在表现工业题材、现代工业经验时,取得了非常独特也非常重要的进展。相比于过去的工业题材它的进展体现在哪?从我个人的兴趣或者注意的

---

* 本文为2022年6月19日"阿莹长篇小说《长安》创作研讨会"上的发言稿。

角度来看,我觉得它进展主要体现在表现工业题材和工业经验的时候,他具有一个社会史的视野。社会史的视野很重要,在这部小说中我们看到这个现代工业特定的厂子,完全是在空白中通过新的社会主义组织方式建立起来的。在这个建立的过程中,我们所看到的绝不仅仅是一个工厂的建立,而是一整套社会组织的建立以及一整套社会生活探索方式的建立。

在这个过程中,阿莹这部书展开了一个非常独特的社会史视野。我们现在写的任何一部书,恐怕都不敢保证30年、50年后大家还会读。但是像《长安》这样的书,现在可以确信的是也许30年后、50年后那个时候的学者、后来者,想理解中国史是如何发展的,想理解中国在过去现代历程中,我们的社会是如何被建立起来的,那么,我觉得《长安》在很多年以后也依然会是一个非常宝贵的、非常生动的、处于社会史视野下的一份旁证。所以在这个意义上说,我觉得它本身就是有着非常令人珍视的价值。

同时,正是在这种社会史视野中,我们能够看到工业、工业生产、工业经验在社会层面下的丰富性,过去很多工业题材都是在抓生产,很多是在工业流程本身上展现人们是如何组织起来、如何行动的。现在在《长安》中不仅看到这些,实际上也看到了工业人是如何被组织起来的、工业人是如何生活和行动的。从这个意义上来说,我觉得这部长篇小说可能在我们整个工业题材和工业经验的书写中,都有着非常独特的探索和非常重要的价值。

第二,我们也看到了新中国工业人的精神史。工业经验是我们现代经验中非常重要且基本的一个层面,在新中国的历史经验以及中国故事中,它也是非常重要且基本的一个层面。在这个层面中,作为一个文学作品,既有一个社会史的视野,也展开了一个精神史的视野,即中国工业、中国工人阶级的精神史。这部小说写了众多人物,最宝贵的是这么多的人物,无论是从整体上还是从个体上,我们都能够感受他们精神上的成长。这种精神上的成长体现在转业军人、农民、技术人员在工业组织中成为新中国工人阶级、新中国工业基础的过程中。在这个过程中我们看到了整体上和个体上的精神成长,这是阿莹这部小说另一个特别值得珍视的特点。

大家都知道阿莹本身长期从事军工工作,拥有丰富的行业经验。我们能够感觉到有些小说作者行业经验匮乏,只能依靠很多手法,搞出很多花活来写作,但是阿莹作为一个小说家的主要苦恼、主要困难是他的经验过于丰盛,他有太多的事要讲,有太多的感受和发现要表达。所以我们看到的也确实就是一个非常丰盛、非常饱满的文本,在这个文本中既融合了新中国工业的丰富经验,也有力地揭示了新中国工业人的精神成长,这两个方面我觉得都是这部小说特别值得珍视的东西。

总而言之,总书记反复讲,我们要赋予大历史观。大历史观既是我们看历史的立场观点,同时也是我们处理中国经验,现代经验,现代道路的立场、观点、视野和胸襟。在《长安》中能够明显看出作者的大历史观,无论是面对新中国的工业经验,还是面对新中国工业人的经验成长,都是有力地将其放在新中国的历史上、新中国的大历史脉络和大历史背景中去认识。在这里,历史不仅仅起到背景的作用,而且深刻地嵌入在这些经验、这些精神的成长中,所以从这个角度来讲,这部《长安》写的不仅仅是我们的军工行业和工业经验,同时也是一个独特角度上的新中国的故事,一个独特角度上的新中国的人的故事。所以我想这也可以说是我们书写新中国的人民史诗的一个重要的进展和收获。

(作者系著名文学评论家、中国作家协会副主席)

散文的新空间*

李若冰

在这个春天徐徐来临的日子里,我断断续续地读完了阿莹同志的《俄罗斯日记》。他仿佛我的导游,让我随着他娓娓动听的诉说,神驰了美丽的俄罗斯大地,也分享了一种深远悠长的情思和感悟。

这也让我想起十年前的西欧之旅,异国风情给人的感受不仅丰饶,而且独特,别开生面。由于地理、历史、文化的背景不同,加上信仰、风俗、人情等诸多方面的差异,尽管行色匆匆,作家的思维显然是非常活跃的,感受也是敏锐而多情的。阿莹在出访俄罗斯的经历中,通过日记形式的散文作品,向读者陈述了这种真切的感触,不仅有知识性,也具有人文的思想内涵以及自然景观、建筑艺术等方面的阅读审美价值。

我是从延安时代过来的,曾有一种"苏维埃情结"。阿莹在这部作品中反复说到的作者的类似的"情结",和我是相通的。俄罗斯的大地是美丽的,俄罗斯民族是一个伟大而智慧的民族,它的革命历史是让我们肃然起敬的。我们一代又一代人,受到过俄罗斯精神的熏陶,甚至于在血液里流淌着这种光荣和梦想。它的历史变革和由此而带来的现实社会状态,无论是民族精神的守护者,还是物欲时潮中人性和道德的萎缩现象;无论是思考,还是困惑,在阿莹的笔下都表现得很充分,既有真实情感,也有理性思考,同时又显得自然、风趣和幽默,给人以许多启迪。

阿莹写过不少的好小说,从这部书稿看,尽管体例上大致属于散文一类文字,但作家的立意、谋篇和行文,则不同于一般的泛泛的传统意义上的散文样式,显示出了散文的新空间。这需要敏锐的观察和学养,才能写出有创新意义的好散文来。其中一点,是他把所持有的小说功底,用到了游记散文之中,叙事

---

* 本文原载于《俄罗斯日记》(陕西人民出版社2015年版)"附录"。

的文字简约得当,人物的素描质朴传神,内心情感的阐述也很生动,使作品增添了与读者之间的亲和力。阿莹在旅途中拍摄了许多照片,文图并茂,对理解作品创意也极有帮助。

我想,读者对阿莹同志的《俄罗斯日记》是会喜欢的。

2004 年 3 月 31 日于雍村

(作者系著名作家、曾任陕西省文学艺术界联合会主席)

新小说传统中的《长安》经验*

李 震

决定一部文学作品是否有价值的因素有很多,而最重要的决定因素则是将其置于同类写作的历史序列和主流传统中,审视其为这种写作贡献了什么样的独特的经验和价值。阿莹的长篇小说《长安》①先后在《当代》杂志发表和作家出版社出版后,引发了公众的热议和众多批评家的广泛评说②,并入选中宣部2021年主题出版重点出版物选题、"中国小说学会2021年度好小说"五部长篇之一、第六届长篇小说年度金榜的特别推荐、作家出版社2021年度好书榜。作为这部小说最早的读者之一,笔者也曾撰文力图从多种维度去认识和阐释这部作品的价值③,但本文试图将其置于新小说史的视域中去审视,以期发现进一步的认识和阐释空间。

一、《长安》在新小说史上的独创意义和独特价值

众所周知,五四白话文运动以来的新小说已有百余年的历史,纵观这百余年来新小说的写作史,无论是讲述启蒙的故事,还是讲述革命、救亡、战争的故事,又或是讲述和平建设和日常生活的故事,其叙事的核心场域一直以乡村社会为主。农民命运、土地问题始终贯穿在从鲁迅、沈从文、赵树理、柳青,到路遥、陈忠实、贾平凹、莫言、韩少功、阎连科等几代新小说代表作家的书写中,以至使乡村小说成为新小说史的主流,也成为新小说数量最多、成就最高的领域。

---

* 本文发表于《中国当代文学研究》2023年第2期。
① 阿莹.长安[M].北京:作家出版社,2021.
② 2022年6月22日,由中国作家协会创研部、中国作家协会创联部、陕西省委宣传部、陕西省作家协会、作家出版社联合主办的"阿莹长篇小说《长安》创作研讨会"在北京、西安等地以线上线下联动方式举办。李敬泽、南帆、孟繁华、谢有顺等数十位文学批评家,贾平凹、蒋子龙等作家和编辑出版家参会并发言。
③ 李震.一部好小说,多部当代史[N].文艺报,2021-11-03.

而书写城市工商业领域,特别是工业领域的小说则要少得多,仅有的一些书写城市的小说,也多以关注城市市民的日常生活、政治生活,城市流行文化和商业文化,以及知识分子为主,如老舍对北京市民生活的书写,张爱玲和新感觉派作家对上海市民生活、流行文化和商业文化的书写,郁达夫、钱锺书等作家对知识分子的书写。茅盾的《子夜》应该是现代文学30年中少有的真正写工商业题材的长篇小说,但这部小说主要揭示的是中国民族资本家之间,以及与帝国主义及其买办资产阶级、工人阶级的复杂斗争中的悲剧命运的。总体而言,对作为城市生活重要组成部分的工业领域和城市人口中的重要角色的工人形象,建国前的新小说却鲜有关注,直到建国后,才有寥寥几部书写工业领域和工人形象的长篇小说出现,如《铁水奔流》(周立波1955)、《百炼成钢》(艾芜1957)、《上海的早晨》(周而复1958—1979)、《乘风破浪》(草明1959)和《沸腾的群山》(李云德1965)等。而且,这些作品也大多是书写对城市工商业的社会主义改造和这一改造过程中所发生的阶级斗争的,尽管也塑造了一批新兴工人形象,但这些形象的主导意义主要表现在政治层面。直到改革开放以来,工业题材的小说才逐渐多起来。

而在现有的工业题材长篇小说中,真正书写作为国之重器的军事工业题材的则只有阿莹的长篇小说《长安》。《长安》是全面书写从建国初到改革开放初30年共和国军事工业史的第一部长篇小说。在这个意义上说,《长安》不仅在当代小说史,而且在整个新小说史上,甚至在整个中国小说史上,都是具有独创性和唯一性的。

新小说作家们重乡村而轻城市、重农业而轻工业、重农民而轻工人的现象,当然是由中国的历史文化和基本国情决定的,具体而言,是由中国本质上属于乡土社会、中国传统文化本质上是在农耕文化基础上形成的、中国城市工商业发展较晚,以及20世纪以来中国社会历史变革的核心在乡村等因素决定的。

然而,中国社会工业化的历史虽然晚于欧、美、日,但也是从19世纪后半期的洋务运动(其中就有大量军工业)就开始了,而清末用文言书写的旧小说尽管经历了梁启超倡导的小说界革命,却也未见有小说把命革到工业的头上的。即使是洋务运动结束20多年之后才开始的新小说史,仍迟迟没有对"工业"这一改变中国社会形态和结构的重要因素做出精神上和审美意义上的反映,不能不说是一大缺憾!特别是站在今天这个高度工业化、极速全球化、冲刺中国式现代化的时代高度来看,工业,特别是军事工业,不仅是国家现代化、民族走向复兴的最大推动力,而且是保卫国家长治久安和人民幸福生活,维护世界和平秩序的重要安全屏障,同时,也是一个由人构成的,最能够深刻反映人的精神世界和人性本质的、重要的文学书写与艺术审美领域。

在工业题材被弱化,军工题材作品一直处于空白的多种原因中,最现实的一个原因便是行业错位,一方面,绝大多数作家不了解工业领域,缺少对工业生产、生活的切身体验和行业知识;另一方面,工人出身的作家本来就不多,而军工出身的作家则少之又少。

《长安》的唯一性和独创性,首先取决于其作者阿莹的双重身份。阿莹从其父辈开始,在军工企业一线生产、在军工大院生活几十年,是军工二代,也是一位地道的军工人,后来又在领导岗位上负责包括军工企业在内的工业管理工作多年。可以说,军工既是他自己深耕的领域,又是他所管理的领域,从微观到宏观,其熟悉程度难有与之比肩者;同时,阿莹又是一位坚持写作40多年的作家,发表过大量散文、中短篇小说和各类剧本,其中话剧《秦岭深处》(后改名《红箭 红箭》)就是中国戏剧舞台上表现军工生活的第一部剧作。这种双重身份,决定了阿莹是最有条件,也是最有资格去书写军工领域的作家。《长安》便是他穷尽数十年生活积累,用了数年时间深耕细作完成的军工题材长篇小说。

无论在文学领域,还是其他领域,在所有的价值中,独创的价值是最具价值的。阿莹用《长安》不仅将新小说史上工业题材的书写推向了一个新的高度,而且为人们揭开了军工世界和军工人的神秘面纱,让这一肩负着保家卫国神圣使命的战线和一批大国工匠的形象,以及他们复杂的内心世界和振聋发聩的"军工精神",走入了艺术审美空间和公众视线。

二、新小说史上的第一组"军工人"群像

在新小说创造的人物形象谱系中,人物形象显然是以农民为主的。工人形象不仅稀少,而且真正具有典型性,并真正能够代表某种时代精神的工人形象则十分罕见。可以说,人们至今没有看到工人中类似阿Q、梁生宝、白嘉轩这样的人物形象。这一现实与工业在20世纪中国社会历史变革和文化转型中的核心地位极不匹配,不能不说是整个新小说史的一大缺憾。在中国式现代化的道路上,工业化是最具决定性的步骤。从洋务运动到改革开放,中国式现代化

的一个核心环节就是生产方式由农业向工业的裂变。产业工人是 19 世纪后期才开始出现的、在中国数千年文明史上未曾有过的新兴人物类型,而且他们作为一个阶层,不仅是新兴生产方式的代表者,更是时代发展的引领者和社会变革的领导者,具有高于农民和知识分子的政治身份。因此,创造出一批能够代表不同时代精神的工人形象,是新小说史未能充分完成的一大职责和使命。

在这个意义上说,《长安》的价值和贡献是显而易见的。这部小说不仅为"中国工人"形象的书写提供了独特的经验,而且创造了中国新小说史上的第一组军工人的群像。

1.作为工、农、兵多重身份融合体的"中国工人"形象

作为"中国工人"形象,《长安》中的一组工人带有鲜明的农民禀赋。尽管阿莹并没有自觉地去刻画这一特性,但他诚实的书写依然凸显了"中国工人"这一明显区别于域外工人形象的潜在禀赋。由于中国数千年来一直是一个根深蒂固的农业大国,至今包括工人在内的中国城市人口,大多是从农村来到城市的,或者上溯三代都是农民。有人戏称,中国的城里人,不是农民的儿子,就是农民的孙子。即使在茅盾的《子夜》中,身为大上海民族资本家的吴荪甫也是来自乡下的一个农民的儿子,其父吴老太爷是常年居住在乡下的老地主,当他为躲避战乱被接进上海后,看到城市里的花里胡哨、灯红酒绿的生活场景时,居然晕厥而死。《长安》中长安厂里的绝大多数工人都是从农村招来的,即使是忽大年、黄老虎等厂领导也是在农村生长,然后参军,从部队转业到工厂的。这种潜在的农转工的身份变化轨迹,决定了这组人物在心理和性格、生活方式、语言习惯上依然留存着农民的特性,忽大年、黑妞儿一旦开口讲话,仍然留有胶东大葱的味道,在其行为和个性中仍然有着中国农民特有的韧性、勤劳和百折不挠的奋斗精神。可以说,他们是在以一种农民的禀赋去从事工业生产和政治斗争的。无论作者是否自觉,小说在心理描写与性格塑造中已经明显地表现出了中国工人的这一独特的农民禀赋。

作为军工厂的工人,《长安》中的工人形象同时包含着鲜明的军人特性。小说中的主要人物忽大年、黄老虎、忽大年的妻子靳子等都是从部队转业到军工厂的,有的虽从农村来,但也有抗日游击队或其他对敌斗争的经历(如黑妞儿、忽小月和一批日据时期的东北技工等)。因此,这些工人形象中依然保留着军人勇敢、坚强与不怕牺牲的精神特质,无论遇到多大的艰难险阻、狂风巨浪,

他们都会勇往直前,拼搏到底,始终保有军人本色。

而这些人物在小说中的当下身份则都是工人,军工人或军工厂的领导,因此可以说,《长安》中的人物形象,是工、农、兵三种身份及其文化属性的融合体,是既符合生活实际,又符合形象塑造的艺术逻辑的中国军工人形象。这种多重身份的融合,也构成了"中国工人"形象的独特内涵。

2.个人命运与国族命运、时代流变的同构体

作为中国新小说史上的第一组军工人的群像,长安人物形象系列又是国家-民族的历史使命、特定时空和历史文化语境,与每个人物具体的个人生存境遇熔铸而成,形成了国家-民族命运、时代流变与个人命运的同构体。每个个人的命运与国家-民族的命运,在时代流变的起伏中始终保持着同构状态,彼此血肉相连,荣辱与共。按照小说的叙事逻辑,小说中生动而逼真的个人命运,与国家-民族命运和时代的流变之间,既构成了一种同构性隐喻关系,又在叙事中形成了一种相互拉动的张力关系。

作为一种同构性隐喻关系,《长安》中数十位军工人各自不同的命运,以及蕴含其中的复杂的身心体验和性格特征都可以被视为一系列符号表征,而被赋予国家、民族和时代的所指,以不同的姿态和方式表达着国家崛起、民族复兴和时代变迁过程的艰难历程。同时,这些姿态各异的能指,最终又指向了同一个所指,那就是共和国第一代军工人共同信奉的军工精神——誓死保卫国家、造福人民。

作为一种叙事张力关系,表现为一个个具体的人物命运及其复杂而又独特的内心冲突和个性特征,是在国族命运和时代流变的驱动下发展演变的。国族和时代的每一次变化,都会在个人命运中造成一圈又一圈的波澜,构成每个人内心的冲突和身心的剧变。中苏关系的变化,直接改变了小翻译忽小月的职业生命和政治生命;"文化大革命"的爆发,更是直接结束了忽小月、靳子的生命,将两位主要厂领导忽大年和黄老虎变成了阶下囚;国家清查"梅花党案"又险些要了忽大年的命。但同时,金门炮战、中印边境自卫反击战,以及即将开始的改革开放,又一次次将忽大年从生死线上拉回到军工厂厂长、共和国军工业领军人的位置上。同时,个人的命运也同样拉动着国族命运和时代流变。长安军工人承受着各自不同的艰辛、屈辱和悲剧,通过生产出来的一代又一代的尖端武器,在一次又一次的保家卫国、维护主权的战争中发挥了巨大作用。这在某

种程度上也影响着国族命运和时代的流变。

正是这种个人命运与国族命运、时代流变同构的家国一体化的书写,将作为第一代大国工匠的军工人群像高高矗立在这个新兴共和国的宏伟基业上,成为一座座需要历史去铭记的丰碑。

3.军工人群像作为新小说人物形象序列的艺术价值

作为军工人和军工企业的管理者,作家阿莹早在数年前就以话剧艺术塑造了舞台上的第一组军工人形象。如果将长篇小说《长安》与话剧《秦岭深处》(后改名《红箭 红箭》)打通来看,便可清晰地看到两部作品整体地展示了中国军工人群像从共和国前三年(《长安》)到后三十年(《秦岭深处》),在各种政治浪潮到商业浪潮中沉浮起伏的发展演变历程。应该说作为一部长篇小说,《长安》对军工人群像的塑造自然要比话剧《秦岭深处》更加复杂、深入、丰富多彩,更具艺术价值。如果将这一群像置于新小说人物形象序列,其艺术价值依然十分凸显。

这组群像除了前述的在新小说史上的唯一性之外,其作为一个由数十个军工人组成的群雕,每个形象都有自己独特的个性特征、人性内涵、精神风貌、命运轨迹和清晰的外形标志,每个人都是独特的"这一个",都是"熟悉的陌生人"(别林斯基语)。他们各自的特异性共同构成了《长安》人物类型的丰富性、人性内涵的深刻性和各自不同的艺术旨趣。

同为军工人,小说中数十个人物每一个都有自己独特的心理、个性和命运走向。即使是同时从军队转业来到长安厂做领导的忽大年和黄老虎,两个人虽经历相似却个性迥异,忽大年爽直、豪迈、敢作敢为、坚韧不拔,黄老虎心思缜密、患得患失、首鼠两端,甚而会投机钻营;同为管理军工企业的高层领导,成司令果敢豪爽、敢于担当、大刀阔斧,钱万里则老谋深算,神龙见首不见尾;同样是从日据时期东北军工厂转来长安厂的技术人员,连福与焦克己、哈运来个性、命运却大相径庭;同样从胶东半岛黑家庄来的两位女性,黑妞儿豪放、执拗而坚韧,忽小月多情、浪漫而脆弱。这些人物以各自的特异性,共同构成了军工人群像的丰富性和深刻的人性内涵。

同时,这些不同的人物形象在小说中构成了完全不同的艺术旨趣。如果说以忽大年为代表的军工人构成了中国军工事业苍凉、悲壮、雄浑的进行曲的话,那么以黄老虎、哈运来、门改户等为代表的一些人物则是穿插其中的戏谑小调,而才情四溢却命运多舛的连福,多情浪漫却红颜薄命的忽小月,以佛心投入军工事业而最终归隐山林的释满仓,在忽大年生活中一闪而过,牺牲在中印边境战场上的毛豆豆则是一曲曲咏叹调,将这组军工人形象特异化、极致化、传奇化,进而"羽化"为飞升天空的精灵,在各自的悲剧中涅槃为一群象征着和平的鸽群。

更重要的艺术启示是,这些姿态各异的人物形象,以自己不同的心理、不同的个性、不同的命运,共同凝聚起同一种"军工精神"。有如交响乐中不同的乐器、不同的声部、不同的音色和音质,共同演奏出了一曲宏大乐曲一样,体现出"杂于一"的雄浑力量。

三、《长安》对新小说史诗传统的承续

尽管创造史诗的英雄时代已经过去①,但史诗所赞唱的神话英雄,作为一种"具有永久魅力的""不可企及的范本",②依然影响着后世的文学。在中国新小说史上,人们对书写历史的长篇小说的最高赞誉莫过于说这是一部史诗式的巨著。虽然由于史诗所处的英雄时代的一去不复返,这种赞誉只有修辞的性质,但在新小说史上的确有一种"史诗传统",特指那些具有大历史视角、书写不同时代具有英雄特质的典型人物、揭示历史发展的本质规律的现实主义作品,最具代表性的如《创业史》《保卫延安》《平凡的世界》《白鹿原》,城市工商业题材中的《子夜》《上海的早晨》,话剧中的《茶馆》也属此类。史诗传统的主要特征是以大历史视角和真实的历史节点为故事背景和叙事线索;在现实中的人物中发现其超越性和英雄特质,从而构成典型性;具有复合的多声部的叙事结构;力图通过客观叙事揭示历史的本质真实和历史发展的必然规律。如果从这几个方面来考量的话,那么阿莹的《长安》可以说全面承续了这一史诗传统,而且可以被认为是史诗传统在军工叙事中的标志性作品。如果说,半个世纪前,柳青在长安完成的是一部农业领域的《创业史》的话,那么,同在长安的阿莹所写的《长安》,则是一部工业领域的"创业史"。

如果说《创业史》以互助组、合作社、人民公社等主要历史节点为背景,真实记录了建国初期中国农民走上集体化道路的历史,创造了以梁生宝为代表的

---

① [意]维柯.新科学[M].朱光潜,译.北京:人民文学出版社,1986.
② [德]马克思,恩格斯.马克思恩格斯全集:46卷 上[M].北京:人民出版社,1979:49.

新型农民形象的话,那么《长安》同样是以解放战争、抗美援朝、中苏友好背景下中国军事工业的起步、金门炮战、中印边境自卫反击战、中苏关系决裂、珍宝岛自卫反击战、"文化大革命"、改革开放等与军工相关的主要历史节点为背景和叙事线索,真实记录了共和国军工业从无到有、从弱到强的历史,同样创造了以忽大年为代表的、具有英雄特质的新型工人形象。所以说,大历史视角和以真实的历史节点为故事背景,构成了《长安》史诗品质的第一个要素。

作为新型工人形象的忽大年及其典型性,是构成《长安》史诗品质的第二个要素。需要特别指出的是,在新小说史上,城市工商业题材的长篇小说中尚无一个类似新型农民形象梁生宝那样一个被人们公认的典型的新型工人形象,尽管在建国初期部分作家深入工矿企业体验生活试图创造这样的形象,后来部分作家也在一些中短篇小说书写了不少工人形象,但是以大历史视角和宏大场景中塑造的、具有典型性的新型工人形象,并没有凸显出来。周而复先生的四卷本的大部头小说《上海的早晨》应该是具备这种大历史视角和宏大历史场景的作品,但其核心人物徐义德是一个被改造的民族资本家形象,不属于新型工人形象,其中的几位纱厂工人代表也未见可作为典型的新型工人的代表形象。

忽大年形象除了是上述所谓农民禀赋、军人特性、工人身份和领导职责的聚合,即作为工农兵合体的中国式工人形象外,其所潜在的史诗内涵在于他的典型性和英雄品格。

按照典型建构的一般逻辑,忽大年是历史发展的必然趋势赋予他的普遍性,与他作为一个活生生的普通人所具有的个别性的统一体,其个性特征和英雄品格均源于此。忽大年生长于胶东半岛的一个叫黑家庄的地方,是一位农民的儿子,自幼父母被"黄狗子"(日伪军)抓走,便和妹妹忽小月成为孤儿寄居在黑大爷家的黑家大院,随后又逃婚到了部队,参加了抗日战争、解放战争,一路由新兵蛋子成长为一位征战沙场的军官,建国初被调任某绝密工程总指挥,后任长安机械厂(共和国第一代军工厂)厂长、党委书记。这一在中国具有普遍性的,由农到兵到工到官的经历,与抗日战争,解放战争,抗美援朝(他本人没能到战场,但他曾经所带部队受到重创,成为始终影响他心理的潜在因素),到和平建设环境下的对台、对印、对苏战争等重大历史进程,又将忽大年的个人命运与国家和民族的命运融为一体,决定了这一形象成为国家意志和历史发展的必然逻辑的代表者,构成了其普遍性的一面。同时,作为一个现实中活生生的人,忽大年有着自己极其特殊的个别性,甚至有着难以启齿的、不可告人的、且困扰着他整个成长道路的个人隐私。他从黑家庄逃婚出走,是由于他在新婚之夜被新娘子黑妞儿的"铁砂掌"给吓阳痿了,才不得不逃走的。他在兵荒马乱中,带着男人最难堪的自卑感参军上了战场。在战场上,为了民族大义,也为了证明自己的男性本质,他勇敢拼杀,很快成长为一名军官,直到遇到了女扮男装的勤务兵靳子,他才真正恢复了作为男人的自信。而与他拜过堂的原配妻子黑妞儿,本来就有"谁看见了她的身子就必须嫁给谁"的信念,后又与他拜了堂、同了房,自然坚持从一而终,且用大半生百折不挠地寻找作为自己丈夫的忽大年,以至长途跋涉从胶东半岛的黑家庄,历经千辛万苦来到西安城,通过连福进入长安机械厂,成了令忽大年焦头烂额、又挥之不去的一个幽灵,最终又成为宁愿为忽大年赴死的最坚定的支持者。这一看似偶然的、荒唐的,甚至有些让人不堪的个人经历,并不能损害忽大年作为共和国第一代军工人和新型工人形象,也无损于忽大年的英雄品格,反而更加增强了这个人物的真实性和人性内涵,并且成为忽大年形象的典型性中不可或缺的个别性的一面。作为现实主义小说和史诗传统的叙事,构成典型形象的普遍性和个别性越是极端,就越具有典型性。忽大年正是这样一个在普遍性和个别性的两极都走向了极端的一个典型形象。

决定《长安》史诗特质的第三个要素是,忽大年形象的英雄品格。按照维柯的论述,英雄时代是神的时代向平民时代的过渡阶段,因此,英雄便是神与人的合体①。史诗赞唱的正是人身上所赋予的神性。而在平民时代,具有神性的英雄已不复存在,人们便将在战场上英勇无比、不怕牺牲的人称为英雄,或者将在日常生活中敢于自我牺牲,勇于为他人和公益服务、奉献的人称为英雄。广而言之,在平民时代,英雄是那些为了某种精神或信念,能够超越自身利害得失,超越生死的人。《长安》中的忽大年就是这样的平民英雄。他为了保家卫国,为了给亿万中国人民创造安全和幸福,不管时代风云突变,不顾个人性命安危,都要带着全厂工人为国家生产出尖端的武器。他以自身固有的农民的禀赋,隐忍着自己的妹妹、妻子先后被迫害致死;以自身固有的军人的坚强,战胜了被误解、被污蔑、被审查、被下放一线劳动,甚至被软禁、关押的折磨;以自己

---

① [意]维柯.新科学[M].朱光潜,译.北京:人民文学出版社,1986.

作为工厂领导的责任感,在被免职和被关押的情况下,冒着巨大的政治风险,依然坚持推进军工生产。他冒着生命危险去拆哑弹,冒着再次被免职和关押的危险去建新试弹场,等等。这些行为已经充分证明了忽大年的超越性,以及由此表现出的英雄品格。

此外,《长安》以复合式叙事结构,展现出的全景式的历史景观,也是其史诗品格的构成要素。整部小说以多个人物命运为叙事线索,多条线索穿插推进,形成了一种复合式的、多声部的叙事结构,书写出共和国军工事业前三十年全景式的宏大历史景观。作者根据不同人物在故事中所占的结构性权重和着墨多少,铺开叙事线索。小说中有始有终、能够成为独立叙事线索的就有忽大年、黑妞儿、忽小月、黄老虎、靳子、连福、释满仓、门改户、红向东等近十个人物。由这些人物命运拉开的叙事线索既相互交织,又各自形成独立的闭合回路,构成了一组多声部的命运交响曲,发出了那段悲怆却又辉煌、诉说着对战争与和平深情关切的军工史的回声。

真正的史诗是唱出来的,而不是讲出来的。《长安》叙事的极致部分,每每抵达不得不唱的境界,如忽小月一步一步爬上高耸的烟筒时的内心独白;忽大年被关押在地下室,准备悬梁自尽时的内心独白;释满仓绝望至极离开长安厂隐居南山时的心境;连福从被关押的煤矿回到长安厂得知爱人忽小月自尽后的心境;忽大年冒死走向"哑弹"的那一刻;黑妞儿为忽大年守到五十多岁未嫁,最终在一声爆炸声中倒下的那一刻;在二代火箭弹终于试射成功,一对小白鸽飞起的那一刻……这些将故事和人物命运推向极致的部分,都是史诗的唱赞之声响起的时候。

四、在历史叙事与文学叙事融合传统中的《长安》

在中国,历史叙事与文学叙事是在同一条河流中流淌下来的。从《尚书》《左传》开始,中国人一直是以文学叙事的方式讲述历史的。而就在作家阿莹生长的地方,历史叙事与文学叙事的融合曾抵达了人类叙事艺术的极致——西汉太史公司马迁曾在长安发愤著书,写出了被鲁迅称为"史家之绝唱,无韵之离骚"的《史记》。尽管在今天,历史叙事与文学叙事已经成为两种不同的叙事原则和方式,但大量文学作品,特别是史诗传统的长篇小说,却依然在以文学叙事的方式来讲述历史。然而,文学叙事与历史叙事毕竟有着本质的不同。按照西方人的说法,"诗人的职责不在于描述已经发生的事,而在于描述可能发生的事,即根据可然或必然的原则可能发生的事。历史学家和诗人的区别不在于是否用格律文写作……,而在于前者记述已经发生的事,后者描述可能发生的事。所以,诗是一种比历史更富哲学性、更严肃的艺术,因为诗倾向于表现带有普遍性的事,而历史却倾向于记载具体事件。"①在这个意义上说,文学叙事虽然依仗虚构,却比历史叙事更真实、更本质。可以说,历史叙事记录的是历史的肉体,而文学叙事讲述的是历史的灵魂。事实上,无论中外,绝大多数的历史叙事都是在讲述权力争夺与政权更迭的过程,而这一过程中所发生的人的心灵感受和心理活动,以及给人类精神和历史发展带来的影响,却被完全忽略了,而且历史发展的必然逻辑也被淹没在了浩若烟海的史实和现象之中。而文学叙事所讲述的历史,恰恰是在历史叙事终止的地方开始的。其所讲述的是历史发生过程中有关人的心理感受和精神活动,并由此去揭示历史发展的本质规律。因此,用文学叙事讲述的历史,本质上是人的心灵史。

《长安》的叙事是文学叙事与历史叙事相互融合的传统在军工题材这一历史上从未有过的书写领域里的一次延续。作者阿莹以唯物主义史观和现实主义原则,真实地再现了从建国初到改革开放初三十多年中共和国军工产业发展的历史。从记史的意义上来说,《长安》已经清晰地呈现出了共和国前三十年从解放战争、抗美援朝、金门炮战,到对印边境反击战、珍宝岛对苏反击战中,军事工业发展的历史背景,可谓是一部浓缩的当代军工史。但《长安》更是一部当代军工人的心灵史,是军工人这一特殊族群的生存史、命运史。总而言之,是一部有关人的历史,而不是一部权力更替的历史。

在历史真实与作为小说合法权力的虚构之间,《长安》找到了恰当的契合点。为此,作家阿莹不仅动用了他从在军工厂一线工作、生活,到作为领导管理军工厂的几十年中,对军工发展过程、行业知识、生产生活体验,以及人际交往的全部积累,而且查阅了大量文件、档案、报纸,可以说对军工发展的历史已经熟悉到了如数家珍的程度。因此,他所书写的人物和事件都有着充分的历史依据和活生生的现实生活原型,但其整个故事和人物却又全都出自虚构。从历史真实到文学虚构,经过了作家烂熟于心的体验、内化和想象,最终艺术化为这段

---

① 亚里士多德.诗学[M].北京:商务印书馆,1996:81.

历史的一个完整的隐喻系统。小说中的故事和人物,既与真实的历史过程和现实人物有着内在的关联,同时又是一个完整、独立、自足的隐喻系统。具体而言,《长安》用文学叙事讲述的心灵史,正是新中国走向独立自强、和平安宁的当代史,以及几代军工人艰苦奋斗的军工史的总体象征。

这部以唯物史观和现实主义原则建构的军工人的心灵史,不仅形象生动地映射出了军工史和国族史,而且以艺术的方式揭示了历史的本质真实和历史发展的必然逻辑。无论作为历史还是作为文学,《长安》始终是围绕"战争与和平"的时代主题展开叙事的。

以忽大年为代表的长安军工人冲破重重艰难险阻,舍生忘死地坚持生产火箭弹这一大杀器,并不是为了发动战争,而是为了保卫国家的和平安宁和人民的幸福生活,小说中各色人等对幸福安宁的生活的向往,以及通过忽大年曾经所带部队在朝鲜的集体阵亡、中印战场上天使般的毛豆豆的牺牲等,对战争残酷性的控诉,本身就可以说明这一点。可以说,小说的全部叙事都是对战争的消解和对和平的呼唤,书写出只有国家强大了才能实现真正的和平这一朴素而深刻的道理。这便是《长安》所揭示的历史的本质真实所在。

同时,《长安》通过描写一系列政治运动对军工生产的干扰和对一大批军工人的摧残,以及刻板的计划经济体制所导致的决策与实际的分离,揭示了军工史,乃至国族史发展必须走上改革开放之路的必然逻辑。以"文化大革命"为代表的连续不断的政治斗争,给国家的军事工业带来极大干扰和破坏,给本来就在十分艰苦的条件下奋力拼搏的军工人带来巨大的身心残害,致使长安厂的军工生产时断时续,举步维艰,国家军工事业停滞不前。一些忠心耿耿、为国家军工事业做出巨大贡献的技术专家、工人、领导,不是被审查、关押,就是被劳教,甚至被残害致死。直到小说的最后,忽大年出于对国家军工事业的一片赤诚和无私奉献精神,冒着极大的政治风险,从病榻上重新站起来,投入了他根本不知道会是什么下场的拼死一搏。而这一被作者称为"光明的焦虑"[①]的结尾,正预示着改革开放大潮的涌动,预示着小说的叙事已经触及了历史发展的必然逻辑。

任何一部文学作品都不是孤立的存在,都属于其所在的写作传统和文本序

---

① 阿莹.长安[M].北京:作家出版社,2021:470.

列。一部文学作品的价值和意义,在于其为所在的写作传统和文本序列贡献了何种独特的经验。《长安》是一部出现不久的作品,它的价值、意义和独特经验,还需更多的批评家去深入发掘。本文所述,仅做引玉之砖,唯期同行们指正,并发表更多的高见。

[本文系国家社科基金重大招标项目"数字媒介时代的文艺批评研究"(19ZDA270)成果]

(作者系陕西师范大学文学院教授、陕西省文艺评论家协会主席)

我们都应时常回望精神的绿地
——谈谈白阿莹的散文*

梁鸿鹰

英国文豪萧伯纳曾经说过:"人生不是一支短短的蜡烛,而是我们暂时拿着的火炬,我们一定要把它燃得十分光明灿烂,然后交给下一代人们。"如何将这人生由"蜡烛"变为"火炬",将这"火炬"的光亮以十分虔诚的态度养护好、保存好、传承好,不仅应该成为人生的重要任务,也应该成为文学艺术的紧迫课题。事实上,文学艺术史上的所有经典之作之所以能够有益于人生、有益于社会,往往就在于它们能够"照亮"人生,能够以作家和艺术家自己的经验唤起读者时常回望过往的人生之路,不断充实丰富自己的人生感悟,这是我读白阿莹所写的散文时的一些感慨。

白阿莹不单是个在多领域从事管理工作的领导者,也是文学创作的多面手,他编剧的大型歌舞剧《米脂婆姨绥德汉》以浓郁的陕北风情、震撼人心的艺术表达多次斩获各类奖项,在国家大剧院和保利剧院上演后更引起多方热议。他勤于散文创作且多有收获,先后推出散文集《重返绿地》《俄罗斯日记》《西欧苦旅》,他的作品多得自亲身经历,生活细节丰沛,叙事朴实无华,感染力、震撼力很强,显然给人的这些感觉既不源于语言,亦不来自技巧,而是那种贯穿始终的强烈精神穿透力。他让我们时常回望精神的绿地,找到滋润心灵、涵养精神的路径,因而格外能够打动人心。

白阿莹散文中最感人的是对亲情的书写,你会发现他在写亲情时完全是敞开心灵的自由书写,是敞开情感的直抒胸臆,他善于捕捉与亲人们相处的生活细节,发为心声,给人良多感受,如散文集《重返绿地》打头的那篇《饺子啊饺子》,便是这样一篇让人难以忘怀的佳作,读过好长时间了,但我就是忘不掉。

---

* 本文发表于《延河》2012年第10期。

这篇散文不故作高深,没有沾染上丝毫"历史风""文化风"的习气,不炫耀自己的历史知识,更不奢谈学识,而是从自己与老人长期接触的一件小事谈起,让人感慨。散文写到,上了年纪的母亲习惯于每个星期天都邀请儿子一家三口回家吃饺子,这习惯有好多年了,终于让孙子失去了耐心,闹着要换花样,搞得作为儿子的"我"左右为难。有一回儿子擀面皮时不经意抬眼一看,发现母亲的脸上已爬上不少皱纹、浮出点点黑斑,清亮的眼睛也已开始浑浊,心里顿时阵阵发酸,就在这个时候,儿子听到母亲似自言自语地说:"你爸你妈老了,也不想吃啥了,饺子香不香,关键是心情。一家人围在一块多好啊,一边包一边说话,非要吃什么米饭,准备一两天,吃完你们嘴一抹走了,连句多的话都没有。""你们也有这一天呢。"(《重返绿地》,第8页)读到这里,我不禁心里一酸。"你们也有这一天呢!"是啊,我们谁能躲得过这一天呢?但人们绝不会去细想这些,都直直地顾着眼下,急急地往前赶路,步履匆匆中丢失着那些最宝贵的东西。而所有那些细节往往能够打动敏感的心灵,促使他们时常反观走过的路,进而把人生可贵的细节捡拾起来,萃取、汇集到笔端,传布给世人,作家的使命就在这里,也因此,我们记住了鲁迅笔下那个讲故事的长妈妈,记住了朱自清描绘的父亲的背影,文学的经典品质也就是这样铸就的。

由亲情的回顾,对一路走来的道路的回望,是人类的精神需要,也最容易让人感同身受,白阿莹的文字吸引人、触动人,原因大概就在这里。《两只袖章》通过写母亲为儿子亲手制作红袖章,让你联想起过去那个不正常岁月中的畸形与荒诞;《中秋的夜》写父亲花去整夜时间一页页粘好盛怒之下撕裂的《欧阳海之歌》,让我们怀个心思,哪天碰到《欧阳海之歌》,一定要买上一本留下来;《小人书的回忆》所写的过去小人书所承载的一切,不仅我们的孩子们理解不了,就是连白阿莹那茬人也漠然了,让你感叹"时尚"不以人意志为转移的变迁。而《家乡的小院》《老太爷》《柿子树》《城墙》《线装书》5篇乡间琐记,记录下亲身经历的农村生活点点滴滴,写下让人牵挂的乡间难忘人与事,无不具体、鲜活,时有警醒之语,如作者写他的爷爷临终对儿子说:"不管世事咋样,家里都要准备好捡破烂的竹筐和耙子。"(《重返绿地》,第58页)一个乡间老人用最结实的大白话道出了素朴的"忧患意识",怎能不令人感慨万端。我了解到,白阿莹以前出过散文集《绿地》等,这个册子被命名为《重返绿地》,选的都是自己最钟爱的篇章,这些文字的共同特点就是富于精神含量、以重返精神的绿地和心灵的牧场为旨归。

这种品质也体现在刻画艺术家徐庶之的长篇散文《西域情结》中。写艺术家的散文很多,但真正既能感人又能拿捏到位很不容易。白阿莹所写的徐庶之出生于大别山深处,他少年时期每逢集日就赶到小街画店里欣赏老画家绘画,经历过非常人所能想象的苦难,他虔诚地背着铺盖拜赵望云为师,与黄胄、方济众同为弟子,由陕西毅然到新疆工作40年,他舍生取义救助恩师、同行和处于逆境中的朋友。画展上他那76幅骏马图让人直接感觉到嘶鸣的气息与马蹄声的震荡,让我们感叹他所画百姓万人空巷阻挡班超将军奉诏回朝的《阻归图》之壮阔,惊呼画有318位人物的八尺长卷《和田巴扎》之笔墨酣畅。全文以几个"当年那位深居于大别山下的老画家"的"绝没有意识到"作线索,集画家人生历程与精神追求为一体,是评传、是画论,也是西域美术巨匠徐庶之的人生长卷。同样,在《重返绿地》里,报告文学《中国9910行动》所显现的大气象、大手笔也绝对不可忽视。作品写新中国成立50周年大阅兵中的武器制造的壮阔历程,揭秘我国国防科工事业一次大行动的内幕,写出了军工战线的昂扬风貌,也道出了其中的曲折、艰辛,是有关国家、民族的大叙事,也是澎湃着个人情感的温暖篇章,因为作者参与、见证了全过程,也就能够捕捉、凝练出这项事业所体现的全部精华。

散文的灵魂应该是对人的精神领地的发现、探究与洞察。散文是人的心灵独白,是对美的解读,是精、气、神的舒张,因此,好的散文使你的思绪走得很远,使你的精神飞升起来。白阿莹的《俄罗斯日记》《西欧苦旅》当属此例。它们既是作家异域掠影的记录,也是心灵旅程的道白。透过对俄罗斯那一页页的描写我们看到,一个怀着对昔日超级大国经济、军事、文化、教养与传统万分敬仰心情踏上这块老布尔什维克土地的作家,一路上经历了怎样兴奋、惊异与失望的心理复杂变化。一面是美轮美奂的艺术珍品、传世画作,巍峨壮观的建筑、雕塑,一面是猥琐、失范和精神沉沦的可耻作为,作家不停观察、思考、咀嚼,不停地感慨、唏嘘。壮烈的阿芙乐尔号巡洋舰承载着十月革命的威严,但舰上的年轻水兵明目张胆索要美元,"这种尴尬事发生在哪里似乎都可以理解,而发生在有着光荣传统的水兵身上,发生在依然展示着红旗的阿芙乐尔号巡洋舰上实在是不可理喻"(《俄罗斯日记》),至于莫斯科机场海关那位敲诈勒索的年轻关员的丑恶嘴脸,更是让人无言。作家当然也看到了不少拒绝"按市场经济法则"

为人处事的老人、底层群体,由衷地赞扬了他们的友好、善良、敬业,作家也捕捉了不少人对十月革命和社会主义不乏敬慕的种种表现,让人体会到俄罗斯民族的可贵气质。但是,我们想,在这个悠久厚重与轻薄肤浅杂陈,庄严富丽与破败混乱并存的国度里,如果精神的绿意仅仅凝固在历史里、涂抹在画布上、体现在广场的雕塑里,陈列在博物馆、大教堂的游廊里,那还是十分遗憾的。如果人们能够时常停下过于匆忙的脚步,回顾一下美好的传统,调整一下急促的呼吸,那该是极有意义的。

(作者系著名作家)

社会主义中国初期的经验叙事[*]

刘大先

  《长安》是一部很难用现成理论进行概括的小说。它虽然是围绕新中国初期到改革开放初年西安建立的兵工厂的人与事进行叙述的,但是它并没有局限在某个单一的行业题材、主题或者明确的历史观念中,而是让人物及其经历自行漫漶地铺展开来。历史融合在错综复杂而又彼此交织的生活之中,生活在其中的人也并非一个个有着明确主体特质的时代英模,而是既拥有具体的年代特征比如经历战争和社会主义建设,又具有亘古难变的某些共同性的人性优缺点的平常人。这些人都是常人,并非英雄或者小人,而是因应着时势变化不断进行调适,随着命运的起伏显示出其奋斗、努力、挣扎与抗争。这是一种社会主义新中国初期的经验叙事,是社会主义生活史的有机组成部分,涉及工业与一整套生活方式的改变,以及农民性与工业文明之间的冲突,因而它必然驳杂混乱而又充满着草创与发展时期的生机与活力,显示出工业化和现代化过程中的文化冲突和心灵冲突。

  这使得小说具备了浓郁的文学性,表现出生活大于历史、时势大于人的观念。即便是兵工厂的创建者忽大年,在认知层面也与胶东老家来的黑妞儿区别不大。他们都呈现为被生活裹挟的特征,这倒不是说他们随波逐流,而是说作者给予了他们真实的历史定位。他们并不具备"会当水击三千里"的历史主体的豪情,而是在时代变迁中真实生活并且为生活所束缚的具体普通人。小说在这里体现出有别于经典现实主义的面孔,毋宁说它回归到了中国古典小说讲述一段传奇、一些经验的世情故事传统。所以,我们可以看到许多人物的经历和心理是传奇性的,而非现实性的。无论是已经是妇女主任的黑妞儿的千里寻夫,还是忽小月从戏班到俄文翻译与哥哥的巧遇,以及她女扮男装同连福南下

---

[*] 本文为2022年6月19日"阿莹长篇小说《长安》创作研讨会"上的发言稿。

押运炮弹,都带有离奇色彩。

因而,在涉及人物时,我们会发现《长安》整个叙事是故事大于性格、情绪大于形象的。小说中的每个人几乎都有种一以贯之的性格主基调,尽管经历的变化丰富而复杂,但他们基本上没有发生太大的性格逆转,显示出了某种素朴的本心。

与素朴的性格形象相对应的是,从叙述语调来说,小说弥漫着一种饱满充沛的激情,行文从语言到结构都非常密实,几乎没有松懈或者松弛的时候。这种"讲述"的方式,不是让人物通过语言与行动体现出心理与情感,而是经常出现大段的第三视角心理剖析的展示。这种心理剖析不是精神分析式的深入,而是一个普通人情感的表象,切合于一般人的惯性认知。

这种惯性认知贯穿于小说的始终,人物没有超越于他的时代,而是平行乃至低于时代。这是一种观念的下沉。在涉及"文革"这一久经书写的母题时,也同样如此,小说没有落入到伤痕、反思或者控诉的既有书写套路之中,而是将其归为在大时代中懵懵懂懂的普通人略带盲目的与世浮沉。靳子和忽小月的死亡固然有着时代所造成的悲剧因素,但更多还是微小个体的悲惨遭遇,她们体现了个体的脆弱;忽大年和黑妞儿则体现出了脆弱中的坚忍生命力,这种生命力本身是超越于各种意识形态或者政治观念之上的,他们才构成了生活的主流。

从这个角度来看,《长安》这部小数有着两个层面的叙事,一个层面是兵工厂的筚路蓝缕和无数普通人的艰苦奋斗,新生国家的长治久安建立在技术与军事实力的增强之上;另一个层面,小说中的人物绝大多数只是无意识地跟随着社会转型的大潮流,正是无数的无意识合力构成了遭受挫折和伤害依然生生不息的历史潮流,这种源自民众生命内部的力量才是一种文化和传统长久地安定生长、绵延发展的基础。

(作者系著名文学评论家、中国社会科学院民族文学研究所研究员)

历史本质真实的一种艺术探索*

刘 琼

读完作家阿莹的长篇小说《长安》,感触很多。这部长篇小说特别明显或者突出的特点是,这是一部军工题材写作,更是一部关于历史本质真实的文学写作。

为什么说这是一部关于历史本质真实的文学写作?就这部小说而言,在"历史"一词之前,我们可以加很多种定语,比如"这是一部真正的广阔的社会历史生活的写作",还可以加很多更加具体的定语,比如"这是新中国军工历史题材写作,具有题材开掘层面的独特性,在某种程度上填补了文学创作的题材空白"。

"国之大者,在戎在祀"。长安者,长治久安也,军工即"戎"之一种,因此小说取名"长安",是一语双关。从半封建半殖民地国家到中华人民共和国成立,在列强环伺下,伴随国家主权独立,国家的长治久安,与军工业发展水平休戚相关,因此,新中国一成立,中央有关方面就谋划布局军工业发展。这是小说描写的历史大背景。从中华人民共和国军工史来看,中国共产党从1921年建党到用"小米加步枪"带领全国人民建立中华人民共和国,军工业基础特别薄弱,几乎从零开始。这是军工史的真实背景。这部聚焦新中国军工业发展的长篇小说,既实事求是,坚持现实主义创作态度,又洋溢着浓厚的革命理想主义精神,对中华民族坚持不懈的创造精神充满着热情的赞美。

大的分类,《长安》应属历史题材和现实题材交杂使用。历史题材描写是否成功,一看历史观的高明与否,二看历史真实的到位与否。长篇小说《长安》在这两点上都可圈可点。小说准确地抓住了大小历史背景,从社会主义初期军工事业在物质条件艰难、人才储备不足的背景下蹒跚起步,写到在一步步积累

---

* 本文为2022年6月19日"阿莹长篇小说《长安》创作研讨会"上的发言稿。

中无数军工官兵克服物质困难付出极大代价,特别是准确地描写了新中国军工技术奇迹般的发展速度,不仅真实再现军工业对于新中国的特殊重要意义,而且细致、真切、动人地记录了在国家和民族的特殊时期军工业的艰难成长历程。通过细节描写传递大量丰富的信息,令人感佩。可以说,这是一部可以当作新中国军工史来读的长篇小说。小说充满了对新中国军工史的真实可靠记录。中华人民共和国成立后,百废待兴,请来苏联专家支援,我们的官兵一边学习,一边摸索,一边攻关。军工业这种边学、边攻关、边生产、边投入使用的模式,既特殊,又有效,符合当时的国情。新中国军工业草创期虽然艰难,但新生的中国和中国人民充满理想激情和奋斗豪情,克服种种苦难,在各种牺牲和惨痛教训中军工业快速进步,战斗力迅速提升,这些真实的历史得到了深刻的描画。通过长篇小说《长安》,这段英雄史诗般的军工史被"解密",艺术地"复活"在读者大众眼前。

长篇小说《长安》通过历史资料和历史信息、用文学的方式重构历史的重要经验是,着重把笔墨放在"人"的塑造上。小说对于人性的描写和人的社会关系的构建非常高明,既复杂有层次,又有自己的鲜明主张,在精准地描写复杂的、深刻的、微妙的人和人群的同时,写出真正社会生活的勇者形象、英雄形象。为什么这么讲?军工厂的人员结构丰富、多样、多元,里面有战斗英雄、老兵转岗、科学家、小知识分子,还有苏联援建专家、农民转岗的工人,以及各种来历的家属。每个人背后都联系着一个转型的社会,每一笔的描画都是作家的历史经验和生活经验的展露。通过这部作品,作家阿莹写出了自己长期以来对社会生活的观察、对人性的深刻理解和褒贬主张。人是一切社会关系的总和,扎根在军工业的这些人来自五湖四海,这些重重叠叠的社会关系,包括上下级关系、同事关系、战友关系、兄妹关系、婚姻关系等,既有基本的共性,又有特殊的表现。比如说忽大年和前妻黑妞儿的关系特别具有"时代感"。他俩从成婚到忽大年离家出走,到最后黑妞儿执着地进城寻夫,黑妞儿存在的合理性在哪里?这是旧时代婚姻制度的产物,黑妞儿身上有旧式妇女的特征,同时,又受新的社会生活影响,具有对自己命运有主张的闯劲,后来,黑妞儿的身份和境遇也发生了巨大改变。黑妞儿改变的东西和没改变的东西,小说都真实地写了出来,让人信服。特定的历史时期会发生特殊的社会关系,写人类社会关系,不能脱离具体的人的来源、人的生存环境以及各种成长背景。随着足迹的变化,胶东文化、东北文化、工业文化、农业文化、军工文化,在忽大年这个"年轻的老干部"身上有很多层次的叠加、复合,也因此形成了他独特的性格和命运。人是历史的产物,从历史中描写人命运转折的起承转合,历史的深刻性和人性的深刻性就写出来了。

  准确地认识历史并能写实历史,与阿莹的人生经验和写作态度有关。作家具有客观精神,不回避对于历史生活中的矛盾的爬梳、探讨,善于观察和表现存在于社会历史生活各个层面的关系。矛盾是社会发展的动力,对于矛盾的认识和处理,决定了历史题材的本质真实程度。小说平衡处理历史的大小逻辑,既有宏观格局视野,又有微观准确把握。小说以点写面,虽然以西安军工业建设发展为一隅,但是将整个大时代都写进了小说,写出了历史题材写作的刚架性结构、骨骼性结构,比如写到中苏关系,包括苏联专家后来撤退,中国军工的自主发展,实事求是地描写自主发展的艰难不易和脱胎换骨。军工是特殊而重要的领域,军工题材创作,只有把握好各种社会关系,才能描写出环境的真实本质,写出发展中的艰难曲折和坚持、进步,写出人类社会是在奋斗中前进的历史本质。而这正是作家高明之处,也是小说最有价值的地方之一。

  (作者系著名文学评论家、《人民日报》文艺部副主任)

心灵辩证、"复调"叙事和《长安》故事的实与虚

马佳娜

一

在一篇纪念恩斯特·布洛赫的文章中,斯坦纳谈到了"毕达哥拉斯文体"。由他的叙述可以得知,毕达哥拉斯文体意味着一种真正的、动人的精神创造力,它能够极大地召唤出个人内在的精神能量,为新的人物、新的感觉和新的可能赋形,并真正赋予世俗的、庸常的,甚至既有的文学语言一种全新的生命力。它有一种与个人密切相关的形态,一种容易辨识的面貌,或曰,一种独特的叙事调性。这也是《希望原理》开篇的意义所在:"大写的第一句话像一曲晨歌,精神开始了伟大的航行:'我们从零开始。'这是毕达哥拉斯文体的暗语。我们明天开始的这本书必须好像前所未有,像朝阳一样新颖动人。"①

斯坦纳所论针对的虽然是哲学文本的文体问题,但同样适用于文学文本。也就是说,要有写作的难度,要尝试开启写作的新面目。这样的有难度的写作,写作者不是在既有的成规中展开,而是必须面对双重的写作难题——对题材的发现和独特的艺术处理,或者,从根本上而言,二者原本就是一回事。如此,我们便可以理解何以《长安》的作者要在后记中反复申明这一部作品写作的缘起——为何以及如何去写军工人。"我从小生活在一个负有盛名的军工大院里,在这座军工厂里参加了工作,又参与过军工企业的管理",且与工友们保持着长期的交往。在交往过程中,作者深感"军工人有着与普通人一样的欢喜和烦恼,需要着普通人一样的柴米油盐,他们跟共和国一样经历了种种磨难,即使个人蒙受了难以承受的屈辱,即使心爱的事业跌入了低谷,他们对党和人民的

---

* 本文发表于《小说评论》2022年第4期。
① [美]乔治·斯坦纳.语言与沉默:论语言、文学与非人道[M].李小均,译.上海:上海人民出版社,2013:106.

忠诚始终不变"。然因军事工业为"大国重器的诞生之地"①,故而军工人的生活故事即便包含着与普通人一样的柴米油盐,但在这一种普通之外,仍因与时代和历史宏大问题的密切关联而有着更为复杂和深广的意义。

或基于上述思考,作者对这一部历时甚久,且增删多次的长篇小说所涉及的历史内容的个人思考,以及具体的"展开"方式,都有较为细致的说明。这一部起自共和国成立之时,随着中国社会巨大变化而共同展开的故事,并不难有波澜壮阔的视野、结构和与之相应的故事,但个人的命运,人身在历史巨变中的喜怒哀乐、悲欢离合种种细微的故事,仍然被选作叙述的"核心"。它们蕴积着一种博大而厚重的历史能量,足以将一切史事、人事、物事裹挟而去,进而自行呈现其本来面目。但作为小说叙述重心的,不应仅是既往同类题材中关于诸种"方案"的观念之争,而"应抓住人物在工厂大院里的命运来铺排",故此,作者"将人物置入巨大的工业齿轮中去咬合去博弈,以便释放人物内在的性格"。如此,则工厂甚至工业并不仅属一种背景,以之为基础,凸显的是独特的历史和现实境遇中人物"灵魂的轨迹"②。

这种"灵魂的轨迹"不仅是个人身在历史巨变中喜怒哀乐、悲欢离合种种境遇的心理反映的聚集,而是包含着个人与时代、个体命运与集体命运矛盾纠葛的复杂问题。生活于《长安》所描述的世界及其所涉及的复杂的历史境遇的若干人物,不论主次、大小,几乎都有其个性,有其自身的"历史"和需要面对的"现实",这些人物在共和国成立后的三十余年间,复杂地交织在一起,构成了这部五十万字小说的核心内容。随着历史帷幕的徐徐展开,一个个鲜活的人物在其生活世界中的希望与失望、爱与恨、坚守与挣扎跃然纸上,具体可感且动人心魄。

二

要写出军事工业中"这一个"的"灵魂的轨迹","贴"着人物写,因此成为作者努力的一个重要方面:"我在小说的叙述过程,没有采用'上帝之手',而是从一个个人物的视角来展开故事,试图让读者在不经意间走进人物的内心世界,沿着人物的思想张力去感受个性的情感脉络,也使人们对这些已有模糊的形象

---

① 阿莹.长安[M].北京:作家出版社,2021:468-469.
② 阿莹.长安[M].北京:作家出版社,2021:470.

有更切切的理解。"①"要贴到人物来写",这是汪曾祺当年从沈从文课堂上学来的写作方法,而照汪曾祺的理解,沈从文此说的意思是"笔要紧紧地靠近人物的感情、情绪,不要游离开,不要置身在人物之外。要和人物同呼吸,共哀乐,拿起笔来以后,要随时和人物生活在一起,除了人物,什么都不想,用志不纷,一心一意"②。以汪曾祺对沈从文说法的解读为参照,可以审慎地认为:无意于在第三人称叙事(即其所说的"上帝之手")的视角中展开故事,意图写出人物复杂细腻的心理过程,却不是简单的第一人称叙事,这是《长安》叙事区别于其他小说的重要特征之一。

且看小说"开篇第一回",即第一章第一节第一段文字:"谁也没想到,忽大年居然在绝密工程竣工典礼前醒过来了"。这一近乎《百年孤独》开篇的文字引发了一系列重要问题:忽大年为何以及如何被袭?袭击者究竟是何人?其背后是否存在着更为隐秘的力量?上述种种问题,也成为困扰该书第二号人物黄老虎的重要疑难。黄老虎为保卫组长,负责警戒以及总指挥的安全问题,如今总指挥被袭,自己却毫无头绪,怎能不教他心烦意乱?他走进工地,看着不远处巍峨的秦岭以及秦岭脚下大大小小的帝王陵寝,便将此事自然地和文物引发的种种"冲突"联系起来,然而一旦将目光投向整体的国际形势,他又觉得总指挥遇袭,也极有可能是潜伏在暗处的特务所为。兹事体大,不能仅靠猜测,他继续前行,走到原万寿寺,如今是工程指挥部的庙门前,由大雄宝殿法相庄严的佛祖雕像,联想到苏联人对工程安全问题的意见,思绪最后落在了该书的又一个重要人物忽小月身上。忽小月是忽大年的妹妹,时为俄语翻译,后来在《长安》整体故事中有着比较重要的典范意义。黄老虎想到,忽小月虽是翻译,但在长安人和苏联专家之间起到了远超翻译的作用,以至于"好多人半真半假地说,八号工程能够顺利竣工,蓝裙(忽小月)姑娘立下了不朽功勋。有人把这话嬉笑着告诉了小翻译,好像姑娘也是这样认为,一对酒窝马上浮出来,两根麻花辫左摇右摆,脚下也腾云驾雾般浮起来了。"——这都是保卫组长黄老虎的所思所想,然而,写到这里,作者忽然笔锋一转,去写忽大年的"心理活动"(当然也杂糅着全知视角):

---

① 阿莹.长安[M].北京:作家出版社,2021:471.
② 郜元宝."要贴着人物写":"这是小说学的精髓"[J].南方文坛,2019(4).

我说月月啊,你就不能谦虚一点吗?

忽大年每每听到这些话,必会这样追上去狠刺一句,让说话的人和听话的人顿生无趣:这个工程可是国家项目,最大的功臣是北京,你们凭什么在这儿评功论赏,小心我把你们都挂到二梁上晒太阳。蓝裙姑娘好像对总指挥不那么礼貌,总会下巴朝上一顶说:啥叫二梁啊?①

接下来,忽大年开始反思自己此前行为的疏漏——不允许警卫员贴身跟随——以至于给暗中的敌人以可乘之机。随后,笔锋再转,去写警卫员在总指挥遇袭那一晚所见所思。其见其思,最后也成为八号工地上的人的普遍想法,搅扰得大家心慌意乱,几近六神无主。

如上所述,第一章第一节篇幅并不长,但在不长的篇幅中,叙述视角很自然地发生了如下转换:全知视角—黄老虎—忽大年—警卫员—全知视角。在具体的转换过程中,全知视角也时隐时现,因之转换虽繁,却自然妥帖,毫无生硬之感,几乎在读者不知不觉间,转换便已发生。这是《长安》艺术手法的重要特征之一。多重视角的融合,不仅有助于从多角度、多层面展现故事和人物的复杂肌理,也有助于敞开更为广阔的叙述空间——作品的视野和人物心理的深度均由此打开,且可以容纳更为丰富和复杂的内容。第一章第一节不仅成为全书故事一个极有意味的开篇,也很自然地将读者引入具体的历史情境之中,当然,最应注意的还有,它以寥寥几笔,为此后故事中的数个核心人物画像。忽大年、黄老虎、忽小月,忽大年与忽小月的基本关系模式——这是全书重点描述的部分,以及那个隐藏其后,随着故事的进一步展开而逐渐显影的胶东女人黑妞儿,几乎都在这一节中得到了恰如其分的表现,为全书故事奠定了一个颇有意味也深具吸引力的叙述基调。

但从全书故事和叙述重心来看,这种写作方式与沈从文所论,在汪曾祺作品中得到进一步印证的"贴着人物写"并不全然相同,而是更为接近柳青在二十世纪五十年代末写作《创业史》时对艺术手法的自我探索。"要使作品既深刻生动,又明白易懂,缩短表现手法与群众化之间的距离,就是我们艺术技巧方面一个较大的问题。"出于这一考虑,"《创业史》第一部试用了一种新的手法,

---

① 阿莹.长安[M].北京:作家出版社,2021:5.

即将作者的叙述与人物的内心独白(心理描写),糅在一起了。内心独白未加引号,作为情节进展的行动部分,两者都力求给读者动的感觉,力戒平铺直叙,细节罗列。我想使作者叙述的文学语言和人物内心独白的群众语言尽可能地接近和协调……"①因此,在《创业史》第一部所展开的复杂的生活故事的整体进程中,不仅梁生宝、徐改霞的心理得到了堪称细腻、深入的描绘,姚士杰、郭世富等作为梁生宝互助组对立面的心理也刻画得细致入微。他们共同表征着二十世纪五十年代初时代的整体氛围中,面对社会三千年未有之大变局,各色人等的行为选择及其心理动因。这也正从一个侧面落实了柳青关于书写新的时代中的新人物的新观念、新情感和新心理的初衷②。

具体出发点虽有不同,《长安》以近乎第一人称叙述的方式细致描绘人物心理的尝试,却可谓达到了与《创业史》相通的效果:写出人物复杂而深刻的心灵的辩证。这种心灵的辩证因关联着更为复杂的时代问题而有着重要的典范意义。新中国成立之初,忽大年便需要完成从"革命"到"建设"的个人角色和观念的转变,即便对戎马生涯十分"不舍",他仍然必须接受来自上级委托的重任,去西安创建长安机械厂,生产并研发新的武器,期间艰难无须多言。但恐怕让他始料未及的是,此后三十余年间,自己逐渐陷入复杂的人事纠葛之中,甚至多次面临危险而难以自救。原本与他感情甚好的黄老虎转变成为他制造生活矛盾的重要人物,原因不过是"觊觎"他的位置。而近三十年间外部世界总体环境的不断变化,也使得他必须面对接二连三的冲击。作为一名军工人,一位具有不可撼动的党性和家国情怀的领导,一个照世俗观念看未必那么称职的丈夫、哥哥和父亲,身在亲情、事业,普通生活责任和国家利益的复杂纠葛中,忽大年的心理及其变化具有无可置疑的典范性。他的希望和失望、痛苦和欢乐、坚守和时常显现的无奈与无力,不仅表征着一代军工人较为普遍的生活境遇和他们的精神坚守,也表征着一个普通人面临来自外部压力之时的心酸。《长安》以其对忽大年这样的人物心理的细致书写,写出了军工人的伟大,也写出了他们平凡而普通的内心。不仅忽大年心灵的辩证包含着复杂的时代命题,黄老虎、忽小月、连福、黑妞儿等人物心理也细腻丰富,他们构成了忽大年必须面对的外部环境中的种种别样的"声音",也构成了几乎可以和忽大年的观念分庭

---

① 蒙万夫,等.柳青写作生涯[M].北京:百花文艺出版社,1985:80-81.
② 杨辉.总体性和社会主义文学传统[J].中国现代文学研究丛刊,2019(10).

抗礼的另一种理解生活和世界的方法。这一种笔法,在多重意义上接近巴赫金所说的"复调叙述"。

三

这便可以理解何以《长安》中充斥着如此多且复杂的"声音":忽大年、黄老虎、忽小月、连福、黑妞儿、门改户,甚至原为万寿寺的和尚,后来加入长安厂的释满仓等人物,皆有眉目声口,也都在《长安》故事的发展过程中,发表过自己的"看法",共同推动着故事的复杂进程。可以巴赫金所述的陀思妥耶夫斯基作品的特征为参照,说明《长安》叙述的特点。在陀思妥耶夫斯基的作品中,"不是众多性格和命运构成一个统一的客观世界,在作者统一的意识支配下层层展开",与此相反,"恰是众多的地位平等的意识连同它们各自的世界,结合在某个统一的事件之中,而互相不发生融合。"①更值得注意的特点还在于,"主人公对自己、对世界的议论,同一般的作者议论,具有同样的分量和价值。主人公的话不是作为刻画性格的手段之一,而是附属于客体性的主人公形象,可也不是作者声音的传声筒"②,而有着作为主体的独立意义。此即陀思妥耶夫斯基若干重要作品所呈现的不同于既往的"独白"式叙述的"复调"特征。其中多个人物各有其世界观和生活观,也有他们各具特色的处世方式,这些方式彼此交往、对话而未能定于一尊,作品因之呈现为众声喧哗的多元状态。《长安》有意于笔触向下和向内拓展,详述人物复杂、细腻的心理,并借此展现大历史中普通人的命运之变,以及他们如何将普通的个人生命,融汇到宏阔的历史的涛涛洪流中去。在多重意义上,《长安》的叙述有些"复调"的特点,虽然和陀思妥耶夫斯基作品的呈现方式并不相同。

最能集中体现《长安》这一特点的,是第四章第七十三节。其时,忽小月已因难以承受门改户的恶意攻击而跳塔自尽。她毫无顾忌的纵身一跃,的确如一石激起千层浪,在长安引发了各色人等因怀有各种心思而产生的不同心理波动。作者极为细致地描绘了这种微妙复杂的心理,这也成为《长安》中极具代

---

① [俄]巴赫金.陀思妥耶夫斯基的诗学问题[M].白春仁,顾亚铃,译.北京:生活·读书·新知三联书店,1988:29.
② [俄]巴赫金.陀思妥耶夫斯基的诗学问题[M].白春仁,顾亚铃,译.北京:生活·读书·新知三联书店,1988:29-30.

表性的重要一节,是理解和阐发其艺术特点的典范。最先赶到现场的是忽大年的妻子靳子,看到忽小月的惨状,靳子不禁悲从中来,联想到此前她间接阻止忽大年帮助忽小月的举动,更是深感自己应对忽小月之死负有责任:"月月啊,你为啥要走这一步呀?你哥已经准备调你回机关了,昨晚上你到了门口咋不进来?有多大的事你说嘛!咋能走这条路呢?"①像是对死者倾诉,其间却也包含着巨大的自责和愧疚。同样,与忽小月交往甚笃的黑妞儿赶到现场以后,脑海中不断浮现忽小月在与自己交往过程中种种热爱生活的表现,无法接受也不能想象忽小月何以至此,而自己原本是有机会阻止忽小月轻生的:"好后悔啊,见到那包衣服就该去找月月的,找到她一切都会避免,都可能会是另一种结果的,可是自己怎么这么笨呢?笨得月月要去寻短见了,自己还想安安稳稳睡个觉?"②

  作为忽小月的至亲之人,忽大年的悲痛包含着更为复杂的内容,他既为忽小月之死痛心疾首,但多少也有些爱之深责之切的意思。若非忽小月自然率性,全然不通世故,又怎会时常授人以柄,不仅让自己的生活如乱麻一团难有头绪,也带累着忽大年屡次因她犯错而被牵连。但斯人已逝,内心的悲痛仍然难以言表,也深感人生之吊诡与无常:"最让忽大年悔恨的是,前天他已经签发了妹妹的调令,可就在那天她搞出了一张'苦恼'的大字报",让他一时陷入被动局面,"我的傻妹妹啊,这不是给哥哥脸上抹黑吗?有这样当妹妹的吗?现在你撒手人寰了,就把痛苦都留给你的亲人了。"③当然,最该为忽小月之死负责的是那个宵小之徒门改户,面对忽小月死亡的惨状,这一个穷凶极恶之人首先想到的是如何毁灭证据以自保:"他暗忖忽小月肯定是昨晚看见那张大字报寻的短见,这确实让门改户始料不及,他本来只是想羞辱她一番,绝没想去要她的命的……而当下的关键,绝不能让人知道那张大字报是出自他的手,那就等于自己手上沾上了鲜血,以后在长安就难有立足之地了。"④很快,门改户便支走了知晓此事的苑军,且直到他自杀身死,此事的真相也未公之于众。恶人虽死,但善良的人内心的悲痛又如何平复?《长安》耐人寻味的这一笔,或是在说明世

---

① 阿莹.长安[M].北京:作家出版社,2021:324-325.
② 阿莹.长安[M].北京:作家出版社,2021:326.
③ 阿莹.长安[M].北京:作家出版社,2021:327.
④ 阿莹.长安[M].北京:作家出版社,2021:470.

事之无常和人性人心的复杂,以及为善作恶似乎在转瞬之间。然而,即便洞见于此,善良的人似乎也莫可奈何,这真是人生的无奈处。靳子、黑妞儿、忽大年,以及此后焦克己、释满仓的悲痛虽不乏共同之处,却也各有其基于自身思虑的极具个人化的情感反应,再加上门改户、忽小月之死,已然引发了长安厂上下不同声音的交汇,有着类似多声部杂语共生的叙述特点,是《长安》艺术手法的重要特征之一。

第四部第七十三节虽然典型,但所涉问题毕竟有限,难以窥得《长安》整体性的叙述特点。自书中人物和故事的整体状况看,其中最为重要也各具一定的代表性的"声音",是忽大年、黄老虎、忽小月、黑妞儿和释满仓。先谈黄老虎。这是曾与忽大年一起浴血奋战在前线的人物,也曾和忽大年有较好的关系,但一到了长安厂,与忽大年成为上下级,谋得高位以光宗耀祖的世俗执念便与日俱增,以至于成为忽大年在长安厂最大也最为顽固的对手。在忽大年事业多次起伏的关键点上,几乎都有黄老虎或直接或间接挤兑甚至坑害。黄老虎从解放前到解放后的转变,自然有着一定的代表性,在同时期的同类作品中,这样的人物也并不少见。作者详细叙述他的行为和心理,似乎也意在映衬忽大年精神坚守的不易和高贵之处。相较于忽大年、黄老虎惊心动魄的革命"前史",忽小月虽也参加革命,却始终在另一层面,机缘巧合学习了俄语后,成为长安厂初建时期与苏联专家沟通的重要人物,也为长安厂建设做出了较大的贡献。但堪称复杂的生活际遇并未教会她随世俯仰以明哲保身的方法,她的心底可谓一派天真,全无体察周遭环境及人心的能力。正因此,她得到了众多工友的喜爱,也极易成为别人攻击忽大年的把柄,常被利用而不自知。比如她不顾兄嫂以及周围人的反对,执意要和有历史污点的连福恋爱;在苏联进修期间天性释放,与苏联专家交往密切而被人诬告,从此背上行为不端的污名。再如她几乎毫无心机,在特殊时期贸然给苏联专家去信,希望对方帮助自己解决其时面临的技术问题,以至于将自己置入不测之境,也连累得哥哥忽大年党委书记职务一时不能落实。在与红向东交往之后,她也不能察觉参与红向东策划的事务会给自己带来麻烦,仍然天真地写了那份几乎直接导致她自杀身亡的大字报。也正因心地纯良,她不能在身处险境之时努力自全,也无法坦然应对他人的恶意构陷,内心焦虑如焚,却也不能自解。作者以细腻的笔触,浓墨重彩地书写了忽小月的情感、心理以及因之生发的种种行为。忽小月因此成为《长安》中的又一重要"声音":不谙世事,对人坦诚以待,全无应世的心机,如内心自由的精灵。这样的人物,如在全书结束之际所开启的时代变化后的新时期,则会如鱼得水,但身在特殊年代,又置身特殊的生活际遇之中,她的生命悲剧,因之有着极为浓烈的时代印记。

　　黑妞儿出身胶东农村,也未受多少教育,故而也如忽小月一般心思简单,但毕竟参加过游击队,也经历了较多的世事,较之忽小月她有着对生活和现实更为深刻的认识。但她心中仍有执念不去,从作品开场千里寻夫,到知晓忽大年已有家室之后的种种意图为自家身份正名的天真之举,再到在特殊年代登上长安厂的历史舞台扮演了拯救忽大年的重要角色,黑妞儿似乎始终对忽大年不能忘情,尤其在靳子离世之后,忽大年突然患病昏迷,她拼尽全力唤醒了这个"老冤家",而照作品的逻辑,她与忽大年也可能在历尽劫波之后重续前缘,可谓修成正果。她对忽大年持久的、素朴的爱也是全书极为动人的篇章,彰显着一个纯良的女性内心淳朴的情感,代表着全书另一种重要的"声音"。在《长安》核心故事发生的年代中,释满仓可以说是一个颇为另类的形象。这样的形象,在《受戒》以降的新的历史语境下,不仅数量增多,也足以代表民族文化精神的重要一维,但在20世纪50年代初至20世纪70年代末,这样的形象几乎全然消隐。这其中当然包含着更为复杂的时代和现实问题,此不赘述。释满仓原为万寿寺的和尚,在寺庙改为工程指挥部之后不愿离开,便被招进长安厂,成为厂里第一代工人,但即便时代已经发生了革故鼎新的巨大变化,释满仓此前所接受的佛家的观念却并未就此消失,他反对在寺庙原址食用荤腥,处处与人为善,从不参与世俗的恩怨纷争,尤其是他也喜欢天真美丽的忽小月。故而在忽小月不幸离世之后他悲不自胜,以至于悄然离开长安厂再到秦岭山中重修万寿寺,日日为忽小月祈祷。他身上无疑携带着浓重的传统文化因素,代表着以佛家的眼光观世处世的方式。在写作《长安》之前,作者曾长期致力于文化随笔的创作,对传统文化以及陕西历史文化遗存极为熟悉,且有自己独到的见解。叙述释满仓的心理和行为以及连福意图发家致富而搜罗并私藏青铜器时偶然提及的传统文化知识,充分说明了这一点。释满仓也是书中颇为重要的一类人物,他的生命遭际贯穿了作品所叙述的三十余年。而他的观念、思想、情感和行为,在这三十年间可能有些违和,但上推数十年和下延数十年,都是具有一定典范性的重要形象。他的生命观念,或多或少也影响到渐至老境且因亲人相继离世而有无限的生命感慨的忽大年,成为《长安》中具有代表性的一种"声音"。

如前文所述,忽大年在共和国成立至改革开放三十余年的历史巨变中个人生活、精神、心理的变化,是该书浓墨重彩的重要部分。虽然必须面对来自生活世界的种种挤压,甚至一度身处低谷,但忽大年仍然秉有坚钢不可夺其志的内在精神坚守,即便在特殊年代被两派力量控制,存在性命之忧,他仍然将国家利益视为需要坚守的唯一原则,为此即便在现实中碰得头破血流也在所不惜。在特殊年代被关进牛棚,即便随时有生命危险,忽大年仍然拼尽全力推动长安厂的科研工作,还"伪造"绝密任务,险些遭遇不测;此后又为了试验的正常进行,甘冒丢掉职位的危险,将原本固定使用的经费挪作他用,也险些遭到处分。如作者后记中所言,的确在特定的历史时期,因现实的局限,即便是重要的人物也可能面临具体的限制而不能放开手脚大展宏图。"从一般意义上讲,工业领域的改革开放,与农村大不相同,呈现了更深刻更复杂的状态,基本上是由国家逐级选择试点,自上而下渐次开始的。"因此,"主人公屡次冲击计划体制的窠臼,正是工业领域改革的先声"①,但因之要承受内心的痛苦和焦虑。即便面临不测之境,面临被误解、被挤兑的处境,忽大年从未灰心和懈怠,而是始终坚守着内在的精神信念,深入理解他身在现实矛盾纠葛之中的精神坚守,自然不难体会"今日中国崛起的秘密!"②

全书故事终结于改革春风初起之际,不难预料,如果作者再接着去写长安厂在改革开放四十余年的历史语境中不同人物的生命故事,那么,很有可能,逐渐强大的"声音"一度不再是忽大年,而是黄老虎、连福、忽小月甚至释满仓。这里面自然包含着时代变迁后的观念的转换,也包含着普通人的观念、情感和心理的转化。作为《长安》故事的继续的另一部书,也自然会具有更为浓烈的"复调"特征——那是其将要叙述的时代风格的必然要求。

四

最后,还应该再谈谈《长安》故事的实与虚。毋庸讳言,作为书写军工人生活、情感和命运的长卷作品,《长安》的故事,必然不会局限于"长安",而是与其时中国所面临的更为宏阔的现实密切相关。"忽大年命运的一波三折,还是在

---

① 阿莹.长安[M].北京:作家出版社,2021:470.
② 阿莹.长安[M].北京:作家出版社,2021:471.

国家民族叙事中展开的。中印边境自卫反击战、珍宝岛自卫反击战的军火支援,特别是军工企业在社会主义初级阶段艰苦奋斗迎难而上,军工行业乃至整个国家在特殊历史时期的时代风云,是忽大年个人命运的整体背景,或者说,他是那个不平凡年代的参与者。因此,隐秘世界的个人命运一直与国家民族命运联系在一起。"①诚哉斯言!虽如作者所述,《长安》的故事无意于聚焦上层的政策和观念的变化,而是以此为背景,书写军工人灵魂的轨迹。但除了忽大年等人因偶然机缘参与中印边境自卫反击战、珍宝岛自卫反击战等重大军事事件外,核心故事几乎都围绕长安厂展开。但是,无论作者如何以浓重的笔墨详细叙述长安厂的生产和生活故事,构成这个整体的"中国社会主义重工业的'创业史'"(李敬泽语)故事的底色和核心的,仍是共和国三十余年间所面临的复杂的外部和内部环境。这些都构成了长安人身处其中的背景,影响甚至左右着他们的情感和命运。

如果将发生于长安厂的具体故事视为《长安》的实境,那么,作为实境背景的三十余年间宏阔的现实变化,则是作品的虚境。虚境虽虚,却是如空气一般无处不在也不可或缺。忽大年、黄老虎、连福、门改户这种直接参与长安厂的现实进程的人物如此,那些似乎处于边缘的忽小月、黑妞儿和释满仓也是如此。前一类人物与历史背景的关联无须多言,像忽小月这种比较个人化,也有些任性,因不谙世事而屡屡被伤害的人物,可以作为例证稍作论证。忽小月不再学戏而参军,本身便是时代的变化使然,而她被吸纳进长安厂做俄文翻译,也与时代主题相关。再是她在苏联学习时被认为行为不检点而被罚提前回国,成为此后她被污名化的重要口实之一,还有前文提及的她在特殊年代与苏联专家通信,险些酿成大祸。她最后积极参与红向东领导的小组活动等,也都分别说明个人命运并不能脱离时代的影响。也只有将这些生活故事放置到时代的大背景中,其所蕴含的意义才能逐渐显影②。

不仅如此,书中还有几处关于幻象的细致描述,是虚境表达的重要方式之一。这几处幻想叙述,均和忽小月、毛豆豆之死有关。毋庸置疑,叙述忽小月与毛豆豆之死的部分,是书中极为感人的重要篇章。忽小月和毛豆豆生活境遇、

---

① 孟繁华.家国大叙事和情感内宇宙:近期长篇小说创作的几个方面[J].文艺争鸣,2021(10).
② 王春林.评阿莹长篇小说《长安》[J].长城,2022(1).

情感等都不相同,死亡的方式也存在差异,但读到这些部分,读到她们年轻的生命香消玉殒的瞬间,如何不教人潸然泪下?!毛豆豆和忽小月之死,也是让忽大年始终无法释怀的重要事件。当结束任务,返回长安厂时,忽大年深知毛豆豆已然不在人间,但在恍惚间发觉有一人酷似毛豆豆,交谈之下,才知道那是毛豆豆的妹妹毛粒粒。其实哪有什么毛粒粒,不过是他在悔恨、自责和思念中产生的幻象。这幻象中包含着忽大年最为真实的内心图景——死者虽不能复生,但有另一个人物可以承载思念,寄托个人的哀思,以及巨大的无力感,也是好的。同样,在忽小月离世之后,忽大年心劳神伤,难以自持,常在恍惚之间,发觉忽小月仍在人间,一时欣喜万分,然而一旦醒悟一切皆是幻象,更是悲从中来、情难自抑。这种种逝者魂魄再临的描述并非虚妄,而是寄托着生者良善的愿望和无限的哀思。对忽大年这样的从不相信鬼神之事的坚定唯物主义者而言,这种种幻象背后所呈示的面对死生之际个人内心中巨大的无力感,实在叫人动容。而也正是理解和洞悉了这种无力,在渐入老境之时,忽大年发愿再努力拼搏,希图有大的作为。上述幻象中所呈现出的个人对死亡所体现的生命的限度的深刻体会,应该说是重要动力之一。这种虚与实的交织互动,因之既深度展现了人物内心世界的丰富和复杂,也有力地拓展了作品的意蕴空间,是《长安》重要艺术特点之一。限于篇幅,本文不再详述。

[本文系国家社科基金后期资助项目"中国当代文学中的'陕西经验'研究"(19FZWB023)阶段性成果]

(作者系陕西师范大学副教授)

工业题材小说新收获

——评长篇小说《长安》*

孟繁华

中国当代文学中的"工业题材"小说创作,总体来说成就不大,文学史上评价不高。洪子诚的《中国当代文学史》的评价:这一题材虽然受到重视和强调,但是"创作总体上乏善可陈。描述范围狭窄,人物、情节设置的公式化,是普遍性问题"。被提及的小说也只有周立波的《铁水奔流》,萧军的《五月的矿山》,雷加的《潜力》三部曲(《春天来到了鸭绿江》《站在最前列》《蓝色的青檁林》),罗丹的《风雨的黎明》,艾芜的《百炼成钢》,草明的《乘风破浪》等。这些作品大多与辽宁有关。但是,看到这个书单,我们也会有这样一个印象:我们这一题材的小说创作,底子不厚,积累有限,这不仅仅指数量,更重要的是,我们还没有创作出类似美国作家德莱赛的《珍妮姑娘》,苏联作家阿扎耶夫的《远离莫斯科的地方》,柯切托夫的《茹尔宾一家》《叶尔绍夫兄弟》等那样有影响的"工业题材"小说。工业题材引起读者和文学界广泛瞩目,并成为一个引领时代文学潮流的现象,是因 1979 年第 7 期《人民文学》发表了蒋子龙的《乔厂长上任记》。一时间,乔光朴成为改革开放的时代英雄,他大刀阔斧刚正不阿的性格成为一个时代的象征。乔光朴受过迫害,妻子惨死"牛棚"。但"解放"出山之后,他心怀国家民族大局,勇于担当,在机电厂这个破烂摊子上大胆改革。小说有如一声惊雷,震荡在改革开放初始年代的中国。小说虽然引起过巨大争论,但是历史的大趋势站在了蒋子龙和乔光朴一边。"改革文学"成为一股巨大的文学思潮写进了当代文学史。《乔厂长上任记》引发了中国改革开放初期文学的潮汛,在春寒料峭时,他们如惊雷滚地,如春风拂面。怀念那个文学年代,就是怀念那个文学曾经拥有的胆识和荣耀的年代,历史为文学提供了英雄用武之地的

---

* 本文发表于《人民日报》2021 年 11 月 2 日。

机遇,那是一个文学的大时代。或者说,那几乎是当代中国唯一一次由"工业题材"领衔主演的文学时代。此后,工业题材的小说风光不再。这个领域文学的不断式微,从一个方面反映了时代生活的变化,或者说,"工业题材"的文学命运与工人的命运,恰是一个事物的两面。但是,"劳者歌其事,乐者舞其功",无论是传统的力量还是现实的要求,从中心到边缘,这一题材仍在艰难地延续。

现在,我们读到的阿莹的长篇小说《长安》,从秦岭方向逆袭而来,它声势浩大气概不凡。其题材不仅是工业题材,而且是军工题材。这一题材的性质以及创作经验的稀缺,决定了小说创作的难度。在我的印象中,只在中国的保尔·柯察金——吴运铎的非虚构作品《把一切献给党》中,读到过制造枪榴弹、平射炮等情节。除此之外,还没有读过关于军工题材的文学作品。在这个意义上,阿莹的《长安》在小说题材上有填补空白的意义。作者白阿莹说:"我从小生活在一个负有盛名的军工大院里,在军工厂里参加了工作,又参与过军工企业的管理。后来我尽管离开了难以割舍的军工领域,但我依旧对军工人一往情深,依旧和一帮工友保持着热络的联系,几乎年年都要与他们在一起喝喝酒聊聊天。那些看似乏味的酸甜苦辣,那些听着不很入耳的粗俗玩笑,那些有些夸张的过五关斩六将,让我心里很受用也很过瘾,军工情结已深深地渗透到我的血液里了。"这一自白告诉我们,白阿莹曾经生活在军工企业环境中,甚至参与了军工领域的工作,或者说,他对书写的领域不仅熟悉,而且部分地亲历过。

小说的环境是不为人知的隐秘世界。它与我们的联系就是与国家民族命运的联系。因此,作者没有过多地描述专业层面的故事,军工领域只是小说发生和展开的背景,他将笔墨集中在他塑造的人物上。在这个意义上,阿莹深得小说之道。

忽大年是贯穿小说始终的人物,也是一个有性格、有感染力的人物。他解放那年转业,成了八号工程的总指挥。这个来自黑家庄、阴差阳错地倒插门娶了黑妞儿的胶东汉子,因新婚之夜的性无能,无法忍受奇耻大辱,在第三个夜晚出走黑家庄。参加太行游击队的忽大年遇到了勤务兵靳子,靳子是女兵,经上级批准两人成婚。新婚之夜忽大年突然想起自己是个废人,在号啕大哭后突然雄起成就了好事。于是,忽氏家族人丁兴旺,子鹿、子鱼相继出世。但是,黑家庄的黑妞儿未消失,这一伏笔在忽大年、靳子、黑妞儿"三角关系"中再掀波澜。

这一情节虽然不免戏剧化,但也有合理性阐释的可能。它的世情小说或"小叙事"元素,使小说具有了人间烟火的可读性。虽然不免让人想到《绿化树》中章永璘男性功能的失而复得,但其社会历史内容的隐喻毕竟有所不同。章永璘作为一个知识分子,最后抛弃了劳动人民马缨花走向红地毯,确有其猥琐和虚伪之处。但忽大年为了纠正个人不公正的处分,为了恢复荣誉,他可以火急火燎地闯省委大院,一切未果他敢直接去总参找老首长成司令,甚至上了战场还想着如果战死了,黄老虎会怎样为他念悼词,谁还敢说他是受过处分的人?这些都从一个方面深刻地塑造了忽大年的性格,使他成为小说的灵魂人物。当然,他不是一个完人,在巷道抢险死了人而被降职后,心情烦躁的他与靳子发生口角,甚至不惜挥手打老婆的耳光。这些情节或细节,符合一个农民出身的军人性格,他的可爱就在于他的真诚。小说也写世道人心的变化。比如忽大年没受处分时,他的孩子谁见了会给块糖、给颗枣,玩累了想回家就有人跑过来背起小家伙回家;受了处分之后,大家脸上、嘴上客气,真诚善待尽失。

忽大年命运的一波三折,还是在国家民族叙事中展开的。中印反击战、珍宝岛事件的军火支援,特别是军工企业在社会主义初级阶段艰苦奋斗迎难而上,军工行业乃至整个国家在特殊历史时期的时代风云,是忽大年个人命运的整体背景,或者说,他是那个不平凡年代的参与者。因此,隐秘世界的个人命运一直与国家民族命运联系在一起。当然,忽大年不是一个超人,他的英雄性格的形成离不开组织的培养和时代因素的影响,成司令关键时刻对老部下的救助,武文萍以城市停电保长安的决断,钱书记的倾心交谈……都体现了党的领导和国家意志,蕴含着那个时代的特征。"政治可以严肃冷峻,也可以春风化雨,我努力将这个特征溶化到事件的肌理里,表现在具体的工作进程中,使作品人物在那个浓郁的时代背景下,一步一步完成人格塑造站立起来。"白阿莹的这一体会弥足珍贵。小说的其他人物如黄老虎、忽小月、靳子、黑妞儿、连福等人物,也都写得好,有个性,有年代感。通过这些人物,写出了一代人创造的那个时代。忽大年连同这些人物,是今日中国能够崛起的传统力量,也是一个民族复兴繁荣的最大秘密。当然,那是一个有问题、有缺陷、有诸多不完美的时代,那也是一个简单、有梦想、有追求、有魅力的时代。这个时代的魅力是由这些人物构成的——"这个时期的人物有着特定的语境和行为,几乎人人都渴望成为时代的建设者,而我国正是积累了这样一个宏大的基础,才催生了翻天覆地的改革开放。"

另一方面,我们除了希望看到独特的文学人物外,也希望在作品中了解那个时代的更多信息,这是文学的知识性要求。在《长安》这里,我们还看到了作者对时代重重矛盾和难解困惑的描摹。一张大字报轰毁了忽小月的精神世界,她爬上烟囱扑向了天空;连福入狱,为了忽小月既不写信也不收信;毛豆豆牺牲,黑妞儿不嫁等,这些悲剧因素极大地强化了小说的人性深度和人的精神困境。小说的叙述基调急促而流畅,与那个特定的年代极为合拍。小说基本方法是现实主义的,尤其是对历史的客观态度,显示了一个作家的勇气和探索精神;同时,这也是一个开放的现实主义,其中有诸多现代小说元素,特别是人物心理以及幻觉的摹写,极大地丰富了小说内涵。因此,《长安》的丰富性是多种元素合力构成的结果。它为工业题材小说创作提供了崭新的经验,这是尤其值得我们关注的。

阿莹已经取得了一定的文学成就。有资料说,阿莹1979年就开始发表作品,1997年加入中国作家协会。先后发表《珍藏》《烧蚀》《绿地的回忆》《饺子啊饺子》《重访大寨》等小说、散文百余篇,多篇被收入中国作协的年度选集和中小学生课外读物。还有短篇小说集《惶惑》,散文集《绿地》《俄罗斯日记》《重访绿地》《旅途慌忙》等,报告文学集《中国9910行动》,长篇电视连续剧剧本《中国脊梁》。《俄罗斯日记》获第三届冰心散文奖,《中国9910行动》获第三届徐迟报告文学优秀奖,《米脂婆姨绥德汉》获国家文华大奖特别奖和优秀编剧奖,第二十届曹禺戏剧文学奖等奖项,话剧《秦岭深处》获三十一届田汉戏剧一等奖,秦腔剧《李白长安行》获陕西文华奖。如是,阿莹能够写出优秀的长篇小说《长安》,就不足为奇了,他是有长期的生活积累和艺术准备的。

去年12月在北京举办的中国作家协会第十次作家代表大会期间,我第一次见到了阿莹,阿莹的谦虚谨慎给我留下了深刻的印象。他诚恳地谈着对文学的热爱和迷恋,倾心地讲述他的创作体会和对当下文学的看法。我惊异于一个西北人居然一口东北话,这既让我这个东北人倍感亲切,同时也大感不解。阿莹告诉我,他小时候成长的环境就是在工厂大院里。工厂的许多技术骨干和工人都是从东北支援来的。大院就是一个小社会,不用与外界联系完全可以生活。于是,孩子们大多说东北话。说着东北话的阿莹因其丰富的个人阅历和对文学的执着坚韧,终于写出了《长安》这样的优秀作品。在北京,同行见面曾热情交流着读过《长安》后的兴奋。我在深深地为阿莹高兴的同时,也真诚地祝愿他写出更多更好的作品。

(作者系著名文学评论家、沈阳师范大学中国文化和文学研究所所长)

《长安》展示出一个文学开拓性的反响[*]

南 帆

《长安》是一部非常厚重的作品,一个很重要的作品。

我觉得这个作品的重要性可以从双重的意义上来说,一是在我们共和国的历史上,工业具有重要地位;二是从文学角度而言,它具有工业题材在我们文学史上的意义。五四新文化运动以来,乡土文学的成绩超过了工业文学题材,因为五四新文化运动很大一部分就是从乡土文化发展起来的,而工业题材一直到20世纪50年代以后才整体出现,还是只出现在中国的一部分地区。我自己长时间生活在福建,对于工业题材非常陌生。这部小说里很有意思地讲到了金门炮战,这跟我生活的地方有点联系,我后来在厦门大学读书,事实上厦门大学的那个礼堂就在炮战中重建了,金门打过来一发炮弹把礼堂毁了一个角,我看到故事情节中这个段落也觉得非常有意思。

《长安》这部小说基本是按照历史的逻辑线索写下来的,从20世纪50年代一直写到改革开放。这一段历史我们年纪稍大一点的人都亲身经历过,既然这段历史众所周知,那么文学怎么处理这一段历史,就变成了文学对这段历史的特殊理解。《长安》显示出了很特殊的匠心。大家都读过这部小说,小说中1号人物当然就是忽大年,这种人物让我们想到父辈那一代的军人,他们基本上是以军人的胆魄、军人的勇气、军人的荣誉来开拓一个新的军工企业的生产。这部小说的前半部分很重要的内容是工业生产的组织,这里我们可以发现一个非常有意思的现象,这个过程中几乎与经济没有联系,或者与市场经济没有联系,但军工企业本身就不是在普通市场上流通的商品,也没有人想在这里挣钱。与现在很多企业家完全不同,我们在这个人物身上看到的是非常重要的激情。尽管他们都是战争中转过来的,他们不是思想最深刻的一批人,不是最深刻理解

---

[*] 本文为2022年6月19日"阿莹长篇小说《长安》创作研讨会"上的发言稿。

历史的那一批人，不是读了很多书的知识分子，但他们充分意识到工业对于新中国历史的重要性，更具体地说意识到军工产品的重要性，大家就靠着这个激情来完成支持整个共和国前二三十年历史的非常重要的工作。

《长安》这部小说写出了他们的这种激情，当然，在这种激情后面还有一个非常有意思的事情，因为从农业文明转向工业文明其实意味着整个社会深刻的转向，包括社会组织方式，这部作品里面军工企业当然是一个现代工业，它后面生产所赖以产生的集体是如何组织起来，这一点上《长安》写出了别的国家历史不太可能出现的这种社会组织方式。我们可以看到两个非常重要的经验，一是战争经验，很多搞工业的人直接是部队转移过来的；二是农业文明，其实这个工厂里的人大量的还是农民，当然跟普遍的工业社会有差距。有两点是不足的，或者是当时很匮乏的，一是科技体系的支持，二是市场体系的支持。本身军队就会把他的产品全部消化掉，他们就是以这种方式组织起当时的工业社会，甚至支撑了工业社会军工产品这一最重要的产品，而这种社会组织方式是非常特殊的，且带有非常强烈的年代特点。

主人公跟原配妻子以及后来妻子的纠葛，带有非常强的农业文明色彩。这两个女人与主人公之间的情感纷争中，没有知识分子式恋爱的发生，他们的情感是非常粗放、执着、热烈的，也没有很细腻的感情纠纷。大家开头就是围绕着紧张的婚约，最后就是围绕家庭的争夺，这一系列都存在整个农业背景中间，而这个农业背景事实上跟忽大年的生活有一丝脱钩。忽大年从事的是工业化生产，他整天不着家，但是农业生活每天要着家的，这里有很多微妙的区别，他们之间的差距是存在着的。但是另一对恋人，忽大年的妹妹跟技术人员之间的情感包含了工业文明之间的冲突。比如她跟技术人员间的感情，跟后来始终被压抑、被打击的那个技术人员，甚至当时对文物这种观念的认识，以及由战争经验转过来对虚构敌情的扩大，这些都造成了工业社会生产的损害。工业社会以及城市的兴起本应有很多个人空间，但我们可以看到这个作品里个人空间是很小的，尤其是在军工企业的生产方式下，单身男女职工等基本都缺乏个人空间。甚至争取个人空间会造成很不良的文化后果，这在整个工业社会里面产生的冲突是工业和农业文明之间两种文化的冲突。这部长篇小说不仅注意到了这个问题，而且把问题夹杂在工业题材小说里面来写，真正写出了从农业文明转向工业文明内部各种复杂的矛盾，这是作家非常敏锐的地方。只有非常深入地进入工业题材,才可以发现架构内部存在的复杂性,同时,一系列主要人物克服了这种矛盾,而最终取得成功。

  回到文学的意义上来说,《长安》在乡土文学基础上有了新的开拓,即工业题材,而军工题材又是工业题材中比较小的方面,它也代表工业题材非常重要的突破,特别是在我们长期乡土文学的基础上,这次突破更值得珍视,因为它深刻地揭示出如何从乡土文学转向工业题材。实际上社会组织上有一系列的问题、矛盾、冲突,而怎么用文学的方式把这些冲突细腻地展示出来?文学陕军在中国当代文学中非常强大,从陈忠实到贾平凹,最早追溯到柳青的《创业史》,他们中间乡土文学分量非常重。军工题材也应该是作家非常关注的题材,在这个意义上,《长安》也有一个很强烈的亮点,就是在乡土文学的大背景下,展示出了文学开拓性的反响。这部作品很值得我们大家重视。

(作者系著名文学评论家、福建社会科学院院长)

《长安》之长与短[*]

潘凯雄

我与阿莹素不相识,也几乎没有读过他过往创作的作品。因此,在阅读他的长篇小说《长安》之前,我做了以下两方面的基础性功课。

一方面是尽可能地了解作者自身的相关情况,所谓先知其人再观其文是也。原来阿莹迄今还是一位业余作者,在兵工厂工作了24年,由普通工人一直干到副厂长,然后又到国防科工委和地方政府部门从事管理工作。尽管他承担着繁重的行政管理工作,但他从1979年便开始创作并发表作品,迄今为止也已有40多年的写作经验,涉及的领域包括中短篇小说、散文、报告文学和戏剧等。具体到《长安》这部长篇小说,则是酝酿已久并在他心中积存了多年的心愿。由此,对阿莹我至少有了两点基本认识:一是已经具备了相当的创作经验与能力,二是《长安》这部作品中所表现的生活及领域是他十分熟悉和相当理解的,这样一个具有某种特殊性的题材确非一般人所能驾驭。

另一方面是认真地先阅读了这部作品的"后记"。它不像一般作品的"后记"那样多是一些程序性、礼节式的交代,而是颇有一些干货,其中至少传递出如下几层颇有价值的信息:一是创作这样一部长篇小说在他心中已经憋了很长时间。二是他一直在为这部小说的创作做准备,查阅了许多相关资料。三是他对军工企业熟悉程度高且有着特别的感情和感受。四是这部长篇小说的写作历时四年,前后经过了十五六稿的打磨。五也是特别重要的一点就是记录了自己对过往工业题材长篇小说创作的观察与思考,归结起来大致为如下四个方面:一是他认为过去工业题材长篇小说不成功的一个重要原因就是过多地在围绕着方案做文章,诸如技术的方案、改革的方案等。这样就会很枯燥无味,应该抓住的是工厂大院的命运和大墙中的喜怒哀乐。二是如何体现国家意志,军工

---

[*] 本文为2022年6月19日"阿莹长篇小说《长安》创作研讨会"上的发言稿。

企业更是如此。在计划经济时代工业企业国家意志的贯彻与农业题材是不一样的,过去很长时间有一个词叫"鞍钢宪法",将工业管理的规定用"宪法"这个词来描述,从一个侧面也足以证明国家意志在计划经济时代对工业企业、工业行业的影响何其巨大。三是关于结尾的处理,他反对一味都是光明的尾巴,主张开放性。四是应该充分展示人物的内心。

阿莹对过往中国工业题材小说创作的这四点观察和思考,我感觉一是说得比较准确,二是也比较切中要害。这些对《长安》的成功及特点形成所发挥的作用,绝不亚于他查了多少资料,因为那些是死的,而这是活的,是作者自己的观察与思考。正是因为作者既有丰富的生活经验、写作经验,更有在创作前这样一番冷静理性的观察与思考,所以这样一部长达五十万字的长篇小说,尽管也还存在些许不足,但他的特点,特别是对中国工业题材长篇小说创作的独特贡献还是比较突出和鲜明的。归结起来,主要有以下三点。

首先,《长安》固然属于工业题材的长篇小说,以企业为作品的主要场景,但它又不是一般的企业而是隶属军工板块。因此,军工企业特有的生活气息在《长安》中得到了充分而生动的呈现。作品中的大部分角色特别是骨干人物大多是由部队转岗过来,尤其是管理层的干部,他们是曾经的军人但更是现在的企业骨干;作品中所生产的产品固然是一种商品但又不同于一般的民用品,它们毕竟担负着保卫国家安全的特殊使命。这样的团队不时会本能地表现出部队的色彩,但它现在终究又不是部队而是企业。这种亦企亦军双重属性交织的复杂性在《长安》中表现得非常突出,但阿莹笔下的处理绝不简单生硬,而是通过不少细节的描写将这种双重属性的复杂性与特殊性表现得十分鲜活。

其次,《长安》中另一个非常突出的特点便是具有浓郁的时代信息。如果说作品所表现的空间主要是军工企业,那么所呈现的时间则是从新中国建立后到改革开放刚开始这一时段。这样一个时段的中国发生了许多大事要事,其中十分重要的一个特点或者叫表征就是从"运动"多到"安定团结""不折腾",并由此形成若干所谓的"敏感点"。对此,阿莹不回避、不绕弯,各种各样的运动都出现在《长安》中,他虽没有正面呈现,但我们都知道他在呈现哪一段的生活、哪一段运动,一场一场的折腾,对个人命运的伤害、对企业的健康运行、对整个国家事业发展的负面影响都是一种客观存在。面对这一切,作为一个有着强烈社会责任感的作家完全没有理由回避,如果一味回避而写出的作品一定没有价值。其实,问题的本质并不在于写不写而在于怎么写。事实上,《长安》让我们感到震撼的、能够打动我们的恰恰是作品中的一些主要人物在种种"折腾"过程中的各种表现,如果没有这些内容,一味回避这些矛盾、回避那样一段现实的话,我实在想象不出《长安》会写成什么样?而且几乎可以断言,如果将这些现实与冲突都回避,这部五十万字的长篇小说,一定是很虚伪、很浮夸的。在这个重要问题上,阿莹的处理总体来说还是很成功的,这也给我们的长篇小说创作、给整个文学写作都提供了一个值得研究、值得注意的现象或者话题。

最后,《长安》中塑造了一些鲜活的人物令我印象深刻,包括一号主角忽大年一家,他所谓的两个老婆,都是活色生香的女性。此外,阿莹写人,始终注意抓住这个人物另外的一个身份或一段经历做文章,这比较有特点。比如连福是一个在旧政权体制下工作过的人,按当时的说法就是这个人物是有历史污点的,将这样一种身份带入新中国,他的故事就展得开;又比如满仓和宗教有点关系,既写他的工人故事,又写此前另一个特定的身份……如此这般就使得这样一个个具体的人物活了起来,也展得开。如果仅仅只是局限于一个车间,在单一流水线作业的工业环境中,八小时基本上就只是在重复做一到几个动作,那将是何等单调。如果不为这些人物设计另外一层身份,他们是很难"活"起来的。而这种种设计又无不和他们所处的特定时代与社会环境有种种特殊或巧合的讲究,这样作品才有故事、人物才有命运感。

如果非要给《长安》挑点不足的话,我以为整体的叙述上其实还可以处理得再凝练一点,未必一定要完全展开。给读者留出点"空白",让读者想象的空间再大一点其实也不失为一种选择。

(作者系著名文学评论家、中国作家协会小说委员会副主任)

《长安》创作的传承、示范与引领价值

齐雅丽

阿莹的《长安》是近年来少见的工业题材长篇小说,更是鲜见的国防工业题材作品。

《长安》围绕"长安"城国防工业的创立、发展与变革,梳理了国防工业从无到有、从弱到强的前进脉络,讲述了为了"长安"而在"长安"城奋斗的一代人抑或几代人的奋斗历程,在文学画廊里,成功塑造了一组以忽大年为代表的军工人的鲜活群像,从而为读者展示了国防工业发展的宏伟业绩,更揭示了之所以"长安"的一个极其重要的场景与缘由。所有这些,都是这部作品的社会价值的体现。

《长安》的文学价值是稳妥地扎下了根、站住了脚、立起了身的,从长篇最重要的结构排布的科学性,到叙事的详略得当与脉络清晰,再到语言运用的恰当贴切;从故事的完整、人物的丰满到核心精神的凸显等,无疑是一部优秀之作。关于这一点,可以从当下中国文坛著名的评论家们的文章中得到印证,许多评论者已经有较为详尽深入的分析与论述,此文就不再赘述。

《长安》的另一个重要价值在于对文学中或者说当代文学中工业价值题材的书写,进一步说,是对一些相对隐秘的世界的描摹,这一点,体现了作品对文学传统的承继,更是对于当代文学中某些领域书写的一种示范与引领。

文学的题材应该是广泛的,甚至应该是全覆盖的,只要是人民群众奋斗与生活的领域,只要是展示历史进程与社会发展的领域,只要是发生在当下的一切,几乎都可以进入写作范畴,也应该出现在笔墨之中。但在现实的文学创作中,由于各种各样的原因,文学作品的题材有时候显得不够宽泛甚至狭窄、"内卷"。比如较长一段时间以来,乡村题材较多、城市题材较少,农耕题材较多、工业题材较少,而商业、教育、卫生题材就更少。造成这种局面的原因有很多,但其中最重要的原因是作家们对某些领域不够熟悉,甚至不了解,从而难以进行深入地创作。尤其是《长安》所涉猎的国防工业题材,也可能由于这个原因,就显得更为鲜见。

　　国防工业是为一个国家的安全提供物质保障的极其重要的领域,有强大的国防工业,国防才会有支撑的基础,这一点毋庸置疑。由于这个领域的特殊性,必须在很大程度上隐秘甚至隐身,这也在情理之中。但是,对于这一个集中了尖端技术、优秀人才的领域,特别是奋斗在这一领域的英雄式的人物,以及凝聚在这一领域的国家至上、牺牲奉献、无私忘我等精神,必须得到褒扬与讴歌。这样的褒扬与讴歌,这一领域值得,而更为重要的是,只有将这种事迹、人物与精神弘扬出来,才能更好地激发家国情怀,从而为"长安"进一步夯实基础。

　　正如前面所言,任何一个领域作为文学题材书写,都必须对其有很大程度的了解,作为有较强的保密性质的国防工业领域,一般人很难有所了解,更遑论熟悉。那如何进行这一领域的书写呢?这就需要有一定经历的人站出来,承担这一使命式的任务,对这一重要领域进行描叙。

　　作家阿莹具备了多方面的优势,一定程度上也承担了这样的使命,并且取得了成功。之所以有这样的成就,首先源自对于这一领域的熟悉。阿莹是在国防工业企业成长起来的,是实实在在的"国防工业二代"和曾经奋战在一线的国防工业人,之后又成为一方国防工业的领导者。这样的经历,给了他得天独厚的生活与事业体验,使他对这一领域非常熟悉,但更为难能可贵的是,他始终又是文学队伍中的一员,从陕西省文化部门和省作协 20 世纪 80 年代初召开的青创会和长篇小说推进会等文学活动中,就有了阿莹的身影。热衷于小说创作的他在文学圈早有了名气,更是当年知名的西北大学作家班中的一员。他对于这一领域深厚的热爱,再加上文学的扎实功底,自然促成了他用手中的笔为这一领域刻画,从而成就了包括《长安》在内的一系列国防工业文学作品。正是有了这一系列作品,我们才能更好地了解这一之前稍显神秘的领域,更是感知到这一领域的巨大的牺牲、无私、高尚与奉献。

　　对于一个领域的描摹,无疑首先是熟悉,之后是热爱。这也验证了文学创作的一个规律,那就是经历、阅历、见识与认知。所谓经历,是一大笔财富。但单纯的经历还只是隐形的财富,要让这财富"变现",就需要有思考、有分析、有梳理,再有感悟、有归纳、有提炼,最后归之于表达,这才是真正的财富。阿莹在《长安》书写中,体现了这样的规律或者说沿着这样的规律前行。这就引发了熟悉生活与描叙生活的关系,如果仅仅是熟悉,仅仅是记录,那可能就是回忆录、就是纪实甚而是流水账,而真正进行文学创作,则需要前述的过程和努力。文学源于生活又高于生活,如何做到这一点,在作品中表现出真实的生活,同时又从生活中找寻规律,提炼精华,进而凝聚成精髓,则需要一定的功力。在《长安》一书中,从开篇的企业筹建,到中途的坎坷、曲折、变革、发展等,都肯定有许多的故事,但如何把这些故事梳理出来、拣选出来,进而表达出来,在有限的篇幅中显现出来,则是对作家功力的考验。正是坚持这样的创作规律,并且有着一定的创作功力,使得《长安》既具有全景式的描摹,又有细腻具体的书写;既有宏大叙事,又有人文情怀。

从更高一层的意义来讲,阿莹在这个领域的书写,不仅是把经历、阅历、见识与思考完整地体现了出来,更是展露了深刻的热爱与不变的初心。人们对于自己曾经熟悉的生活可能会有不同的态度,有的在出离原来的生活场景之后,回顾过往可能是一种眷恋、珍惜与敬重,但也可能是居高临下或者轻慢,这已经是不囿于文学表达的范畴。但任何时候的文学书写,都需要热爱与敬重,否则可能就偏离方向,即便对于熟悉的生活也可能描叙得变了味道。回顾柳青在《创业史》的书写以及路遥的《人生》《平凡的世界》,他们在过往的生活中,尽管有许多的不尽如人意之处,但他们都能够以珍惜与敬重,对那样的生活进行恭谨的书写,从而成就了伟大的作品,一定意义上也显现了作家的思想取向。阿莹在《长安》创作中,也坚守了这样的准则,那就是守住初心、恭谨认真。这样的创作态度是作家的修为,更是值得提倡与发扬的。唯其如此,创作才会有良好的出发点和归宿,也才能体现出创作的意义。

《长安》的书写应该还是有较大难度的,之所以这样说,缘于题材本身的敏感,虽然这样的题材很精彩,但必须有一个根本的坚持,那就是不能触及、不能公开的领域。这就给书写带来了几乎难以两全的困扰,既要认真细致客观地书写,又要保守必须的秘密,怎么办?这就需要作家找准角度,选好切入点,不从"不好写"的地方写,而从看似"不粘连"的地方写,从而达到旁敲侧击的效果。所以在作品中,我们更多看到、读到和感受到的,是一些似乎是"诗外功夫"的画面与情节,虽然也有一定的生产工作的场景,但更多的是主人公以及一众人物的塑造,他们的生活场景、情感经历乃至心路历程,当然,这些都是围绕着"长安"产业而为的。正是有了这些场景和心境的描叙,才让读者透过这样的表象看到"长安"的实质,认识了一群鲜活可爱的军工人,也更加凸显了一种精神,那就是以人为核心的事业、以人为中心的发展。

《长安》在一定意义上为"隐秘"的事业树碑立传。正如书中所说"和平的岁月里往往会把军事秘密隐藏在深处的",这是国防工业的必须。但是,成就这些事业的人,为强大的国防和幸福的生活造就"长安"的人,不应该被永远隐藏在深处,他们应该在适当的时候以适当的方式现身,接受鲜花和欢呼,这是他们应该得到的荣誉和待遇。而在这项事业中凝聚起的精神力量以及成长起来的英雄,更应该通过"现身"而被膜拜、被学习,进而得到礼赞和弘扬。所以,《长安》为隐秘战线的描摹就更加显现出很高的价值,这价值在于前者,更在于体现和平年代里的国防工业价值,从而让人们更为深度地理解和平年代里"长安"的基础与支撑。

以上是阿莹《长安》创作的"承继"与"成绩",要进一步评述的话,那就是创作的示范效应与引领价值,这一点,一定意义上是对于文学创作的普遍价值。

之所以说是示范效应,源于文学的需要与作家的身体力行。文学必然是有需要的,人民群众需要题材多样化的文学作品,多样化的题材也需要被书写。在现今的文学创作中,作家们也在努力践行文学的宗旨,积极创作多种多样的作品,但客观情况是,我们的文学作品还失之于题材偏窄。这其中的原因是多种多样的,但有一个重要的原因,就是很多作家生活经历的雷同,以及许多作家对某些领域的陌生,乃至一些作家对一些"热门"题材的"内卷",等等。就以阿莹深入的国防工业题材为例,具体到陕西来讲,是无可置疑的国防工业大省,成绩有目共睹,但是进入文学领域的作品屈指可数。除过这一领域的特殊性,更多的还是没有被文学界所关注,从而让这一个非常值得书写的领域较为寂寞。阿莹开了这个好头,希望有更多的作家能开拓出更加广阔的领域,挖掘其中的宝藏,进而创作出贴近时代、贴近实际、贴近生活的优秀作品。

再往深层次说,那就是创作的责任感与使命感。作家的创作是有责任也是有使命的,那就是为人民创作、为时代书写、为发展鼓呼,等等。所以,我们的作家应该负起责任、勇担使命,深入生活,深入各式各样的生活,熟知时代和社会发生的一切,进而用文学的手段表达出来。所以,从阿莹《长安》的创作价值和意义说起,希望可以有更多的作家以及文学爱好者,以为时代负责、为人民奉献的担当来规划自己的创作,多领域书写,多点开花,让文学的百花园绚烂瑰丽。

以上是《长安》一书带来的一些感悟与思考。希望更多的读者阅读《长安》,从而更好地了解特定领域的故事与人物,更好地感知"长安"背后的坚强支撑。同时也希望有更多的像《长安》一样的作品被创作出来,从而让我们全方位感知火热的时代与丰厚的社会,进而更好地前行。

(作者系陕西省作家协会党组书记、常务副主席)

"秦岭飞狐"颂长歌 军工精神唱大风
——评阿莹新创话剧剧本《秦岭深处》*

孙豹隐 孙 昭

去年孟春,初读著名作家阿莹新创的话剧剧本《秦岭深处》时,有一种"一篇读罢头飞雪"的感觉。一下子被作品宏大的思想立意、汪洋恣肆的艺术笔力、素描般的鲜活群像所吸引、所感动。不禁萌发出一种由衷的喜悦之情,同时敢于判断这是一部当下反映工业题材方面的上乘之作,堪称彰显现实主义创作情愫的一部力作。不久前揭晓的第三十一届田汉戏剧奖评奖结果,剧本《秦岭深处》荣获大奖(剧本一等奖)。这既在意料之中、情理之中,也引发了我们一种别样的思考:长期以来我们评论戏剧、撰文著说,总是针对已经搬上舞台的作品(这当然是应该的),而鲜见有评论剧本者。而作为"一剧之本"的剧本,往往是决定一部剧作成功与否的第一要素。从这个层面上来讲,对剧本的评论当属戏剧评论的题中应有之义,甚至是戏剧评论首先要做的工作。基于如此思绪,我们欣然命笔,写下对剧本《秦岭深处》的一篇评论文字。

《秦岭深处》写的是二十年前中国军事工业的动态状况。剧本通过对中国军工人那奉献精神、牺牲精神、家国情怀的概括与张扬,讲述了一个秦岭深处一座军工厂里一群军工人研制导弹的真实故事。"我叫刘娟,死于自己研制的导弹……我不认为我会轻易死去,因为我的爱人,我的同事,都还在秦岭厂,我熟悉他们的气息,熟悉这里的味道,所以,我会永远活在秦岭深处!"剧本就是用这样隽永而令人心灵震颤的语言,牵动人们拥抱人物形象的艺术张力,拉开了剧本的时空帷幕,弹奏出"秦岭深处"的别样情怀。倘若用一句有点夸张的语言来评论剧本的话,"秦岭飞狐"颂长歌,军工精神唱大风,那一幅幅精准鲜活的军工人群像素描,在作者如椽大笔的挥洒下,光芒四射、可歌可泣、可赞可叹、可

---

* 本文发表于《当代戏剧》2018年第1期。

圈可点。

阅读剧本,眼前清晰地出现了一群常年置身于大山深处的军工人全身心地投入某种新型武器研制的影像画面。那面对人生、爱情、事业的抉择所引发的理想追求、信仰信念上的冲突,那军工人特有的执着奉献、坚守初心、呕心沥血、拼搏奋进的镜头、桥段,那一幅幅当代军工人生活、爱情、事业交织辉映的跃动画卷,汇聚成一部颇具美学感染力和艺术震撼力的时代大剧。细察剧本,我们深感剧本的主体立意高远,人物形象丰满生动,整体品相凝练大气,场景叠嶂恢宏壮观,情节勾勒连缀充盈。整部作品散发着振人眉宇、爽人胸怀的艺术魅力。该剧本的内核无疑是现实主义的,它来自生活,深接地气,得益于剧作家对生活的独特感受,对人、对人情感、对人生命的真诚体验。正是在这种感受与体验的基础上剧作家心驰神往,找到了主要人物的精神之魂,找到了一种独特的艺术表现情境。借助那独特的艺术情境,剧作家运用得心应手的叙述方式,构建起了以秦岭厂总工程师、肩负着"秦岭飞狐"反坦克导弹研制主要任务的周大军为代表的军工人艺术群体。剧本艺术造诣上的一大特点(也是亮点),在于塑造这个艺术群体时,一方面采用素描笔法,使人物贴近生活,显得活泼、自然、灵动、疏朗,另一方面又不失时机地注入伦勃朗式的七彩霞光,为人物平添浑厚、凝重、鲜明、真实的情愫,从而使得这些人物形象迸发出一种当代军工人大气磅礴的敞亮伟岸精神。从他们身上,我们贴切地认识到,这群军工人正是时代的骄子、民族精神的载体、国家安全的基石。他们身上释放着一种中国工人阶级可贵的品质。对视他们,广大人民群众得以了解军事工业这方热土,洞悉当代军工人的真实生活、沸腾情感与心灵奉献。剧本的另一高明之处在于,成功地做到了借用艺术形象发声,抒发出对当今战争与和平博大主题的科学解读。"我们的每一次飞行试验,不是在推动战争升级,而是在放和平鸽,一只洁白的和平鸽。这个世界正是由于我们的奉献,才阻止了战争,才减少了杀戮和流血。"周大军的铮铮话语,同时通过表现生与死的深切关系,唱响了我们研制先进武器的根本目的是为了和平,为了不再遭受屈辱,决非是拿来炫耀武力、渲染战争的正义宣言。那依凭一幕幕感人的"戏"所展现出来的人间真情,引导人们与剧本中人物一起去探讨我们要不要去研制尖端军工产品、发展先进武器以及如何去研制、发展的时代性大课题,进而使得剧本的思想高度再一次得到升华。

剧本《秦岭深处》是一个表现、反映军工题材、军工人的作品，不是一个只图新奇、看热闹的作品（尽管新奇、热闹对艺术作品而言异常重要）。它是一部能够调动观众审美，影响读者去审视剧本内在的东西，去领悟人物精神层面的内容的厚重之作。剧本是写给这个时代的，是力求揭橥精神层面、道德层面的人文关怀的，是着意将人的精神家园同这一切交融和谐的。透过这个剧本，可以折射出话剧艺术本身，尤其是当下主旋律作品的艺术力量。在关怀当下、思考现实的艺术动态思维中，这个剧本发出撞击人们灵魂的拷问：在军工生产发展过程中，人应该怎样去生活、去工作、去拼搏，才是对这个世界性、人类性的大课题的铿锵回答，自然也才更加具有积极意义。

优秀话剧剧本的一大标志是对人性的深刻摹画，有一种对各色人等内心与外在的精准表述。剧本《秦岭深处》凸显的另一艺术特色或者称作艺术优长恰恰在于对人物人性掌控的分寸妥当，表述得绘声绘色、淋漓尽致。我们知道，艺术出彩需要由灵动的人物来贯通，感动原本来自人性真情的传递。话剧作为艺术的集大成，理应更加注重有生命力、有浓郁人性、有戏剧效应的展示和传承。一部能够喷薄艺术品位的话剧剧本，仅有真实的生活气息是不够的。它还需要营造凝聚军工人的生活、工作、情感、心灵，活托出充盈人性、血肉饱满的艺术形象，以充分高扬出他们那血性报国、强军安民的博大胸怀，释放出震撼人心的追梦精神。剧本中周大军、刘娟、罗安丽、罗天柱以及罗平安、辫子雷，那一个个闪烁光芒的艺术形象，一往情深、无怨无悔、义无反顾地用整个生命历程在秦岭深处演绎着、践行着"秦岭飞狐"的集体夙愿。一代代军工人以浓浓的人性情愫编织起"当代英雄"的熠熠雕像。正是通过这一个个鲜活可爱、饱含人性的人物，传递出一种既温暖又冷静，既张扬又贴切的人性脉动和人文关怀精神。让人们意识到不论在什么样的工作环境里，不论在多么纷繁的情状下，军工人都守住了我们的文化支柱，寻找到了人性中的美好，进而借助情节桥段、人物行动、主题偾张，诗情画意、云蒸霞蔚地将剧作的内涵表达了出来。也正是借助这一个个真实丰赡的人物所包孕的人性，形象地依仗那种诗意阐述，更多地演绎出人物情绪的色彩和角色内心的感受。尽管剧本多少带有一些魔幻现实主义或超现实主义的艺术表达（如将某种非生活常态甚至阴阳两界的元素耦合在一起），然由于用笔巧妙平和，主客观关照得当，使剧本虽然流露出一定的象征意味，却并不显得过分突出、喧宾夺主，仍然在保证戏剧冲突深度、高度、激烈程度上有充分展现的同时，足以象征性地概括出剧本立意的本色，一点也不减弱人性的光辉，并能够达到深化一系列矛盾冲突的一种新境界，最终达到了一种能够让读者充分理解、乐意接受的理想目标。

《秦岭深处》无疑讲好了一个故事。然而剧本不只是单纯地讲述故事，剧本的新颖在于其突破了以往工业题材中通常采用的那种以技术方案之争、体改方案之争、主流非主流意见之别来构建戏剧冲突的框框道道和结构方式。作者锐意将笔触聚焦人物，指向人物的心灵深处，运用艺术的辩证法调动人物与人物对话、人物与环境对话、人物自身情感与责任对话、人物的过去与当今对话（如围绕男女主人公周大军和罗安丽的爱情主线，着力开掘他们对金钱、对事业、对生命认识与态度上的思想交锋，以矛盾奔突的穿透力，呈现、揭示人物行为的进展脉络），从而完成了剧本更加寓意深远、冲突合理、情节跌宕、线条有序、流动性强，人物形象更趋丰富，画面立体昂扬，情境异彩纷飞，更加容易激发人的思绪，叩动人的心弦之艺术使命。加之剧本注重从人性、艺术、生活本体的维度来讲述飘逸在秦岭深处的故事，锐意以诗化、写意化、具象化的情愫来浇灌人物血肉，在渲染出浪漫情怀与理想色彩兼容和合、严酷现实同胜利前景相互辉映的同时，一点不回避时代性的冲突、人性的纠葛，恰恰相反，剧本对某些人精神失落、文化自信缺失发出了强劲的呐喊。剧本豁透出的结结实实的社会生活环境，蕴蓄着真真切切、让人崇敬也叫人感慨的人物命运、人生况味，从而呼啸出一种大情怀、大思考。如是题材选择、艺术表达，既牢牢遵循着现实主义创作原则，又体现出剧作家的创作个性与深厚功力。我们有理由说，《秦岭深处》从创作题材上、创作深度上、人物托举上、语言氛围上无不独具一格，完全赢得了人们的青睐。因之可以赞曰："这是一部实实在在的优秀剧本，是传递正能量的活标本。该剧本不啻是一曲时代的壮美之歌，有着深远的历史纵深感，尽管写的是军工人，但通过军工人折射出了中国工人阶级在过去、在当下，为人民、为国家做出的贡献。剧本不啻是一曲时代的英雄赞歌，既是对军工人进放的深情礼赞，也是对中华民族的崇高致意。剧本中每个角色身上都凝聚着正能量，都在给现实世界输送精神力量。剧本不啻是一曲时代的艺术之歌，既唱响了'大国脊梁'的黄钟大吕，又浸润着军工精神的丝竹声音。一部主旋律剧本所应有的艺术因子、思想元素喷涌不绝……"

剧本《秦岭深处》是一部有筋骨、有道德、有温度，足以体现中华美学风范的剧本,是一部应时当今,有分量、有品质、有情怀、有担当、有突破,足以纳入"中国梦"人民追求幸福生活的梦想之中的时代话剧之作。应当看到,在当下的中国话剧舞台上,还比较缺少这样大气魄、大格局的作品。军工题材的话剧作品能如同《秦岭深处》这样表现军工人的作品尤为稀少。从这个意义上审视,《秦岭深处》的横空出世,一定意义上填补了当代话剧艺术在这个领域的一个空白,堪称具有开创性的价值和意义。

(孙豹隐系文学评论家、曾任陕西省文艺评论家协会主席;孙昭系陕西省艺术研究院研究员)

和平语境下的军工故事与军工精神
——评阿莹话剧《秦岭深处》*

吴义勤

"五四"新文学运动开启了中国文学现代性转型的大门,小说、诗歌、散文、话剧等多种文体由此获得了新的艺术生命和发展成就。回望近百年中国现代文学发展历史,话剧无疑是与社会变革历程结合较为紧密,同时产生了巨大推动力和社会效应的重要文体之一。从民国新剧、左翼戏剧、抗战戏剧、"十七年"戏剧到新时期戏剧,在民族危亡和社会历史剧变的关键时间节点,话剧都曾焕发出耀眼的光芒并提供了推动社会历史进步的巨大能量。在当今时代,话剧依然拥有迷人的魅力,呈多元化发展的繁荣局面,小剧场话剧、实验话剧都受到了观众的热烈欢迎。但应该指出的是,在话剧舞台上,反映工业题材特别是军工题材的优秀作品还比较少见。阿莹的话剧可以说正好弥补了这块短板。他的新作《秦岭深处》继承了话剧与时代、与军事题材故事紧密结合的优良传统,以和平时代军工人排除万难取得导弹试验成功为主要线索,完成了话剧与军事题材故事的成功"联姻",颂扬并传承了具有悠久历史传统的军工精神和革命精神,具有强烈的思想震撼力和艺术感染力。

《秦岭深处》讲述了一群生活工作在秦岭大山深处,为了祖国的国防科技事业默默奉献的军工人的故事。话剧的主要线索围绕研发具有重大国防战略意义的"红箭98"导弹展开。在革命战争年代,落后就要挨打,这里的落后不仅指经济的落后,更指军事的落后。在中国革命走向成功的道路上,军事技术上的落后曾给我们带来了惨痛的教训。因此,发展军工技术,提升国防水平就成为和平时期一件刻不容缓且极具战略意义的大事。在这部话剧中,我们看到了一群军工人,在大山深处,战天斗地,与时间赛跑,与命运搏斗,为了实验成功而

---

* 本文发表于《文化艺术报》2019 年 7 月 31 日。

不惜一切代价的感人故事。

剧本采用了戏剧中常见的连环式矛盾结构,设置了多组既相互对立又相互关联的矛盾,既通过矛盾冲突推动故事前进,也通过矛盾发展塑造人物形象。剧中比较典型的矛盾有宏观层面的,比如国家发展对"红箭98"导弹试验成功的迫切需求和试验面临的重重困难之间的矛盾;也有个体层面的,比如军工人对工作事业的追求与个人家庭生活的冲突;还有更为个人化和情感化的爱情抉择(周大军)。这些矛盾冲突构成了整部话剧不断前进的动力,让情节推进变得紧凑激烈、高潮迭起。与此同时,剧中各个人物的性格形象也在冲突激烈的矛盾中不断变得清晰且内涵丰富。

剧中人物虽然并不多,但有鲜明的层次感和历史感。从年龄上来看,他们是两代军人的代表,以罗天柱为代表的老一辈革命军人,他们经历了战火硝烟的洗礼,也更加深切感受到国家发展对军工技术的迫切需求。有关辫子雷的故事不仅是他个人的记忆,也是一代人的集体回忆,是一段历史的缩影和痛点。这个历史场景不仅给话剧的主要线索("红箭98"研发)提供了充足的推进动力,也给话剧增添了浓重的历史感,拉长了话剧的时间纵深和意义长度,使当下与历史相勾连,两代革命精神相贯通。而以周大军为代表的新一代军人虽然没有经历革命战争,却传承了老一代军人的奉献和牺牲精神,他们以极大的牺牲精神奉献于军工技术的研发。这是一场没有硝烟的战斗,生死存亡的考验也同样艰险,静静矗立在半山腰的军工墓园是最醒目的战斗符号,也是军工人不怕牺牲,勇于战斗的历史见证。两代军人,在不同时期,以不同形式为了祖国的革命事业前赴后继,用血肉之躯筑起坚固的国防长城,这是生生不息的军人精神,也是具有历史传承的革命精神。

话剧的主要着力点虽然在于塑造伟大的军工英雄,传递崇高的军工精神,但作者笔下的人物并不是简单的符号化身,他们有情有义,血肉丰满。他们既有面对生死时的决绝和无畏,也有面对情与爱时的纠结和遗憾。阿莹既写出了他们英雄的一面,也写出了他们平凡的一面。这一点突出地表现在主要人物周大军身上。在他身上,几乎凝聚了一个军工人常见的所有矛盾和纠结,是一个典型的"矛盾体"。比如挚爱的妻子在试验中不幸牺牲,事业与爱情在他身上既统一又对立。再比如个人家庭生活与军工事业的不能两全,面对爱情时的左右为难,这是一个矛盾汇聚的人物,是一个有着灵与肉的内在冲突的人物,他既是崇高精神的承载者也是生活化的普通个体,他有英雄气也有烟火气。这样的人物拉近了与读者和观众的距离,也增添了剧本的真实性和可感度,轻易地就将读者带入了故事之中,随人物同喜同悲,与故事同起同落。

在话剧中,对于刘娟这一"死亡视角"的设置也颇具新意。虽然只是在一些特定场景下间断性地出场,这一"俯视"和"远观"的视角却有着巨大的叙事功能,非常轻巧地拉开了叙事的空间。它不仅展现了周大军夫妻之间的深情厚谊,也为揭示军工人的内在精神提供了便捷的通道,军工人的情感、军工人的信仰,都通过这个"死亡视角"进行了充分的展现,从而避免了剧中人自我阐释式的直白。如果说剧中刘娟之外的其他人是军工精神和军工故事的实践者和展现者,那么刘娟所完成的则是对军工精神的提炼和表达,刘娟同剧中人物恰到好处地融为一体,共同完成了对于军工故事的整体性讲述。

总体来看,阿莹的这部话剧是一部优秀的塑造新人物、传递正能量的现实主义话剧。他通过多种艺术手法,刻画了一群个性鲜明、生命灵动的军工人形象,将这个群体所蕴含的崇高精神与鲜活生命立体而完整地表现了出来,是一部讲述军工故事、传承军工精神的佳作。阿莹通过这部话剧所表现的这种稀缺而可贵的军工精神,在今天这个时代无疑具有特殊的认识意义和警示意义。和平语境下,军人从前线退至后方,从战场退回营地,但军人精神不能"后退",它所倡导的奉献与牺牲等崇高精神,仍然是推动时代进步的重要力量,是需要大力弘扬并传承的重要精神资源。

(作者系著名文学评论家,中国作家协会党组成员、副主席)

工业题材长篇小说的史诗性建构

——关于阿莹长篇小说《长安》*

王春林

去岁中自晋入陕履职以来，在紧张的编辑工作之余，除了那些以前就非常熟悉的老朋友以外，也有机缘先后结识了不少新朋友。其中，和我多少有点志趣相投，且又格外性情的一位，就是一方面从事着繁重的行政工作，另一方面却也总是对文学创作念念不忘，总是要千方百计地将业余的点滴时间都投入文学写作过程中的阿莹。据我的不完全了解，在拿出这部沉甸甸的长篇小说《长安》（作家出版社 2021 年 7 月版）之前，阿莹已经有着超过四十年之久的文学创作历程。无论是短篇小说，还是散文、戏剧，对于这些体裁，他都不仅有所尝试，而且也屡有创获，曾经先后获得过包括国家文华大奖、曹禺戏剧文学奖、田汉戏剧奖等在内的各种重要奖项。然而，正所谓"百尺竿头，更进一步"，虽然说已经取得了以上各方面傲人的成绩，但阿莹并不知足，这样也才有了先后历经十多次修改后方才愿意拿出来和读者见面，接受社会考验的这部五十万字的厚重长篇小说《长安》。实际上，由于结识了阿莹，并且承他信任的缘故，早在这部长篇小说正式定稿之前，我就不仅有幸接触过反复修改过程中的书稿，而且也还给出过若干自以为并非完全没有道理的建议。因为自己曾经或多或少地介入过修改过程，所以，当我看到作家耗费了数年心血的作品，不仅能够在《当代·长篇小说选刊》发表，而且最终由作家出版社出版，内心便产生了一种由衷的快乐。

正如有学术同行已经明确提出过的，我们衡量评价一部小说作品，最起码应该从"写什么""怎么写"，以及"写得怎样"这样三个层面①入手来加以展开。

---

* 本文发表于《中国当代文学研究》2023 年第 2 期。
① 刘纳.写得怎样：关于作品的文学评价——重读《创业史》并以其为例[J].文学评论，2005(4).

用相应的文学术语来说,这里的"写什么"也就是我们通常所说的题材问题。从题材的角度来说,阿莹的《长安》当然应该被归入所谓"工业题材"的范畴之中。然而,一旦提及工业题材,一个无法回避的问题,就是中国当代文学史上这一题材的创作总体上"投入"与"产出"之间的极不平衡现象:"对于左翼文学来说,城市有其重要的表现对象,这就是作为'领导阶级'的工人的劳动和生活,工厂、矿山、建设工地的矛盾斗争。这一领域,因为联系着国家现代化的期待,它的重要性更是不言而喻的。但是,这一描写范围被严格窄化的所谓'工业题材'创作,并没有取得预期的成绩:它们大多数显得乏味,即使是出自有经验的作家之手。"①我相信,只要是对中国当代文学史稍有了解的朋友,就不会否认洪子诚相关描述与判断的准确性。关键的问题是,导致如此一种不合理现象生成的原因到底何在呢?对此,我也曾经给出过自己的思考:"首先,虽然当下中国的工业化与城市化已经有了长足的发展,但从总体文化传统来看,中国却依然是一个以乡土文化为主体的农业国家,现代都市工业文化的匮乏乃是导致工业题材小说创作不尽如人意的一个重要原因。其次,从中国当代作家的基本文化经验来看,他们大多来自广大的乡村世界,乡土生存经验的丰富与工业部门生活经验的相对贫乏,乃是中国当代作家所拥有的一种相当普遍的精神特征。第三,更为根本的一个因素当然还在于从事工业题材小说创作的小说家个人是否拥有足够的艺术天赋的问题。曾经创作过《百炼成钢》的艾芜,创作过《铁水奔流》的周立波都取得过相当骄人的艺术成就,然而由于他们缺乏足够丰富的工厂生活经验的缘故,他们的工业题材小说创作却只能以艺术的失败而告终。此外其他一些主要从事工业题材小说创作的作家,比如雷加、草明、胡万春、唐克新等,他们艺术努力的失败当然就更多地与个人艺术天赋的不足有关系了。"②尽管说时间已经过去了好几年,但对于当代文学中优秀工业题材文学作品的严重匮乏,我现在所持有的,却依然是这样的一种基本立场。依照一种相对严格的文学标准,已然超过了七十多年的中国当代文学史,能够给我们留下深刻印象的工业题材文学作品的确非常稀少。除了蒋子龙和他的短篇小说《乔厂长上任记》,以及他那一系列工业题材的中短篇小说,其他能够一下子进入我

---

① 洪子诚.中国当代文学史[M].北京:北京大学出版社,1999:131.
② 王春林.《飞狐》:工业题材长篇小说的新收获//新世纪长篇小说观察[M].北京:中国书籍出版社,2018:176-177.

们脑际的相关作品,甚至连一部也找不出来。

既然当代文学中的工业题材文学创作如此这般的乏善可陈,那么,大声疾呼相关优秀作品的出现,也就自是我们这些从业者义不容辞的责任。尤其是那些拥有这一方面丰富生活经验的作家,更是应该做出相应的积极努力。而我,也只有在结识阿莹之后,方才得以了解到,他不仅有过在军工企业长期的工作经历,而且也已经在着手创作一部以军工人为主要关注对象的长篇小说:"当我的工作又一次与企业有了直接关联,创作长篇的想法竟强烈起来。我想,我的视角应该聚焦在相对熟悉的军工企业。因为我从小生活在一个负有盛名的军工大院里,在这座军工厂参加了工作,又参与过军工企业的管理,后来我尽管离开了难以割舍的军工领域,但我依然对军工人一往情深,依旧和一帮工友保持着热络的联系,几乎年年都要与他们在一起喝喝酒聊聊天,那些看似乏味的酸甜苦辣,那些听着不很入耳的粗俗玩笑,那些有些夸张的过五关斩六将,让我心里很受用也很过瘾,军工情结已深深地渗透到我的血液里了。"①除了所谓的艺术天赋,因其过于神秘,我们不太好展开谈论之外,我觉得阿莹为《长安》的创作所做的努力,最起码有三个方面应该得到充分的肯定。首先,是一种足够深入细致的"田野调查"。虽然说曾经是一位军工人的阿莹本就有着相当丰富的军工生活经验,但为了这部长篇小说的写作,他却仍然在竭尽可能地努力了解把握军工人更多的生活经验:"为了寻找从生活中走来的艺术形象,我翻阅了我的父母和数十位老军工的档案,那厚厚的牛皮纸袋,浸润着老军工的汗水和泪迹,装着他们的人生,也装着他们的灵魂,几乎每一个人都是一部长篇,那已经远行的我的父母、我的师傅、我的领导,又微笑着向我走来,活生生地出现在我的视野里,让我禁不住想跪下了;我翻阅了几部军工企业的厂志,那波澜壮阔的轨迹,那艰苦卓绝的努力,那给共和国带来激情和荣耀的故事,像画卷一样在我面前徐徐展开,让我沉浸在激情燃烧的岁月而不能自拔;我还借阅了解放后的《人民日报》和《陕西日报》,两人多高的合订本,一页一页地翻过去,就像在阅读一部生动的共和国的发展史,其中的体会便融进了人物的背景,让作品中的人物在那般氛围里开始了自己的生活;还有部队的朋友提供了共和国经历的几次战争的资料,让我从中感受到极大的震撼,也让我深刻理解了军工与战士、军

---

① 阿莹.长安[M].北京:作家出版社,2021:468-469.

工与战争、军工与国家的关系,让我不得不陷入了多重思考。我想,这是文学不该忘记的'角落'啊!"①尽管说在生活和文学之间并不存在一种简单的对应关系,相比较而言,对于文学创作来说,更重要的恐怕还在于作家对生活一种独具个性的理解与开掘,但能够占有更为丰富的生活经验,却依然还是保证文学创作取得成功的一个重要条件。从这个角度来说,阿莹的这一番看上去甚至多少显得有点笨拙的"田野调查",对于小说创作后来所取得的成功,绝对称得上是功不可没。

  其次,是来自文学史的相关"规训"。应该注意到,在一部被命名为《五万言》的著作中,拥有丰富创作经验的作家韩东,曾经先后表达过这样一些带有箴言性质的"真知灼见":一是"多读多写的道理在于,小说和小说自成一个世界。要沉浸于这个世界,学习这个世界的语言,做这个世界的公民。对一个写小说的人而言,现实世界的作用要小于小说世界的作用。"二是"从小说到小说是必然的,传统就是你作为一个小说家的来源。小说艺术的立足点在小说传统与现实历史之间,其间的张力使你有所作为。这就像坚韧的生命体现于遗传和环境之间的对峙、交换。"三是"从小说到小说是所谓小说的正宗。"四是"一本新小说孕育于旧小说,当然必须与新的发现之间构成张力。"五是"没有生活过的人(假使有这样的人)就不能写小说了?也许,更有资格写了。但,没读过小说的人真的不能写小说。没读过好小说的人也写不出好小说。"六是"对所谓现实生活的迷信,对知识信息量的迷信,以及对思辨分析的迷信构成了我们对小说写作的外行判断。对一个有热情的书写者而言,则形成了心理障碍。可以有生活,可以有知识,可以有思想,但也可以没有。这些储备和能力可以在正常人的水平之下。但你是写小说的,写的是小说,又怎么能不读小说?怎么能不昏天黑地地阅读?"②只要是有一些创作经验的朋友,就都明白,韩东这一番言论的"叛逆性"意味。从根本上说,当韩东反复提醒一定要对小说进行昏天黑地的阅读的时候,尤其是当他小心翼翼地提出一定要破除对现实生活的迷信的时候,那种认为文学传统的重要性远远大于现实生活的"叛逆性"观点,其实早已昭然若揭。文学传统和现实生活,到底哪一个更重要,我们这里且不去关心,之所以要引述韩东关于文学阅读重要性的这些言论,意在强调要想写出优秀的文

---

① 阿莹.长安[M].北京:作家出版社,2021:468-469.
② 韩东.五万言[M].成都:四川文艺出版社,2020:5-6.

学作品,就必须对相关的文学传统有相当的了解。具体到阿莹这里,当他准备动笔创作《长安》这部以军工人为主要表现对象的长篇小说的时候,就必须对既往工业题材的总体创作情况有所了解。正如阿莹自己在"后记"里所坦承的,为了能够胸有成竹地从事《长安》的写作,他不仅曾经先后阅读了一批国内外的工业题材小说,而且还对这些工业题材小说思想艺术上的得失进行了有针对性的深入思考。比如,"我在阅读我国工业题材的小说时,感觉这类作品喜欢沉浸在'方案'之中。解放后的作品习惯反映技术方案的先进与落后,后来的作品习惯反映改革方案的正确与否,当然这类作品也的确诞生了经典。但我想,我这部长篇小说不应拘泥于方案之争,而应抓住人物在工厂大院里的命运来铺排,所以我将人物置入巨大的工业齿轮中去咬合去博弈,以便释放人物内在的性格。也就是说,想努力反映军工人的灵魂轨迹,而没有仅仅将工厂作为一个背景,以使工厂大墙里的喜怒哀乐具有更为深刻的时代烙印。"[①]能够在广泛阅读文学史上同类作品的同时,不无敏锐地发现既往作品业已模式化了的思想艺术弊端,乃最大程度地保证了阿莹在《长安》的写作过程中,最起码不会简单地重复这些思想艺术模式。

最后,正如我们在前面已经提到过的,写作《长安》的过程中,已经有过四十多年文学创作经历的阿莹,为了作品能够拥有更高的思想艺术品质,不仅曾经十几易其稿,而且也还曾经四处向文坛各路诸侯虔心求教:"当然,我的上述思考都是一厢情愿,我对自己能否驾驭这般题材,心里始终是忐忑的,因此我写完初稿后,开始了一遍一遍的修改,如今有记载的已有十五六稿之多了,都不好意思说写了多少根笔,积累了多厚的底稿。而且每次完稿搁笔后,我都要送给不同的人去阅读,大家看得认真无比,得到的意见都是良言,几乎都在以后的修改中得到了体现,也使得小说逐渐丰实起来,一个个人物也生发了灵性,这才让我敢把书稿投给出版社和杂志社了。"[②]在当下这样一个人心日益浮躁的时代,一个拥有数十年创作经验的作家,仍然能够对文学抱有一种敬畏之心,仍然能够以"十年磨一剑"的精神,精益求精地潜心打磨一部长篇小说,单只是曾经先后多达十五六次不厌其烦的反复修改行为,就应该获得我们充分的敬意。很大程度上,阿莹的《长安》之所以能够以如此一种成熟的面貌出现在我们面前,与

[①][②] 阿莹.长安[M].北京:作家出版社,2021:468-469.

他这种精益求精的打磨和修改肯定脱不开干系。

既如此,一个不容回避的关键问题就是,与既往的那些工业题材小说尤其是长篇小说相比较,阿莹《长安》的值得肯定处究竟何在呢?细细想来,很可能体现在以下几个方面:首先,是所谓宏大叙事与日常叙事的紧密结合。其实,对于这一点,阿莹自己在"后记"中也已经在不经意间有所涉及。当他强调既往的那些工业题材小说"喜欢沉浸在'方案'之中",强调"解放后的作品习惯反映技术方案的先进与落后,后来的作品习惯反映改革方案的正确与否"的时候,无论是"技术方案"也罢,还是"改革方案"也罢,所有这些围绕种种"方案"展开的工业叙事,实际上都属于我们所指认的所谓宏大叙事的范畴之中。如果具体到工业题材领域,所谓宏大叙事,就是指那些只是一味地注重工厂劳动生产流程的展示与描写的工业题材作品。比如,如何设计图纸,工人同志们在劳动生产过程中是怎样地"一不怕苦,二不怕死",怎样地废寝忘食,大家是通过什么样的一种努力,才真正实现了某一个项目的根本性突破,以及在这个过程中发生了怎样的矛盾冲突,等等。诸如此类,全都属于我们所谓宏大叙事的范畴之中。具体到阿莹的《长安》,其中宏大叙事的存在,也是显而易见的一种客观事实。比如,原先被不无神秘地称之为八号工程,后来被称为长安机械厂的兵工厂,是怎样在西安城墙外的韩信坟(只有到后来,等到忽大年从遥远的东北返回西安之后,方才搞清楚,所谓的韩信坟,其实是"秦庄襄王墓"),从最初的赶工期修建厂房,到后来的造出一般炮弹,再到后来终于制造出了能够与世界先进水平相媲美的二代反坦克火箭弹。比如,在整个长安机械厂由无到有,由最初的一千五百人的规模而最终发展到八千人的大厂的过程中,如同连福、焦克己这样的工程技术人员是怎样凭借着自身的智慧攻克了一个又一个技术难关,如同忽大年、黄老虎、哈运来这样的厂领导又是怎么样想方设法地以所谓的大将风度战胜各种困难,积极组织劳动生产,终于如期保质保量地完成了北京总部下达的目标和任务。再比如,曾经长期担任长安机械厂的一把手(虽然期间也曾经遭遇到过被迫"下野"成为兵工厂第三把手的"走麦城"的难堪经历,但就总体而言,将近三十年来兵工厂组织安排劳动生产的大权,更多时候还是相对牢靠地掌握在他的手里)的忽大年,是怎样处于各种特别艰难的困境中,哪怕自己已经被关进"牛棚",失去起码的人身自由的情况下,也仍然不惜以地下工作的方式指挥全厂的生产大局。所有这些描写与叙述,全都可以被看作是长篇小说

《长安》中的宏大叙事部分。但请注意,除了以上这些直接关注描写长安机械厂差不多将近三十年发展历程的宏大叙事部分,阿莹也还把相当多的笔墨,花费到了以忽大年为突出代表的一众军工人日常生活的展示与描写上。举凡他们的喜怒哀乐、爱恨情仇,乃至于鸡毛蒜皮的家长里短,阿莹都以非常细腻的笔触,进行了真正可谓是鞭辟入里的生动书写。说到这里,有一点我们必须清醒意识到,那就是,中国当代文学史上的那些工业题材小说作品,之所以总是令人味同嚼蜡,乏善可陈,没有出现什么值得注意的优秀作品,一个关键原因恐怕就在于作家们在写作过程中过分地或者说只是一味地进行所谓的宏大叙事,而从根本上忽略了更能够见出人情冷暖的日常叙事的缘故。我们都知道,与工业题材小说的备受冷落形成鲜明对照的,乃是乡村题材小说创作以其骄人的成就特别引人注目。在我看来,乡村题材小说创作的成功,很大程度上正取决于其中占据了绝大部分篇幅的日常叙事。也因此,一条切合艺术规律的表达就是,工业题材的小说创作要想获得相应的思想艺术成功,必须先做到宏大叙事和日常叙事(更进一步说,还应该想方设法使日常叙事成为文本的主体部分)的有机结合。

由宏大叙事和日常叙事的有机结合这个角度来考察阿莹的《长安》,就可以发现,从大的层面来说,小说是由两条结构线索组构而成的。一条是可以被看作宏大叙事的长安机械厂由无到有,由小到大,由弱变强的发展历程。另一条则是可以被看作日常叙事的包括爱情、婚姻等所谓家常事、儿女情在内的关于军工人日常家庭生活的描摹与状写。如果再做进一步的条分缕析,那么,日常叙事这一条结构线索又可以被切割为两个部分。其中一个部分,是忽大年、靳子、黑妞儿他们三个人之间长达数十年之久的复杂情感纠葛。另一个部分,则是忽小月和连福之间爱情上的那些恩恩怨怨。这样看来,整部《长安》的主体故事情节,就是由长安机械厂的发展壮大,忽大年、靳子、黑妞儿他们仨人,以及忽小月和连福两人的情感纠葛这样的三条结构线索以相互交织、彼此交叉的方式而循序渐进地向前推进的。既然三条结构线索中有两条都属于日常叙事,那么日常叙事在《长安》中的主体地位当然不容置疑。然而,需要特别提及的一点是,在这三条结构线索之外,阿莹更有对于当代若干场小规模战争的巧妙整合与嵌入。《长安》的主体故事时间从第一个五年计划(1953—1957年)开始,一直延续到了改革开放大幕即将开启的1978年十一届三中全会前夕,前后加起来将近三十年的时间。在这期间,先后发生了三次小规模的局部战争。阿莹的一个值得肯定处,就是运用艺术智慧,把这三次小规模的战争全都有机地编织进了小说的主体故事情节之中。第一次是发生于1958年的炮击金门事件。当时,忽小月刚刚从苏联的图拉受挫回国,正在接受惩罚,内心特别郁闷。就在这个时候,连福的押运搭档马柱子突然因椎间盘突出发作而无法出行执行任务,这就给忽小月女扮男装后的顶替出行提供了一个绝佳的机会。当时,连福和忽小月坐在不见天日的闷罐子车厢里一路南行,最终把长安机械厂生产的炮弹及时地从大西北的西安运抵地处东南沿海的福建省海防前线,并在那里亲身感受了一场现代炮战的紧张、激烈氛围:"话音刚落,一串串信号弹从前方冲上天空,划出了一道道平行的轨迹,顿时火炮山呼海啸般响起来,脚下的大地也开始摇摆,间或夹杂着尖利的哨声,直把押运员们惊得目瞪口呆。按说他们也在靶场听过炮响,可那是打炮试验,人有充分的精神准备,一发打过,二发准备,这种万炮齐发的感觉,真是惊心动魄啊,把五脏六腑都要震散了。"第二次是发生在1962年的中印军事冲突。那一次,因为涵洞泄水事故处理不当的缘故,忽大年竟然变成了一名"内控右倾"的干部。满肚子不合时宜的忽大年,一时兴起,想着要进京去面见阔别已久的老首长成司令,强烈要求离开恼人的长安机械厂,重新回归部队工作。没想到,成司令却当场给他布置了一个新的任务:"我现在告诉你一个天大的机密,中印边境要有一场大仗,考虑到你是兵工厂的领导,军委可以任命你为火炮保障队临时队长,原来的队长节骨眼上胃切除了,由你全权代理队长职务。"就这样,曾经有过多年征战履历的忽大年,又一次身临炮火纷飞的战场。由于在紧急关头火炮突然出现故障需要维修,忽大年便带着同样来自长安机械厂的技术员毛豆豆迅速赶到了火炮阵地。没想到的是,问题虽然得到了解决,毛豆豆这个年轻的姑娘却因为身中流弹的缘故而永远地长眠在了祖国的西南边陲。第三次局部战争,也即珍宝岛之战发生的时间,是1969年。由于忽大年为了完成反坦克火箭弹试验而矫造绝密任务,北京总部可能要追究责任,在与田野协商后,他便随车押运最新研制出的火箭弹前往东北乌苏里江中俄边境的珍宝岛。这一次的核心故事是包括部分海军在内的我军边防部队怎样履行连福的建议,最终想方设法从乌苏里江的江底把一辆被我军击沉的坦克拉上岸来。一部以军工人为主要表现对象的长篇小说,为什么一定要把先后三次发生的局部战争嵌入进来,关键原因在于,兵工厂与战争之间有着不可分割的内在关联。如果没有战争或者战争危险的存在,那么,兵工厂的存在就毫无意义。阿莹之所以要在《长安》中把炮击金门、中印军事冲突和珍宝岛之战全都纳入文本的叙事范围之中,就是为了更加充分地凸显如同长安机械厂这样的兵工厂存在的意义和价值。这样一来,三次局部战争的巧妙嵌入,也就变成了《长安》中的一个小结构。无论如何,能够在一部体量颇大的长篇小说中,既有大结构,又有小结构,二者有机结合的结果,就是整体艺术结构的宏阔与繁复。很大程度上,也只有如此一种宏阔而繁复的艺术结构,方才配得上《长安》作为一部长篇小说的庞大体量。

　　然而,尽管《长安》在题材的择定上有着非同寻常的重要意义,尤其是从对军工人的深度透视与表现上,它甚至带有不容忽视的替补空白的突出价值,但这也仅仅是我们衡量评价这部作品的一个方面。与题材领域的替补空白相比较,因为小说无论如何都是一种人性世界紧密相关的文体形式,所以,我们更看重的一个方面,其实就是作家对人性世界的理解与勘探是否真正做到了宽广与深邃。由于在小说这种文体形式中,作家对人性世界的挖掘与表现往往会集中体现在人物形象的刻画与塑造上。因此,一篇小说,尤其是一部长篇小说,衡量其成败得失的一个关键之处,就一定要看它能不能刻画塑造出若干个生龙活虎的人物形象来。阿莹《长安》思想艺术上的一大值得肯定之处,便是相当成功地刻画塑造出了一系列令读者印象深刻的人物形象。忽大年、忽小月、连福、黄老虎、钱万里、门改户、黑妞儿等,毫无疑问是其中最有代表性的几位。先让我们来看共和国军工人的杰出代表忽大年。对于忽大年这一人物形象,我们应该把他放在工作与情感两个维度上来加以考察。从工作方面来看,忽大年最突出的特点,就是建立在敬业基础上的为中国军工事业的发展而尽职尽责。在解放前曾经在血雨纷飞的战场上经历过很多次战斗,有着一种浓得化不开的战争或者说军人情结的忽大年,根本就没有料想到,自己竟然会被上级机关安排到西安去担任八号工程的总指挥:"解放那年,部队正在贵阳大山剿匪,他突然接到命令火速赶到西安参加培训,他以为部队要接手什么新式装备,就兴冲冲骑马坐车赶去了。"没想到,培训来培训去,到最后,他竟然会被培训人给看上,"一纸巴掌大的调令,让他脱了没穿几天的黄呢军装,戴上了八号工程总指挥的帽子。"尽管满心的不情愿,但军人那种以服从命令为天职的特性,却还是迫使他规规矩矩地跑到京城参加了有高级领导亲自出席并发表重要讲话的动员会。

在会上,高级领导特别强调:"现在,不光打仗的枪炮是外国造的,就是螺钉、灯泡、三轮车,咱们也生产不了。如果不能改变这种局面,建立自己的工业体系,咱们用鲜血打下的江山就会拱手让出,甚至会被地球人开除球籍!"也正是在这个会议上,忽大年第一次知道了"第一个五年计划"这个崭新的政治语词。也只有到这个时候,一直都还蒙在鼓里的前军人忽大年方才彻底搞明白,原来自己担任总指挥的八号工程是一个由苏联援建的装备项目,是一个专门生产炮弹(后来又进一步升级为火箭弹)的兵工厂。或许因为这个兵工厂建在西安的缘故,最后也就被顺理成章地命名成了长安机械厂。而忽大年自己,也由最初的八号工程总指挥变身为长安机械厂的掌门人——首任党委书记兼厂长。也只有到了这个时候,内心里一直牵挂着部队的忽大年方才彻底死了随同自己所隶属的一七〇师一起踏上朝鲜的土地抗美援朝的心,而他随后得到的,乃是一七〇师在朝鲜战场上出师不利、折戟沉沙的不幸消息:"所以,他眼睁睁看着一七〇师雄赳赳跨过了鸭绿江,又明明白白听说全师将士梦断汉江,这变成了他平日最为忌讳的话题,好像他能活下来就是一个罪过,一有闲暇满脑子胡思乱想直掉泪蛋子。"正如同你已经注意到的,从此之后,一七〇师在朝鲜不期然的败绩,就彻底成为忽大年无论如何都摆脱不了的一个精神情结。他之所以在后来的兵工厂生涯中,无论遭遇什么样的困难,到最后也都能够坚持下来,很大程度上,正是因为内心里的如此一种莫名羞愧心理充分发生作用的结果。这一方面,最典型的一个例证,就是忽大年在"文革"后期遭受批判身体发生问题,差不多如同植物人患者一样,长时间卧床昏迷,不省人事的时候。尽管说当时植物人忽大年曾经先后两次创造过睁眼的奇迹,一次是听到黄老虎领着一帮人宣布他被迫卷入的梅花党一案,经审查被认定为是一起彻头彻尾的冤假错案;另一次则是在听到哈运来告诉他,火箭弹已经定成连级标配的时候。但忽大年到最后能够彻底醒来并恢复成为一个拥有正常工作能力的兵工厂厂长,却还是与黄老虎趴在他的耳边所真切讲述的一七〇师当年在朝鲜战场上遭遇败绩的具体情形紧密相关:"黄老虎的眼泪滴滴答答,全掉到老首长胳膊上了。这个惨烈的过程,以前他有过断断续续的透露,但从没像今天说得彻底,这显然是一块又厚又硬,一揭就流血的伤疤啊!""然而,这个已经有些遥远的悲壮故事,确凿给了忽大年强烈的刺激,他好像也在期待这个讲述,嘴巴微微张开了,小拇指不停地抖动,眼角居然一直在汩汩流泪,眼皮像是被泪水冲开了缝隙,透出了一缕极亮的光斑。"由以上细节不难看出,虽然早在建国初期就已经离开了部队,但曾经有过长期军旅生涯的忽大年内心深处却还是有着一种浓得化不开的战争或者军人情结。从根本上说,忽大年之所以能够在长安机械厂坚持这么多年,无论顺境逆境都会拼尽全力地完成劳动生产任务,也正是他内心深处所沉潜着的这种战争或者军人情结充分发生作用的结果。

事实上,身为兵工厂厂长,忽大年的先后几次罹患"错误"遭受组织纪律惩处,也都是因为他要千方百计地排除各种困难完成武器装备生产任务。第一次是涵洞透水事故的处理。涵洞透水事故发生后,为了不影响生产任务的完成进度,虽然已经有连福在一旁提醒小心提防塌方事故的发生,但一时心急的忽大年还是不管不顾地坚持以人工"抽水"的方式迅速排水。也正是怕什么偏有什么,没想到的是,透水事故果然发生,包括成司令的爱子卢可明在内的三位工人不幸牺牲。一方面由于事故的发生,另一方面,也由于工人下洞前,以前做过和尚的满仓曾经跪地磕头祈祷,忽大年未曾出面制止,两罪并罚的结果,竟然是被暂停厂长和书记的职权,下放劳动,以观后效。第二次"绝密任务"事件发生的时间,已经到了两派群众组织呈你死我活对立态势的"文革"时期。这一次,刚刚从被批斗的"牛棚"里解放不久的忽大年,为了能够压服对立的两派,使得两派群众都能服从自己的指挥,全力以赴地投身于武器装备的生产,忽大年竟然想出了一个矫造"绝密任务"的绝招:"为此忽大年特意召开了一个有两派头头参加的会议,宣布工厂接受了一项'绝密任务',若有贻误,严惩不怠!兵工厂是有传统的,但见'绝密'字样的指令就会无条件服从,一屋人竖着耳朵静静听着,手上的笔不停地抖动,生怕漏掉一个关键词,一场空前的大决战即将来临了。"到后来,也正是因为有了"绝密任务"这样一个极好的由头,田野竟然还把"历史反革命"连福都借调回厂以攻克技术难关。然而,忽大年无论如何都不可能料想到,虽然自己在极其困难的情况下想方设法完成了相关武器装备的研制和生产任务,但北京总部对他的矫造"绝密任务"一事兴师问罪,追究责任。他后来莫名被迫卷入所谓梅花党一案,从根本上说,也与"绝密任务"的矫造有着无法剥离的内在关联。第三次事件发生的时候,已经到了"文革"结束,但标志着改革开放历史时期开启的十一届三中全会尚未召开的时候。他这一次的"罪过"是挪用生产资金筹建新靶场。忽大年之所以要以这种"违规"的方式来积极筹建新靶场,乃是为了圆满地完成二代火箭弹的试验任务。但他同样没想到，这样的一次把打酱油的钱先用来买醋的资金挪用，竟然也会成为相关上级部门"整治""收拾"他的理由："呵呵，现在看来，迁建靶场的决策完全没有错，那尚仁义逢人就说，靶场人应该给他磕三个响头，两月前一场百年不遇的暴雨，冲下来一股罕见的泥石流，不光把老靶场冲毁了，还把国宝石刻也给埋了，想想都是一个后怕哟，如果靶场不挪地方，二代火箭弹的定型试验就一定泡汤了。可是，那些来找麻烦的人是不会管这些的，只会搜罗问题比照条条框框，然后拿出个处理意见来。"从以上所罗列的事实来看，忽大年所谓的三次错误，除了第一次似乎他的确犯有一定程度上的指挥不当（后来的事实证明，涵洞漏水事故的发生，主要原因其实是临近的高楼村村民违规掏洞所导致的结果）错误之外，另外的两次不仅算不上错误，反倒应该被理解为他在以特别的人生智慧巧妙处理着工作中的难题。原本应该被点赞的行为，结果却遭到了不应有的批判和否定，只能说明包括工厂管理制度在内的社会运行机制还存在一定的问题。从这个角度上来说，借助忽大年工作过程中的这些"不幸"遭遇，阿莹一方面固然表达着对存在着一定僵化性的社会运行机制的尖锐批判，另一方面却也热切地呼吁着对不合理的僵化社会运行机制进行迅即的改革。而这，很大程度上也就构成了对即将到来的改革开放时代的艺术呼应。

从情感维度来看，忽大年所面临的困扰，一方面来自夹在靳子与黑妞儿之间的左右为难，另一方面则来自有着桀骜不驯个性的妹妹忽小月。离开位于山东半岛的家乡黑家庄参加革命之前的忽大年，曾经和会那么一点武功的黑妞儿有过一段短暂的婚姻。想不到的是，或许与他傻乎乎地一定要在新婚之夜咬黑妞儿屁股一口的誓言，并因而受到了黑妞儿以一双恐怖的手掌相威胁有关，反正他在连着和黑妞儿同房两个夜晚的情况下，都疲软不举，男人的雄风荡然无存。倍感羞愧的忽大年，在给黑妞儿留了一张自以为是的"休书"之后，一个人趁着夜色逃离黑家庄，赶到遥远的太行山，加入了抗日游击队，成为革命队伍中的一员。等到作战勇敢的忽大年经过数年历练成为团政委的时候，却在一个偶然的机会发现，跟随着自己的勤务兵靳小子竟然是个如同花木兰一样的女扮男装的女兵。多少有点出人意料的是，忽大年和靳子，一个以为自己不具备男人的能力，另一个则怀疑自己因负伤而失去了生育能力，结合到一起之后，竟然相继生下了忽子鹿和忽子鱼两个愣头小子。"等忽大年转业到八号工程的时候，忽子鱼马上三岁，忽子鹿已经五岁了。"但也就在这个时候，自以为早就和自己没有任何干系了的黑妞儿,不仅一个人单枪匹马地找到了西安,而且还在连福的帮助下进入长安机械厂成为一名军工人。黑妞儿的意外到来,顿时使踌躇满志的忽大年陷入了情感的双重夹击之中。一边是曾经和自己有过短暂婚姻、信誓旦旦地成为自己大老婆的黑妞儿,另一边则是已经和自己育有二子的靳子。身为战场上视死如归的英雄,工厂里指挥若定的当家人的忽大年,面对着这两位不断"争风吃醋"的女性,一时间陷入到了手足无措、难以适从的状态之中。关键的问题在于,他们三个人之间剪不断,理还乱的情感纠葛之外,妹妹忽小月的执意和后来被错误地打成"历史反革命"的连福谈恋爱,以及因此而带来的工作上的备受打压,也对忽大年的心理世界产生着严重的困扰。忽大年和忽小月兄妹之间产生冲突最激烈的表现,就是盛怒不已的忽大年,竟然手握铁锹,意欲"活埋"自己的亲妹妹忽小月。毫无疑问,正是在以家庭、婚姻为主体的日常生活叙事中,作家阿莹方才不无深刻地揭示出了工作中的强者忽大年内心里柔弱、焦虑却又充满着良善的性格特征。

能够与忽大年这一形象相映成辉的,是他的亲妹妹忽小月这个带有突出悲剧性色彩的女性形象。但要试图分析清楚忽小月,我们就必须首先对和她有着紧密关联的连福这一形象有所了解。在很大程度上可以被看作是长安机械厂一位难得的技术高手的连福的不幸在于,在一个特别看重个人出身清白的中国当代社会,他的出身却有个甩不掉的"尾巴",那就是,在解放前的东北,他不仅曾经在日本人的兵工厂里工作,而且还因改进了炮弹生产工艺得到过日本人的嘉奖,被奖励了一个少佐军衔。如此一种在连福自己看来只是解决生计问题的工作经历,到了已经被所谓阶级斗争的思维方式完全左右的黄老虎他们的眼里,就成了罪不可赦的严重历史问题:"这个连福帮助日本鬼子革新,不知造成了我军多少伤亡,绝对是肃反漏网的反革命,枪毙十次都不冤枉!"正因为忽小月不经意间爱上的竟然是这样一位有严重"历史问题"的技术高手,所以她此后一系列人生劫难的遭逢,也就无论如何都不可能被回避。首先值得注意的是,面对着来自哥哥的坚决反对,忽小月摆出了一副坚决要跟连福恋爱到底的坚强决心:"忽大年面对妹妹苦口婆心:之所以没有给他戴手铐,那是长安恰巧用人之际,如今成司令坐镇北京,守着鸡屁股掏蛋吃,所以才把他留下来,是让他戴罪立功,绝不是历史问题一风吹了。可妹妹并不买账,还摆出一副殉情的架势说:你一个当哥的,凭什么管我的事,只要连福没戴上反革命帽子,我就要把他拉回到革命队伍中来。"忽小月如此这般地固执己见,忽大年才千方百计地想要把他们俩彻底拆散。他之所以要特别安排被称为小翻译的妹妹忽小月随同焦克己一起到苏联的图拉市去实习,正是想着利用离别后时间的漫长而拆散他们。然而,满脑子如意算盘的忽大年,根本就没有料想到,自己的这种安排到头来反倒变成忽小月人生悲剧的一个起点。

由于忽小月不仅年轻漂亮,而且生性活泼开朗,她在苏联的图拉市很受苏联朋友的欢迎。但多少有点出乎忽小月意料的一点是,从国内和她一起来苏联实习的门改户,或许是出于内心的一种私慕,竟然以包打听的方式在暗中死死地盯住了她。也因此,虽然只是偶然间应邀去老莫师傅家过了一次生日,内心早已扭曲变态的门改户,却一个人神秘兮兮地跑上门去以团里有紧急事情为由硬生生地把她从欢庆的生日现场拉拽了出来:"忽小月玩兴正浓当然不想走,可门大眼那不容置疑的冷酷,让她感觉有大事要发生,便无奈地摊开了双手。"然而,等到她跟着门改户火急火燎地跑回驻地,方才发现门改户其实是在假传"圣旨",团里根本就没有什么紧急的事情。关键的问题是,事情并没有到此为止。由于门改户暗中诬告的缘故,忽小月竟然被迫提前回国:"后来,离实习期满还剩下三个月,突然间通知忽小月提前回国了。这是为什么?小翻译一听就蒙了。焦克己在跟她谈话时结结巴巴说,有人反映她实习期间行为不检点,为维护友谊,须回国反省。"但这个时候的忽小月,却无论如何都不可能想象得到,等她回国返厂后,等待着自己的到底是怎样的一种风暴。先是没有人接站,然后是宿舍的莫名被侵占,紧接着又是所谓的停职反省。如此这般一连串的打击,对于生性单纯的忽小月来说,当然难以承受。她之所以会不管不顾地以女扮男装的方式,不仅随同连福押运炮弹到遥远的福建前线,而且还在漫长的路途中勇敢地初尝禁果,尽享男女之欢,正是内心里难以排遣的精神苦闷发生作用的结果。面对如此一种情形,忽大年原本想着帮妹妹办一个假结婚证好遮人耳目,没想到适得其反,忽小月反而借助于这种结婚证更是肆无忌惮地与连福在一起打得火热。眼睁睁地看着妹妹在"邪路"上越走越远,忽大年万般无奈之下方才被迫上演了那出"活埋"忽小月的闹剧。问题在于,即使忽大年采取了这样的极端手段,也没有能够阻止已经被下放到熔铜车间成为文书的忽小月在"我行我素"的人生道路上继续走下去。

很可能是缘于她的翻译工作岗位,忽小月悲剧命运的最终酿成,与前来中国援助的苏联专家有着无法剥离的内在关联。除了实习期间被诬告而提前回国接受惩戒,还有另外的两个细节也不容忽视。一个是在陪同伊万诺夫赴乾陵参观时,他们不经意间曾经有过这样的对话:"老伊万却摇头:我听说西部地区已经饿死人了?忽小月没多想就说:我听说甘肃严重,关中还好,皇天后土,遇旱成祥。"没想到,就是这样一次无意间的对话,到后来,竟然会成为苏联《真理报》的报道依据:"后来他们站在无字碑下,眺望漫无边际的玉米地又感慨说,这么好的庄稼怎么会饿死人呢?忽小月急忙申辩:关中绝对没有饿死人。可她的话也不知是被风吹散了,还是被嘈杂声压住了,没有人在意她的解释。但在《真理报》随后对伊万诺夫的采访中,老先生依然说是听小翻译介绍,中国西部饿死了人,旁边还有他们在乾陵参观的合影。"而且,等到苏联专家撤走后,针对翻译工作中涉及工艺经验的一些问题,忽小月曾经数度写信给伊万诺夫进行请教,但她的这些信件,在那个阶级斗争的弦绷得特别紧的时代,竟然被公安部门认定为是试图传递军事情报。公安部门虽然没有抓捕忽小月,但要求长安机械厂将此人调离要害岗位。这样一来,也才有了忽小月的再度被贬,从熔铜车间的文书,变成了熔铜班的炉前工。正因为成为被公安部门控制的对象这一事件的发生,才使得忽小月在工作时一时恍惚,最终致使滚烫的铜水将她的整个肚皮都烧得血肉模糊。只要设身处地地想一想,我们就可以体会到,这么一连串的劫难和打击,对于年轻漂亮的忽小月来说,到底意味着什么。但即使如此,忽小月也仍然以一种坚韧的生命意志支撑了下来。

  关键的问题是,即使已经迭遭了这么一连串的痛苦打击,但忽小月的人生劫难不仅没有终结,而且还在稍后的历史阶段遭受了更加致命的打击。等到长安机械厂的工人们自发组织起来,分裂为以黑妞儿和门改户为领头人物的两大阵营,并形成严重对垒的时候,内心过分阴毒、凶狠的门改户,竟然张贴出了一张被命名为《请看隐藏在工厂角落兴风作浪的美人鱼》的大字报。这张煞费苦心的大字报分别从四个方面,以匿名的方式貌似"言之凿凿"地给忽小月致命一击。一是说她历史丑陋,在苏联实习时因勾引外国人而被遣返回国;二是说她立场反动,不仅与历史反革命分子勾搭成奸,而且还想方设法替对方遮掩罪恶;三是说她曾经倒卖长安资产;四是说她生活堕落,与多名男性鬼混。大字报最后的结束方式是:"像这样一个劣迹斑斑的人,还恬不知耻要对火箭弹研制说三道四,扰乱了大家的思想,给长安人脸上抹了黑,其实她的话没一句靠谱,持笔人一连写了三个惊叹号。"这么一张突如其来的大字报，给忽小月造成的，自然是一种难以承受的沉重打击："那笔画像柴火，那语言像青杏，居然把她进厂以来遇到的麻烦，一件一件抖搂了，就像把身上衣服一件一件扒下来，让她赤身裸体暴露在路灯之下，像被人一下子从空中狠摔地上，肚里的五脏六腑碰碰撞撞撞碎了，浑身的骨节也在咔咔撕响……"她的"胸口像有把刀子捅进去，咔嚓一声，扎到心口，痛得她哎哟一声，差点坐到地上，却不见血流出来。"正是在门改户大字报致命一击的情况下，已经承受过数次劫难的忽小月，再也支撑不住了。这张简直就是莫须有的大字报，变成了压垮忽小月精神世界的最后一根稻草。遭此致命一击后，对人生彻底绝望的忽小月，终于变成了一叶轻飘飘的羽毛，从高耸入云的烟囱上纵身一跃："她向前慢慢一倾，脚尖轻轻一勾，双臂竭力伸展开来，身体像大雁一样飘了起来，只感觉风声异常粗粝，心绪像从嘴里一下子飞出去了，飞得很高很快，向着深邃天空中那片彩色的云霞飞去了……"不知道阿莹自己在写作时的情况怎么样，反正我自己的情况是，先后两次认真阅读《长安》的过程中，读到此处，都情绪失控，禁不住潸然泪下。生性天真善良活泼的忽小月，到底何罪之有，到最后竟然落得个这么悲惨的人生结局?！很大程度上，阿莹笔下的忽小月，能够让我联想到俄国作家奥斯特洛夫斯基的杰出话剧《大雷雨》中的那位以自己的纵身一跃向黑暗的农奴制进行抗争的女主人公卡捷琳娜。我们都知道，俄国杰出的文学批评家杜勃罗留波夫，曾经充分肯定卡捷琳娜这一形象的积极意义，由衷地称颂她为"黑暗王国里的一线光明"。尽管所处的社会形态以及各自的命运遭际并不完全相同，但在我的理解中，以极大的勇气纵身一跃的忽小月，在某种程度上也可以被看作是"黑暗王国里的一线光明"。从根本上来说，拥有强烈自尊心的忽小月，是在以自己的决绝行为，对这个还不够完美的社会提出了一种强烈的抗议。忽大年、忽小月兄妹之外，诸如连福、黄老虎、门改户、钱万里等人物形象也都有不少可圈可点之处，但由于篇幅的限制，这里就不再一一展开分析了。

问题在于，建立在人性洞察基础上人物形象的成功刻画与塑造，也仅仅只是衡量评价一部长篇小说优秀与否的一个方面。从艺术形式层面上来说，阿莹《长安》一个不容忽视的方面，就是史诗性品格的建构。但在具体分析《长安》的史诗性品格之前，我们首先需要对究竟何谓史诗性有所了解。这一方面，比较有代表性的两种看法，分别来自王又平和洪子诚两位先生。在王又平的理解中,所谓"史诗性","可以说是中国当代文学批评中的最高级别的形容词,称道一部作品是史诗,也就是将这部作品置于最优秀的作品的行列。因此'史诗风范'在相当长的时期内作为一种文学理想一直为作家所企慕、所向往,形成了作家的'史诗情结'。当一部作品具有宏大的规模、丰富的历史内涵、深刻的思想、完整的英雄形象、庄重崇高的风格等特点时,便可能被誉为'史诗性'"。① 而洪子诚则认为:"史诗性是当代不少写作长篇的作家的追求,也是批评家用来评价一些长篇达到的思想艺术高度的重要标尺。这种创作追求,来源于当代小说作家那种充当'社会历史家',再现社会事变的整体过程,把握'时代精神'的欲望。中国现代小说的这种宏大叙事的艺术趋向,在30年代就已存在。……这种艺术追求及具体的艺术经验,则更多来自19世纪俄、法等国现实主义小说,和20世纪苏联表现革命运动和战争的长篇。……'史诗性'在当代的长篇小说中,主要表现为揭示'历史本质'的目标,在结构上的宏阔时空跨度与规模,重大历史事实对艺术虚构的加入,以及英雄形象的创造和英雄主义的基调。"② 尽管说两位先生的看法非常相似,相比较来说,我们却更愿意在洪子诚的意义上来征用史诗性这一概念。倘若我们遵从洪子诚的理解来衡量阿莹的《长安》,就不难发现,第一,从对"历史本质"深入揭示的角度来看,阿莹通过对长安机械厂的解剖式书写,试图形象展示出的,正是一部新中国兵工人为扭转和改变兵工生产的落后局面而努力奋斗的曲折历史。第二,从艺术结构的角度来说,正如同我们在前面已经指出的,《长安》这部长篇小说,不仅体量颇大,而且还采用了大结构中套小结构的嵌入方式。大结构和小结构二者有机结合的结果,就是整体艺术结构的宏阔与繁复。第三,无论是炮击金门、中印边境冲突、珍宝岛之战,抑或是"反右""大跃进""文革",乃至"文革"的结束,这些重要的历史事件,都可以被看作是重大历史事实对艺术虚构的强势介入。第四,虽然占据《长安》主要篇幅的都是和平时期的兵工厂工作与生活场景描写,但和平的日子里也同样会有令人充满敬意的生活英雄形象的生成。在我看来,无论自身的处境如何艰难,不管自己承受多大的委屈,也都要不管不顾地想方设法完成武器装备生产任务的忽大年,就可以被理解为《长安》中最具英雄气质的一位人物形象。从根本上来说,正因为《长安》已经明显具备了以上四个方

---

① 王又平.新时期文学转型中的小说创作潮流[M].武汉:华中师范大学出版社,2001:380.
② 洪子诚.中国当代文学史[M].北京:北京大学出版社,1999:108.

面的特征,所以断言它是一个史诗性品格非常突出的长篇小说文本,就是一个具有相当说服力的逻辑结论。

我在结束这篇文字之前,还有一点不能不指出,那就是作家阿莹对时间因素的故事化巧妙处理。小说尤其是长篇小说,作为一种与时间紧密相关的文体形式,如何交代出时间因素,也是我们应该加以考量的一个方面。阿莹的值得肯定处在于,他虽然通篇都没有出现过一个诸如1949或者1976这样明确的时间交代文字,但通过相关的故事而巧妙地暗示出了具体的时间背景。比如,第二章第三十五节这样的一段叙事文字:"葛茹平略一沉吟:本来,军品任务这么重,也不想动你,可是反右运动回头看,你的问题被翻腾出来,涵洞事故又刚好发生在运动期间……总之你撞到枪口上了。"由这段文字可知,导致忽大年第一次被停职的涵洞透水事件发生的具体时间乃是1956年。再比如,第三章第三十八节的开头部分:"人们似乎刚从甜梦中苏醒,饥饿的幽灵便越过了秦岭山脉。"仅仅是"饥饿的幽灵"五个字,就已经明确告诉读者,时间已经到了1958年"大跃进"的时候。正所谓"窥一斑而知全豹",仅时间因素的故事化处理这一点,就足以说明作家阿莹艺术智慧的非同寻常。

2021年12月19日晚0时40分许
完稿于汾西寓所

(作者系山西大学文学院教授)

阿莹散文的文学三域

王建华

一、岁月撄宁之域

庄子在《大宗师》篇中对人生之"道"有过一个哲学化的解释,"其为物,无不将也,无不迎也;无不毁也,无不成也。其名为撄宁。撄宁也者,撄而后成者也。"生命之真往往在历尽铅华之后才能顿悟,人生真谛的参悟有赖于岁月流逝之后的撄宁。童年经验则是透视生命的最佳视角,在阿莹的笔下,童年之域在往昔与当下的对视中次第展开,时间维度和生命维度融汇此间,成为考量其情感深度和文学经脉的一面视域,亦见证了阿莹散文的情感之挚与生命之诚。一如文论家刘勰所言,"情乃文之经",阿莹对童年的率真回忆和对家庭间默默温情的细微体察,乃至对"文革"伤痛记忆的精神历练无不是以情感的自然流淌为其散文脉络的。

(一)童年的乡土记忆

童年的记忆往往是和故乡、土地密切联系在一起的。尤其是生于二十世纪五六十年代的人都曾与田园、树林、花鸟有过亲密的接触。当时的中国还没有开始大规模的工业化和城市化进程,田园遍布、绿树成荫,那些璀璨的星空、清秀的山水滋养了那一代人正在成长的幼小心灵,他们对世界的基本体认也起步于农村和乡土。而童年的乡土记忆往往构成文学的永恒主题。正如罗马尼亚哲学家伊利亚德所说,"有乡土,我们才有自我认同"[①],才有文学创作的持续动力。而对故乡、土地和童年的一再回溯其实就是刘再复先生说的"反向意识"

---

* 本文发表于《中国现代文学研究丛刊》2014年第12期。

① Mircea Eliade. *The Myth of the Eternal Return:or Cosmos and History*,Princeton University Press,1971,p.79.

与"反向努力"。在对过往记忆的追述中,人的内心才能平静和单纯。阿莹的文字之所以能让读者忘我而神往就在于他记述了我们都曾经历过的时代和都曾拥有过的童年。

耀县西塬上的那间农家小院就是阿莹经常回顾的生命空间。这是他童年最喜欢的地方,这方小院里有阁楼、羊圈,还有一畦菜地,更有陕西人特有的白馍、辣子和大蒜。"孩童时最惦记的是每年秋里,家里收了柿子全挂在这后楼上,且编成了长长的串,黄橙橙的,一溜溜挂在那里,时有阳光从那木格窗上透过来,映得那秋果光亮馋人。"①这样的诱惑孩童是无法抗拒的,所以儿时的阿莹常会乘没人时去海吃这些黄橙橙的柿子,害得自己被爷爷骂,也被家人怀疑。出于对柿子的喜爱,阿莹还专门写了一篇以《柿子树》为题的文章。在和小伙伴们放羊的间歇,他会到柿子树下乘凉偷懒。城里来的他很羡慕小伙伴们能够躺在树杈上睡觉,有一次玩累了也爬到树上去休息,结果因为太累就睡了过去。哪曾想,"忽然只觉身下一空,实实地滚落下来,正巧落到两只羊背上,吓得我都不知道痛了,木木地爬起来站定,好一会儿才缓过劲来。"②童年的乐趣和可爱一览无余,也有和小伙伴们打赌输了吃刚刚发黄的柿子,吃多了被涩得无法入睡的记忆。孩童的思维就是这样单纯,因为喜欢,常常都会"吃得肚子撑了填不下才肯罢休"。这种乡下童年的生活真是一种美好、诗意的生活。也恰恰因着这种诗意,阿莹成了一个作家,正如前苏联作家帕乌斯托夫斯基所言,"诗意地理解生活,理解我们周围的一切——是我们从童年时代得到的最可贵的礼物。要是一个人在成年之后的漫长的冷静的岁月中,没有丢失这件礼物,那么他就是个诗人或者是个作家。"③凭借着这种诗意和对童年的回忆,阿莹带我们一次次回到了精神的故乡,醒悟到了生命之真。

童真、童趣是一个人生命形态的真实写照,快乐、健康、心态积极的人才会流露出这样的精神状态。生命之真在于能够从容地回归到老子说的"复归于婴儿"之境,童真者,生命之本真。一如李贽曾极力推崇的"童心"说,"童心者,绝假纯真,最初一念之本心也。若夫失却童心,便失却真心;失却真心,便失却真人。"(《童心说》)在当今这样一个"欲望燃烧"的时代,对金钱、物质的追逐很

---

① 阿莹.重访绿地[M].西安:陕西人民出版社,2008:40.
② 阿莹.重访绿地[M].西安:陕西人民出版社,2008:49.
③ [苏]帕乌斯托夫斯基.金蔷薇[M].戴骢,译.上海:上海译文出版社,2007:23.

容易让人失却童心和童真,能够心存"最初一念之本心"并不是一件容易的事。"天下之至文,未有不出于童心焉者也。"文章千古,文如其人,一个能写出如此本真童趣的人,内心之纯洁大抵不会差到哪里去。

老子云,"反者,道之动"(《老子·四十章》)。故土是一个人童年生活的载体,生于斯、长于斯,才会有生命的浸润,才会有魂牵梦绕的追忆。随着时世的推移,彼时、彼地、彼情都会慢慢地消逝于现实,但人世的历练会让人渐渐明白,彼时、彼地、彼情才是生命中最宝贵的精神记忆。文学的力量在于,这些过往的情感和记忆能够通过文字的追述再次回到当下,成为此时此刻真实的生命存在。可以说,故土见证了生命的存在,而童心和童趣则验证了生命存在的纯度。

(二)亲情的真切言说

人生的洞察和内心的广度往往依存于个体本身丰富的生命经历和家庭环境的影响,而对家人的回忆则可以让人在内心深处确立一种真正的存在感。在《重访绿地》中,阿莹记述了很多儿时生活中的亲人。

在获得第五届冰心散文奖的《饺子啊饺子》一文中,阿莹为我们呈现了一位中国式的母亲形象。阿莹的母亲擅长做各种馅的饺子,在肉食短缺的岁月里,阿莹的母亲会发挥智慧,想各种办法给饺子里加点油水,把猪油渣和白菜、芹菜掺和在一起做饺子馅,这种饺子"香口四溢""满嘴生津",看到孩子们吃得满头大汗,直喊"香、香"的时候,阿莹的母亲会边拍围裙上的面边眯眼笑。慈母都是这样的,有时也会额外地多给自己的孩子一些关爱。像大多数"爱吃鱼头"的母亲一样,家里饺子不够的时候,阿莹的母亲会把剩下的饺子皮擀开下到锅里,拌上辣子和醋坐在厨房的灶台边上一个人默默地吃起来。中国的传统女性就是这样任劳任怨,把美好贡献给别人,把辛劳留给自己。在别人遇到困难需要帮助的时候,阿莹的母亲总会及时伸出援手,邻居家来客人了做饭的火不大,阿莹的母亲会大方地招呼邻居来家里拿走自家辛苦捡来的煤球。

在阿莹成年之后,阿莹的母亲每周都会执拗地包饺子给孩子和孙子吃。阿莹开始也很是不解,后来一次在包饺子的时候,阿莹的母亲向他道出了其中的缘由,"你爸你妈老了,也不想吃啥了,饺子香不香,关键是心情。一家人围在一块儿多好啊,一边包一边说,非要吃什么米饭,准备一两天,吃完你们嘴一抹走了,连句多余的话都没有。"①年迈的母亲每周都包饺子其实期望的是能够和儿孙在一起团聚的欢乐和温情。亲情维系着家庭的温暖和融合,而母亲则是这份亲情的坚实维系者和守护者。母亲对待孩子的心态正如孟郊诗歌中所写的,"游子身上衣,临行密密缝。"寸寸柔情不在豪言壮语,只在孩子吃穿住行的每一个细节中。

书中除了有对母亲的真情叙述之外,还有对爷爷和父亲的深切追忆。在《中秋的夜》一文中,我们能够看到一个为一本撕碎的《欧阳海之歌》而熬夜为儿子粘书的父亲,《种地记》和《捡破烂》中有视劳动为享受的爷爷。正如评论家何西来在《满目绿意》一文中所评论的那样,"写亲情,写母爱、写父爱、写祖孙之爱、写亲子之爱,写夫妻之爱,都是生命的依偎和眷顾,都于朴实无华中见真纯,因而俱显绿意。"②在阿莹的温情追忆之下,这些家庭间丝丝缕缕的亲情吸引着我们去阅读、去感同身受,不经意间我们的心灵也因此被浸润。

(三)"文革"伤痛的深切反思

人生由一个个细小的事件累积而成,而文学对人生的思考往往依凭于对这些细节的重述。在《重访绿地》一书中,阿莹不仅追叙了童年掏鸟蛋、偷苹果这样的趣事,也记载了捡煤球、捡破烂这样的艰辛往事,更让人感叹的是这些往事发生的那个时代和时代留给阿莹的精神伤痛。

二十世纪五六十年代成长起来的那代人都不可避免地经历了"文革",那段生命中的独特经历不时出现在诸多作家笔下。与巴金《随想录》灵魂自白式的叙述不同,阿莹笔下的"文革"记忆主要以儿童视角为探照点,零星记述了"文革"时代的精神伤痛。

《两只袖章》中的白袖章和红袖章是痛苦和幸福、地狱和天堂的形象载体。白袖章是被专政对象的象征,红袖章只有根正苗红、政治路线正确的人才有资格佩戴。因着父亲佩戴着被专政标志的白袖章,给父亲送饭吃的阿莹看到父亲孤零零地蹲在墙根下,"双手抱膝,脸色发白",虽然父亲在看到孩子来的时候,悄悄地把白袖章上有字的一面转到了腋下,但是看到了白袖章的阿莹还是"体

---

① 阿莹.重访绿地[M].西安:陕西人民出版社,2008:9-10.
② 何西来:《满目绿意》,http://www.chinawriter.com.cn/bk/2008-09-23/33378.html

会到了一种迷乱的尴尬,一种绝望的悲凉。"①因为他是白袖章的儿子,即使是拿着稀有的足球和小人书来邀请小伙伴们一起玩耍,阿莹还是被伙伴们疏远了。这样的经历在阿莹幼小的心里留下的只有酸楚和不解,在没有人的教室里,他"趴在书包上哭了,哭声很小,很小,但泪水把那小人书都浸透了"②。"文革"的伤害不只是社会秩序的暂时紊乱、器物的打砸、帽子路线的上纲上线,更重要的是维系社会和人心的价值观念发生了颠倒和错乱。在那个极端的年代,一切都不再是正常的了,连小孩子也被那个大环境所熏染。那个时候,在孩童眼中,"红袖章就是欢乐,就是幸福,就是潇洒,就是前途。"③在这里,阿莹将"文革"的反思形象化地上升到了哲学的高度,指出了"文革"给那一代人所造成的难以治愈的精神伤痛和观念创伤。

当红色运动席卷中国大地、大字报被贴满大街小巷的时候,个人的未来和家庭的和谐都不再成为可能。在《中秋的夜》一文中,阿莹真实地记述了这种逼仄、压抑的生命体验。家里的五个窗户一夜间被大字报和小标语所贴满,屋子里整日笼罩在憋闷、窒息的氛围中,出门还要受到舆论的奚落。中秋节的月圆之夜因着对父亲批判的升级,家里迎来的不是欢笑,而是惊恐、争吵和哭声。这种灰色的记忆给阿莹的童年打上了苦涩的生命底色。

在对"文革"这个特定历史时期的叙事而言,阿莹笔下的文字不是声嘶力竭的控诉,也不是声调高昂式的情绪反应,他的文字简洁、干净、凝练、厚实,展现出的是一种温情和忧伤,生命的体温和岁月的褶皱都被他文字的温润熨贴得暖意洋洋。散文的生命不仅在于人和事的真情回忆,更在于展现特定人生境遇下的真实生存状态。阿莹的散文因为有了对于"文革"这段历史的真实记忆,才呈现出了极具精神深度的历史存在感和厚重感。

二、中西通观之域

清人钱泳在《履园丛话》中曾言,"大凡治事必需通观全局,不可执一而论"。囿于己者,难成大事。在全球化已然来临的今天,作为作家同样需要一个开放的视野,有了中西通观的比较,才会产生自觉的文化自省意识。《俄罗斯日记》和《旅途慌忙》恰恰是阿莹中西比较视野下的通观之作。这两本散文集有

---

① 阿莹.重访绿地[M].西安:陕西人民出版社,2008:13.
②③ 阿莹.重访绿地[M].西安:陕西人民出版社,2008:14.

着游记的见闻和观感,也有着文化哲思的症候,显微其间的是其细腻的文笔和深厚的文化底蕴。这两次异国旅途的人生经历为阿莹反观中国历史和陕西文化提供了一面可资借鉴的异域之镜,极大地开阔了阿莹观照现实的人生视野,也对其日后关注三秦文化和转向文化散文写作产生了不小的影响。

(一)对苏俄历史变迁的文化自省

红色情结是阿莹最真实的童年记忆和人生底色,虽然有痛楚,但是也磨砺了他的性格、定格了他人生思考的视野和方向。他们那一代人关心国家和时政的人生价值取向大多形成于彼时独特的人生经历。尤其是当时友好亲密的俄苏关系直接带来了俄苏文学在中国的繁荣,也深深地影响了那一代人的人生理想和文学观念,正如文学理论家钱谷融先生在《俄国文学的百年贡献》一文中所言,"我则可以说是喝着俄国文学的乳汁而成长的。俄国文学对我的影响不仅是在文学方面,它深入到我的血液和骨髓里,我观照万事万物的眼光识力,乃至我的整个心灵,都与俄国文学对我的陶冶熏育之功不可分。"[①]这种独特的人生经历和文学熏陶自然也深深地影响着阿莹,在《俄罗斯日记》后记中,阿莹也坦陈,"的确,俄罗斯的历史与我们中国的发展道路有着太多太多的联系,几乎在我们经历的每个阶段都留下了深深浅浅的烙印,更何况我就是在前苏联援建的一个军工厂里长大的,在我那幼稚的记忆里就积存了许多关于苏联的疑问和传奇,所以在俄罗斯的日子,尽管公务缠身,但我的目光却喜欢深入到街巷小屋树林河道去探寻。不过,那曾经在我们这代人内心留下的热情和梦想,依然会涌起共鸣和激动,……那红色情结始终在我胸中挥之不去啊。"[②]这种源于红色情结的探寻既是对童年生活的精神延展,也是对故去青春梦想的现实求证。然而,时事变迁,曾经盛极一时的苏联已然解体,精美、宏阔的历史遗迹带给阿莹的只是声声叹息。

莫斯科的阳光和百年前涅瓦河畔的隆隆炮声,交织在阿莹的眼前和心头,俄罗斯之行带给阿莹的感觉是沉重的。列宁墓引发了他对国家领袖的感叹和对高尔基、加加林等人的"复杂的感觉";胜利广场唤醒了他对战争的反思,"战

---

① 钱谷融.俄国文学的百年贡献[M]//陈建华.凝眸伏尔加:俄苏书话.南昌:江西教育出版社,1999:16.
② 阿莹.俄罗斯日记[M].北京:作家出版社,2004:152-153.

争没有眼泪,也是没有性别的啊!""战争,最痛苦的还是母亲!"全俄展览中心定格了苏联的国民经济成就,被阿莹称为"那凝固的历史"。在俄罗斯历史的重思中内隐着的其实是阿莹对中国历史进程的深刻自省,东宫博物馆中国馆的绘画见证的是晚清积贫积弱的惨痛记忆,圣彼得堡的恢宏壮丽映衬的是当代中国城市设计的杂乱无章。俄罗斯文学的厚重与忧伤穿越了俄罗斯历史的辉煌与没落,在字里行间幻化为阿莹自觉而深刻的自省意识。一如文学评论家李国平在《阿莹的文学品貌》一文中所言,"阿莹对俄罗斯过去和今天的解读,熔铸了自己对社会历史进程的思考。它是诗情和哲理的洋溢,但远远超越一般性的诗情和哲理的抒发,而是在一种沧桑和曲折中,在一种壮烈和神圣中,在对一种博大、坚强、苦难、忧郁、善良和牺牲精神的探寻中寄寓着对人类命运、对本民族历史进程的思考和期盼,对理想社会和未来生活的热切寻求。"①在《俄罗斯日记》中,时政、历史、文化融合为一,既有文学的形象描述,也有时政的评议和历史反思,同时还兼具文化的视角和中西、古今对比的维度,相较于当今散文创作的文气和矫情,可以说阿莹的《俄罗斯日记》为扭转这种虚浮文风有着积极的作用。"文以载道"的文学传统一直是深隐在阿莹作品背后的一根主线,故而他的作品充满了对历史和现实的深切关注。从这点上也能感受到关学大家张载"为天地立心,为生民立命"这一儒学思想对阿莹的深刻影响。

《俄罗斯日记》通过对俄罗斯大地上凝固的历史古迹进行反省和追述,在对克里姆林宫和阿芙乐尔号巡洋舰等充满历史记忆的文物古迹的亲近和接触中,阿莹在过去和当下、苏联和中国之间穿梭,描述了前苏联的辉煌与没落,思索了中苏文化间的差异和变迁,展现了阿莹散文创作的文化维度和历史维度。

当然游记中也不乏对当地导游、工作人员言语和动作细节的惟肖刻画,如摊贩老人的友好、俄罗斯女孩对爱情的大胆护卫以及俄罗斯青年保安的坦然索贿,既展现了俄罗斯人真实的生活常态和日常脉络,给读者一种身临其境的现场感,也凸显了阿莹描摹人物细节的细腻和风趣。

(二)欧游心路的中西通观

出版于2011年的《旅途慌忙》则是阿莹在"9·11"事件发生前后远赴欧洲

---

① 阿莹.重访绿地[M].西安:陕西人民出版社,2008:249.

的一段心路历程的真实记载。在这本文集中,阿莹真切地还原了"9·11"事件笼罩在心头的那种恐慌和压抑感,隐忧、茫然的情绪几乎贯穿整个行程。于是,曼彻斯特的秋雨清风、斯特拉福小镇的朦胧天空都被"9·11"事件带来的恐怖情绪所沾染。

其中不乏对历史和事件的精彩点评,如在拜谒莎士比亚故居提到了天才和庸才的区别,"人们记住的不是伯爵们胸前的徽章,而是艺术家创作的人物能够永远活在人们的心里!""作家的全部遗产都藏在他存世的作品里"①,这番话既是对一个伟大作家表达的敬意,也是对阿莹自己文学创作的一个砥砺。

泰晤士河岸展览馆馆员对中国人的歧视和差别对待让阿莹愤慨,面对大英博物馆被英国人掠夺来的中国文物,阿莹也不禁心生恍惚;而置身法国凡尔赛宫,回想《凡尔赛条约》签订,那曾经屈辱的神经被一次次撩拨起来;巴黎圣母院的游览激发了阿莹阅读雨果作品的万端感慨;法国人对历史的宠爱和呵护让阿莹对国内的无序拆迁心生隐忧;从英国到法国,再从袖珍大广场到罗马斗兽场,阿莹为读者展示了一条伟人和经典铺就的文化之旅,也让读者收获了这些文物古迹背后潜藏的珍贵历史细节。

在阿莹的游记散文中,既有着中西通观的视角,也有着开阔的文化视野和深厚的历史底蕴,更重要的是,他的这些散文中有他真切的情感投入,在平缓的情感叙述中,欧洲久远的历史和文化的褶皱次第展开。对于游记散文的写作,阿莹在《旅途慌忙·跋》中写道,"我以为游记是要有真性情的,必须要有作者真切的感触,或者曲折委婉、或者直抒胸臆,但都应该有大胸怀和大意境,而不应该只是个人小情绪的流露。"②因此他的游记散文真实而不做作,摆脱了文人的矫情和卖弄,精妙文字中流露出的是智者的达观和胸襟,给人以智慧的启迪和文化的哲思。文学评论家李敬泽也曾精当地指出阿莹之所以能够写出这样的文章,在于阿莹内心拥有"一种身处某个历史关头的胸襟怀抱"和"一种临大事而深远的眼光",故而,阿莹才能够在颠沛流离的旅途跋涉中淡定宁静地"看到了无尽岁月,也看到当下的人生"③。

中西通观的宏阔视野为阿莹的散文创作构建了一个超越往昔个人视域的

---

① 阿莹.旅途慌忙[M].北京:作家出版社,2011:9.
② 阿莹.旅途慌忙[M].北京:作家出版社,2011:134.
③ 阿莹.旅途慌忙[M].北京:作家出版社,2011:2-3.

写作高度,此间,没有徜徉于欧陆风情的闲适之意,更没有媚外的崇洋心理,而是立足于中西历史的文化差异,对这种巨大反差背后的深层原因做出了自省和反思。这种他乡之域的铺陈展现了阿莹散文深厚的文化底蕴和强烈的历史反思意识,也让阿莹的散文超越了个人情感的自我留恋,阿莹心胸中原本隐藏着的历史维度也因此得以开启,因着这个缘故,阿莹的游记散文有着历史的沧桑感和生命的浸润感;也因着阿莹工作的政务性,他的散文摆脱了一般游记散文的书卷气,而有了智者穿透现实的洞见和视野。鲁迅早年"别求新声于异邦"的启蒙之举历百年而新变,他乡之域的所闻、所感都在阿莹的笔端变换成为对中华文化和近代历史的对鉴与反思。

需要指出的是,由于旅途的匆促,在公务之余完成的《旅途慌忙》还是有一些不足的,其中的部分篇章阿莹下笔不够从容,即兴写作的痕迹时有隐现,一些需要发力深思的地方仅仅只是点到而已,没有得以进一步延展和深化,同时也因缺少时间的发酵,文本的厚重感和生命的积淀感也略显不足,欧陆各国那些富含文化信息和历史细节的风物名胜也因这种旅途的匆忙而略显单薄,缺少了那种交响乐般的立体和丰富,这不能不说是这部文集的一点遗憾。

三、往古今来之域

"往古今来谓之宙,四方上下谓之宇。"《淮南子·齐俗训》的这一哲思界定了时间和空间之于人类的宇宙论意义。时间的流逝中有着生命的消长和历史的存续。往古今来的变迁总会在作家的存身之所留下浓重的气息和痕迹,因而对本土文化的一再讴歌就成为文学的一个永恒主题。而在世界文学的千年长河中,留下声名的作家大多也是以其对本土文化的开掘和展演而成为典范,越是民族的才越有世界的生命力。对本土文化的体察和表达往往能昭示作家本人的文化自信和文学自觉。如果说前些年阿莹的散文创作着力于童年生活的深情追忆和旅途生活的感悟反思,那么,对往古今来陕西本土变迁和秦汉风物的关注与倾心则显示了近年来阿莹散文创作的新面向。

(一)陕西新变的细微捕捉

《走笔陕西》和《三秦四叹》把陕西近些年的新变化为我们做了概览式的深情解读,从曲江新区到大明宫遗址,从渭河治理到陕北的绿和陕南的夜,从陕西的路到陕西的人,在阿莹的笔下,陕西,不再是信天游和陕北老农式的刻板印象,而是氤氲着新绿和希望的美丽陕西、人文陕西。

从陕西古老秦直道的历史回想到二十世纪陕西公路的曲折难行,再到陕西高速公路网的完善和村村通柏油路的建成,《陕西的路》简单的一篇散文里,就沟通了历史和现实,甚至"明修栈道,暗度陈仓"的掌故和诸葛亮六出祁山的历史也都融汇在这篇小小的散文里,足见阿莹写作功力之深厚。《陕北的绿》让多年别离陕北的人连声惊叹,早年的黄土高坡转眼换上了绿装,这绿你牵我拉,勾连成片,在阿莹笔下成了"调皮小姑娘在努力隐藏着自己的秘密,羞羞答答地展示着自己的美丽",更像"一位待嫁的姑娘将自己的衣裙装扮得严严实实,只把青春和朝气洋溢在脸上,让所有的人都心生羡慕和梦想",而让阿莹感叹的,不是朱自清笔下那"小家碧玉"式的绿,而是陕北独有的"生命的绿""苍茫的绿""母亲的绿"。《陕南的夜》让我们看到了商洛那静幽幽美滋滋的夜,这夜,在阿莹笔下,是少女般的轻柔、朦胧,"这种夜,美得静谧,美得纯粹,美得都不敢高声随意,生怕惊跑了羞赧的夜光。"这样精妙细腻的描写不由让人想起李白那句"不敢高声语,恐惊天上人"的传神之笔。安康汉江边的安澜高塔相应着江边酒肆茶楼的声声高歌,汉中江边夜色中的"水上芭蕾",那喷泉如舞动的水上姑娘,热情、柔美。"青春作伴好还乡",大好河山的美景也会因生命的丰盈而多情。"我见青山多妩媚,料青山,见我应如是",辛弃疾的这句词说的无疑是实情。

在阿莹的笔下,陕西的人和事、夜和绿、景和路都有了温度和呼吸,也有了灵魂和血肉。笔带深情,只是因为这是他成长、生活着的土地。这种对现实和当下的关注鉴别着一个作家对待生活的态度,强烈的现实关怀和时代意识则是阿莹脱离情感私爱的展现和表达,这一点其实在其获得第三届徐迟报告文学优秀奖的《中国9910行动》中就已有绽现。在时代中成长,在文字中砥砺,文学和时代的关系在阿莹的作品中是亲密无间的。"诗言志,歌咏言",之于现实和时代,文学是需要发出自己的声音的,对三川五岳新变的叙写无疑展现了阿莹直面现实的热情和描摹现实的艺术实力。

(二) 长安风物的生命浸润

《长安风物》中提到的酒具、杂技俑、陶管、土坯和瓦当,还有古琴、瓷碗、箭镞,不仅展现了阿莹丰厚的文物知识和独到的鉴赏能力,也呈现出了这些风物背后的历史沧桑和人情故事,在阿莹的情感移入下,曾经刻板的历史事件和冰冷的文物在阿莹生动鲜活的叙述中变得富有情感和体温。

《酒具》中对爵杯所隐含的历史信息的琢磨和对周人饮酒场景的合理想象都令人叫绝。《陶管》中画家友人对陶管的冷落和遗弃让人扼腕。《古埙》的柔和音律和远古的精致让人神往。半枚朱雀《瓦当》让考古专家惊呼稀缺,而阿莹对云纹瓦当的理解更让考古界的呼先生拍案叫绝。阿莹独具慧眼购买了绘有精美画像的残损《瓷碗》,再次去购买剩下的残破瓷碗却遭到了店家的坐地起价。《箭镞》带我们穿越到秦代的长平之战,见识到了冷兵器时代的"旌旗在望,鼓角相闻",尤其他军工出身,这使得他对箭镞的理解能够回归历史的本相,在他看来,秦国之所以能够横扫六国,就在于秦国的三棱箭头"速度快前冲性好,跃入空中会勇往直前,血槽和倒钩更让人胆寒,扎向敌人的任何部位都是致命的。"①而赵楚等国的燕形箭头虽然形制优雅,但容易飘忽、准确性差,箭镞本身形制的差异则成了六国战败的一个重要因素。一个简单的箭镞就能生动地还原一段风起云涌的历史,这需要足够的艺术匠心和精深的军事素养。

《杂技俑》提及对陶俑产生和演变的评价也尤为精当,"我以为这陶俑的大量出现实在是人类发展史上一件值得肯定的事呢。要知道在这之前贵族们喜欢陪葬活人的,后来终于'良心'发现,认识到这种'事死如事生'的方式过于残忍,陶俑便应时而生了。而且汉唐以后陶俑越来越生活化,把世态百像都制做成俑,陪伴着主人在另一个世界里开心与忧伤。于是这些千姿百态的陶俑便成了汉唐风尚最生动的再现了,似乎今天认识汉唐生活可以从具象的陶俑开始。"②这段话可以看作是阿莹这些风物散文的一个注脚,他用生活化的叙事和情感化的关注赋予了这些历史文物生命化的还原,让封尘在博物馆里的冰冷器物变得生动、活泼起来,也让读者真实地走近了那已经远去的汉唐历史。

《甘泉宫游考》《九成宫叹》和《华清池的正面和侧面》在对历史遗迹的凭吊中再现了秦汉、隋唐细微的历史细节和历史事件,其中既有纵观古今的时空对话,也有繁华散去破蔽当下的怅然若失和深深喟叹。阿莹对这些"历史的痕迹

---

① 阿莹.箭镞[J].延河,2012(10).
② 阿莹.杂技俑(外三篇)[J].中国作家,2013(15).

与记忆"的搜寻"总能给那些对文化遗产倾注感情的朋友带来温馨的幻想"①，也带给了我们一次重新回顾历史、检省当下的契机。

甘泉宫外曾经被汉武帝宠极一时的钩弋夫人只落得一座四方锥型的小土丘，丘顶的几颗小树和四周的萋萋青草诉说着这位美人的哀怨和凄凉，让阿莹不禁唏嘘不已，感叹历史的无情和岁月的沧桑。通过对通天台和秦直道的走访，阿莹关于甘泉宫是军事重镇的几个观点和举证也令人信服不已。华清宫的探访，展现了一个曾经金戈铁马、励精图治开创盛世，也曾风流倜傥、钻研音律和戏曲的唐明皇。关中书院的走进，再现了书院沧桑的历史变迁，传达了以冯从吾和张载为代表的关学精神。九成宫的醴泉铭碑和慈善寺的佛龛也让阿莹回想万千，而被钢筋水泥覆盖的九成宫遗址更让阿莹怅然若失。

这些关于长安风物和陕西历史古迹的歌咏和喟叹显示了阿莹在散文创作上的自觉和主动。他在纤微的细节中，用生命的体温捕捉到了"曲径小桥上纷乱的历史脚步"，设身处地地窥视和还原了"飞檐斗拱里隐藏的历史谜底"。其散文创作走过对童年生活的深情回忆，历经对俄罗斯情结和欧陆风情的通观，回归到了对陕西本土现实、历史和文化的关注。这既是文化向心力的一种凝聚，也是阿莹对自身文化责任的主动担当。

时代和文化的变迁总会给人以一种沧桑之感，但宏大的历史叙事往往与读者的生命体验有着较远的距离，不免会带来隔靴搔痒的疏远之感，这也是很多文化散文和历史散文的通病。而阿莹的文化散文却能从业已风化的历史细节中发掘出可感、可信的故事和可触、可闻的生命，能设身处地还原文物背后的历史真实，这种自觉的创作意识无疑就是法国现象学家梅洛·庞蒂所说的处境意识。"如果哲学探索就是发现存在的首要意义，人们就不能离开人的处境来研究，相反，必须深入这一处境。"②梅洛·庞蒂对哲学的这一表述于文学而言同样适用，如果一个作家不能回归历史和现实的真实语境、不能展现生命的褶皱和脆弱，那么他的文学表达就是无力的。读者喜爱的作品应该既有生活的细节，又不乏历史和文化反思的哲学高度。而阿莹的作品则二者兼具，在生活的烦琐和历史的变迁中为文化散文找到了一个恰如其分的栖居之地。

---

① 阿莹.九成宫叹[J].美文，2012(10).
② [法]莫里斯·梅洛·庞蒂.哲学赞词[M].杨大春，译.北京：商务印书馆，2000：9.

四、结语

从《重访绿地》对亲人和童年的深情记述,到《旅途慌忙》和《俄罗斯日记》对异国风情和历史变迁的文化哲思,再到近年《长安风物》对汉唐文化的绵延歌咏,以及《三秦四叹》和《走笔陕西》对今日陕西变迁的深切关注,阿莹的散文创作历经童年和乡土的回望、英伦风情和俄苏沧桑变迁的中西对比、长安风物和汉唐古迹的文化关切,其步履纵横耀县和西安、跨越陕西和欧陆,这一串串的印记见证着阿莹人生视野的开阔和心胸见识的旷达。从早年情感维度力透纸背的传达,到周游欧陆历史维度的深刻反思,再到如今长安风物文化维度的自觉抒写,从中不难看出阿莹在散文创作道路上的主动探索和自觉,以及文风的日渐熟稔。

阿莹的文风见识深远、真淳淡然,在我看来,唯有历练的人生方能锻造如此,这远非那些醉心于文辞华美的作家所能比拟。其透彻明晰、圆润沁心的笔触,无不来自他在沧桑人世中的阅历。读其文,犹如面对一位见多识广、博学通达的智者。而这得自于阿莹对于文学与生活关系的真切把握,在一篇文艺评论的文章中,阿莹自己也说到,"我们常说艺术要接地气,而地气的凝聚首先是人民百姓。"① 作家红柯在《阿莹的创造力量和新的文学气象》一文中也曾指出阿莹散文创作的一个重要因素,"用文学术语讲叫地气,接上了传统中国的气脉,这是阿莹与陕西文学共同的元素。"② 在阿莹的作品中,他呼吸的是关中八百里秦川的土地芬芳,追求的是散文真诚真性的文学精神,承接的是中国文化中温文尔雅的谦和风度。

(作者系陕西科技大学设计与艺术学院副教授)

---

① 阿莹.站在中国人物绘画艺术的高地:试论王西京的艺术创新与美学贡献[J].艺术评论,2013(1).
② 红柯.阿莹的创造力量和新的文学气象[J].延河,2012(1).

一代军工，千载长安
——简论阿莹《长安》笔下的军工画卷*

王建华　杨欣涵

长安浩瀚久远的千年历史见证了历朝历代无数人的兴衰沉浮，阿莹生于三秦，长于长安，也服务奉献于此，在秦岭多年的军工奋斗是他叙写《长安》的坚实基础和独特优势。激情燃烧的岁月与风云变化的时代在他身上留下了深深的印记，他以自身的过往经历和生命体验为基础，用细腻温润的笔触书写了军工领域中众彩纷呈的人物图景，织就了共和国史上一幅可歌可泣、曲折发展的军工画卷。

一、工业题材小说的新拓展

作为一部创作于 21 世纪却又聚焦于建国至改革开放初期的工业题材作品，《长安》既远离了"十七年"文学与"文革"时期文学英雄主义取向而带来的理想化和脱离实际，也避免了新时期工业文学作品由于工业经验不足而导致的简单化和模式化。以往工业题材的小说创作囿于时代和环境的局限，都或多或少残留着意识形态和政治因素的影子，这一点在"十七年"文学和"文革"时期的工业题材作品中体现得较为明显。在工业题材小说创作的迸发期，"十七年"文学中涌现了一大批工业题材小说，从较为典型的艾芜的《百炼成钢》到草明的《乘风破浪》，从萧军的《五月的矿山》到周立波的《铁水奔流》，无不涌现着一种昂扬向上的革命理想主义气质，对新中国成立以来的工业生活致以了热情地讴歌。新中国成立后，面对战后的百废待兴和国弱民穷，为体现社会主义制度的优越性和谋求工业大国摆脱贫穷落后的目标，以此为出发点的社会主义改造深深嵌入了社会生活的方方面面，在此背景之下展开的文学创作因此也拥有

---

* 本文发表于《中国当代文学研究》2023 年第 2 期。

了此后作家们无法复制的生活经历和审美经验。

　　由于当时国情的现实需要,阶级斗争成为社会生活中无法避免的日常主题,故而涉及这一时期的作品往往都避不开阶级斗争的情节叙述,这一时期的作品更多偏向于表现工人阶级的斗争性和积极性,这一点在《长安》中也有所体现,连福政治身份的划定和工厂内部政治斗争的此消彼长等"文革"活动的描写叙述等都与此有关。此外,由于生产关系的落后和生产力的低下与赶超英美谋求工业大国的目标相矛盾,彼时小说中对工人生产积极性的描绘便显得多少有点不够真实。然而在革命理想主义的光辉照耀下,彼时的文学创作注重塑造被革命理想主义精神感召的工人形象。《百炼成钢》中的袁延发和《乘风破浪》中的易大光以及《钢铁巨人》中的郑心怀等工人阶级代表往往心怀国家和工厂生产,他们的行为中很少有消极情绪的出现,即便有所懈怠,最终也会在先进工人的影响下重新发光发热积极奉献。彼时的文学创作在"文艺为人民服务"的社会主义方向上倾注了作家们的无限热情,是服务社会主义国家建设的时代使命使然,有着较强的时代基因和意识形态归属,暗含革命理想主义和革命现实主义的政治文化审美结构。这也成为日后很多工业题材创作一以贯之的文学惯性。

　　而《长安》在处理这一建国初期至改革开放前夕社会生活和军工生产的时代主题时,阿莹尽可能摆脱了工业题材的文学惯性和意识形态的过分介入。从对"文革"题材描写的破局,到远离"高大全"式的人物设定,阿莹并没有将作品与政治化的信仰进行强烈关联,而是聚焦工厂内外个人生活的日常和心路历程,为我们客观呈现了一群鲜活而真实的人物群像。在小说核心人物忽大年的刻画上,阿莹没有刻意强调忽大年强烈的政治觉悟和伟大的革命理想,也未将其塑造成一个完美的军工领袖,而是将小说的重心放在忽大年心灵轨迹的描摹上。说起一七〇师逝去的战友,忽大年难掩愧疚;听闻金门登岛失败的消息,他悲愤不已;面对国家军事装备落后的事实则心怀不甘。部队血与火的生死经历,尤其是朝鲜战争和中印战场的残酷无情,让身为高级将领的忽大年意识到装备落后会导致战场上数万将士失去性命,军工强大是国家强大的坚实保障,进而激发了他献身军工事业的自觉追求。这不是空头口号造就的目标与信念,而是鲜血和耻辱铸就的精神烙印,时刻提醒着他不能止步退缩,即便身处逆境、疾躺病床,也不能阻止他对军工事业的不竭追求和对火箭弹研发的深切关注!

这也是阿莹之所以倾注心血刻画他们的原因,"我通过阅读我国以往的工业题材小说,感觉把国家意志化身为一种僵硬的形象很难让读者信服。因此,我在创作中注意将国家意志渗透到具体工作中去,以再现政治因素在主人公成长过程的作用……政治可以严肃冷峻,也可以春风化雨,我努力将这个特征融入到事件的肌理里,表现在具体的工作进程中,使作品人物在那个浓郁的时代背景下,一步步完成人格塑造站立起来。"[①]正是阿莹这种深入骨髓的军工理解和真实叙述,我们得以看到一个个像忽小月、忽大年、连福和黄老虎等一群活生生的血性军工人,他们也会自私,有劣迹,也会贪恋权力,会冲动不理智……也正是这些有棱有角、真实而不僵硬的长安人,支棱起了共和国坚实的军工事业,也支棱起了小说《长安》的人物新谱。

如前所述,以往的工业题材小说尤其是建国后的"十七年"和"文革"时期的作品,受时代环境与社会运动的影响较深,文学作品作为社会主义精神改造的重要途径,在涉及个体与群体及时代环境的社会关系处理时往往采用二元对立的单一结构,私人生活同步于时代发展,难逃社会生活的影响和裹狭。因此,彼时的作家们在人物塑造和情节构思的过程中,习惯将纷繁复杂的世间万物转化为文本中稳定的二元性结构,这种二元构架既是社会生活的基本构成,也是小说塑造人物形象的有效手段。这种叙事手法的好处在于,可以突显人物与社会之间难以调和的矛盾,譬如歌德笔下浮士德的灵与肉、理想与现实之间的二元难题,从而引发对其深层结构性意义的思考。"二元对立是产生意义的最基本结构,也是作品的最根本的深层结构。"[②]这一时期的文学作品似乎对二元对立结构有着异常的偏爱,呈现出一种不约而同的相似性,主要表现为人物描写上的单一化和简单化。通常,个体在工作、家庭和社会中的角色基本是一致的,工作中表现出的勤劳勇敢,也会在其他环境中呈现同一状态。与此同时,作品中往往会塑造一个与之相对的懒散懦弱或投机倒把的二元对立角色,进而实现对主题人物的赞美和对对立角色的社会主义改造。这种人物角色的设置往往会导致人物形象的扁平化和故事情节的单调,进而丧失对人性复杂性思考的可能。《乘风破浪》中有过官僚作风和生活出轨的厂长宋紫峰是通过与之相对的

---

① 阿莹.长安[M].北京:作家出版社,2021:470.
② [法]A.J.格雷马斯.结构主义语义学[M].吴泓缈,译.北京:生活·读书·新知三联书店,1999:178.

觉悟高和质朴勤劳的工人阶级才完成了思想改造和人生蜕变,《百炼成钢》中的主人公秦德贵勇敢不怕苦和聪明勤快的特点与袁延发的摆资历、小心眼以及张福全的个人主义、自私自大等形成了明显的二元对立。这些作品无一例外都呈现出以主人公为理想导向的正反两面和不同阶级及敌我之争之间的诸种二元对立。正因如此,这一时期的文学往往将"工人"塑造成"高大全"式的完美形象,使之成为整个工人阶级的代表,但这种处理却拉开了工人形象与实际生活的距离,抽去了他们的灵魂与血肉,而沦为性格单一、情感干瘪和叙事模式化的工业文学代名词。①

《长安》则尽可能尝试打破工业文学的这一常规叙述手法,力图将人物形象塑造得更加立体丰富和真实丰满。首先是在人物角色的选择定位上,主人公忽大年农民出身,历经多次战争洗礼成为高级干部并投身军工事业。阿莹并未将其定位为主流的工人阶级代表,也未将其片面美化,他有过不曾圆房的婚史,也有着性格上的缺陷。黄老虎尽职尽责的同时也会沉迷权力。忽小月纯洁善良,工作勤勉,但也会任性不理智。爱耍小聪明的连福没有信仰,明哲保身却会真心保护文物,重视情感。黑妞儿死缠烂打,思想保守落后但为人仗义,不离不弃。焦克己兢兢业业专心科研,在婚姻与人际关系上却常被人轻视。可以看到,阿莹尽力打破了工业文学人物塑造的常规手法,还原了工厂环境中人物应有的真实状态,对技术专家焦克己形象的刻画最为明显,他精于技术而拙于人事,真实而不做作。二元对立作为一种小说常用的手法结构,虽然无法彻底抛弃,但《长安》努力舍弃执着于个体与个体、阶级与阶级、光明与黑暗之间的常规二元对立,摆脱了工人形象的刻板模式,在人物的塑造上内化了光与明、黑与暗、复杂与真实,将人物塑造得更为真实立体,为我们构建了一组鲜活生动的军工"新人"群像。

得益于作者阿莹在军工企业的工作经历,《长安》为我们呈现了不同于以往工业题材小说的新使命。在西方工业革命的社会历史背景之下,工业题材进入文学创作视野,往往伴随着资本的剥削和机器的冰冷,欧洲十九世纪的作家们曾极尽批判之锋芒。而工业题材在此时的中国却呈现出截然不同的美学面相。建国初期,百废待兴,谋求国家强盛和建设工业大国成为举国愿景,在当时

---

① 于文夫.工业题材小说相关问题研究[J].小说评论,2014(3).

的文化语境下,艾芜笔下的浓浓黑烟和高大烟囱是繁荣和工业化的象征,滚烫红火的钢水可以比肩太阳照亮天际。直到现在,工业文明的发展程度依然是衡量一个国家强大与否的重要标准。而在建国初期,建设工业大国实现国家繁荣富强成为时代的迫切追求,由此诞生的一大批围绕工业生产而创作的工业题材作品无不展现着对新时代、新使命的强烈回应。

小说《长安》的创新之处在于,其题材选择突破了一般工业题材中的传统使命和主题呈现,不再是热火朝天的钢铁炼制,也不再是工艺精致的工业美学,而是聚焦隐秘于时代视野之外的军工行业。长安机械厂的使命之新在于其完成了我国军工事业从零到一的突破,实现了武器装备的拿来主义向自我生产自主研发的全面转型。阿莹的行业经历与经验也在一定程度上打破了此前工业题材作者们缺乏这类实践经验的创作限制,这一写作经验在阿莹另一篇描述秦岭深处研发导弹的舞台剧《秦岭深处》中有着更为详细的展现。行业之新,同时也带来了使命之新。从工厂紧急筹建初期缺技术没工人,到工厂建成炮弹制造走向正轨,从军工落后到炮击金门,从中苏关系恶化专家撤走到自行研发,从火箭弹到穿甲弹的迭代升级,长安机械厂的成长路径在一次次的困难磨砺与使命召唤之下越发清晰,也昭示着我国军工事业发展的步履艰难,《长安》为我们呈现出军工行业不同于农业和工业发展的新特征和新经验。正是《长安》"使命"之新,一代军工人的困苦与成长、军工精神与军工意志得以从幕后现于台前!

不论在题材拓展还是在叙事观念的转变方面,《长安》都呈现出了新的气象,弱化了此前工业题材小说创作中政治意识形态的强势介入,实现了工业题材小说向军工新领域的拓展,塑造了共和国时代军工人自强不息的新形象,展现了军工人砥砺前行攻坚克难筑牢国防的新使命。

二、军工群像的新塑造

在人物塑造方面,《长安》也有新的进展和创新。一是在长篇小说中首次塑造了军工行业中丰富的军工人物群像,这其中不仅是角色数量上的丰富,同时包括了人群之众多与人物阶层之多样进而所呈现的风格、意识和思想之丰富。二是摆脱了"十七年"与"文革"时期工业题材作品中人物不尽真实的诟病,在还原军工人的本来生活面貌和人性真实的同时,运用了一种类似英雄主义式的悲情人物结构,通过主人公忽大年的视角为我们突出呈现共和国第一代军工人心怀国家、坚守使命、攻坚克难、精益求精和勇于奉献的军工精神。

千年农业文明重农轻商、男耕女织的社会观念和自然经济法则一直支配着中国社会的发展方向,从建国初期至改革开放前夕,社会主义计划经济虽然在轰轰烈烈地不断推进,但小作坊生产与传统自然经济为主要经济来源的家庭经济结构仍然没有发生根本性改变,小农意识的生存土壤依旧在计划经济的时代变迁中稳固存在。小农意识的非主体性本质和保守性特点、小农经济的平均主义、自我人格的依附性和狭隘生活经验及思维方式等都广泛渗透在社会生活的各个角落。① 随着新中国的成立,从农业国家向工业国家迈进的社会主义冲锋号角不断吹响,这一代操持农具的农民群体在小农经济和计划经济的交织碰撞中面临着新旧思想观念的冲突,生活在古老黄土地上的所有人几乎都经历了前所未有的思想冲击,从农民到工人,从学生到政府工作人员,从军人到僧人,从男人到女人,他们的人生轨迹由此发生转折。正是这种新旧时代交替和变化发展的历史背景使得《长安》的人物群像塑造有了更多新的可能。

主人公忽大年便是一个意识复杂的杂糅型人物,在他的思想观念中可以明显感受到农民意识对其生活行为的主导。在以往家国一体的宗法政治结构下,家庭往往是国家的缩影,政治上的皇权主义伴随家国同构观念的潜移默化而在家庭呈现为无可争议的家长专制和伦理上的不可僭越与无法冒犯。同时,内心深处的思想保守、浓厚的血缘伦理与强烈的宗族意识在忽大年的行为与心理活动中都有体现。忽大年与忽小月兄妹二人不同的人生经历和命运波折,相互映照,反差强烈,名字中大与小的长幼有序,年与月的秩序轮回,性别上的男女有别(男尊女卑),阿莹的这一指称和构思讨巧而不失尖锐,彰显着耐人寻味的文学魅力和意涵深刻的文化指涉。

从小说中的人物塑造与心理描写来看,两人虽然是亲兄妹,但是在性格、为人处事以及人生经历上都有着较大出入,这也为人物的后续发展和兄妹关系走向埋下了伏笔。也许从忽大年送妹妹进入戏班走南闯北的那一刻起,这对兄妹的人生方向就已然注定。命运的神奇之处在于分别多年后两人于时代的拥簇中再次重逢,而由于性格和思维的差异,矛盾的爆发、关系的冷淡很快取代了相遇的惊喜,忽小月自杀离世后忽大年的愧疚与懊悔回应的是早年痛别忽小月时

---

① 袁银传.论农民意识现代化转化的具体道路[J].毛泽东邓小平理论研究,2002(3).

的不舍和担忧。最终，死亡结束了彼此命运的分岔。

　　无论是哥哥忽大年出于"替"父母教育妹妹而在韩信坟前欲活埋忽小月从而达到杀杀其锐气的目的，还是觉得忽小月与连福的所作所为有辱家门，都凸显着双方观念意识中的巨大矛盾与冲突。在妹妹忽小月一句"你一个当哥的，管得着吗？"的质问中，双方关系降至冰点。正是这些矛盾爆发所带来的关系"决断"，使得忽小月陷入无枝可依的凄苦境地，在周遭无端非议和异样眼光的逼迫下，那个曾经自由前卫、纯真善良和光鲜亮丽的忽小月逐渐湮没于命运不幸的敲打中，背负逼仄生存环境和心理负能的沉重压力，在长安这个八千人的大"村庄"中找不到可以依靠和生活下去的希望与动力，逐渐觉醒的女性意识最终落败于心理底色中的农民意识，一跃而下的自我了结取代了曾经以之为傲的追求和抗争。

　　对忽小月的死有着不可推脱责任的另外一个人则是心胸狭隘的门改户。他在小说中的出现本身便带有偶然性，从最初寄人篱下到阴差阳错代替姐姐进入军工厂，后来又在忽大年与黄老虎的权力斗争中左右逢源逐步攀爬为一个部门小领导，身份的转换并没有掩盖其自身性格和意识上的缺陷，反而在步入领导层后蜕变为夹杂着农民意识和小市民意识的阴暗杂糅体。即便为收集文物发财而招收门改户的连福也一定想不到门改户的人生会发生如此巨大的反差，从阴差阳错替人进厂，到最终用大字报逼死连福最爱的忽小月，阿莹在小说中早就埋下了伏笔。命运的轮回是如此凑巧，尽管门改户当上了办公室主任，但他代替姐姐进厂的幸运后来却成为他姐姐胁迫他的把柄。为了养活自己和姐姐两家九口人，迫于生计的门改户倒卖起连福私藏的文物。命运叵测，东窗事发，连福举报门改户倒卖文物，门改户因此锒铛入狱。再后来，出狱之后的门改户得知自己破坏的文物曾为周公所用，忽然顿悟，认为一切都是因果报应。面对家庭的压力、未来的迷茫和对周公的迷信以及所谓因果报应的醒悟，门改户最终选择了自杀。门改户的命运深深纠缠于他和姐姐的家庭关系之中。家，曾经给予了他人生的起始，因姐姐的养育而得以活命并进入长安发展，也正是因为姐姐，门改户每月一半的工资都要被拿去养活姐姐全家，以致两个家庭的经济压力迫使他倒卖文物最终走向死亡。而其入狱之后的表现却令人唏嘘，门改户宁愿背负一切罪名、跪地磕头，也要想办法让姐姐顶替自己进入长安工作。小说前半段中这个人物的所作所为令人不齿，而其命运将终时的初心回归又让人难生恨意。透过门改户的一生经历，能够看到渗透于大多数中国老百姓生活中宗族血亲之间的断舍勾连，自食其果的保守迷信和锱铢必较有仇必报的狭隘心胸，以及军工场景之外另一幅家长里短的真实百姓生活图景。

而连福这个因时代偶然性给予了门改户改变命运机会的人，其自身也在命运的垂青之下因一泡尿得以改变人生轨迹，后来又因这一泡尿所带来的日军奖赏而被戴上了反革命的帽子，连福生性淡然且命运颇具戏剧性，阿莹对这个人物的描写可谓是颇费笔墨。连福没有像主人公忽大年一样付出一切、呕心沥血的军工情结，也没有像满仓一样慈悲为怀、纯良质朴的济世之心。不同于小说中其他人物的情感常态，连福的深情和专一仿佛一股清流，而面对国家大事却绝不外传自己的"独门秘诀"。他精明却不世故，没有像忽大年一样的强烈国家意识和军工意识，也没有因袭浓厚的农民意识，更多的是一个以自我利益为中心的普通小市民，一心追求自己的爱情、财富、自由和未来，在命运悄无声息所泛起的涟漪中秉承着自我的简单和执拗，随波而漾。他生活在自己一心构建的自我圈限之内，不谙世故也不屑于与世故为伍，但他的自我不是鲁迅揶揄和批判的皮袍下压榨出来的那个"小我"，而是执着于简单生活没有妥协于俗世环境的自我。需要指出的是，阿莹笔下的这一人物形象虽然在故事情节的推动上起着不可或缺的作用，但其茕茕孑立略带出世精神的言行举止多少显得有点不够立体真实，这大概与现实生活中缺少其生成的精神土壤有很大关系。

除却主人公的亲情路线，主人公忽大年与黑妞儿的另外一条情感纠纷路线在小说中不时穿插迂回，呈现出另外一幅亦侠亦情的多彩图卷。作为小说中的初始变量，黑妞儿的出现既在情理之中又在情理之外。小说开篇，她是一个胆敢袭击绝密工程领导人的悬念人物，激发起读者一探究竟的兴趣，伴随对黑妞儿初来西安寻找丈夫未果举棋不定的心理活动描写，一个真实、戏谑的矛盾点得以迅速凸显。小说中还有一个与忽大年感情纠纷类似的人物钱万里，他出场不多，但每一次都能在关键时刻推动情节发展。二人都遭遇新旧两个老婆的情感纠纷，在小说中有着异曲同工之妙但又不尽相同。小说中通过这两段感情纠纷呈现出时代巨大变革所带来的思想割裂和观念冲突。黑妞儿的婚姻固然有命运的偶然与不幸，但作为曾经的黑家庄妇女主任，她对婚姻的执着并未随时间的流逝和时代新思想的到来而改变，旧有生长环境形成的婚姻观念影响并主导着她后来的行为。黑妞儿为了让忽大年承认自己是他的大老婆，居然想到逼迫忽大年在写着"黑妞是我大老婆"七个字的纸条上按手印,故而袭击了身为国家八号工程要员的忽大年,双方关系逐渐缓和后又不断给忽大年送东西,导致两次引发忽大年的婚姻危机和家庭争吵。黑妞儿对自己是忽大年大老婆身份的执着从未间断,即便是后来忽大年全家撮合她与黄老虎姻缘的时候也没有动摇过。让人难以理解的是,黑妞儿这个新时代曾经的黑家庄妇女主任,孤身跨越半个中国千里寻夫却只为争得一个"大老婆"的名头,并且期盼忽大年能和自己一起回黑家庄种田,宴请父老乡亲们。因煤气泄漏在澡堂昏迷,在医院醒来后首先想到是,"一个被男人看光了身子的女子,还怎么在世上活呀?"这一心理活动更是暴露了植根在黑妞儿内心深处根深蒂固的传统思想。面对另一次婚姻的可能抉择却死死坚守忽大年大老婆名分的执着原因并不难理解。无论黑妞儿是真的爱忽大年,还是因为忽大年偷看了自己身子因而必须与其结婚,又或是要完成黑爷爷所说嫁鸡随鸡嫁狗随狗的人生遗愿和道德歉意,究其本质而言,黑妞儿人生选择背后深隐的是农业社会沿袭已久的男权主义为主导的价值观和男尊女卑、夫唱妇随的婚姻观。活在男性目光注视下的女性注定是桑德拉·吉尔伯特和苏珊·古芭眼中的"阁楼上的疯女人",难逃沦为"第二性"的思想宿命。社会新旧交替所带来的观念更新并不是一朝一夕的易事,男女平等的新思想并没有伴随"妇女主任"入驻农村的社会主义运动而深入寻常百姓的头脑之中,对以农业和农村人口为主的传统中国社会而言,思想变革对民众的影响仍需时日。因时代处境和创作着眼点的不同,在新旧观念碰撞和相关故事情节的处理上,阿莹有意回避了赵树理在塑造农民先进形象上的那种尖锐批判性,笔触虽然温和却将读者的目光引向了女性思想何以形成的文化反思上。

《长安》军工环境所圈限的人和事虽然并非那个年代社会生活的全部,却是国家安全得以保障的中坚力量,少有人知却真实而充满力量。从驰骋沙场的战士到身居高位的政府官员,从脱离土地的农民到技术娴熟的基层工人,从大学毕业的科研工作者到充满理想斗志的杂志编辑,从被迫还俗的僧人到千里寻夫的妻子,从精明圆滑的小市民到为祖国牺牲的战士,从异国他乡的专家到天南海北的敌人,作者用充满温情与真实的现实主义笔触将这些不同背景、不同国别、不同阶级、不同身份、不同思想的众多人物形象付诸笔端,从一定意义上打破了工业题材小说人物阶层与人物类型教条固化的刻板印象。相较于"十七年"与"文革"时期工业题材小说的人物群像刻画,《长安》以一种更真实、广阔与细微的视角为我们塑造了更多生动鲜活的军工人物形象,同时透过这些不同人物的曲折经历将其牵涉的新旧观念冲突、阶层意识和生存状况缓缓地呈现在我们面前,勾勒出一幅丰富而真实的军工新图景。

在人物形象的具体塑造上,小说《长安》的叙述笔调充满温情,内敛克制的文辞表达中深隐着对命运和奋斗的悲悯。从小说中丰富的人物设定与小说剧情走向来看,在炮弹的研发上,整个长安机械厂只有忽大年与焦胖子等为数不多的几个人是全身心投入,竭尽微薄之力推动着军工事业的发展。小说中的其他人则由于各种因素的干扰而有着各自的追求和考量,黄老虎觊觎权力,门改户有着对于权力与生存的需要,连福注重于个人自我,忽小月执着于爱情,黑妞儿纠结于婚姻,满仓心无杂念虔诚信教,等等。这些军工事业之外的描述与刻画才最接近人生本相,他们有着来自生活中柴米油盐的生存压力,有着生命个体的基本欲望与生理本能,也有着各自所希冀的生活理想和人生追求,而不仅只是以往该时期作品中所呈现的几乎没有私欲与不同"想法"的"工具人"。也恰恰是作者对生命本身的尊重和对人物角色的本色理解,使得主人公忽大年的人生显得格外耀眼与悲情。耀眼之处在于,其对祖国军工事业的献身与追求超越了囿于各类基本欲望的同僚,将自身有限的生命投身于炮弹研制,哪怕是身处"牛棚",哪怕是职位被贬,哪怕是亲人相继离世都无法阻隔其内心对于军工的追求与军工精神的传承。而这也正是其悲情之处,放眼整个长安,似乎也只有他一人犹如英雄一般面对各种困难矗立不倒,政治运动的风波曾经压垮了他的肉体,却未将其精神压垮。无论何时,无论何境,他都坚守初心坚持奋斗。

> 靶道里的人全都看见了,一个老兵在山顶上铁塔般站着。
> 太阳钻进了薄薄的云层,似乎给忽大年披上了暖暖的戎装,他双手杵着一根枯枝,腰板挺拔,矍铄焕然,定定地端立在高耸的山梁上,注视着伸向远方的靶道,就像站在指挥壕里,手拿望远镜注视着冲锋陷阵的战士,就像站在办公楼的窗前,注视着赶来上班的长安人……①

小说结尾处第二代火箭弹试射开始前的这一场景描写无疑强化了忽大年

---

① 阿莹.长安[M].北京:作家出版社,2021:463.

献身军工的无悔一生。这位对军工倾注了全部心血,如悲情英雄般屹立不倒的长安灵魂人物忽大年,虽然不够完美,也未一味保持昂扬恢宏的人生基调,但在命运的苦难与历史的轮回中能完美恪守自己对军工事业的职责和使命,以无我之觉悟为有生之事业,将坚韧不屈、克服万难的军工精神永葆心间!

作者对这一代军工人心存理解之同情,用温情真实与合乎情理的笔墨使他们跃然纸上,言述其背后命运变迁之中难以严明的时代隐痛,国家意志与个人意愿之间的交织、摩擦,个人自我追求与粗粝现实之间的碰撞、撕裂。阶层变迁与历史轮回交迭,柴米油盐与欲望本能交织,那一道道背负在每个人物身上的枷锁与责任,那段困苦悲壮、勇毅前行的艰难岁月,激荡人心也令人唏嘘。这一群人在岁月的砥砺中奋勇前行,或波折或欢欣,或悲壮或慷慨,无数的他们在各自的命运流动中成长交织、延展汇聚,最终在历史的湮灭中籍籍无名。正是经由阿莹的如椽巨笔,拨开时代遮蔽的历史帷幕,生动再现了军工人真实而坦诚的内心独白,让我们看到了一个个真真切切的灵魂、一张张质地清澈的面孔。

三、军工本位的新叙事

工业与日常生活有着一定距离,大众也因其陌生而心存隔阂之感。这类题材小说创作面临的明显局限就是其题材远离生活和创作空间的有限。而创作上的空间狭窄极易使得小说文本陷入模式化和单调化的困境之中,不管是在曾经的"十七年"文学现场还是杰作迭出的当下,这都是扩大阅读面和获得读者进一步接受的一大阻碍。[①] 就题材类别而言,工业题材的独特属性限制了其创作空间上的其他可能,这与"十七年"与"文革"时期的社会背景也有很大关系,社会运动驱动之下的工业生产模式使得工业类题材的小说基本被圈限在与社会大众有着很大隔阂感的"工厂"场域之中。从采矿的矿场到炼制金属的冶炼厂,从流水生产线到轰鸣的机器声,"十七年"和改革开放以来的工业题材创作几乎都在几个往复循环的单调场景中进行着有限切换。时过境迁,社会外部环境的巨大变化不断开阔着国人的视野,文学创作的题材也逐渐多元。尽管改革开放初期的《乔厂长上任记》走出了"十七年"时期工业小说的"困境"并取得了一定的成就,然而与中国近四十年的社会巨变和工业发展不相匹配的是,工业

---

① 陈思广,廖海杰.十七年工业题材小说"成就不高"评价问题与反思[J].新疆大学学报(哲学·人文社会科学版),2017(6).

题材小说创作不断走弱,在急速变化的社会发展中渐趋成为边缘性的书写题材。直至今日,工业题材小说仍然是不大受作家和读者关注的"冷门"题材。

《长安》逆"冷"而上,将目光对准保障中国发展的国防军工。作者阿莹积四十余年的创作经验和人生体验,开新拓域,打破工业小说局限于"工厂"场景的陈规叙事,在工厂内外与政府机关、流水生产线与战斗前沿、军工研发与文物倒卖、异国留学生活与苏联技术援助等多个维度之间展开叙事,为工业题材小说提供了崭新的叙事元素和截然不同的生产生活新场景。

通过对"炮弹"这一军工物质产物为书写本位的叙事驱动,阿莹巧妙地将坐落于古城西安的"长安机械制造厂"的生产车间和工厂延展至天南海北,推进到前线战场,联通起国内与国外的跨国交流和"异域"生活。从空间维度来看,《长安》中不同环境的描写叙述除了最为常规的生产车间、宿舍与工厂,还囊括了东南方位的金门炮击战、东北方向的珍宝岛战役和西南边境的对印反击战。以金门炮战为背景的"铁路叙述"有机弥合了运送炮弹的故事主线与连福和忽小月的"车厢"爱情辅线之间的线路分叉,车厢与铁轨之间的哐当哐当声穿越天南地北,美好爱情的妙不可言与震耳欲聋的轰隆炮战交织其间,阿莹不动声色地将叙事场景从秦岭脚下的生产后方——长安机械厂转送至东南方的金门战场。

除了为读者首次侧面呈现共和国大规模炮击的壮观场景之外,小说《长安》在渲染连福与忽小月初次近距离面对战争之残酷和紧张的同时,也直观展示了从起初登岛失败到全面反击背后我国军工炮弹的成长。此外,在小说中期西南边境方位的对印反击战和小说中后期东北方位的珍宝岛战役中,阿莹也都采用了类似的叙事手法,借助"炮弹"这一物质载体的关联性叙事勾连并配合国内外风云变幻的政治局势和发展方向,从而将小说场景由生产的大后方前移至炮弹应用的战争前线,深刻揭示出"战争与和平"背后的军工逻辑。

从东南沿海的金门炮战到国内边境线对印反击战和珍宝岛战役的战争叙事是建国以来小说领域从军工视角对这三次战争的首次刻画,小说《长安》在当代文学史上"破局"之举[①]为类似题材的创作提供了可资借鉴的文学资源。在三次战争的具体描绘上,阿莹分别采用了不同的叙事手法。金门炮战没有直接描绘正面战场,而是延续连福与忽小月的情感主线和主观感知,透过二人在

---

① 肖云儒.《长安》的"破局"[J].中国当代文学研究,2022(3).

战争后勤部门的经历从战场外围为读者侧面呈现了炮火的威力和军工装备的重要性，这和荷马《伊利亚特》中的长老们站在城墙上谈论海伦之美的手法类似，不见其人而其威自显。对印反击战则是经由忽大年和毛豆豆惊心动魄的战场穿梭，在一老一少、一生一死和一输一赢的对比中正面描绘了瞬息万变的战场局势和战争的残酷。而写到珍宝岛战役之时，阿莹的写作重心在于强化军工人勇于奉献的军工精神，故而经由忽大年、连福和忽子鹿等人的侧面视角为我们展示了军工技术对于战争局势的影响。虽未正面直击战场热战，但从穿甲弹试射到从江中吊起坦克研究，阿莹以一种不同于金门炮战震耳欲聋的"无声"方式描绘了战争的紧张与压迫。三次战争的描绘分别从侧面与正面、战场新人与战场老兵、有声之炮与无声之技等多个角度展开叙事，妙笔生花，异彩纷呈，实为战争文学和战争叙事的一次新尝试。

此外，赴苏实习的"异域"生活新场景描绘也丰富了当代小说的创作视野。前苏联作为深刻影响新中国政治生活和军工产业发展的重要力量，是小说《长安》叙事中无法回避的一个历史事实。如何合理处理"苏联元素"在小说中的呈现，对作者阿莹而言是一个挑战。如果只是用爱情和家庭的一般性处理，那么势必会让小说落入年年岁岁花相似般的叙事窠臼。以往工业题材小说往往都会在小说中穿插安排一些拥有国外经历的技术工人典型，但大多仅仅只是在文中作为背景粗略一提，少有将其完整叙述呈现。

挑剔的读者需要新鲜的元素和独特的故事，作家们的创作也需要新的养分和经历来滋养。军工题材小说的独特性有待能够驾驭它的小说家出现，《长安》的成功和幸运在于，阿莹的人生经历和创作经历都足以支撑他完成这部鸿篇巨制。得益于阿莹俄罗斯游阅的经历，可以看到作者在尽可能地尝试打破工业类题材的空间桎梏，国内有天南海北的地域场景之自如切换，还有国际空间视野下的尝试性突破和苏联元素的引入。通过对中苏关系交好时期忽小月等人赴苏学习的描绘，阿莹成功地将叙述场景拓展至异国他乡的新环境中，即金门炮战的紧张氛围转换为异域风情的舒缓轻快。尤其是围绕忽小月靓丽衣着、生日聚会以及苏联文化等的细致描写，风格明快，张弛有度，叙事元素"中"中有"苏"与"苏"中有"中"，彼此交织，异域舒缓的节奏也为忽小月后续日趋紧张的悲剧命运埋下了伏笔。

建国后到改革开放初期，"文革"是无法回避的一段历史，很多作家们对此讳莫如深。在《中共中央关于党的百年奋斗重大成就和历史经验的决议》中，党中央对"文革"作出了明确的历史评判，指出其"酿成十年内乱，使党、国家、人民遭到新中国成立以来最严重的挫折和损失，教训极其惨痛"①。然而政治上对"文革"的重新认识并没有引发相应文学主题的创作，在涉及"文革"时期的小说中大多数作家只是把"文革"作为小说叙事展开的背景性因素，而未曾有直面"文革"历史的主题性写作。在这个问题上阿莹没有因题材敏感退而却步，而是将炮弹研发、忽大年的职位变动和忽小月的人生悲剧放置在受"文革"派系冲突的政治运动中进行了细致描绘，既展现了"文革"派系斗争的真实场景，也揭示了军工人迎难而上不移其志的使命坚守。

阿莹的勇敢尝试不仅突破了"文革"书写的禁区，也更新了工业小说的审美表达，提供了全新的审美经验。战争风云、文物倒卖、异国情调，这些新的场景和元素都突破了"十七年"与"文革"时期文学创作的经验和写作规范，在政治正确和主题先行的单一格局中实现了"重回现场"的真实再现。譬如连福与忽小月二人突破阶级成分的爱情以及二人于押送炮弹的火车上的肢体接触到面对世俗怀疑二人依旧难分难舍，直至于宿舍楼里的男女交欢。这种逾越阶级与身份差异的情欲突破了彼时强调阶级斗争和政治正确社会背景下的叙事僵化。将忽小月这个"不属于"那个时代的人物角色与时代的混乱和荒谬并置，既体现着阿莹对美好的追寻，也暗含了他对不合理时代的含蓄批判。

除了在战争叙事和军工叙事上有创新之外，小说《长安》在叙事视角上也进行了新的探索，抛弃了一般小说以主要人物为中心的叙事模式和以第一人称或第三人称为主的叙事视角，而是以不同事件和不同人物为叙事单元，进而完成对人物群像的塑造。为了让人物形象更加立体丰满，《长安》还在故事叙事中穿插人物心理活动的微妙变化，在人物意识流动的自然流淌中移步换景，二者互相叠加，转化流畅，没有丝毫的生硬感，这也是这部军工小说非常突出的一个特点。涉及作品每个人物角色关键时刻的心理描写，阿莹都毫不吝啬手中的笔墨，倾其所有描摹了他们内心复杂而多变的思想轨迹和情感波动。从小说起始黑妞儿袭击忽大年事件中黑妞儿起伏犹豫的内心纠结，到忽小月被下放、倒卖冰棍、大字报事件直至自杀的心路历程，阿莹贴近人物内心的情绪变化，生动

---

① 《中共中央关于党的百年奋斗重大成就和历史经验的决议》，http://www.gov.cn/zhengce/2021-11/16/content_5651269.htm

勾勒了两位女性在思维和性格上的诸多差异。这种贴着人物处理的心理内向视角描写,辅之以全知叙事视角的场景描写和故事叙述,巧妙地克服了第一人称叙述限制性的不足,又规避了全知叙述引发的不真实感,既增加了代入感,拉近读者与人物的距离,又合理推动了小说走向和剧情发展,而不显得突兀与生硬。不论是讲述连福将黑妞儿带入长安、私藏文物和拒收忽小月信件的经过,还是对忽大年职场失意的苦闷和参加对印反击战的心理描写,阿莹借助人物心理意识流的贴切书写,细腻呈现了人物角色的思考逻辑和情绪波动,从而合理地推动了小说的剧情走向。

四、结语

为共和国的军工人代言,言其艰难中的坚韧,述其困顿中的坚守,向读者和时代展现可信、可爱、可敬的军工人形象,这是阿莹创作《长安》的最大心愿:"我从小生活在一个负有盛名的军工大院里,在这座军工厂里参加了工作,又参与过军工企业的管理",且与工友们保持着长期的交往。在交往过程中,作者深感"军工人有着与普通人一样的欢喜和烦恼,需要着普通人一样的柴米油盐,他们跟共和国一样经历了种种磨难,即使个人蒙受了难以承受的屈辱,即使心爱的事业跌入了低谷,他们对党和人民的忠诚始终不变"。[①]

阿莹的军工情怀植根于他早年军工生活的人生经历,这种情怀萦绕在其近三十年的行政工作生活之后,最终幻化为一部扎实厚重的军工题材小说《长安》。《长安》见证了秦岭根脉哺育的厚重军工和千载时空更迭印刻的思想印记,为我们生动呈现了一幅共和国第一代军工人喜怒哀乐的真实生活图景,展现了军工人甘于奉献的军工精神和攻坚克难的军工使命,他们流淌在血液中刚强坚韧、临巨变而不自弃的生命态度,散发着熠熠生辉的军工之魂和生命之光,光辉而不失深刻,内敛而充满温度,必将在当代中国小说发展史上留下厚重的一笔。

[本文系国家社会科学基金西部项目"梅洛-庞蒂艺术哲学中的'非客体'问题研究"(18XZX019)的阶段性成果]

(王建华系陕西科技大学设计与艺术学院副教授;杨欣涵系陕西科技大学硕士研究生)

---

① 阿莹.长安[M].北京:作家出版社,2021:468.

当代历史的现实主义美学重构
——《长安》与中国当代文学的现实主义问题*

王金胜

在当代中国文学中,相对于农村题材小说(或乡土小说)、革命历史小说和历史小说、知识分子叙事来说,都市小说和工业题材小说一直是个较为薄弱的区域。正因此,草明的《原动力》《火车头》《乘风破浪》和艾芜的《百炼成钢》、周立波的《铁水奔流》作为少有的典型之作屡屡被提及。此后,"改革文学"开山之作蒋子龙的《乔厂长上任记》也被视为工业题材小说,加以论析。① 这些小说涉及发电厂、机车车辆厂、钢铁公司和重型电机厂等工厂、工业题材领域,以之为背景,描绘发生在工厂中的革新(改革)与保守、集体与个人、技术与政治以及工人群众与领导干部之间的矛盾斗争。

自 20 世纪 80 年代以来,都市作为现代文明的象征逐渐成为小说的表现对象,20 世纪 90 年代市场经济体制的运行使与市场、消费、商业等密切相关的都市文化和大众消费文化逐渐占有越来越重的文学份额,乃至出现了商业小说或商界小说类型。但工业(题材)小说仍是遭遇"漠视"和冷遇的存在。"工厂""工人"在 20 世纪 90 年代以来文学中的现身,大多与"问题"意识、"创伤"记忆和"底层"言说有关,最典型的莫过于"现实主义冲击波""主旋律小说"或"底层写作"中的部分作品,如谈歌的《大厂》《大厂续编》《年底》、张宏森的《车间主任》、李佩甫的《学习微笑》、曹征路的《那儿》等。其中,工厂、工人更多的是作为腐败/反腐败斗争、底层之命运与发声的介质,与企业改制、兼并等问题联系在一起,现代企业机制和工业发展逻辑等并非小说叙事的主体内容,工人往往呈现为下岗职工、官僚主义和腐败力量之受害者或自发之反腐败力量的形

---

* 本文发表于《中国当代文学研究》2021 年第 6 期。
① 如李杨对《乘风破浪》与《乔厂长上任记》的历史关联性研究,参见《工业题材、工业主义与"社会主义现代性"——〈乘风破浪〉再解读》,《文学评论》2010 年第 6 期。

象。这些与工厂、工人有关却无关工业的小说,很难纳入工业小说范畴。工业小说的发展尚且如此,更遑论军事工业题材小说,它无疑是其中更为薄弱的环节。

在此意义上,阿莹以军工为题材、以共和国第一代军工人为人物形象,运用现实主义手法创作的长篇小说《长安》,便凸显出独特的价值和意义。本文将由此入手,在当代中国现实主义文学视域中,分析其历史叙事,揭示其作为现实主义长篇小说的美学表意形式及其内在精神结构和思想意涵。本文研讨的问题和目的,一是在阐述文本并将其置于现实主义论域中,进行观照和评判;二是以文本为典型个案和方法,思考和揭示现时代现实主义文学的某些症候性问题。

一、史与诗:历史的还原与审美重构

从题材内容上来看,《长安》属于当代重大军工历史题材小说。作品在20世纪50年代至20世纪80年代初的当代历史情境中,讲述长安机械厂的筹建及其在中国社会和政治曲折中的发展。

一方面,小说具有极大的历史还原性。注重环境、人物和细节的典型化的现实主义,是返回历史叙述真实性的最佳路径。作者营造极具真实感的历史情境,制造浓郁的历史气息,唤醒和重建一个已经消失的历史世界。小说中的长安机械厂是苏联援建的战略装备项目,它的建设,既是共和国建立自己的工业体系的重大战略谋划,又直接左右战场上的胜负,关系新生共和国的安危,《长安》在当代中国特定历史情境下,将"长安"作为"没有硝烟的战场",描述了新中国初建时期,内部环境极为复杂、外部面临国际势力干预和侵略的国内外形势,体现了"长安"建设和发展中面对的复杂性、矛盾性和斗争性,勾画了"长安"与中国、世界之间的历史性关联。当代中国的重要历史和政治事件,被或多或少或直接或间接地描述出来,包括国际和地区间的矛盾冲突,从抗美援朝战争、一七〇师的惨败,到中苏关系破裂、苏联撤回援建专家,从中印边境冲突,到中苏珍宝岛冲突,从攻打金门岛失利到万炮震金门及其引发的轰动性国际效应;国内的社会政治形势,从反右派运动,"大跃进运动",到"文革"时期"长安"内部的政治派别斗争,揪斗"走资派",到工业学大庆,军队内部的"梅花党"案,直至20世纪70年代末多位领袖先后辞世,"改革开放"开篇等。

通过"历史还原",《长安》不仅在当代中国历史脉络和国际关系框架中,为"长安"设定历史叙事坐标,描画其发展的历史轨迹、历史遭遇和处境、命运,而且借助艺术方式复活过去的历史,渲染时代政治和国内外氛围,在具体的情节、人物、事件、场景和细节上,营造出那个时代的色调和氛围,提供了一种整体性、弥漫性和背景性的气息。让那个时代和那个时代的人更为形象生动地呈现出来,重建了一种切实的历史感。

更重要的是,小说并不将历史事实、历史事件和重要历史人物作为直接表现对象,它"不叙述历史事实",或者说《长安》之所以将这些历史事实描绘出来,根本原因在于"历史"与"个人"的关系,历史对人的生活和命运的影响。如中苏关系的急转直下,对忽小月处境和命运的深刻影响;如京城爆发的政治风暴,不仅影响了忽大年、成司令的命运,更对"长安"这样的军工单位造成巨大冲击,直接影响了其生产和科研,破坏了"长安人"彼此之间的关系。《长安》是"历史"的叙述,也是"人"的叙述。

另一方面,小说具有强烈的时代精神向度。《长安》还原历史情境、氛围,却不是在复制历史。作家用现代的眼光观照历史、发现历史。小说写的是历史,也是现实。"长安"不是存在于20世纪50年代至20世纪80年代的历史陈迹,它与我们的现实生活密切相关。历史中的"长安"不属于历史,它不是周秦汉唐的帝都,而更属于现实中的我们。"长安"这面镜子,折射出"我们"和"现实"熟悉的面影。黑格尔说:"历史的事物只有在属于我们自己民族时,或者只有在我们可以把现在看成是过去事物的结果,而所表现的人物或事迹在这些过去事物的连锁中,形成主要一环时,只有在这种情况下,历史的事物才是属于我们的。单是同属于一个地区和一个民族这种简单的关系还不够使它们属于我们的,我们自己的民族的过去事物必须和我们现在的情况、生活存在密切的相关,它们才是属于我们的。"①"长安"艰难曲折的建设发展历史中,蕴含着"长安人"的无私奉献和牺牲精神、自力更生筚路蓝缕的创业精神和奋斗精神。这些精神质素,不是只存在于历史中的事物,而是沟通和连接过去与现在、历史与现实的具有重要意义的精神传统。通过对这些具有普适意义的"精神薪火"的阐释和传递,忽大年、黄老虎、哈运来、忽小月、连福等就不再是个别的人,围绕他

---

① [德]黑格尔.美学:第1卷[M].朱光潜,译.北京:商务印书馆,1979:346.

们发生的那些故事就不再是个别的事,工厂、车间、厂房便不再是个别的场所和情境,而是宏阔时代的影像和沟通历史与现实的"典型"。这些典型的人、事和情境,透露出作家对时代精神的深刻理解和把握。

《长安》以文学的方式重建历史,是一部史诗性现实主义长篇小说。"史诗叙述的是'全民族的大事',反映的是'一个时代和一个民族的精神',这是史诗性存在的基本前提。事实上史诗拒绝个人化的私人叙事,'史'与'诗'是辩证共生关系,'民族的大事'和'民族的精神'是史诗之为史诗的体类规定,而个人的诗性的创造是使其达成'艺术作品'的实现方式。"①自新文学诞生以来,尤其是进入当代文学阶段,"史诗"成为衡量长篇小说创作的重要"标准"。宏阔的时空跨度,深刻的思想内涵,重要历史人物和重大历史事件对文学虚构的深度切入,纷繁复杂的文体结构,各阶层各职业各身份人物的塑造和复杂的人物关系设置等,成为长篇小说的"史诗美学标准"。这直接关系到"史"与"诗"即历史与文学(长篇小说)的关系。相比之下,历史叙事侧重于历史事件、历史人物和历史事实,文学叙事则更侧重对人尤其是对人的内心的表现。如何处理历史与人、历史与文学的关系,是作为历史叙事的长篇小说面临的问题。在俄罗斯文学理论批评家别林斯基看来,历史小说应该是历史事件与个人事件的结合。他在比较了长篇史诗和长篇小说这两种不同文体之后,认为长篇史诗是古代世界的产物,在那时"只存在着社会、国家、民族,可是人,作为个别的、特殊的个性,却并不存在"②。而长篇小说作为人类新文明和历史新时代的产物,包含繁复多样和充满戏剧性的无限的生活元素,在它的世界里没有神话般的生活和高大英勇的英雄,有的只是普通人和他们的日常生活,"对于长篇小说来说,生活是在人的身上表现出来的,举凡人的心灵与灵魂的秘密,人的命运,以及这命运和民族生活的一切关系,对于长篇小说都是丰富的题材"③。他之所以高度评价英国著名长篇历史小说家司各特,便是因为后者对人、人的命运和心灵的秘密的突出表现,体现了长篇小说作为现代文明和生活产物的实质,"司各特用自己的长篇小说解决了历史生活和个人生活之间关系的问题"④。别林斯基更为

---

① 丁晓原.史诗与史诗的深情对话[J].中国当代文学研究,2021(2).
② [俄]别林斯基.别林斯基选集:第3卷[M].满涛,译.上海:上海译文出版社,1980:50.
③ [俄]别林斯基.别林斯基选集:第3卷[M].满涛,译.上海:上海译文出版社,1980:51.
④ [俄]别林斯基.别林斯基选集:第3卷[M].满涛,译.上海:上海译文出版社,1980:584.

具体地指出:"历史小说不叙述历史事实,只有和构成其内容的个人事件连结在一起时才采用历史事实作为描写的对象……因此,历史小说仿佛是一个点,作为科学看的历史,在这个点上和艺术融合为一体了;它是历史的补充,是历史的另外一个方面。"①在历史小说中,历史事件是与个人事件、个人生活和命运交织在一起的,个人有意无意地参与到历史中去。《长安》既在描述20世纪50年代初至20世纪70年代末这段长安的历史,又在表现这段历史"前30年"以"长安人"为代表的个人事件和个人的内心世界,体现着作为现代意义上的长篇小说的美学特质和艺术魅力。

作为一部经历了20世纪80年代"现实主义重构"之后的作品,《长安》自然不会采取社会主义现实主义写作模式,但也未采用批判性现实主义范式,或者说,小说的叙述者既非战士型,亦非精英知识分子型,而是一个经历了那个"激情燃烧的岁月",却又对那段历史有着深切反思的"长安人"——"军工人"。历史的光荣与辉煌以及造就这光荣和辉煌的精神和信念,是需要铭记和阐扬的,而历史中的痛苦和创伤,也不能和不应被忘却。《长安》的历史记忆和历史世界重建,并不展开于某种先验的单一的立场,并不出之于某种单一的痛苦反思或激情怀旧,而是将一个陌生的曾经"神秘"和"敏感"的题材内容,处理为一个具体的"人的故事"和"生活故事"。

《长安》体现着卢卡契所说的历史的"直接性"。卢卡契认为,有些人道主义历史小说家为避免把"历史降低为纯粹背景、装潢布景的作用",而"从头起就在一个非常高的抽象高度上去领会他们的材料。他们按照这种思想选择历史大人物来做能够合乎情感、思想适当地体现作家所为之斗争的那种伟大的人道主义思想和理想的主角"。然而,"这样一来,历史事件的直接性就丧失了,或者至少有丧失的危险。因为历史的重要人物之所以重要,正在于他们把散布在生活本身中间的、以纯粹个人的形式、纯粹私人命运的形态出现的问题,提高到想象的高度,加以一般化"②。当作家为概念、教条(即便"政治正确")等"一般"去寻找"特殊"的形象时,那么,不仅会丧失其历史真实和生活真实,其艺术上的失败亦是必然的。

---

① [俄]别林斯基.别林斯基选集:第3卷[M].满涛,译.上海:上海译文出版社,1980:52.
② [匈]卢卡契.卢卡契文学论文集:第1卷[M].叶逢植,译.北京:中国社会科学出版社,1980:129.

《长安》中有绘声绘色的场景描写,如"长安人"工作和生活,忽大年和靳子的家庭生活,忽小月和连福的恋爱;有形神兼备的人物,既具有粗豪刚硬的军人气质又隐忍而讲究谋略的忽大年,善良单纯、朝气蓬勃却又略显执拗任性的忽小月,性格爽直、刀子嘴豆腐心的黑妞儿,心思狭隘、睚眦必报的门改户,质朴纯良而寡言的满仓等。小说讲究情节组织和编排。开篇便是发生在戒备森严的八号工地的工程总指挥遇袭事件,使悬念丛生,并借此引出忽大年与黑妞儿的故事;接下来的工地透水塌方事件,不仅以悬念吸引读者,而且引出忽大年与成司令的战友和上下级关系,以及他与成司令一家的故事。其他如苏联专家客车被砸事件、炭渣事件、"梅花党"案、诬告忽小月者究竟是谁、为何反复诬告等,这些引人入胜的故事,起伏跌宕的情节,抓住人心的冲突,鲜活逼真的细节,以历史与生活的具体性和形象性,通过逼真的生活世界的塑造,用莎士比亚化的现实主义方式将历史形象化、艺术化了。

《长安》的历史叙事中贯注着作家建立在人性和人情基础上的浓厚情感。小说以"长安"和"长安人"为叙事对象,具有还原历史、呈现历史真相和事实本相的客观性真实性追求,但基于文学是人学、是伦理学和情感学的认知,小说又具有浓郁的主观性叙事特征,包含着作家的情感、态度和道德、价值立场。这一立场在《长安》叙事的伦理学维度上体现得尤为明显。小说在相互交错的多重伦理关系中,走进人物意识到或未曾意识到的历史进程,并在浩荡历史中获得情感认同和意义归属。

其一,单位伦理与职业伦理。传统社会主义体制中的单位,是一个具有相对的自足性、封闭性和地方性的生产空间和生活空间。"长安"除了具有彼时单位的普遍特点之外,其作为一个事关国家安全,在重大国际争端和冲突中,有着无可比拟的战略地位和意义的国家性机密军工单位,不仅为"长安人"提供稳定安全的生活空间和特殊规则与制度管控下的生产空间,更为其提供强烈的身份认同和价值归属感。"长安人"的军工人身份和价值认同,不仅有其作为工人阶级和国家主人的自尊自豪和劳动者的尊严,也有其肩负保家卫国使命的神圣感。因此,"长安人"的主体性具有工人阶级和民族国家的双重内涵。但不止于此,"长安人"又是一个以建设和发展、发明与创造为己任,尽职尽责的现代职业伦理共同体。同时,这也是一个以情感和家庭为核心的传统伦理共同体。

其二,地缘、血缘、亲缘、家庭等,建立了"长安人"的另一种伦理关系。这种伦理关系不仅是人物重要的生活内容,也是叙事情节推进的动力和重要的叙事线索。其中又可分为地缘伦理关系,如来自东北支援大西北建设的哈运来、连福,有老家在胶东半岛的忽大年、忽小月、黑妞儿等;血缘和亲缘关系,如忽大年忽小月兄妹,忽大年、靳子和子鹿、子鱼一家;有恋人关系,如忽小月和连福,曾经"拜过堂"的忽大年和黑妞儿;曾经并肩战斗的战友和上下级关系,如忽大年和黄老虎、忽大年和成司令、忽大年和马铁龙等。通过描述夫妻间的相互扶持,恋人间的守望期盼,战友间的肝胆相照,上下级的情同手足,小说的伦理学叙事维度不仅切合中国人生活实践经验,也确立了小说的人学立场,呈现了历史中的"个人事件",将建设、发展的宏大国族话语融入日常生活和情感的人性话语之中。

《长安》作为现代小说的关键是,并未以革命伦理和职业伦理否定和取代情感伦理,以历史的客观性否定历史叙事的主观性。在作家看来,真实的历史既是客观的也是主观的,既是"外部"的中国/世界史,又是"内部"的人性/情感史。人创造历史,历史及其叙事不能湮没"人"这一历史主体。对当代军工历史的叙述,需要当下主体对历史主体的体验、召唤和复活。因此,《长安》在实质上是当代思想、情感和话语的产物。但其不同于新历史小说对历史的改写和对经典现实主义叙史模式的解构、颠覆,作家并不试图以主观的历史感受和流行的后现代话语立场、模式,去质询历史的客观性和历史真相之有无,从而打破历史叙事的整体性、本真性和可靠性。从发掘个体生命和情感世界,肯定个体生命价值的角度来看,小说体现出人道主义和启蒙主义的态度,这种立场和态度是对人、个体在历史叙事话语中被忽略、被掩盖的历史主义写作的反思。

《长安》将家庭伦理、情谊伦理与历史的反思性批判性结合,将后者融入前者,甚或局部借用善恶有报的传统伦理剧模式(门改户的结局),将批判性转换为情感的审美净化和精神升华。小说在揭开、暴露创伤时,也抚慰、弥合和治愈创伤。

二、国族伦理与个体伦理:当代史的重写与中国现代性的双重维度

关于文学中的历史重写问题,佛克马认为:"有些作家用夸张的方式来描述真理的相对性,想说明真理名义下的种种主张都是独断的。在这样的观念下,

重写就不能给人们认识现实与历史提供一种更恰当或更真实的视角;相反地,它关心是否与潜文本或是其他的重写一样作得漂亮。后现代语境允许各种可能的重新方式。"①在后现代语境下,在大众文化和消费主义结盟,从而将真理、正义、崇高、神圣消解为某种特定话语的塑形,将文学纳入文化市场的消费逻辑的情势下,历史便失去其真理、客观、权威的面目,无法提供深层的意义和价值资源,"传统并没有具有普遍价值的东西,也没有特别值得重视的真理;凡事都可以怀疑、模仿与嘲笑"②。历史、传统、集体记忆、个人记忆,在当下的个体视角下,失去了其历史感、现实感和神圣感、崇高感,变得游戏化、戏谑化和情趣化。《长安》选择的不是这种戏拟、戏仿的路子,也不是以个人价值追求和个体生命史书写,质疑宏大叙事、崇高美学的改写和演义路子,小说重建历史真实,追求合情合理、逼真可信的艺术效果的目的和写法,更接近朴素的传统现实主义。"相对于潜文本而言,新文本会显示出某些主要的或仅仅是次要的变更。它提示着传统的连续性,或许还有发生于其中的某些关键性变迁。在传统文化中,比如实行共和政体之前的中国与浪漫主义之前的欧洲文化重写大多数强调传统的连续和革新,重写的必要性只在说明传统的生生不息,因此在新的历史条件下所要做的也仅是稍加更新和调整。"③这里强调的是历史重述和重写的延续性,而非新文本和潜文本或前文本之间的割裂性、对立性和对峙性。

《长安》体现着经典现实主义文学历史叙事"延续性"特征。小说真实描述新中国成立之初军工业的建设、发展以及在此过程中面临的艰难处境,以及在此困境中新中国第一代军工人的心态、心境和不屈不挠的奋斗精神,写出了人们的创造激情和和衷共济、相濡以沫的真情。通过"长安"在20世纪50年代至20世纪70年代对中国国防、军事和国家安全的重大意义和价值,以及长安人艰苦卓绝的干事创业和奉献、牺牲精神,小说深情讴歌中国人民杰出的智慧、坚忍的意志、兢兢业业的工匠精神和不怕牺牲勇往直前的英雄主义。

作家通过塑造忽大年、忽小月、哈运来、连福等将智慧和勇气融于一身积极参与社会主义革命和建设的英雄形象,描绘了革命精神和理想信念是如何具体化、生活化地体现在这些生活和工作中的普通人物身上。这些以普通面目现身的英雄,可以看作梁生宝一样的社会主义"新人",他们对忠诚于自己的信仰却

①②③ [荷]佛克马.中国和欧洲传统中的重写方式[J].范智红,译.文学评论,1999(6).

又有各自的心性气质,他们的情感世界丰富而又用心专一,他们在生活中不拘小节却在工作上细致严谨、精益求精。诸多类似的品质造就了他们作为人、个体和"长安人"、军工人的充实而又矛盾的统一体,具有丰富、复杂、独特的心理个性和人格内涵。小说形象而有力地说明了社会主义中国和她的人民所参与的伟大事业所具有的神圣性、崇高性和巨大的魅力。在这些方面,小说延续了中国主流现实主义文学的思想意识和精神意涵。

同时,作为现时代社会文化语境中的现代历史叙述,《长安》摒弃了讲述那个革命年代故事时常见的某些僵硬的表达模式。这既是 20 世纪 80 年代以来文学自身合乎逻辑的发展结果,也是现时代中国文化政治转换的成果。

小说淡化 20 世纪 50 年代至 20 世纪 70 年代的政治观念、阶级观念,弱化激进革命时代的乌托邦激情和梦想,对军工人的刻画更为灵活生动多样,更具个人心性气质,更突出其个人才能和心理,尤其是在情感活动方面倾注了更多的心思和热情。这显然更加契合时代对"个人"及其独特世界的理解和尊重,也更契合现时代对"人民"这一抽象集体性概念的更具活性的理解。① 可以说,阿莹以符合自身情感气质的灵活的方式,重释了当代(革命时代)历史(传统)的思想内涵,使小说体现出当下创作主体对历史、现实和世界的新的感知和理解方式。这种感知和理解方式,使《长安》虽然属于以日常生活和人性话语对经典现实主义模式的纠偏性"补写",但同时也跟那种突出日常生活世界、突出世俗人性价值和人情美感的历史叙事区别开来。

《长安》展现了中国现代主体建构的双重维度和中国现代主体的双重面孔。中国现代主体的建构包括既矛盾并生又相反相成的两个方面,即国族主体(在特定历史形势下转换和体现为阶级主体)和个人主体。《长安》讲述军工业这一直接牵系国家安全和民族未来的重大军事工业的发展史,有意识地设置中国大陆与台湾地区,中国与印度、苏联等毗邻国家与地区之间的局部冲突和战争,包含清晰的国家主权立场和深厚的民族国家情感。这一立场和情感,是"长安"建设和发展的根源和动力,也是"长安人"获得民族国家身份认同和主体归

---

① 如白烨指出:"习近平讲话中的'人民',则带有极大的普泛性,他讲话中的'人民',有时是指民族主体,有时是指社会主人,有时是指广大读者,有时是指服务对象。总体来看,这里的'人民',泛指人民大众,是广义性的。"参见《文艺新时代的行动新指南——习近平文艺论述的总体性特征探悉》,《中国当代文学研究》2019 年第 5 期。

属感的深层依据。在八号工程筹建初期，因涵洞透水事故，成司令唯一的儿子卢可明和两位冲压工牺牲；在中印边境冲突中，忽大年带领长安人走上前沿阵地，保障队的火炮技术员、年轻的没有谈过恋爱的毛豆豆牺牲于流弹，成为边境保卫战中牺牲的唯一女性。《长安》充分揭示民族国家情感对于"长安人"所产生的高度的精神凝聚力，正是由于这一深厚情感的感染和推动，他们才能成为一条强大而隐秘的战线，成为一股坚实捍卫民族尊严和国家主权完整的军事装备力量乃至国家战略力量。

同时，《长安》对个体生命价值和尊严的诚挚关切，体现着中国现代主体的人道主义和个性化生命向度。小说将"军工人"由神秘的幕后推向前台，从正面肯定性地描写他们的劳绩，指出这一默默无私地奉献青春、热血和生命的独特群体的历史意义，并在此基础上，有力地表现了他们每位可敬可爱生命的个性、性格、心理和精神世界、人格魅力。

在这方面，主人公忽大年称得上是一个成功的典型人物。他从师政委调任地方，奉命筹建长安机械厂，但始终未曾失去对金戈铁马硝烟弥漫的战争生活的渴望。在担任"长安"党委书记和厂长期间，烦琐的事务性工作和复杂的人事关系，使他时时感觉"还是在部队痛快"，人与人之间的关系单纯、自然、直来直去。习惯于战场搏杀的军人思维，使他在发生塌方工亡事故时，感到困惑不解："搞建设，也会死人吗？"小说既写了他刚劲坚毅的军人气质、坚韧不拔的意志力和无私忘我的精神，也写其身处靳子、黑妞儿之间的心理矛盾和对妹妹充满纠结、郁闷的牵挂。同时，小说也表现了主人公的心理和性格方面的不足，在处理感情问题上，他也不够细腻，尤其是对曾与自己拜过堂的黑妞儿和亲妹妹忽小月，缺乏设身处地的理解、同情和共感。

即便是对相对次要的人物，作家也以简笔勾画其性格、品质。满仓原是万寿寺的和尚，后还俗成为一名军工人，小说描写了他的老实厚道、与人为善，尽管有"迷信"思想以慈悲为怀，是少数一直关心忽小月的悲剧遭遇和心灵痛苦的人之一。通过他，小说写出了国族性（人民性）、人性和个人性之外的"佛性"与悲悯。毕业于西南联大的科研所长焦克己，原本可以找到舒适的工作，却选择了支援大西北。他自称"凡夫俗子"，是一个"纯粹的技术人"，却毫不动摇地坚持"以身报国"的理想。他性格偏于柔弱内向，却在别人忙着开批判会时，冒着风险研制反坦克火箭弹。

靳子经历过枪林弹雨,脾气刚硬,而作为妻子和一名女性,又刚中有柔、粗中有细,既粗放豪爽又细腻敏感,既大大咧咧又有小心思小谋划。忽大年的老战友之子、西安交通大学学生红向东充满理想、热情和批判的激情,却不够成熟冷静,在忽小月被迫自杀身亡后,他陷入了苦闷、懊悔和自责之中,却由此而警醒,决然和黑妞儿、满仓等一起参加为忽小月伸张正义、讨还公道的"触及灵魂的行动"。钱万里是小说中不太讨人(尤其是主人公忽大年)喜欢的较为神秘的人物。他在解放前长期从事地下工作,经历过长期的恐惧煎熬和难言的磨难,这造成了其看似谨慎世故的性格,但也正是他在主人公毫不知情的情况下仗义执言,才让被揪斗被批判的主人公重见天日。

这可以说是作家以人道主义和个性主义思想观照人物,在日常生活和情感中写出人物的丰富性和生动性的产物,也是主体觉醒和确立的作家对"人"的存在的肯定和秉信。人民是历史的创造者和历史发展的推动者,但"人民"并非抽象概念,历史的发展是由无数普通人的劳作和命运汇集而成。《长安》将活生生的既作为群体又作为个体的"军工人"置于历史/生活前台的聚光灯下进行了浓墨重彩的表现。

三、崇高美学、时代精神和批判意识:现实主义文学的精神结构及其美学症候

《长安》是一部充满崇高感的小说。现实主义尤其是中国主流的现实主义是一种致力于建构具有总体性品格的文学形式。现实主义长篇小说这一文体样式,普遍追求宏大叙事美学,可称为"宏伟现实主义"。因此,吴义勤认为:"对现实主义文学来说,崇高感是其主要的魅力来源。"在谈到现时代长篇小说创作重新涌现崇高美学现象时,他进一步指出:"这一现象的出现,与中国文学走进中国的深层历史与现实,在开阔的历史视野和强劲的时代精神感召下,发掘中国自身内部的历史、文化和人性的艺术追求,有深层关联。"[①]新世纪长篇小说着力于民族历史与现实的连结,以求获得对现实的整体性观照,一则使历史获得现实感、时代感,二则使现实获得历史感、纵深感。新世纪小说的崇高美学建构便与这一历史/现实之间的有机对话性建立起的深度历史-美学模式直

---

① 吴义勤.人民性与现实主义崇高美学[J].文艺争鸣,2021(1).

接相关。

  一方面,《长安》的崇高美学与现实主义总体性建构密切关联。中国国族(阶级)主体的建构在时间(历史)和空间两个向度上展开。就时间(历史)而言,《长安》并不局限于20世纪50年代以后的当代中国史,更由此向前延伸至20世纪三四十年代的现代史。小说的历史叙事之纵深感,主要源自与主人公有关的关于革命战争年代的回忆。小说以个体回忆的形式进入现代历史讲述。忽大年在新中国成立前的军人经历是作家进入个人化现代历史叙事的基本路径:晋北山城的战斗,太行山嚼野草打游击、反围剿的日子,在延安抗大学习的日子,日军投降后与国民党军队的太原战役,以及在贵阳大山中剿匪的战斗。20世纪50年代之后忽大年的个人和家庭生活遭遇,以及他作为军工人对中苏、中印及台海关系冲突的参与(这一点主要由忽小月、连福等直接参与,忽大年和其他人作为间接参与者或见证者),则是以个人关联当代史的主要方式。这样,历史事件、历史事实和个人事件、个人事实,历史与生活、与个人,人的命运、人的灵魂、人的内心世界就与民族生活、国家命运,得以巧妙地结合。

  就空间而言,小说不仅突出了"长安"、西安等中国区域/地域内部,也横向扩展到国际/世界,牵连关于抗美援朝战争、中印边境冲突和中苏边境冲突等国际事件。因此,《长安》的叙述就具有了时间和空间上的纵深感和开阔感。其中,主人公曾经所在的一七〇师在抗美援朝战场上的惨败和梦断汉江的悲壮行程,是主人公念念不忘的心头之痛,也是推动他忘我投身军事装备研发的最大动力。这是主人公个人的记忆,也是军工人的创痛记忆,是对沉痛历史的刻骨铭记,也是开创和推动军工业新的历史的根本动力源。小说在过去—现在—未来的整体性和连贯性上讲述"历史",便是建立对"历史"的根本性理解和总体性想象,正如从周秦汉唐帝都的古城长安,到现代"长安",既是对历史之名的借用,也是对历史的超越和新的时代与历史的创造。

  这种历史/现实的总体性是借助经验性还原得以建构的。作家走进历史的"原初"状态,致力于恢复历史原形原色。但在"还原"背后,却有着清晰坚实的总体性"建构"意图,它是对历史/现实全方位的总体"阐释"和观照,其崇高感产生于历史/现实宏阔深远的格局、气象和厚重沉雄的蕴含。

  另一方面,《长安》的崇高美学亦是当下主体在时代意识促动下对总体性崇高的美学再造,体现着总体性美学的现时代转换,是总体性与时代感的对话融合的结晶。

从"军人"到"军工人",显示着崇高精神在人物形象塑造上的延续、再造和新生。值得注意的是,《长安》并未直接从政治信仰、组织力量或革命意识、阶级觉悟等方面来塑造人物,包括忽大年等主要人物的塑造,也不着重于其革命精神、革命斗志和那个年代普遍存在的政治理念。忽大年作为"长安"英雄并不是僵硬的理念化象征性的"意识形态崇高客体"。《长安》对此有着巧妙的叙事处理。一方面,在"故事讲述的年代",高度革命化政治性话语的存在是一个无可否认的客观事实。小说尊重这一历史事实,通过成司令等军委高层和钱万里等地方党政领导对主人公的信任、支持和对"长安"发展的关切和组织,以含蓄间接的手法描述了主要人物的忠诚和"长安人"的信念。另一方面,小说又从普遍性时代氛围中梳理和抽绎出军工业和军工人的特殊性,突出身为"长安"主要党政领导的主人公的军人出身、军人作风、军人气质。同时,阿莹又借助"讲述故事的年代"的时代精神,在"故事讲述的年代"和"讲述故事的年代"之间,发掘能将其连接起来的普遍性意义,借以沟通历史与现实、历史感与时代性。《长安》这一由普遍性到特殊性,再由特殊性到达更高的普遍性的辩证过程,显示出作家的匠心和用心。

相对于单维性普遍性的意识形态认同,小说凸显了主人公作为军人、军工人的职业素养。他的"成功"和"长安"的发展一样,凭借的是技术、才能,恪尽职守的敬业精神和奉献牺牲精神,是分工分明又团结协作的团队精神。正是这种个人的和集体的团队的职业伦理,使他们能在政治风云激荡的特殊年代,攻克一道道技术难关,使自己的军队和国家在复杂多变的国际形势和国家关系中保持主动,卓然屹立。小说对军人、军工人的职业伦理和敬业精神的强调,在人物形象塑造、人物关系设置和情节与细节等方面多有表现。

一个具有症候性的现象是,作家在塑造人物形象时,将更多笔墨用在更具事业心和职业感的人物尤其是技术人员身上。如忽大年、忽小月、连福、哈运来、焦克己等得到更多肯定性描述。相比之下,筹建时期的保卫组组长、后升为副书记的黄老虎,虽然十四岁时就参加游击队,打鬼子、送情报,遭遇过不少硬仗,在"长安"时期却因命运之神的垂青,产生了前所未有的优越感,当上副书记之后,提拔之心蠢蠢欲动,热衷于权力争夺和斗争,认为"新社会就是要改天换地"。对于这个被衣锦还乡的权力梦想异化的人物,作家给予更多严肃的审视。门改户不仅思想观念僵化机械,更是一个无心生产和技术革新的告密者、阴谋家和政治投机分子。他造谣生事,诬告和陷害忽小月的清白,导致后者自杀身亡。

作为"军工人"的典型代表,忽大年不仅是军人出身,更是一位永远的战士和军队指挥员。他戎马生涯倥偬岁月,屡立战功,步步升职。直到正在参加西南剿匪时,接到军队命令,肩负起筹建军工厂的绝密使命。小说反复提及让忽大年耿耿于怀、心意难平的失败战役,如一七〇师在朝鲜战场全军覆没带给他的"耻辱",金门海战一万将士血染海岛是他的心头之痛。他痛感装备落后,希望研制和生产先进火箭弹来弥补自己的缺憾。"长安"成了他再展雄风的战场。在"长安",忽大年始终是"昂首挺立在前沿阵地的老兵",正是凭着这种"老兵精神",他最终成为顶层认可的"杀手锏"专家。忽大年的成功是"长安"和"长安人"的成功,很难完全用革命信仰和政治信念做出解释,"实践出英才",更重要的或许是延续和发展自己职业生命的意志,严谨敬业的职业态度,对职业的尊重和为此献出全部热情、精力乃至生命的"实践"。空谈误国,实干兴邦。作家在忽大年形象中寄寓着一种不忘军人初心和使命,不计个人得失,不骛名利的进取和实干精神。他的老搭档、老下级、现任八号工程保卫组组长黄老虎,他的妹妹忽小月、妻子靳子,原东北地下党、现总工程师哈运来,技术员连福,以及从胶东半岛黑家庄千里寻夫到长安的黑妞儿等"长安人",都是当代中国历史的创造者,也是新中国默默无闻的建设者和脊梁式人物。

《长安》并不突出政治信仰、革命理想和革命意志在"长安"建设和发展中的主导作用,因此小说中的理想主义和英雄主义,便具有超出"革命""政治"阐释轨道的超越时代的普遍性。小说书写"军工人"的日常生活、情感和伦理道德关系,在很大程度上进行了思想和观念的祛魅而回归日常逻辑和人性逻辑。但这样说,并不是否认小说完全消解了社会文化一体化时代由理想主义和英雄主义建构起来的神圣性和崇高感,实际上,小说恰恰由此散发出更为普遍的精神生活和精神境界的诉求。在超脱了时代性、政治性的局限之后,英雄主义、浪漫主义和理想主义在《长安》中得到了延续性的重构。在这个意义上,《长安》将曾广泛存在于英雄主义崇高模式中的"革命激情"成功地转换为一种更具普遍意义和时代感的"创业激情"。

历史的意义得自现代的发现和阐释,文学创作需要历史的观照。现实主义文学要保持其生命的活性和力度,同样也需要使其自身获得历史观照,成为历史之物。日常生活同样如此。在别林斯基看来,"艺术的历史倾向应该是对于过去时代的现代看法,或者是代表一个世纪的思想,或者是时代的悲哀沉思或者明朗欢乐"。① 艺术的历史倾向和历史观照,并不是简单地复述历史,而是要用现代眼光、现代兴趣去观照历史,提出对历史的"现代看法"。何谓"现代看法""现代兴趣",用何种"现代看法""现代兴趣"去观照和表现历史,是问题的关键所在。针对自己时代历史题材创作中的低俗化问题,别林斯基尖锐地批评道:"如果艺术迁就现代的兴趣,就会自贬身价。如果把'现代的兴趣'理解作时髦风尚、市场行情、流言蜚语、街谈巷议、世俗琐事,那么,如果降低到对这些'现代的兴趣'发生共鸣,艺术的确是只会起十分可怜的作用的。"② 有鉴于此,别林斯基提出,历史题材艺术创作中包含的"现代看法""现代兴趣","不是阶层的兴趣,而应该是社会的兴趣,不是国家的兴趣,而应该是人类的兴趣。"③ 作家阿莹在通过《长安》传达和表现历史认知和体验时,没有从阶级、阶层或单一政治的立场和价值观出发,他既坚持了民族国家的立场,而又从社会的、人民的或人性的、人类的价值观出发,努力体现更具普遍性的人类价值观,深刻揭示人的生活、生命和心灵的脉搏的跳动,获得更高的价值和更恒久的意义。

作为现实主义文学,《长安》关注个体生命、个人生活和心灵世界,讲述"个人事件",但并未把人物写成纯粹的个体。作家试图写出人物是如何在自己的时代情境和历史潮流中获得自己行为的心理动机,如何思考、设定和选择自己与"历史事件"的关系。小说中的人物既是个性鲜明的"个人",又是具有历史性的个人,与20世纪90年代以来文学中的"个人""私人"有根本不同。这一"个人"的历史性,需要在"个人"与其所处历史和时代的关系中去理解。

一方面,对高度政治化阶级斗争历史情境下个体生存和命运的揭示。小说细致完整地描述了忽大年、黄老虎、成司令、忽小月、连福等个人在政治动荡风云变幻中的历史遭遇。正当"长安"建设进入正轨,突发的工亡事件,导致忽大年被降职、下放劳动,政治上被打入另册,"文革"期间,他更被诬为"大叛徒大特务""走资派"遭到批斗,他的艰辛、磨难、憋屈和可怜,仿佛一头被囚于铁笼的雄狮;军委高层成司令在京城也遭到批斗。这些"走社会主义的当事人,被打

---

① ③ [俄]别林斯基.别林斯基选集:第3卷[M].满涛,译.上海:上海译文出版社,1980:382.
② [俄]别林斯基.别林斯基选集:第3卷[M].满涛,译.上海:上海译文出版社,1980:381.

成'资本主义'的当权派"。忽大年忽子鹿父子承受骤然失去妻子、母亲的巨大打击陷入极度的痛苦之中。

小说对忽小月、连福各自的经历、命运及其悲剧性爱情,有着饱满动人的描写。从山东到东北再到被人公报私仇"流放"大西北,从公派苏联学习到遭遇诬告被提前遣返回国,从俄文翻译被下放到车间,忽小月的遭遇颇为波折。她不仅遭到周围人的疏远、排挤,还不被亲人理解。她关心火箭弹技术革新,就工艺翻译中的疑难问题,写信请教苏联专家,却被怀疑为泄露军事机密的"间谍行为",戴上"特嫌"帽子;又因所谓"谋取不义之财"问题,处处遭遇冷漠和打击。她为科研鸣不平,贴了一张批判官僚主义的大字报,却被罗织罪名,遭到卑劣、肮脏的挟私报复,门改户以一张充满怨恨、恶毒、咒骂的大字报,将这个"纯洁的精灵"逼上了绝路。她被迫自杀的悲剧,却被黄老虎等政工人员认为是给长安人抹黑的"自绝于人民"之举。"小河南"为她立起的木碑也被黄老虎叫人拔掉。小说通过这个活泼、爱美、爱时髦却又以善意待人的姑娘,揭示了其看似柔弱却性格刚烈的性格特点,通过"美"的毁灭悲剧,控诉了历史和人性中的"恶"。

从东北支援"长安"建设的连福,是日据东北时期的敌伪留用人员,一个火箭弹方面的技术行家,因在日本兵工厂改进炮弹工艺,被日军授予嘉奖。正是因为这段经历,他被诬为"潜伏特务""肃反漏网的反革命""日本人留下的钉子"和打砸专家车辆的"内控的反革命",不仅被开除厂籍关押,还被抓到煤矿挖煤劳改。这些政治构陷不仅伤害了其个人,也毁灭了忽小月和他们的爱情。

另一方面,对历史的偶然性的揭示。"将必然性视为与人无关却要人奉为神圣的铁律,不仅窒息'人'和'文学'的生命,也在根本上否定了偶然性在历史上的作用……马克思关于偶然性的观点,一是强调偶然性本身可以自然纳入总的历史发展过程中,而不是作为必然性的载体,承担言说必然性的工具;二是偶然性的功能体现在加速或推迟历史的发展也即决定历史发展的速度;三是偶然性的命运,是被其他的偶然性所补偿或补充。"[①]偶然性是历史事实,其在历史发展中亦有独特的功能,因此有学者认为:"从某种意义上说,历史题材文学叙事的使命之一恰恰就是呈现历史本身的复杂性和偶然性……因此历史题材创

---

① 关于历史叙事中的必然性与偶然性关系及其功能的分析,参见王金胜:《"总体性"困境与宏大叙事的可能》,《中国当代文学研究》2020 年第 6 期。

作完全有权根据自己对历史的理解运用偶然性进行叙事。离开了偶然性就没有任何历史真实和艺术真实可言了。"①《长安》将偶然性作为历史事实和生活事实来加以表现,直接牵连甚至决定人物的命运。忽大年与黑妞儿拜堂之后的"离家出走"和黑妞儿的千里寻夫;连福的命运与其在日军兵工厂因一泡尿解决炮弹工艺难题有直接关系,纯属偶然事件;忽小月从胶东到东北再到"长安"、兄妹重逢,整个过程充满不可预知因素,而她与连福恋爱中刻骨铭心的悲怆和生不如死的痛苦,也是由于彼此误会所造成的无法联系、沟通和重逢造成的;卢可明和毛豆豆的牺牲也具有极大的偶发性;等等。《长安》对历史偶然性的描述,不仅使历史打破了必然性统治的神话,以历史叙事的直接性、具体性破解了历史的神秘性超验性,思考并突出了历史中"人"的主体价值和地位,扩展了小说的情感和审美空间。

四、作为一种建设性资源的"批判性"

《长安》讲述了一个既充满挫折、创痛和焦虑,又洋溢着创新、创造和发展热情的中国故事。作家通过人和国家的历史叙事,重建个人族群主体认同。小说对"长安"坎坷而光荣的历史的回溯,对"长安人"百折不挠齐心聚力共创大业的精神的歌颂,对造就挫折和创痛的社会政治和人性因素的反思与批判,交织出一幅中国现实主义文学的复杂精神图景。

《长安》中的反思性批判性精神维度,是"秉笔直书"的中国传统史家风范和新文学批判现实主义精神的融合。值得注意的是,小说的叙事重心并不再以历史(社会主义的历史记忆和历史遗产)与现实的对照,借用历史遗产形成对当下现实的批判。毋宁说,作家通过对历史的交杂感伤、痛苦和追忆、怀恋情感的言说,以实现重寻初心使命和民族振兴的史诗性文学建构。因此,与其说"前三十年"中国社会主义历史记忆被召唤为一种批判性精神资源(如同20世纪90年代的"主旋律"小说和部分"底层叙事""新左翼写作"),不如说,这种记忆在《长安》中被转换为一种现时代语境下的建构性资源。

在"后三十年"语境中,小说借助军工题材和军工人形象对"前三十年"的讲述,是建构"新(军工)人主体"和当代中国主体的理想主义的政治美学实践。

---

① 童庆炳.历史题材文学系列研究:历史题材文学前沿理论问题:第1卷[M].北京:北京师范大学出版社,2014:131.

作为现时代的现实主义文学,《长安》的历史叙事并非要返回"前三十年"历史、思想和文化情境,并以之为衡定"后三十年"的准绳,小说同样包含"后三十年"的重要文化遗产如人情、人性、人道主义和个性主义,并以此为武器反思和批判"前三十年"的激进政治理念及其实践。将激进政治从"前三十年"中剥离出去,而保留其平等民主内涵和国族主体诉求;将同样极端和庸俗的"私人化"生活政治从"后三十年"中剥离出去,而保留其自由自主内涵和合理性个人主体诉求,并在两个"三十年"之间建立一种相互映照并汲取彼此合理成分的关系。在《长安》中,沟通两个"三十年",将"故事讲述的年代"和"讲述故事的年代"连接起来的,是奉献牺牲精神、敬业创业精神和大国工匠精神。这是《长安》在历史与现实之间建立有机联系的价值依据,也是小说讲述一个总体性"中国故事"的价值基底。《长安》内含的"精神"和"价值"观,是普遍性与特殊性、批判性和建构性的统一,它以看似超越时代的普适性精神,传达了现时代的"时代精神"。作家"与时代同步",文学对时代精神的传达,未必是亦步亦趋或贴标签式的,那种对某些当代主题或命题作罗列、铺陈的做法,并非作家的明智之举。《长安》转向历史经验领域,却用具体而深刻的艺术创造,言说了当代中国经验和时代精神。

进一步看,无论是国族主体性的建构,还是人的、个体的主体性建构,都是二十世纪中国经验的重要构成,也是现时代中国文化政治主体建构不可或缺的,亦是能够汲取、转化并由此获得新生的集体记忆和文化遗产。尽管在主流视野的期待中,批判性维度终归需要成为一种积极的建设性资源,但未经深层反思和批判的文化遗产何以、如何及在多大程度上,方能发挥其建设性、持久性的能量,文学如何建构具有内在深度的人性、民族性和人类性经验,是真正的现实主义作家无法回避的根本问题。

(作者系青岛大学文学院教授)

长安,如何长安?
——从阿莹的小说《长安》谈起*

王 尧

阿莹小说《长安》的故事并不只关乎地点,而是聚焦新中国工业建设中的一段重要历史,由此"长安"不仅是一家机械厂,也在波澜壮阔的时代底色中成为一种工业现代化的期待,这份期待落脚在西安城中。《长安》毫无疑问是工业题材创作具有标志性的,甚至说是具有里程碑意义的作品。但《长安》又超越了工业题材本身,这样一部长篇小说在国家与个人、崇高与悲剧、奉献与自爱等方面都有许多创造性的表现。小说涉及的这段历史,是当代中国史的一部分。

"谁也没想到"是小说的第一个句子,也由此奠定了小说的基色。沧桑的黄土地与建设中的新区并存,城墙在岁月的风沙中成为历史的遗迹,而故事成为挥动现实主义旗帜的动力。20世纪50年代是工业建设的大时代,随着抗美援朝战争的结束,国家建设的工作重心转向了生产建设,因此小说的情节落实到了宏大时代的翔实注脚中。

军工厂是支撑小说运行的重要物理空间,在对其进行意义挖掘与考察的过程中,与其说这是一个地标,不如说这是一组表征存在。与西安的古城墙一般,见证着新中国的成立与建设。

忽大年,就是军工厂里的那个人。他参与了八号工程建设的全过程,并在古城中建立起来的机械厂中担任厂长与军工书记。通过忽大年对新中国工业精神的见证与亲历,勾连工业史诗与文学想象,重塑历史的内涵。军令如山,现实的改造亦如山。面对过于沉重的现实与历史,作者与读者所能选择的唯有直面,因为无法回避。

---
* 本文发表于《小说评论》2024年第4期。

解放的故事究竟该如何来讲？小说以忽大年为主线，通过个人的生活经历与生命体验将解放前后的历史彼此勾连，展现出时代演变的细微痕迹。《孙子兵法》与游击队经历是解放前的两条重要线索，小说借助这样的呈现彰显忽大年的成长与工厂建设发展的轨迹。忽大年与黄老虎的关系在生动展现上下级关系的同时，拉扯出两个历史见证者交汇的目光。无论是搜集袭击者事件还是涵洞养护，两人的关系通过事件得以不断强化，与此同时，小说的速度与容量得到了提升。尤其值得注意的是，小说主要内容与叙事线索虽然与"十七年"有一定重合，但是并不能简单地将《长安》归之于"十七年小说"这一门类，因故事并不仅限于宣传，还承担着反思与文化重构的重要使命。

忽家人的名字都与时间密切相关，在"大年"与"小月"的指涉下，沉重历史的面貌忽然之间面目可亲，且颇具生活的日常况味。兄妹离散，而后重逢，吕剧既是关联这段往事的重要线索，又借此塑造了小说的文化标签。通过"唱"这一行径，《喀秋莎》《三套车》《莫斯科郊外的晚上》等歌声在小说中回荡，展现出那一时代的风云一角。后续出现的"哈啦嗦"亦是如此，写在胳膊上的俄语单词成为关联个体与集体的重要符码，在时过境迁之后借助胶带得以封存。苏联经验与新中国建设密切关联，并且具备充足的政治蕴含，由此作为小说叙述核心的"长安"与社会主义文艺生产、实践密切相关，呈现出丰富的文化层次。以至于赶赴苏联实习成为小说中的重要事件，其文化意义与政治属性都彰显着小说的历史纵深。

小说中有一个不太起眼的角色名叫释满仓，在这个眉清目秀的小和尚身上展现出古老宗教与八号工程建设之间的矛盾，而这一矛盾彰显出作者本人亦难以解决的文化困境。万寿寺所在地被划入建设领域，由此，搬迁成为必然。随之而来的不仅是大雄宝殿中的佛像、藏经楼中的书籍、墙壁上的壁画如何安置的困境，更显示出传统文明与现代建设之间的本质性质冲突，而这样的冲突进一步通过指挥部与寺庙、忽大年与小和尚之间的关系来推进。随着故事的推进，小和尚面对种种困境，最终低下了反抗的头颅，脱下了僧袍，从庙宇进入广阔社会。无论是故事中的人，还是故事外的读者，都不敢轻易为这个既不能以沮丧也不能以悲伤为之下结论的结局定论。游移的，不仅是结局，也是人性，更是文化时代中的层层重压。

故事还在继续，工程还在推进。和平的岁月往往会把军事的秘密隐藏在深处,这是小说从第二章开始便点明的显隐结构。并且在小说中,通过放大忽大年个人的国族仇恨情绪,强化了军工生产的必要性。工业生产作为一项事业所涵盖的叙事潜能与国家社会变迁的进程密切相连,由此小说因题材而获得了"宏大"的先决条件,并在此基础上呈现出后革命时代的革命热情,为城市的发展与探索提供了集体性的文化视角与想象经验。工业叙事是现代化进程的典型代表,通过对这一过程的历史性回顾,小说中的工业遗产具备蜕变为国家记忆的潜能,为中国社会主义文艺生产实践做出重要探索与尝试。

在某种意义上,从此时此刻出发重新观照这段历史不仅是一次文学性想象,其实也是一次文化反思。作为城市的西安与作为历史文化总体的西安并不能简单化约,在跨度长达七十年的工业化进程中,西安这一地标所负载的不仅是新城市样貌,更是新社会之风貌,此中所蕴含的是筚路蓝缕奠定基业的宏愿,在这一宏愿的指引下,新的国家形象亦渐渐浮出地表,展现出与近年来盛行的"新东北""铁西区"叙事不同的文化基因。

我比较赞赏阿莹的写作姿态。我之前对阿莹的工作和生活经历不太了解。我觉得在写作中他是一个文化人,是一位知识分子。小说反映出他宏大的视野和构架能力。阿莹能够摆脱他所在岗位的某种局限,他既有革命的意识,也有现代化的观念,包括20世纪80年代突破许多限制所形成的思想上文学观上的成果,他都能够吸收。这部小说保持了我们20世纪80年代以后所形成的对文学的基本理解,包括对人的理解,我觉得这也是值得我们注意的。

长安,并非是简单的怀古之地,而是军工想象之下的历史重塑,借此完成了对古都西安的一次现代形象再造。在这个古而新的称谓中,时代感、地理感、历史感相互交缠,借助忽大年等人的视野贯穿现在与历史,在其中对新中国的工业发展及工业文艺进程展开深情回望与反思,谱写了一组民族与国家的时代变奏曲。

(作者系著名文学评论家)

《长安》的"破局"
——评阿莹长篇新作《长安》*

肖云儒

  一部好作品最可贵的是创新。创新打破旧有的均衡、冲出惯性审美思维,在一些方面破旧局,出新意,给人以独到的审美感受。读阿莹的长篇新作《长安》,我感受到了这种"破局"之美。

一

  在当代文学工业题材长篇创作中破局。它贯通了我国工业题材创作在一个甲子中由"初创"到"外溢"再到"内生"三个阶段,翻开小说,20世纪50年代清纯蓬勃的社会面貌徐徐展开。那是我这个年龄的人所熟悉的"一五"时期,国家全面复苏,社会面貌和人的精神状态充盈着生气。这一段生活,在文学作品中应该说很多年没有看到了,它让你想起当年草明的《火车头》、艾芜的《百炼成钢》、周立波的《铁水奔流》、杜鹏程的《在和平的日子里》等工业题材作品。这一条描写新中国社会主义工业化建设的文学脉络真是久违了,唯其久违才显出《长安》在一个甲子之后出现的珍贵。

  阿莹是陕西人,自小生活在西安一个国营军工大厂社区,终生未改的口音却带着浓重的东北腔。这是他生活的军工社区流行的东北移民的口音,军工社区的口音改造了他的原乡之音。童年记忆使得他对军工社区的生存状态、心理经验有着与生俱来的亲缘关系。作者将自己的童年记忆和青春经历自如地融汇到作品的人物和环境之中,通过文学审美渠道将作家的生存经验投射到军工人的现实生活中。那些美好的人生记忆、生命体验和那个清纯的时代让作品的字里行间散发出一种来自生命深处的温馨,像春天新翻的土地在阳光下冒着腥

---

* 本文发表于《中国当代文学研究》2022年第3期。

洌的气息。作者曾多年在军工企业担任行政工作,改革开放后还担任过省国资委的领导,参与过更大范围的经济体制改革运行。这些经历在作家的书写中默默发酵,个体的生命体验一一转化为作品的艺术体验。真切和真诚生发美,真诚地倾吐自己真切的生命和艺术体验,是文学审美重要的一环。在这方面,作家意识到并抓住了自己的优势。

小说以第一个五年计划作为故事的开头,一直写到启动改革开放的1978年。如一些论者所言,"作品以五十万字的体量和几十个性格迥异的人物命运写就一部鲜为人知的新中国军事工业的发展史,刻画出当代文学舞台上的第一组军工人群像,用文字为军工人树起一座独属于他们的丰碑"(蒋子龙)。这位以写工业题材著称的优秀作家所说的这番话,贴切真诚,切中肯綮。《长安》完全可以视为一部新中国工业化的创业史和发展史的文学叙事。它弥足珍贵地接续了反映新中国工业化的这条文学脉落。

但问题远不止于题材层面,远不止于描绘了计划经济体制下、仿照前苏联模式却又有自己探索和创新的中国社会主义工业化道路,小说的"破局"之处在于:不但接续了描绘新中国工业化的创作脉络,更以自己大半生参与大型企业由计划经济体制到改革开放全过程的人生经历垫底,"破局"前行,以审美重释历史生活和个人经验,进一步揭示了我们共和国新兴的军工企业体系走向改革开放、古老的中华民族走向伟大复兴的历史逻辑。作品尽管没有正面展开工业战线的改革开放图卷,但小说在结尾处对"计划"与现实需求严重脱节的反思,以及忽大年从秦岭靶场返回工厂后,对自己命运的未知,已经客观呈现出了改革开放的历史必然。作者对此有着较为明确的思考。在《后记》中他讲了创作的四点想法,其中就点明了自己这方面的意图。他说,"从一般意义上讲,工业领域的改革开放与农村大不相同,呈现了更深刻、更复杂的状态。基本上是由国家主体选择试点,自上而下渐次展开的,所以主人公屡次冲击计划体制的窠臼正是工业领域改革的先声。但军工单位改革本身滞后,作为主人公,作为军工企业的负责人,在改革开放呼声初起之时,难以知晓国家层面正在酝酿的体制改革,面对上级下来的调研,必然会按计划经济的框框来估量,内心也就必然会产生痛苦和焦虑,所以在这样一个历史背景上,主人公的命运和走向实际上是可以预期的。"这种焦虑和苦闷是时代的苦闷,是军工大厂、军工人的苦闷,也是那一代人渴望创造革新的生命冲动。作者的这种认识远远超出了故事发生时代的认知水平,极具社会动态感和现实当下性。

当代文学中的工业题材创作,六十余年中大致在一个否定之否定的曲线中逐步深化发展。上述建国初期的工业题材创作是一个阶段,可以称为"初创期"。到了改革开放伊始,以蒋子龙《乔厂长上任记》和张洁《沉重的翅膀》为代表,是极有力度的"另起一段"。但此后不久,工业题材作品却大幅度超越题材界面,深度融进了当时社会的思想解放运动和人性思考之中,融进了"问题小说""都市小说"以及"市场经济生活小说"之中,它的独立性几乎消融了。这其实是工业题材创作对传统的行业题材的一次大的拓展和深化,或可称为"外溢"期,是一次"外溢"式的掘进和发展。

但工业化进程正是中国由传统社会走向现代社会不可或缺的阶段,文学再现在这方面的缺失,将如何面对历史?《长安》和阿莹的另一部军工题材话剧作品《红箭 红箭》(西安话剧院已在全国巡演)是对这种缺失的一个回应,是工业题材在"外溢"之后的一个高层次回归。看似重又回归到工业题材界面本身,重又集中展开相当纯粹的工业社区生活,其实这是一次哲学意义的否定之否定,带有"破局"意义。对现代工业社区生活的描写,在角度和深度上,与20世纪五六十年代已经不可同日而语。作家和作家笔下的人物、生活,都吮吸、浸润了新时代新的生长素而有了各自的新境界。我们不妨将其称为一次"内生"式发展期。

阿莹以自己的军工题材小说、散文和戏剧创作,较为完整集中地展示了我国工业题材创作由"初创"到"外溢"再到"内生"三个阶段,反映了在一个甲子的历史发展中,新中国工业化进程由传统计划经济到呼唤新的改革实践这一艰辛的创业史和曲折的发展史。随着生活画卷的展开,作者让我们感受到那个时代在社会、经济、历史坐标内里的命运遭际和人情冷暖,保存和展示了极具历史和审美价值的生存方式和心理经验。读者为英雄赞歌所激励,而遗落在时代搏击深处的余音和隐幽,又触动我们去思考或引发理解的、会心的一笑。文学不应只是审美化的社会史,也是审美化的精神史、心灵史,用作品保存各个生活阶段的生存样态和心理经验,是文学尤其是长篇小说责无旁贷的功能。

阿莹在这一点上的"破局",使他成为独具特色的作家。

二

但回归工业题材本体,并不是将工业社区,尤其是有点神秘的军工社区生活从整个社会生活中剥离开来、封闭起来,那既不符合生活现实,也不符合文学规律。文学视角下的任何人、任何事,都是整个社会生活中人和事的有机构成,阿莹深谙个中道理。在《长安》人物谱系的构筑中,他让军工社区生活呈现出向社会生活全维度的网络状辐射,在这里,我们又一次感受到了作者追求"破局"的文学胆识。

小说集中、细致地展开了忽大年一家和他的战友们命运的起落离散,将较为单纯的"小长安"的军工生活和那个年代"大长安"的城市风云,乃至和整个社会、国内外局势的大变动贯通一体,做了立体的表达。

小说主人公忽大年和他战友的命运和经历,使战争与和平两个时代融接一体。他们由旧社会的掘墓人转而为新中国的建设者——这是两个历史阶段的辐射;他们将长安厂区的军工生活和长安古城的社会生活融接一体——这是一种小社会向大社会的辐射;他们将社会人和职业人融接一体,既具有日常生活中的一切喜怒哀乐,使我们感到熟悉和亲切,又有行业独有的职业心理和语汇,使我们感到陌生而新异——这又是一种多重身份感的辐射。

小说通过忽小月这个人物,将中国的军工生活、军工文化向域外的俄苏文化、世界文化辐射,在极"左"的特殊环境中,造成了自己人生的坎坷和感情的跌宕,最后甚至酿成生命断崖式的戛然而止。在相对闭塞的20世纪70年代,这实在是一条罕有的、又极需勇气才能建构的生活和文化通道。

连福,一位东北籍的专业技术人员,却有一个奇特的爱好,他对历史文物分外钟情、眷恋。这种文化情怀,使他与长安古都有了深切的精神关连,既将现代科技的军工事业和长安这块土地深厚的历史文化融接到了一起,也成为忽小月钟情于他的一个文化因素。这个人物的设计,将幽远的城市文脉、人物的职业身份和自身最隐秘的感情生活融接起来。

我想多说几句黑妞儿。在文学画廊中,她是个十分有新意、有寓意的形象。传统农业文明和现代都市文明、工业文明的融接,构成了黑妞儿的人生轨迹。她以乡村传统伦理的姿态进入作品。战火纷飞的特殊环境使她与有新婚一夜之情的忽大年离散了,但她冲破一切环境和精神上的阻力和压力,有勇气自东鲁西行长安寻找心中的"他"。她并不想干扰对方现有家庭,只是希望贴近着、支持着、遥感着这个与自己有着联姻之缘的人。她的人生轨迹和精神内涵,让我们鲜明地感受到了中国女性由传统农业文明向现代城市文明融入、提升的过程,由传统伦理亲情提升到革命战友情谊的融入过程,也是由中国妇女传统的贤良忠厚向军工人的担当责任提升的过程。黑妞儿身上凝聚了不同的两段历史,不同的两个时代。

最令人钦佩的人物——忽大年;最凄美的人物——忽小月;最能在灰色人生中发光的人物——连福;最复杂而酸楚的人物——黑妞儿……人物是历史叙事和文学叙事交媾的结晶,以上种种辐射性人物布局网,使作品有了极大的社会视野和历史纵深。忽大年、黑妞儿、忽小月、连福个个写得稔熟如同故人,却又陌生有若新知。作者通过这些关键人物构成的网络,使得具有军工内质的特异人生和生存场,与社会的、大众的人生和生存场相交叠,既写出了军工社区的日常生活,又凸显了他们在军工事业中闪耀的光彩。这种光彩,由战争年代不怕牺牲的血性,到和平年代自力更生的骨气,再到军工生产的科学工匠精神,三位一体,迎面而来。

忽大年和他的战友们置个人安危于不顾,在"文革"斗争的漩涡中坚持军工生产的凛然正气,以及他在特定历史时期遗留下来的复杂的家庭纠葛;忽小月在剧烈的命运冲突和感情漩涡中的自戕,都写得非常动人。人物的性格命运,以及各种复杂的感情关系在不同程度上得到呈现。在艺术审美坐标中,人是社会关系的总和,更是感情关系、亲情关系、情绪关系的总和。作者从这个层面展开笔墨,可谓棋高一着。

这一组丰满的、罕见的军工人群像,是新时期以来文学的一大收获,具有开其先河的"破局"意义。

三

第三个"破局",是小说以军工生活作为凝聚点,侧面描写了在抗美援朝战争之后,新中国所经历的三次战争——1958年台湾海峡的金门炮战、1959年中印边境自卫反击战,以及1969年中俄边境的珍宝岛自卫反击战。作者抓住军工生产能够辐射国内外政治和社会生活走向的特殊优势,对三次战争做了延展性展示,发掘出军工生产和军事斗争的固有联系,也使作品具有国际国内的大视阈,极大地拓展了小说的格局。一部小说贯连三次战争,在当代文学史上,应该是一次"破局"之举。

从作品内容和构思的实际需求出发,小说对三场战争的描写并未正面展开,而是围绕军工生产和人物塑造的需要,撷取吉光片羽作点式描绘。用军工人的事业和生活,将国家整体生活的大走向自然地牵引出来,作品的气度和情节辐射力得到了极大的拓展。这一切都很贴切地与人物的性格命运实现了无缝衔接,突现了战争现场、战斗精神对人物的内在影响。作品因此具有了全球视野。

中印自卫反击战前线急需新型炮弹,为了尽快试验成功,在"文革"风浪乍起时已经被正式宣布"靠边站"而不再履行厂长职责的忽大年,奔赴中印之战前线"拆哑炮",军工人那种勇毅献身的精神何等撼人心魄!忽大年带着独生儿子忽子鹿去珍宝岛实战中试验反坦克火箭弹的威力,父亲举荐儿子作第一试验射手,将自己的亲人推向最危险的岗位,又是何等大义凛然!忽小月与俄苏文化千丝万缕的联系,在中苏关系的敏感期引发个人命运无端而又无助的起落,令人何等揪心!而连福一行人去东南前线送弹药搞测试那一段艰苦而又逍遥的"车震"生活,又是何等新颖独特!

战争不但是国家力量、民族精神的锻锤,也会给每个参与其中的人在精神和性格上淬火。小说展示了在军工生产和军事斗争中人们精神境界逐级升华的过程。为了民族的安危和国家的强大,在人生追求上,他们践行着军工报国的信念和科学创造的精神;在社会风浪中,他们喷薄着英雄主义的血性、工人阶级的骨气,抢攀科技高峰的豪气;在生命大道上,他们止戈为武、以强致和,以军事实力求天下太平——血性,骨气,科学精神,世界和平,由人生追求到行业伦理,再到生命大道,中国军工人的精神境界得到了一层深于一层的开掘展现。这种展现是通过对历史和现实的审美重构和文学叙事得到实现的。

崇高之美是国家力量和民族精神的审美升华,没有英雄的民族是匍匐的民族,不大力弘扬英雄主义的民族是萎靡的民族。《长安》高扬血性、骨气的英雄主义精神,给文坛吹过了力度强劲的崇高审美之风。

四

正面展开"文化大革命"这一特殊时期的社会生活图景,解剖一个军工大厂的"文革"画面,在当下的长篇创作中实属罕见,可以说这是阿莹更具创作勇气的文学"破局"。

阅读该书初稿时我曾因书中对"文革"的描写而为作家捏一把汗。所幸其后不久,党中央在《关于党的百年奋斗重大成就和历史经验的决议》中,对"文化革命"做了明确的历史评断,指出,"酿成十年内乱,使党、国家、人民遭到新中国成立以来最严重的挫折和损失,教训极其惨痛。"阿莹对军工战线"文革"生活真切而细致的展示,便有了科学的政治判断为依傍。

应该说,作家在这方面勇敢的尝试,为今后对"文革"这一段历史生活的文学表达,探了路,铺了石,摸索了一些经验。比如:

——不全程、全景地展开整个社会的"文革"斗争,更不掉入正面展开"文革"时期的上层政治斗争,而是在社会生活、军工社区生活的长卷中,在主要人物的人生轨迹和性格感情中来写"文革"。小说没有着力描写长安厂路线斗争和社会思潮的冲突,以致掉入所谓的路线之争或群众组织派性之争的套路。作者致力于表现的是在"左"的政治思潮和文化环境中,人物内心的苦闷、迷惘和焦虑,社会思潮和工作路线在作品中被转化为人物冲突、命运纠葛和心理状态。这是那个时代许多人感受过的、共有的体验。从忽大年在"文革"中职务的变迁起落、内心的苦闷隐忍,从忽小月在"文革"中生命的纠结和感情的窒息,从连福在命运至暗时刻,绝地而不弃希望等描写中,都可以感受到作家的政治智慧和艺术智慧。

——通过军工社区"文革"生活的描绘,既毫不回避地显示"十年动乱"给历史和社会造成的局限和缺憾,更着力去展示路线偏斜、社会动乱之时,作为社会和工厂中坚力量的广大干部群众即"军工人",信念的不偏、方寸的不乱、理想的不变。出于革命者内心的责任,关在"牛棚"中的忽大年偷跑出来,不顾被诬为"里通外国""崇洋媚外"的风险,和战友们偷偷地查阅研讨改进先进炮弹的外文资料,是何等感人。小说中那些挺立在"文革"风浪中坚守着生产岗位,执着于技术革新的工人群众和革命干部,才是这场大风大浪的"定风丹"和"压舱石"!这是军工人在人生风浪中的定力、中华民族在历史曲折中的定力。

长篇小说《长安》又一次告诉我们,探索永远是创作不竭的力量源泉,创新永远是创作不变的追求,"破局""开局"永远考验着作家的勇气和智慧。

(作者系著名文化学者)

现实主义的无边魅力
——在当代流行文化语境中品读小说《长安》*

徐 璐

一

2021年,中国当代工业文学收获了一部重量级作品:阿莹的长篇小说《长安》。该小说围绕转业军人忽大年领导军工企业"长安"完成各项重大任务展开故事,洋洋洒洒五十万言从建国之初一直讲到改革开放起步,用跌宕起伏的情节和丰满真实的细节支撑起一部恢宏的共和国军工"创业史"。阿莹充分发挥文学善于刻画人物心理的长处,让角色与读者坦诚相见,让读者在心灵共振中理解角色。因此,《长安》也是一部感人至深的心灵史。

近年来,国内网文界流行着"工业党"①小说。与传统写实的工业题材小说不同,"工业党"小说有其独特的故事模式:一个或一群生长于当代中国的主角,穿越到某一历史时期,在华夏故国用先进的现代科学知识与技术进行工业建设。"工业党"小说代表作有《临高启明》《大国重工》等,这些作品中强烈的改造世界的意识、丰富的科技含量和深厚的爱国情怀使之与一般的娱乐性穿越网文区别开来。

可将"工业党"小说与《长安》做个对照。前者是在想象性地解决中国现代化进程中的"李约瑟难题"②,惯用"穿越"的超现实设定;后者则是忠实记录新

---

* 本文发表于《小说评论》2023年第2期。

① "工业党"被定义为"21世纪初中文互联网上一个联系松散的知识群体和一股成分驳杂的政治思潮",该群体"以工业化和技术升级的线索翻新了社会主义建设的历史叙事"。参见卢南峰、吴靖:《历史转折中的宏大叙事:"工业党"网络思潮的政治分析》,《东方学刊》2018年第1期。

② "李约瑟难题"由英国汉学家李约瑟(JosephNeedham)提出:中国古代的科学知识在3到13世纪保持着一个西方所望尘莫及的水平,可为什么近代科学产生于欧洲而非中国?参见[英]李约瑟:《中国科学技术史:第一卷导论》,袁翰青等译,科学出版社1990年版,第1—2页。

中国第一代军工人如何解决种种实际难题,小说中的现实与历史现实同步,书中人物的每一个举措均有其生根结果的现实土壤。前者普遍具有一种乐观主义基调,致力于构建激动人心的"科技乌托邦"与"政治乌托邦";后者则根植于现实主义美学,摹写时代沉浮中坚持生产、坚持技术攻坚、坚持做好大厂管理工作的道阻且长。前者用爽文模式改写历史,展现年轻一代国人渴望早早实现工业强国梦的浪漫情怀;后者则用白描手法重述历史,抒写军工先辈们的壮志豪情,表现他们稳扎稳打的实干精神。

"工业党"小说与《长安》并非对立的关系,而是互文和互补的关系。二者以不同的方式表达国家至上、科技兴邦、工业强国的观念,共同关注为国家发展做出伟大贡献的工人群体,引领读者去深思、去切实推进本土工业的振兴。两种不同的工业叙事走的是同一条以古鉴今的路径:"扎根于正在行进中的现实,并向广阔、丰富而复杂的生活世界敞开,以充分发挥文学作为社会实践之一种的经世功能"①。

"工业党"小说的主角几乎都是穿越到建国之前或改革开放之后②,避开了《长安》故事发生的历史时期。可以说,《长安》为"工业党"补充了一段宝贵的历史经验,提供了基于同一腔热忱的另一种冷静书写。在当代流行文化语境中,《长安》是一个独特的存在,它修辞立诚,质朴大气,向读者展示出现实主义小说的无边魅力。

二

作者阿莹"从小生活在一个富有盛名的军工大院,在这座军工厂里参加了工作,又参与过军工企业的管理"③。根据亲身的经历和观察,他为《长安》的人物打造出符合时代与实际的"典型环境",也为读者揭开了戒备森严的军工厂的神秘面纱。

首先,长安厂是一个特点鲜明的生产环境。"长安"始于一个绝密任务,即建成国内第一条现代化的炮弹生产线;任务完成之后,又迅速扩展为千人大厂。在那个年代,工人是国家建设的主力军,享有很高的社会地位,进工厂当工人是

---

① 杨辉.总体性与社会主义文学传统[J].中国现代文学研究丛刊,2019(10).
② "工业党"作者通常选择明、清或民国作为穿越时间点,试图在小说里逆转国族走向衰败、落后于西方的命运;或选择穿越到改革开放之后,旨在拟构一个科技与经济腾飞得更快的国家。而选择避开建国前三十年,可能是因为"工业党"小说的现有模式很难处理这一段历史素材。
③ 阿莹.长安[M].北京:作家出版社,2021:468.

绝大多数国人的梦想。军工厂拥有相对更好的资源配给，因此更具吸引力。小说对军工厂先进的建筑和设备时有交代，但并不过分渲染，而是用更多笔墨揭示光鲜背后不为人知的真相。

军工厂用地原本是一片古墓，其间还有一座寺庙，文物贩子与和尚们给征地建厂工作增添了不少麻烦，有直接去清理现场吵架哭闹的，有把告状信直接递到国务院的，有赖在庙门口打坐念经不肯离去的。军工厂是一个兼具战场特征的特殊职场，上级命令就是军令状，完不成任务不仅是经济损失的问题，还可能造成军事失利、损兵折将的严重后果。工人队伍由转业军人组成，对自身工作的重要性和迫切性有着深刻认知。可工人们面对的是不理解他们工作的老百姓，既不能透露军令内容又必须按时完成任务，于是只能想尽办法硬着头皮上，又是拉网圈地，又是半夜赶工，也争吵干架也妥协让步，甚至劝服和尚还俗进厂工作。外人只看到漂亮的厂区拔地而起，惊讶于长安急行军般的办事效率，可唯有工人们才真正了解军工厂的来之不易。

制造尖端武器属于创新型工作，这与当时滞后的制度环境和生产条件常常发生矛盾：烟囱限高，供电不足，申请招工1500人可劳动局非要打个折扣只批1300个名额……种种问题层出不穷。向上的层面，厂长忽大年的职场也是官场，原本他应该步步小心，避免得罪任何官员。但他不畏权威，不计个人得失，全心全意只想把工厂办好。忽大年单枪匹马去同省政府协调加高烟囱，冲进市委会议去争取充足供电，抓住机会找劳动局局长要招工名额。正是他的勇毅与担当，保障了长安厂的顺畅运行。此外，小说中还有一些精短的侧写，揭露其时的官僚主义与工业生产的矛盾。例如，副市长忽临长安视察，但工人们在熔炉、轧机、车床旁热火朝天地干活，根本没法离岗去聆听指示，而车间轰鸣作响、又脏又热的环境，也让副市长无法一展他的所长。

其次，长安厂还是工人们朝夕栖身其间的生活环境。一方面，工厂有配套的集体宿舍、澡堂、篮球场、露天电影院，会给工人配发工服、陶瓷杯、毛巾等生活用品，在当时这些已是很好的福利。另一方面，上千号人的衣食住行都在厂区内进行，空间局促而物资有限，人们在生活上有诸多不便，会为抢厕所发生争吵，粮食紧张期会偷偷占地种麦，也会议论些张家长李家短并由此引发事端。阿莹既没有追求某种复古怀旧美学，将工厂里的时代之物符号化和诗意化，也没有为亲者讳，避谈工人的生活局限和性格局限。他始终致力于捕捉现实之魂,重现往昔大厂日常生活的真实质地。

有了生活实景的客观铺陈,后文用劳保手套改制围巾的黑妞儿才显得伶俐可爱,省下馒头分给小和尚满仓、省下冰棍留给侄儿的忽小月方显慈悲温柔,为工友解决种种生活困难的忽大年才会让人感念钦佩。而无论个人生活是否如意,每天长安厂必须也必然会按时开工,工人们会变成一支整齐有序的部队,全情投入工作。这是军工人的特殊性所在,他们的生活节奏必须服从于生产需求,服从于刻不容缓的国防建设需求。军工人对生活的热爱和对事业的忠诚,构成了小说《长安》的双重感召力。

反观当下一些职场小说,总在描摹五光十色的都市表象和小资生活方式,工作环境被限定在豪华写字楼,工作内容被"黑化"为办公室人事斗争,生活环境被置换成咖啡馆、日料店、健身房等消费主义场所,生活内容则被约简为恋爱或旅行。从这些虚浮的小说里,感受不到现实生活的丰富肌理,看不到人物的奋斗,找不出社会发展的阻力和动力,也无法获得《长安》带来的那种真实可感、心潮起伏的阅读体验。

最后,自然环境也是作者用心落力之处。长安厂坐落于秦岭深处,自然环境内置于工人们的生产生活环境,又延伸到外部的古城环境。

> 那是长安的最后一道工序:火工区,也就是装配炮弹的区域。只见一条公路从兵工城向秦岭山脉蜿蜒伸去,佑护着一条清溪哗哗流淌,可进去走不了几步,便会发现绿植浓密得与天相接,漫山遍野,彩蝶扑闪,静谧得怕惊扰了陶渊明当年的修行处。待进入深处,才能见到掩映在树冠后边的一排工房,错落有致地依川而列。①

主角忽大年来自山东,工友们来自五湖四海,他们在适应移居地的水土物候,也在适应从前线、农田到车间生产线的"现代"转型。每当人们被转型带来的压力、阵痛与价值分化所侵扰,就会不自觉地将目光投向厂区内外的山坡溪流与花草树木,以及高悬于夜空的明月,内心还会产生归隐田园的愿望。自然环境是看得见的物质现实,又映现着看不见的心理现实。讴歌军工建设是《长

---

① 阿莹.长安[M].北京:作家出版社,2021:75.

安》的核心,但小说不忘点出大刀阔斧的现代化进程中,人会情不自禁地依恋自然,自然成为人们重要的精神自留地。由此作者拓展了作品的维度,呼应了马克思的名言:"工业的历史和工业的已经产生的对象性的存在,是人的本质力量的打开了的书本,是感性地摆在我们面前的、人的心理学"①。正因如此,《长安》可为"工业党"提供生态美学视野的参照,提醒他们不要走向极端的技术决定论。

三

阿莹对《长安》的设计,是不应拘泥于"技术方案"或"改革方案"的正确与否,而要"抓住人物在工厂大院里的命运来铺排",使人物的喜怒哀乐带上"更为深刻的时代烙印"②。阿莹选择了一条反映"历史合力"的更难的创作之路,使得《长安》一书更为广博厚重,精彩演绎工厂发展的多点、多线、多面的融汇交织,生动讲述军工人不屈不挠的奋斗历程。

长安厂工人的构成主体是转业军人,他们在职业气质与行事风格上颇具一致性:上过战场,故而纪律性强,行动敏捷,勇敢无畏,吃苦耐劳;见过流血牺牲,因此对武器制造有着极强的责任心与使命感。

靳子是忽大年的妻子,二人相识于炮火连天的战场,彼时的靳子女扮男装上前线打过仗,当过八路军卫生员,与忽大年出生入死。解放后,靳子随丈夫进长安厂做资料员。她从不以厂长夫人自居,待人谦和,对待工作兢兢业业。小说里有一处细节:抱着一堆图纸的靳子被车间的铁板绊倒在地,可"手中图纸却没沾到一星污迹";她爬起来后笑着向人解嘲说,"多亏在部队学了点功夫"③。靳子代表着无数不娇气、不矫情、可爱可敬的转业女兵,她们在工业生产岗位上发光发热,是"妇女能顶半边天"的新时代画卷中的靓丽图景。

还有一部分工人并非行伍出身,但军工厂赋予了他们身份认同感与职业荣誉感,铸就了他们的集体意识和钢铁意志,危险的武器研制工作让他们时常如临大战,甚至还会把他们送上真实的战场亲历生死。

忽小月是忽大年的亲妹妹。她没有当过兵,因为懂俄语,被分配到长安厂担任翻译工作。老兵脾性不改的忽大年,从未给过妹妹任何照顾,还会以战士的标

---

① [德]马克思.1844年经济学—哲学手稿[M].刘丕坤,译.北京:人民出版社,1979:80.
② 阿莹.长安[M].北京:作家出版社,2021:470.
③ 阿莹.长安[M].北京:作家出版社,2021:81.

准来要求她、磨炼她。忽小月因遭人诬陷而被降职,恋人连福带上她一起押运军列,原本二人是想借此机会游览散心,却偏偏赶上了金门炮战。在前线医院,目睹年轻的战士痛苦死去,令忽小月痛心不已。经此残酷战争的洗礼,她真正认识到军工建设的重大意义,后来她遭受了更多磨难,却始终保持着军工人的责任感。

遇到技术文献的翻译疑问,心思单纯的忽小月直接写信给苏联专家咨询,一个月未收到回信,她又急迫地追加一封挂号信,全然没有考虑此时中苏关系已进入紧张期。两封信让她被怀疑为间谍,引发被调查、调岗等一系列后果,直至遭受高温铜水烧烂肚皮的严重工伤。厂里反坦克火箭弹研制的经费拨付不到位,还总有农民占用实验靶道抢种玉米,科研人员苦不堪言。忽小月听说了此事,尽管身陷困厄的自己人微言轻,但她立即挺身而出,写了一张反映情况的小字报。她一心想着保障火箭弹的研制,维护长安的形象,丝毫没有想到此举会给自己招来麻烦。最终,不堪忍受屈辱的忽小月选择从工厂烟囱纵身跳下,这惨烈的诀别也包含着她对长安厂的挚爱。对忽小月命运遭际的记叙,伴随着对她心理活动的细腻描述,阿莹让个人经验由表及里地指向代际经验,使其"真正成为一代人的特殊记忆,成为一种信息载力丰富的历史无意识"①。

忽大年失去的不只有亲妹妹。他的老首长成司令的独生子,与另外两位年轻工人一起,死于一次由他领头的涵洞抢险。他偏爱的警卫员毛豆豆,死于随他增援中印边境自卫反击战的炮火。还有他的妻子靳子,因在批斗会上竭力维护他而猝死……工友和亲人的死,令忽大年无比悲痛,但他还是选择让儿子承继父业,共同负重前行。忽大年也曾困惑沮丧,但他从未退缩放弃,危难关头他依然冲在最前面,对工作他始终干劲十足。被挂牌游斗,他关心的是以后工人还会不会听他调度生产;被关进"牛棚",他还在设法组织技术人员商讨新武器研发。是他一直实质上承担着长安掌门人的大任,团结工人为国家的长治久安而拼搏。也是他力排众议,在工厂附近建起一座长安墓园,让那些为军工事业逝去的生命有一个安魂之处。

作者着墨最多、用心最深的一个角色就是忽大年,还别具匠心地安排了黄老虎与之形成对比。早年黄老虎是追随忽大年打仗的部下,后来又跟着他进厂做保卫工作。忽大年胸怀坦荡,善学善行,敢作敢当;黄老虎却生性多疑,行事

---

① 张清华.如何构建历史与无意识两种深度[J].扬子江文学评论,2021(3).

小心,精于避祸全身。忽大年主张招纳一切可用之才;黄老虎则主张弃用任何有历史疑点的人。忽大年遭人偷袭,但他很快放下此事,专注于工作;黄老虎却把所有人都怀疑了一遍,他最喜欢干的事就是揪出"坏人"。工厂跳闸断电,忽大年迅速找出原因并立即赶往电力局解决问题,而黄老虎一直在琢磨谁是"破坏分子"。得知工人私种麦子造成火灾隐患,黄老虎以忙于修改"大跃进"报告为由,将这个得罪人的麻烦事推给忽大年处理。黄老虎的心力都用于让上头满意、让下面没话说、让自己上位,凶险场合见不到他,建设性工作也没见他操心出力。结果,实干家忽大年总在受累受委屈受处分,投机分子黄老虎则一路高升,直到坐上党委书记的位置压过忽大年一头。小说通过描绘这些真实的工作细节及二人的做事差异,写尽人间正道的沧桑。

当忽大年病危陷入昏迷,黄老虎又会前来探望,动情追忆枪林弹雨的往昔岁月,痛惜因武器装备落后而导致一个师的战友战死,流着泪唤他醒过来继续主持长安大局。读者刚感叹完黄老虎还有点良心,很快又发现他这番真情倾诉的背后还藏有小算计:他听说上头可能派下个新厂长代替忽大年,新人不知底细,那还不如继续和忽大年共事。这一再的转折,直抵人性的深处和世事的复杂,尽显作者功力的深稳老道。战场上,黄老虎甘愿与忽大年同生共死;工厂里,他却非要与老战友暗争高低。黄老虎没有做过一件违法违规的事,他也有赤胆忠心和原则底线,可他更有私心杂念,有眼界和境界的局限,时不时会给忽大年制造障碍。此即《长安》揭示的真相:历史的每一寸进步都是多方力量互相博弈的结果,一些人做出了艰苦卓绝的正向努力,带动另一些人从善如流,还有一些人则形成了盲目的反向拉扯力。

长篇小说有其独特的文体特征和精神属性,它要求作者对时代更迭中的矛盾冲突进行全面摄取,对非线性发展的历史给出全局思考,对人类的悲欢和人性的幽微做出如实观照。《长安》正是一本名实相符的长篇小说。阿莹以合理的历史逻辑与行为逻辑串起一系列事件,以具体的和立体的现实主义笔触塑造出鲜活的人物群像,让读者走进人物的生活世界和精神世界,感受"一个角色的行为具有深刻的重要性,某种重要的东西正遭受威胁,而作家在人物头顶沉思,正像神在水面沉思"[1]。《长安》赋予原本匿名的军工建设者以英雄之名,让后

---

[1] [英]詹姆斯·伍德.小说机杼[M].黄远帆,译.郑州:河南大学出版社,2015:92.

人铭记英雄们的功绩和精神。

四

2010年,有研究论文指出,由于文学的娱乐化和不再追求为时代立传,以及"工业化在当下生活中不再成为社会经济生活中的核心话语",使得工业题材不再"神圣化",致使新世纪前十年的工业长篇小说写作乏善可陈。①

转眼过去十余年,在此期间,我国工业一直在寻求转型升级与提速增效。联系激烈的国际竞争(尤其是中美竞争)综合来看,工业化应该是现阶段我国社会经济生活中的核心话语之一。相应的,文学叙事也力图反映工业领域的新变,出现了众多聚焦新能源、新型军备、智能制造的工业小说。长篇小说保持着它的史家眼光,记录不同时期的工业发展,建构新老工人群体形象。

这十余年间,移动互联网飞速发展,算法时代来临,新的媒介环境生成,文学或许变得更加娱乐化了。但更松弛自由的创作环境,更快速的网络传播路径,更多元化的价值取向,也给文学带来了生机与活力,例如网文的蓬勃发展。与此同时,文学也对流量法则保持警惕,仍在呼唤个人风格、守正创新和人文价值。异军突起的"工业党"小说也在反思自身,作者们认识到,"先进的工业技术和工业体系不可能是权力保障的基础,相反,这一基础涉及有效的文化领导权建构、系统规约的生命政治和整个社会的日常生活规划"。② 概观而言,工业题材小说仍在探寻更确切、更深邃、"总体性"的表述。

当具有史诗气质的《长安》出现,我们看到了波澜壮阔的传统现实主义长篇小说的回归,看到了流行文化语境中纯文学的坚守,看到了文学应有的神圣光辉。《长安》为现实主义工业叙事赓续文脉,它与开创新路的"工业党"小说一起,共同促成了当代工业文学的面貌更新及其评价修正。

[本文系湖北工业大学博士科研启动基金项目(XJ2021006801)阶段性成果]

(作者系湖北工业大学数字艺术产业学院讲师)

---

① 周景磊.题材的终结与生活的难度:论近十年工业生活长篇小说的写作[J].当代作家评论,2010(6).
② 赵文."工业党"如何在改造"古代"世界的同时改造自己:《临高启明》的启蒙叙事实验[J].东方学刊,2019(4).

阿莹《长安》：小说艺术中国化的一次成功实践*

弋 舟

1918年，以鲁迅的《狂人日记》为标记，"现代小说"这一强势文体正式迈开了她的中国征程。一百多年来，与中国迈向现代性的步履同频，中国现代小说同样肇始于对世界的全面学习。一度，我也持有"现代小说在本质上便是一门西方艺术"的观念，认可其在评价体系、审美范式，乃至意义阐释等诸多方面均深刻地打着西方观念的印记。毋庸讳言，在这长达一个世纪的真诚学习中，中国文学获益良多，人类优秀文化对于我们本土经验的冲击与改造，使得我们重新焕发出精神的辉光；同样毋庸置疑的是，在这长达一个世纪的真诚学习（模仿）中，中国文学又日益感觉到了其与我们集体经验与生命感受在某种程度上的违和。

这种局面，随着时间的递进，随着"中国经验"的不断觉醒与不断强劲，愈发构成了我们今天认知与欣赏中国文学时的价值分裂。这种价值分裂，业已成为我们今天评价中国文学时的困局之一。当代以来，《平凡的世界》大约是最为显著的一个例证。迄今，对于这部长篇小说的评价，依然遍布着分歧。一方面，部分"专家"对其抱有毫不掩饰的保留意见，另一方面，广泛的群众阅读基础，又无可辩驳地赋予了其经典的冠冕。类似的例证还有许多，譬如对于"十七年文学"的再评价，对于"伤痕文学""寻根文学"乃至"先锋文学"的再认识，都无不与这种分裂有着或深或浅的关联，这里面，除了意识形态意义上的国家意志的参与，最为关键的也许还是在于：相较于我们这个如此古老与悠久的文明，"现代小说"这门我们"拿来"的艺术，终究需要完成她的"中国化"融汇，以期更为准确地回应中国人自己的现实，契合中国人自己内在的审美特质。

这个判断，想来如今已有不少相近的观点，但观点的形成与佐证，尤为需要

---

* 本文发表于《光明日报》2022年6月30日。

具体实践的印证与激发。回到文学创作的现场,就是说:我们需要有具体的作品来达成认知的共鸣。长篇小说《长安》,恰是一部这样我们所需要的作品。

归纳起来,论者均敏锐地看出了这部作品的独特性——军工题材、共和国历程、国家意志等。当然,还有其成功的人物塑造、扣人心弦的故事情节等文学性的指标。而在我看来,这部作品的重要性,恰是回应了我自己对于"小说艺术中国化"这一命题的思考。

理论依赖理性,而文学的理论,还有赖于感性的参与。这部小说,凡50万字,我通读了两遍。于我而言,这不能不说是一个"奇迹",对于我这样的"专业阅读者",于今居然能够如此耐心地阅读一部长篇小说,实在是一件令自己都要略感惊讶的事。那么,是什么驱使了我的阅读? 当然,这是一个"工作",对于重要作品,我需要去阅读,并且,此番阅读也的确是带着"问题"的,我意图在作品中读出文学创作现场阙如的某些因素。但最为根本的则是——我是被作品本身所吸引着的,是那种我们称之为"快感"的阅读感受,成为我阅读的动力。这种感受,更多的,大约是受着感性的支配,而这种"感性",在我而言,亦可置换为"文学性"。就是说,当我面对一部长篇小说时,鲜有地重返了一个朴素的阅读者最为直接与最为根本的阅读需要之中。

对我来说,这堪称一次矫正。当我将这次阅读体验里的"感性"与"文学性"挂起钩来时,我知道,我已经面临着某种文学观念的辩难。何为"文学性"? 要知道,《平凡的世界》如今依然还要经受着这个问题的捶打。那个似乎已根植在我们的教科书里,根植在我们的审美准则中、铁律一般的"文学性",长期以来左右着我们的基本判断,以此,我们可以罔顾一部作品的广泛流传,甚至罔顾自己在阅读时的"感性"反应——不,这部作品一点也不像海明威写的;噢,这部作品有点肖洛霍夫的影子。显然,无论是海明威还是肖洛霍夫,我们所倚重的,实则都是某种"他者"的标准。我绝非是要否定"他者"对于我们的意义,我想要说的是:如今,困扰着我的,也许是"我"在哪里。

这次,我在《长安》中看到了"我"。这个"我",当然首先关乎我自己的一己经验。作品中所描摹的那座军工大厂,直接与我的生命经验吻合,它在现实世界,就坐落在我童年的生活环境中,由此,我才能读出阿莹是以何其准确的笔墨、何其标准的"现实主义"笔法,为我们还原了一个物理的世界。其次,这个"我"也关乎"我们"共同的经验,这个"我们",对应着的,是共和国的人民记忆。

在这个意义上,《长安》是一部共和国完成自身工业化的历史,而这段历史的波澜壮阔与风起云涌,放在整个民族的历史进程中来看,都有着非凡的书写价值。最后,也是一部文学作品最为至要的,这个"我",神奇地对应了一个中国读者内在的审美密码。阅读《长安》,我读出了《水浒传》里这般的"中国式"笔法。如果说,小说中对于人物的塑造,遵循了"现代小说"的一些规律,毋宁说,它更多的是以一种"绣像式"的中国笔法在描摹着诸多的人物。忽大年、忽小月、黑妞儿、黄老虎、连福……这一系列人物的成功塑造,几无西方作品的范式,他们更像是传统文学中依赖绘画手段"页子"造像一般的人物:不做过度的人为评价,少有冗长的心理分析,每个人都是行动着的,并且由行动本身表达着自己,以此构成了唯有"故事性"才有的吸引力,并且在行动的故事中,自然而然地具备了人的个性的美。

及此,我想到了创刊于光绪二十九年(1903)的《绣像小说》。这本李伯元主编的中国近代小说期刊,宗旨明确:发挥小说的"化民"功能,便于群众阅读理解,努力使小说通俗化,在所载小说每回正文之前,增以绣像,配合小说故事内容。其所刊小说内容广泛地反映了当时中国社会的黑暗和腐朽现象。意在使人民群众脱离愚昧走向清醒的境地,了解并憎恶现实,利于改革现状,自求生存。

"便于群众阅读理解""使小说通俗化",这些指标是不是与我们所秉持的某种小说观念相左?当一百多年前的李伯元立志如此"化民"之时,是否也要经受那个"文学性"的捶打?而对于《长安》的阅读,却令我不能不重新反思某些既有的立场。当我们因"文学性"之名,或多或少拒绝"群众阅读理解"与"小说通俗化"的时候,是否已经暗自将自己放在了"化民"之"民"的外面?这个"民",难道不是"我"、不是"中国人"吗?

凡此重大命题,距今整整八十周年前,《在延安文艺座谈会上的讲话》中早有充分地论述。历史经验不是简单地重复,于今,中国人所面对的世界,也早非光绪二十九年,但"中国性"这样的命题,从来都不应该脱离我们的视野。"便于群众阅读理解""使小说通俗化",这样的问题,《长安》都给出了富有启迪的答案。阅读这部作品,你绝不会有理解上的困难,如果阅读的快感即是"通俗化"的表征,那么,"通俗化"就不应当被粗暴地否定。这部长篇小说正是以这样一种有别于"现代小说"念兹在兹的"文学性",实现了某种中国化的文学性。

长久以来,我们的文学被赋予了"载道"的重任,但实践起来,却总是感到时时的捉襟见肘,那么,是不是我们所秉持的某种"文法",与我们自己的所欲之"道",有着某种天然难以匹配的方向?解决我们的这一文学困局,也许能够从马克思主义中国化的经验中获得启迪。中国式的、绣像的、便于理解的《长安》,给出了一个成功的方案:原来,历史变局的难以叙写,宏大的时代主题,复杂的人性想象,是可以这般符合中国人内在文化观与审美习惯地表达,而且在充分表达了"人"的同时,也能够充分地表达出时代的主体意志。在"通俗化"的表现形式中,也能够高扬出壮烈的牺牲精神与理想主义的道德诉求。

长安,本就是一个充满了"中国性"的文化符号,以"长安"之名,这部二十一世纪的中国小说,给出了一个能够令我们在今天辨析自己、考量何为"中国文学"的丰沛样本。

(作者系著名作家)

宏大主题的叙述策略

——读阿莹长篇小说《长安》随想*

阎晶明

我在总结 2021 年中国长篇小说创作时，特别强调当下小说家努力探寻多种小说元素和小说手法的融合之径。这其中，强化小说的动感，突出小说的故事性成为集中度明显的路径。特别是一些传统意义的主流作家，一些很容易被看作是严肃文学的创作，纷纷把流行小说的元素融入小说叙事中，在不失其主题表达的前提下，强化小说故事的可读性。不知道为什么，近期读到的一些小说总让我联想到这一趋势，仿佛在为我举例十分有限的某些道理作印证。放下阿莹的长篇小说《长安》，这一念头又成为我要分析作品的切入点。我必须说，这种融合和努力讲好故事的要求几乎变成了一种作家创作时的艺术自觉。这种自觉意识既是传统与现代的某种合流的要求，也是小说图书市场让作家们不得不做出的选择。当然，如果处理好了，这种选择就不应该被视作一种妥协。

《长安》是一部主题十分鲜明的小说。它叙述了在特定时代特定地域一场既重大又神秘的军工企业的建设过程。这似乎是一个小说意义上的冷门。它本身具有很强的纪实色彩，20 世纪五六十年代的西北中心城市西安，在秦岭与城市之间出现了一批陌生人，他们来自天南地北，为了一个共同的目标"长安机械厂"而聚集到一起，执行一项重大的国家项目：为国防制造重型武器。神圣、神秘、庄严、紧张，作者怀着深厚的感情和绵密的情感记忆面对这一段特殊历史，写出一代人为了一项伟大事业奉献青春甚至生命的历程，展现他们美好的心灵和奋斗精神。就阿莹本人的创作准备来说，这几乎是一个提笔就可以讲述、抒情的题材。但正像作者后记所说的那样，他为这一次创作做足了再深入现场并且翻阅大量资料的准备。对阿莹来说，最大的挑战不是可以把这段历史

---

* 本文发表于《文艺报》2022 年 7 月 29 日。

讲述清楚,如果那样的话,那么他完全可以直接以纪实文学的文体完成这一创作。

阿莹体现出强烈的文体意识,始终牢记自己创作的是一部长篇小说。且看小说的第一句:"谁也没想到,忽大年居然在绝密工程竣工典礼前醒过来了。"作者并不满足于只用一个悬念要素的开头逗引读者,长达50万字的长篇小说,展开的是一曲充满曲折的人生故事,打开的是此起彼伏的人生历程,叙述的是亲情纠缠、爱情纠葛、友情纠结以及相互碰撞而成的故事。阿莹善于营造矛盾冲突的氛围,也善于制造戏剧性情境,《长安》给了他充分的发挥空间。

作为一次拥有充分个人情感记忆的小说叙事,阿莹在《长安》里叙述的故事充满起伏变化,故事的指向是人物在人间烟火中面对的各种矛盾的冲突与化解。忽大年,这个从胶东来到长安的主角,他在工作实践中成长为长安机械厂的带头人,在重大而神秘的军工事业中奉献出了自己毕生的精力和心力。但他的个人生活却在波澜不惊中经历着种种起伏。他曾经是逃婚出走的青年,黑妞儿这个胶东女子为他后来的人生命运做了潜在的铺垫。忽大年在长安与靳子结婚生子,黑妞儿却不远千里来寻夫。再加上妹妹忽小月在中间的各种"信息传输",忽大年本来平静的人生很快上演了一场"三个女人"参与的一台"大戏"。忽大年与这三位女子之间亲情、爱情的纠缠,应当就是小说最重要的故事线索,其他的人物,黄老虎、连福、门改户、红向东等,都围绕着这一中心情节展开。从故事层面上讲,军工厂必须的基础建设与西安古城的文物保护之间的矛盾,生产炮弹中遇到的种种问题,似乎都是作为一种背景因素在展开。这是阿莹为自己找到的一种叙述策略。他要让人物鲜活,要让故事感人,总之,要让小说好看。为此,他应该在构思上下足了工夫,最终也体现出很好的阅读效果。

剩下的就是一个问题,这究竟是一部描写重大工业进程的作品,还是一部塑造忽大年个人形象,讲述其人生命运的小说。应该说,阿莹在处理表达主题与讲好故事之间,在表现国之重器的庄严与叙述个人命运的悲喜之间,努力地寻找着某种平衡。在描写忽大年个人爱情婚姻上的曲折与表现他为了"长安"奉献一生的历程之间,小说达到了某种融合为一体的效果。小说性里不乏戏剧性,戏剧性里又保证主题的弘扬。由于小说特殊的题材,"长安"更多的是指向企业的名称,地方性在小说里并非是要凸显的环境。不过,鲜明的纪实色彩和真实的地理方位,已经为小说制造了一种特殊的气氛。胶东的故乡记忆,战争岁月的烽火经历,这些"花絮"有的是作为小说故事发生在"流程"之中,也有的通过片段回忆起到补充、完善人物的人生经历作用。

正是因为这样一种叙述策略,《长安》里的故事,年代跨度长达四十年,却没有漫长甚至冗长的感觉,也很好地规避了有可能因题材的陌生而造成的沉闷感。小说里的人物故事有庄亦有谐,悲喜交错中生发出别样的人生喟叹。小说的结尾处,晚年的忽大年面对亲人的生离死别,看到毕生奋斗的事业终于为国所用,无尽的沧桑中又有某种令人动容的欣慰。

可以说,《长安》是阿莹个人创作历程中的重要收获,也为当下小说创作提供了有益启示。

(作者系著名文学评论家、中国作家协会副主席)

观"风"察势：《长安》的一种读法

杨 辉

一

以"诗""史"关系论，文学为"诗"，与史家所论之"史事"颇多分野，然"诗"之所闻所见所思所想，与"史事"亦多参差，可呈"诗""史"互(辨)证之势。近如《保卫延安》《白鹿原》《山本》，皆有较为明确之"史事"抑或原型可辨，然而作为叙事虚构作品，其所呈现之文本世界及其间故事之起承转合，人物命运之起落兴废，与"史事"虽大要相通，具体却颇多不同。远如《三国演义》，论史事或可与《三国志》对读，然复杂之事件，纷繁之头绪，人物之性情命运皆真实可感，与后者也极多分野。如以其所呈之历史观念论，"天下大势，合久必分，分久必合"。就宏阔之史变可照此理解，具体人物之命运起落，亦不出此说之基本范围，乃源自《周易》世界观念之艺术表达。对此所论之"分""合"，如不做胶柱鼓瑟解，则可知其间或蕴含着时代阶段性主题之变的复杂寓意。"此亦彼也，彼亦此也。此一一是非，彼一一是非"，非为消解辩证，而是表明事物抑或规律的历史性再临。宏阔的历史之变与具体而微的世风人心之变互为表里也交相呼应，为"诗""史"交汇的要义所在。

天地之间，消息繁多，而"宇宙如网"，呈现身在天地之间的历史人事之复杂变化，乃"史"之所为作也："史之所以无不包，以宇宙之事罔不相为关系，而不可离析，《易》之所谓感也。史固以人事为中心。然人生宇宙间，与万物互相感应。人以心应万物，万物亦感其心；人与人之离合、事与事之交互，尤为显著。佛氏说：'宇宙如网'，诚确譬也。群书之所明者，各端也。史之所明者，各端之关系也。群书分详，而史则综贯也。综合者，史学之原理也。无分详，不能成综

---

* 本文发表于《东吴学术》2023年第6期。

贯；而但合其分详，不可以成综贯。盖综贯者自成一浑全之体，其部分不可离立，非徒删分详为简本而已也。"①而统合多元而成之"综合关系"，乃"史识"之要义。如此，则可"观风察势"，即洞悉纷杂之史事中所隐显之"规律"。以此为参照，则可知刘咸炘对"史体"完备而"史识"阙如的批评之根本用心，亦可知其所谓之"杂考群书之旁见侧出者而综合之"的基本命意，本乎此，以晚明史事论，《万历野获编》及《列朝诗集小传》于"观风察势"，形成史家综合之识，远过于《明史》②。刘咸炘所论虽为史观、史识，证之以史著或属高标，然用以说明叙事虚构作品"诗""史"互证之复杂面向，或可开读解文本的有意味的路径。

二

动念写作《长安》之前，话剧《秦岭深处》（后更名为《红箭 红箭》）已较为细致地表现了阿莹对军工人及其生活与命运的深度思考。此种思考及其艺术表达，无疑与其数十年身在军工厂所获之生命实感经验密不可分。其个人生活与笔下所述之人物血肉相关的具体性，已成极为浓厚之"情结"，故而《秦岭深处》属个人的"还愿之作"。其中人物的生命和生活故事，若干感人的事迹，阿莹耳熟能详，且已凝结在他的生命里，形成了"挥之不去的军工情结"，常常令他沉浸在"过去的岁月里激情燃烧"。《长安》写作的动念与此颇多相通，但论篇幅、视野和命意，显然要更为深刻、复杂。阿莹希望经由这一部作品的写作，通过对在宏阔历史之变中若干人物之生活际遇及其价值坚守的细致叙述，教读者明了"中国崛起的秘密"，与《秦岭深处》呈现军工人之精神品格比，格局、重心已大为不同。

"中国崛起的秘密"所关涉之宏大议题，自然也不局限于书中所直接处理的20世纪50年代初至20世纪70年代末近三十年间的具体的历史经验，而是必然包含着作者对更为宏阔的历史及其流变的深度思考和把握。故此，上述三十年间重大历史和现实之变及其所涉之复杂问题，书中皆有与核心人物之具体生活现实密切相关之详细叙述。忽大年起初面对的，便是"革命的第二天"及

---

① 王汎森.执拗的低音：一些历史思考方式的反思[M].北京：生活·读书·新知三联书店，2020：159-160.
② 王汎森.执拗的低音：一些历史思考方式的反思[M].北京：生活·读书·新知三联书店，2020：153.

其所呈示之复杂境况。此如丹尼尔·贝尔所论,"真正的问题都出现在'革命的第二天'。那时,世俗世界将重新侵犯人的意识。人们将发现道德理想无法革除倔强的物质欲望和特权的遗传。人们将发现革命的社会本身日趋官僚化,或被不断革命的动乱搅得一塌糊涂……"①此即作为忽大年"对立面"的黄老虎贯穿全书的叙事功能之一。

未进入"革命的第二天"之前,黄老虎与忽大年并肩作战、出生入死,确立了堪称牢不可破的情谊,然一当进入和平年代,光宗耀祖的陈旧思想逐渐泛起,影响甚至左右了黄老虎的行为选择。也是机缘巧合,忽大年或因所谓之"历史问题"(与黑妞儿的"婚姻"及战争年代无法解释的一次死里逃生),或因现实的处境(出自家庭成员,尤其是妹妹忽小月的"牵连")而数度面临职位的"起""落"。各种原因,虽非全与黄老虎的暗中"设计"相关,但当此困难之际,黄老虎常常"落井下石",却是事实。其他如门改户等宵小之徒的暗中"构陷",无疑也是忽大年近三十年间必须面对和解决的基本"境况"和问题。平心而论,黄老虎、门改户或非大奸大恶之人,然出自个人利害的考量,却极易将他人推入不测之境,甚至让人有性命之忧——忽小月之死即是明证。此间问题,属两种不同的价值观念以及与之相应的人格之间的分歧。门改户笃信的价值观,约略近乎前人所谓之"人不为己,天诛地灭"。故而无论冒其姐姐之名进入长安厂,还是为改变自身处境攀附忽小月,继而攀附不成心生怨恨,暗中作梗致使忽小月被迫提前离开苏联返回长安厂,并因此丢掉教人艳羡的翻译工作。忽小月之死的直接原因,亦是门改户所写"大字报"。如此作为,目的不过是保住"禄位",其人格之卑下,用心之险恶,叫人为之胆寒,因之齿冷。黄老虎虽不至于此,但心有邪念,行事便不光明。此二人,乃是较为典型的于"革命的第二天"中,因现实私欲的膨胀所致的行为之"乖悖"。吊诡的是,此种"乖悖"行为及其所呈示的观念,或属"革命的第二天"中的惯常逻辑,影响力无远弗届。其所昭示的,乃是这一时期需要面对的普遍命题。"革命后社会处在一种渐变乃至静滞状态,人际关系及精神状态也更为松散、自然,个体的自我关怀突显,共同体总会因利益的分化而出现各式各样的裂隙和冲突,难以用革命目标来维系,这一

---

① 蔡翔.革命/叙述:中国社会主义文学 文化想象(1949—1966)[M].北京:北京大学出版社,2018:11.

切都预示着治理的艰难"。① 身在变化后的新环境中,能超克其限制者,为数极少。"十七年"乡村治理所遭遇的问题,亦莫此为甚。②

如稍稍放宽视界,可知即便在20世纪40年代,似这般精神"滑落"的人物亦不在少数。《保卫延安》中宁金山即属典型。至20世纪50年代初,《创业史》中的重要人物郭振山亦是如此。一当暴风骤雨式的"革命"转为和风细雨式的"建设",其战斗性和先进性渐次减退,老庄稼人发家致富的梦想遂使他成为新的"革命"的"局外人",不再因葆有精神的先进性而为时代潮流之所系,且与"新人"梁生宝存在着鲜明的对照,甚至属于后者需要"改造"的对象。其间复杂隐微的时代表达,用心亦在两种观念的阶段性冲突及最终的调适。而在《长安》故事阶段性终结的20世纪70年代末,李存葆《高山下的花环》亦呈现出其时复杂的观念博弈。梁三喜的尽忠报国思想与赵蒙生及其母吴爽的利己思想对照鲜明,发人深思。在死生之际,梁三喜把"忠诚、勇敢和智慧所包含的全部内容变为沉着",继而从沉着中又产生出"果断而不惜赴汤蹈火的行动"。"苟利国家,生死以之"。其行其思,以及其母亲和妻子高尚的行为均叫人为之动容。"烈士们用热血净化了"如赵蒙生等人的"灵魂"③,进而教后者有基于时代普遍观念的自我反省,"前些年我曾一度把拜金主义当作圣经。此时,我才深深感到,人世间总还有比金钱和权势更珍贵的东西,值得我加倍去珍爱,孜孜以求"④。此即家国情怀、牺牲精神的要义所在。如梁三喜"位卑未敢忘忧国",即便必须面对现实中的种种"难言的苦楚","但当祖国需要他们的时候,他们一个个都以身许国"。此即民族精神生生不息的精义所在,亦属真正"民族之魂"⑤的艺术表现。《秦岭深处》中的周大军,《长安》中的毛豆豆皆是如此。他们并非不知时代阶段性主题之变,也并非不能选择另一种如观念转变前赵蒙生对生活的自我设定,然而一当身处事关民族大义的死生之境,他们几乎毫不犹豫地选择以身许国。此属《保卫延安》《高山下的花环》和《长安》共同的"逻

---

① 易晖."革命的第二天":十七年合作化小说中的乡村治理[J].中国现代文学研究丛刊,2014(2).
② 杨辉."未竟"的创造:《创业史》与当代文学中的"风景政治"[J].中国现代文学研究丛刊,2022(11).
③ 李存葆.高山下的花环[M].郑州:河南文艺出版社,2020:67.
④ 李存葆.高山下的花环[M].郑州:河南文艺出版社,2020:113.
⑤ 李存葆.高山下的花环[M].郑州:河南文艺出版社,2020:126.

辑",为核心题旨所在。而贯穿其中的家国情怀和普通人的责任担当于不同年代的"得""失""存""续",因之包含着极为复杂的,与民族精神内里相通的重要意义。时"风"激荡,变化无定,人的精神定力和价值坚守之现实意义,尤为显豁。

三

详细书写核心人物于复杂的现实境况中内在精神即便历经种种诱惑和挫折磨砺仍初心不改的状况,因之是《长安》的核心逻辑,乃"史识"要义之所在。仍如刘咸炘所论,"史识在观风察势,风势万端,综贯以求,由繁至简,达于最高之原则,则见民风无过一张一弛之迭代,一切世事皆由此生"①。复杂民风,是否如其所言,乃呈一张一弛之势,姑且不论。单论由变化万端之史实史事中推演"最高之原则"(约略近乎今人所谓之历史"规律"),此观风察势之根本目的。欲明此道,"上下"(纵)"左右"(横)贯穿极为紧要。所谓"上下",乃是要打开大历史的视野,不在其所涉之历史范围内处理史事。而"左右"则是"横"观,注重"一个地域的'风'"。是故方志之于史识的重要性,便是打开和呈现"地域之风"②。此"上下""左右"之统观,亦是《长安》笔墨的要点所在。

就"上下"论,《长安》故事直接起笔于 20 世纪 50 年代初,终结于 20 世纪 70 年代末,但追溯忽大年、黄老虎的"过往",忽大年与黑妞儿的情感纠葛,却须时时返归 20 世纪 40 年代,故而故事所涉时间,还可上推十余年。如作者所述,《长安》初稿完成于 2017 年,历经多次修改,最终完成于 2021 年。故事讲述的年代固然紧要,讲述故事的年代亦不可忽视。21 世纪第二个十年的整体文化语境,也必然或深或浅或隐或显地影响甚至形塑《长安》所能开启的世界之核心面向。是故,20 世纪 40 年代迄今七八十年的整体文化和精神氛围,乃是理解《长安》的重要视域。忽大年及长安厂与时推移的自然变化,之所以足以表征共和国前三十年之基本状态,原因即在于此。也正因不拘于故事讲述的年代,亦不过多受限于讲述故事的年代的出自潮流化观念的历史观察,《长安》葆

---

① 王汎森.执拗的低音:一些历史思考方式的反思[M].北京:生活·读书·新知三联书店,2020:149.
② 王汎森.执拗的低音:一些历史思考方式的反思[M].北京:生活·读书·新知三联书店,2020:149-150.

有一种自大历史观中理解特殊年代时代变迁和人物命运变化的整体视野。本乎此,忽大年和他所在的长安厂的故事,方能从更高意义上呈现"今日中国崛起的秘密"。此为"史识",即大历史观念所敞开之世界观察的紧要处,属理解全书题旨不可或缺的重要一环。

"史家""综合之识",不仅包含上下综贯的眼光,还需有左右横穿的用心,方能跳脱既有的观念窠臼,广为综合,察知历史之变的复杂内容。此即捕"风"之意,"风"虽"万状而无状,万形而无形",却并非全然不可察知。"上下""左右"之纵横贯通,目的即在把握"风"势,为万状无形之历史材料赋形。《长安》涉及之历史、文化、现实"消息"繁多,亦呈万状相扰之势。如前所述,写作《长安》前,阿莹在小说、散文、戏剧以及艺术评论上的种种积累,皆可视为《长安》写作的"准备",其中包含着的统观陕西地域文化的视野,是打开"土风"之重要进路。陕西一名"三秦",乃关中、陕北、陕南三地之谓。以深具华夏民族历史和文化的复杂意味的秦岭为界,有南北的分野。自关中向北,可至毛乌素沙漠,即陕西最北榆林市的所在。关中、陕南、陕北虽皆在陕西,但地理特点、风土人情及文化观念,却存在着较大的差别。如柳青生于榆林吴堡,且在陕北完成了其《创业史》之前的生活和艺术准备,《创业史》却完成于关中,颇多呈现关中文化的特征。路遥亦是如此。陈忠实出生地在关中,其对关中文化之体察为《白鹿原》所持存开启儒家文化之现代境遇及其可能奠定了极为坚实的基础。贾平凹、陈彦皆生于陕南,其多元感通陕南、关中文化所开启之复杂境界,亦在多部作品中得到淋漓尽致的发挥,遂开"陕西经验"之重要精神维度。在数部剧作中,阿莹已有统合陕西地域文化的艺术尝试。《米脂婆姨绥德汉》虽有可谓偶然的"缘起",但一旦投入创作,深度了解陕北文化尤其是信天游之观念和艺术表达,即属其着力用心之处。该剧若干唱段虽"改编"自信天游之经典唱段,却被注入了极为鲜明的个人和时代特征,其他新创作的唱段无论观念、笔法,皆有极为浓厚的信天游的艺术特征。其他如《出师表》《秦岭深处》,则分明具有陕南和关中文化的基本特质。其在《大秦之道》中对关中、陕南、陕北重要历史文化遗存及其所蕴含之复杂文化精神的抉发,乃是"综合之识"的彰显,为《长安》以地域文化观风察势之基础。

四

一时代之"土风"如风之行,堪称万状相扰,莫有定规。《长安》核心线索虽十分明晰,但亦有旁逸斜出的笔墨,此非闲笔,乃是呈现时代纷繁之状的重要内容,其所努力打开的小世界虽为"长安厂",但长安厂的故事牵涉到省委、部委,再关联着三十年间整体的世界局势。不唯如是,作者还尝试打开复杂的地域文化视野,以为观风察势之重要甚或不可或缺的内容。就其要者而言,长安厂所处之西安城甚至关中的地域文化、风土人情为重要一维;而由贯穿全书的忽大年和黑妞儿的情感关系,以及忽大年在20世纪40年代的特殊经历,牵连出胶东之地域文化;加之红向东"介入"长安故事后,所带来的其父的现实经历,则表征着陕北地域文化及其所呈示之时代"大势"。如上三种,虽属不同地域,却并非互不相涉。不了解胶东文化及其所形塑之人物的品格及其价值观念,便不能理解黑妞儿千里寻夫而不得却并未因爱生恨,甚至在忽大年于特殊年代面临不测之境时可谓力挽狂澜,救忽大年于"水火"之中的根本原因。如此种种,虽非大事,但对忽大年及长安厂可谓命运攸关。不仅此也,黑妞儿以及黑家庄父老乡亲在新中国成立前同仇敌忾、奋勇抗敌的"革命"之举,虽未详述,然亦可察知中国革命取得胜利的根源,亦可解作"今日中国崛起的秘密"之一种,可与《保卫延安》核心逻辑相参看。红向东的父亲原籍亦是胶东,乃是长征时来到延安,在攻打直罗镇时负伤,此后便留在陕北,做农机站的站长。孰料20世纪70年代中后期,现实发生了叫他不能理解也万难接受的变化。"村人嫌生产队吃不饱,悄悄背着上头单干了,沟壑里崖畔上,一家一片自留地。从此村里男人像打了鸡血,一个个变成了拖拉机,没白没夜猫在田里,早把农机站忘到九霄云外了"。而以他之见,"单干就是走回头路哇","将来黄世仁的故事就要重演了"。① 此亦属《平凡的世界》第一部所要处理的重要问题。双水村的生产队长孙少安的种种尝试之举,皆属农村新的生产生活可能的探索,也预示了未来时代观念的变化。颇值玩味的是,《平凡的世界》第二部第二十六章中,以老作家黑白长篇小说《太阳正当头》的评价问题表达路遥对《创业史》与20世纪50年代之关系及其意义的基本态度,亦从另一侧面说明时代阶段性主题之变对作品文学史评价的影响②。如不能自更为开阔的眼光观察和理解文本与时代的深层关系,则难以抉发文本内涵的复杂时代命题及其意义。红向东父亲所感应的

---

① 阿莹.长安[M].北京:作家出版社,2021:312-313.
② 杨辉.再"历史化":《创业史》的评价问题——以洪子诚《中国当代文学史》为中心[J].西北大学学报(哲学社会科学版),2016(1).

时"风"虽起于似乎并不起眼的小小村庄,却有表征大时代风气之变的寓意。自后设的历史状况看,可知此风渐长,终成浩浩荡荡之势,成为理解和把握时代风潮的重要一维。或亦感应于此,长安厂靶场的所在地,关中长安沣峪口,村民们对军工企业及其实验场所之态度,虽与20世纪40年代胶东不同,却仍有内在的精神连续性。"那个大队生活在一片恢宏的古代遗址上,世世代代也没把石崖上若隐若现的痕迹当宝贝,现在山呼海啸价值连城了,似乎也看不到宝物能给百姓带来什么实惠,沣峪人已经为长安贡献了一条靶道,十多年轰隆轰隆的打炮声,已把村民赶到山梁后边去了,而一条新靶道又选择在人世代耕作的川道上,可人家听说这是国防急需的工程,二话没说又把地方给让出来了。"①如前所述,此地发现摩崖石刻,为重要历史遗存,蕴含丰富的文化信息,故而在其左近建设靶场,便需要考虑石刻的保护问题。此与作品开场长安人对文物的态度已复不同,乃是另一个时代的新的观念使然。然而虽有时代阶段性主题转换之后的观念的自然调适,其"变"分外鲜明,然"变"中亦有"常",即观风之后,所察之"势"。势所必然,理有固然。此"变"中之"常",便是时移世易,民族精神生生不息之精义。"天行健,君子以自强不息"。考诸忽大年等人物的生平行状其理如是,参之以民族大历史之变,其理亦复如是。忽大年的与时俱进,屡遭挫折磨砺却不断精进的生命和生活之"势",亦属其所彰显的共和国初创的三十年间国家发展之大"势"。非此,便不能理解忽大年精神的"变"与"不变",亦难于更为深入地阐发《长安》所持存开显之精神的要义所在。

自其变者观之,则忽大年三十年间观念、情感皆有因应现实的自我调适;而自其不变者观之,则此种调适虽多,却始终在挫折中磨砺并逐渐强化其精神信念。忽小月和靳子相继离世之后,忽大年又深陷"梅花党"之厄,几乎无法自全,当此之际,他也有自我"放弃"(脱离繁复之现实纠葛)的念头——哪怕在与苏军交战之际与敌同归于尽也好。然而通观全书,忽大年的"光荣"非如毛豆豆以及在战场牺牲的战士,他的战场在长安厂,在与更为庞大的敌人的潜在地"交战"。如《高山下的花环》中最叫人痛惜的雷军长的儿子,可能成为未来的将军的雷凯华的牺牲,那是两发"臭弹"所致。书中特意点明"臭弹"的生产时

---

① 阿莹.长安[M].北京:作家出版社,2021:439.

间,便是隐微地表达对特殊时期社会状况的反思①。此与忽大年在全书后三分之一处假借"绝密任务"之名极力推动新式火箭弹的研发的根本考量如出一辙。乃大有深意的重要一笔。

由"长安厂—陕西—中国—世界"的或隐或显的关联,《长安》打开了宏阔的世界。在此"广大"与"精微"兼备的世界中,地方经验与整体的中国经验之间的内在关联及交互生成的关系极为紧要。以核心状态论,"中国革命极为彻底地颠覆了传统的等级秩序,甚至瓦解了乡村的宗族社会"。"革命中国"之现代特质由此彰显。然在革命中国的历史表述过程中,又在多重意义上"'征用'了多方面的传统资源并同时成功地转换为一种'地方性'的现代形态"②。传统"德性政治"之当代延续,原因盖出于此。以作品细部论,《长安》较为详细地叙述长安厂创建及三十年发展过程中深厚的陕西地域文化(历史文化遗存亦属重要之一种)的"经见"甚至影响,补叙和铺陈胶东、关中及陕北三地历史和风土人情及其与中国革命的历史和现实叙述之间的内在关联,描述忽大年之外的连福、释满仓等人的文化关切等,皆是从不同侧面叙述大历史之变中地方性经验及其复杂意涵。而就作品总体观念论,中国古典传统(历史文化遗存及思想观念)、红色革命文化于现实的流变过程中的复杂交织,亦有极为丰富的历史和文化寓意。"民族形式"和"中国气派"的艺术创造,此亦为不可或缺的重要一环,可以 20 世纪 30 年代中后期至 20 世纪 40 年代末民众剧团柯仲平、马健翎的现代戏创作为参照略作说明。

如论者所言,"作为马克思主义中国化在文艺领域的具体实践,民族形式问题的提出从来就不是一种技术性的形式问题",而是极为复杂地关涉着"人民政治、民族形式和中国式马克思主义理论三者的同步建构"③。以 20 世纪 30 年代中后期至 20 世纪 40 年代末产生于延安的民众剧团的现代戏创作为例,可知深度感应宏阔复杂的时代命题,并继承和发扬地域抑或民间艺术传统,乃彼时

---

① 赵蒙生事后的评价颇有意味:"那令人不寒而栗的动乱年月,不仅给人们造成了程度不同的精神创伤,还生产出这样的臭弹!如今臭弹造成的恶果,竟让我们在这生死攸关的战场上来吞食!"参见李存葆.高山下的花环[M].郑州:河南文艺出版社,2020:83.

② 蔡翔.革命/叙述:中国社会主义文学 文化想象(1949—1966)[M].北京:北京大学出版社,2018:6.

③ 贺桂梅.书写"中国气派":当代文学与民族形式建构[M].北京:北京大学出版社,2020:47.

"民族形式"创造之要义所在。《一条路》《查路条》等尝试性作品以陕西秦腔艺术表达方式为基础,努力回应具体的、宏阔的时代命题之于新的"民族形式"抑或"中国气派"的艺术创造的典范意义,即在于此。从借用秦腔曲牌到创造性发展眉户唱腔艺术的深度考量,用心亦非在单纯的艺术创新,而是注重眉户戏在其时民间较大的社会影响力。民众剧团之所以费心吸纳眉户艺人李卜①,亦是出自此种考虑。柯仲平对此无疑有相当的思想和艺术自觉,"每一个民族,都有自己的气派。这是由那民族的特殊经济、地理、人种、文化传统造成的",而就20世纪30年代末的中国经验而言,"最浓厚的中国气派,正被保留、发展在中国多数的老百姓中"。② 具体的地域文化和生活经验与整体的中国经验的交互关系,因之是此一时期民众剧团新的艺术创造所遵循的基本原则。此后数十年间,民众剧团壮大为陕西省戏曲研究院,在新中国成立后的七十余年间,始终以此为基础,完成戏曲艺术的新的创造。其所呈示之重要经验,亦属"陕西经验"之一种,包含着深度理解延安文艺经验的创化生成及其在晚近七十年间的赓续与发扬的重要内容。《长安》与陕西地域文化之间的承续关系及其意义,亦需在这一层面得到理解和阐发。仍可延伸柯仲平对"地方形式"和"全国性"关系的说法对此问题略作说明。地方形式并非"地方认同的资源",而是"民族认同的资源"。③《大秦之道》《长安笔墨》及《长安》中自不同侧面梳理和叙述地方文化、地理及风土人情的具体经验的意义,亦非简单呈现地域风情,而是在更为宽广和复杂的意义上,说明发端于延安的中国革命经验核心观念的历史连续性,及其因应讲述故事的年代,即新世纪的第二个十年的总体语境之变,所能开出的赓续传统,扎根现实并指向未来的新的可能性的复杂意义空间。此亦说明"人民政治在民族形式的文艺实践中显现自身,而马克思主义理论的中国化创造则是通过涵纳民族形式的内在文化逻辑而完成的"。④ 自20世纪30年代末迄今近百年间,"民族形式"的探索和讨论,乃是"当代文学建构和自我生成过

---

① 丁玲.民间艺人李卜[M]//陕甘宁边区民众剧团艺术纪实编辑委员会.陕甘宁边区民众剧团艺术纪实[M].西安:西北大学出版社,1993:259-265.
② 汪晖.世纪的诞生:中国革命与政治的逻辑[M].北京:生活·读书·新知三联书店,2020:429.
③ 汪晖.世纪的诞生:中国革命与政治的逻辑[M].北京:生活·读书·新知三联书店,2020:437.
④ 贺桂梅.书写"中国气派":当代文学与民族形式建构[M].北京:北京大学出版社,2020:47.

程中的核心问题"。而所谓的"民族形式"的尝试和探索,是与时代和社会发展一般,乃呈现为不断"上出"的状态,为始终朝向未来的可能性敞开之"势"。其既包含着"形式"的不断创造,亦内含着民族文化共同体想象的重心之变。延续20世纪40年代延安文艺的精神传统,多元感通多种文化和艺术的可能,融通汇聚而成的《长安》纬度多端的意义空间的价值与此密切相关,且有表征时代复杂的精神"症候"的多样可能。① 本乎此,陕西民间抑或地域文化经验乃是"民族形式"创造过程的重要一维,其所呈示之地方性经验亦是建构整体的中国经验的重要组成部分,其意义远非"地域"或"民间"的狭隘视域所能涵盖。也因此,"陕西经验"即便不能直接对应于"中国经验",也是后者因应现实创化生成过程中不可或缺的重要一维。其作为当代文学和文化"通三统"的尝试性意义②,亦需在这一视域中得到进一步的阐释。

(作者系文学评论家、陕西师范大学文学院教授)

---

① 马佳娜.心灵辩证、"复调"叙事和《长安》故事的实与虚[J].小说评论,2022(4);蒋子龙,梁鸿鹰,等.《长安》笔谈[J].小说评论,2023(3).
② 杨辉.总体性与社会主义文学传统[J].中国现代文学研究丛刊,2019(10).

"创业"叙述、"新人"塑造和传统文化的显与隐
——《长安》阅读笔记*

杨　辉

一

读《长安》，颇具意味的参照，仍然是《创业史》。前者多写工业领域，后者主述农村生活。但农业与工业互为镜像，可交互影响，却也是值得注意的重要问题。蛤蟆滩梁生宝等人积极展开的农村改造，在新中国成立的最初几年，与城市的工业发展构成一种时隐时显或明或暗的对应关系。徐改霞在进城从事国家工业建设和留在蛤蟆滩与梁生宝一道改造蛤蟆滩的世事之间的纠结，虽无20世纪80年代后高加林、孙少平等人极为鲜明的"城乡冲突"的复杂考量，却也表征着其时城市与乡村建设之间的互动关系。重心虽在农村，《创业史》却并非对城市发展了无关切。第二部详述郭世富卖粮一节，既表明此人所标榜之持家观念的伪善性质，也说明农村和城市彼此关联，农业和工业交互影响，不可简单地分裂视之。合之则双美，分之则两伤。高抬粮食价格，必然引发农村生活所必须之工业产品价格的提升，这一番道理，在集市上被反复强调，却丝毫动摇不了仅谋私利且不择手段的郭世富顽固的内心。梁生宝创业（互助组的创造以及作为"新人"的自我创造）的艰难，此亦为不容忽视的重要一维，乃《创业史》大用心处。

就在梁生宝和他所领导的互助组在如火如荼地创造新社会的现实进程时，与蛤蟆滩相距不过数十公里的西安城，此时正在展开同样深具历史和现实意味的工业的创造。其时，新中国刚刚成立，无论农村还是城市，皆可谓百废待兴。此种"废"与"兴"，既有重建为战事所毁弃的生产生活环境的意义，也在更为深

---

* 本文发表于《中国当代文学研究》2023年第2期。

入的层面,包含着具有内在质的规定性的社会主义社会全新创造的复杂内涵。《创业史》中合作化道路与个人发家梦想,抑或深具历史和现实意义的新的"公"与"私"之间的观念和现实博弈,即属其时农村社会主义改造的题中之义。而与农村社会主义改造并行的,是新中国工业的创造,军事工业,更属其中重中之重,为"尖端科技的首选之技",乃"大国重器"的创制之所。《长安》开场未几,即补叙八号工程建设的初衷,及其背后所关涉之宏大且复杂的国家命题的用意即在此处。"国家准备开发一批项目,有军用的,有民用的",原来"报上喊叫的一穷二白,是货真价实的现状;现在,不光打仗的枪炮是外国造的,就是螺钉、灯泡、三轮车,咱们也生产不了。如果不能改变这种局面,建立起自己的工业体系,咱们用鲜血打下的江山就会拱手让出,甚至会被地球人开除球籍!"①

当此之际,忽大年临危受命,从前线返回后方,开始了绝密工程的基础建设,"当他终于明白自己将要指挥的工程,居然是苏联援建的一个装备项目,老大哥一把支援了一百五十六个,而这些项目大都是为军队准备的",军令如山,原本无意离开战场的忽大年再无犹疑,遂全身心投入工程建设中。此时他自然无从料及,自己将在未来三十年间,与数十公里外蛤蟆滩的梁生宝和他的后继者一般,需要面对和处理层出不穷的现实矛盾,面对个人与外部世界或成就或限制的交互影响所致的此起彼伏的生活难题。他的事业、生活甚至情感,不可避免地与时推移并深着大历史主题阶段性转换的色彩。正因于总体性的宏阔历史和现实视野中处理以忽大年为代表的军工人的生活和命运,以及其与国家和时代之间的复杂关系,《长安》被认为是"中国社会主义重工业的'创业史'"②。其所打开的世界及其持存开显之观念,因之有弥补文学在这一时段国家工业创业宏阔叙述上的"缺位"的重要意义,可在多重维度上与书写中国农村社会主义改造的《创业史》对照阅读。

二

就作品总体论,不同于《创业史》所涉中国农村社会主义改造过程中极为鲜明的"新""旧"人物之间复杂的观念冲突及其所致之现实矛盾,《长安》虽也叙述忽大年于"革命"和"建设"转换之际复杂的心理过程,叙述重心及其意义

---

① 阿莹.长安[M].北京:作家出版社,2021:10.
② 李敬泽语,参见阿莹《长安》,作家出版社2021年版,封底。

却远超于此①。其核心故事,起始于20世纪40年代末,终结于20世纪70年代中后期,时间跨度为近三十年。这三十年间虽有因复杂的历史原因所致之现实的动荡,但仍属社会主义建设极具阶段性"试错"意义的重要时段。军事工业更因其特殊性,而与共和国具体的历史进程命运攸关。故而在家国层面书写军工人观念和生活之变,"描写军工企业的创业之艰,发展之难",及其对军队和国家的贡献,几乎自然地成为《长安》笔墨的重心。因为对这一段历史的真实的描绘,既关涉"军工企业令人唏嘘的艰难进程",也在更高的意义上,关联着"国家发展令人难忘的曲折历程"②。如作者所述,"军事工业从来都是尖端科技的首选之技,是大国重器的诞生之地,我国几代军工人以高度的历史责任感和爱国主义情怀,默默无闻地劳作着拼搏着,形成了艰苦奋斗、攻坚克难、精益求精、勇于奉献的军工精神,为共和国的历史增添了浓墨重彩的一章,是共和国名副其实的脊梁!"③

然而虽充分意识到出于复杂的历史和现实原因,军事工业是文艺作品极少书写的内容,军工人的生活因之"总是笼罩着一层神秘的面纱",他们参与了共和国历史的重要过程,是大历史发展进程中不可或缺的重要部分,但他们皆是"一个个有血有肉的人","与普通人一样有痛苦也有悲伤"。尤须注意的是,他们"与共和国一样,沐浴过建设的热浪,经历过前进的磨难",当然也"获得过成功的喝彩"。正因"军工人忘我地奉献",才有了"我国的国防事业"不断的突飞猛进。虽亦有作为普通人必然面对的个人生活的喜怒哀乐、悲欢离合、兴衰际遇,军工人仍以其与家国历史的具体关联而秉有全然不同的品质。无私、牺牲、奉献,以超迈的精神面对艰难的现实问题,哪怕为此付出生命也在所不惜——此为军工领域"新人"的重要品质,亦是其作为共和国脊梁的价值根基所在。良有以也。

从少壮之时临危受命至渐入老境的不断精进,忽大年三十余年间生活和生命之起落、成败可谓惊险。既须面对国家交付的重任在行进过程中的巨大艰难,亦须应对早年生活的历史遗留问题。事业与家庭抑或情感问题就此复杂交

---

① 马佳娜.心灵辩证、"复调"叙事和《长安》故事的实与虚[J].小说评论,2022(4);肖云儒.《长安》的"破局":评阿莹长篇新作《长安》[J].中国当代文学研究,2022(3).
② 白烨.慷慨激昂的军工之歌:读阿莹的长篇小说《长安》[J].小说评论,2022(4).
③ 阿莹.长安[M].北京:作家出版社,2021:469.

织,难解难分,在多重意义上影响甚至左右着忽大年的境遇。与黑妞儿虽无夫妻之实,但黑妞儿对乡间价值观念的坚守仍叫忽大年难以简单地从此种尴尬境况中抽身而退。黑妞儿所知晓的他在敌人围剿、同志悉皆牺牲的特殊境况下的死里逃生,的确无法简单地自圆其说。如是种种,成为忽大年必须面对的个人生活和情感的复杂状况。加之妹妹忽小月的恋爱以及时常出格的任性之举,使得忽大年数度面临近乎"不测之境",稍有不慎便难于挽回。但无论事业和家庭问题交相"逼迫"所致之局面如何艰难,哪怕个人身处死生之境,忽大年仍然忠于国家、忠于人民,从不计较个人利害,为完成国家使命,甚至于个人荣辱进退毫不介怀。此种精神,在多重意义上可与梁生宝的品质相参看。

　　接受党的教育,兼有个人基于自身生活遭际的自我领悟后,梁生宝显然秉有20世纪50年代农村"新人"的重要品质:视集体利益或者说是国家利益高于一切,从不计较个人生活的利害得失。此为中国革命始终召唤的"新人"的核心品质。其价值仍然奠基于《讲话》关于"普及"和"提高"的辩证背后所关联的深刻的思想考量中。"在革命的文艺理论和政治哲学意义上","普及"和"提高"问题"关系到新人、新文化、新社会如何为自己奠定基础,如何通过把抽象的革命观念落实('普及')到革命阶级",从而将"这个革命阶级提高到具体化、理论化、组织化、行动化的革命观念高度上"。此为"这个革命阶级和历史主体实现自身的伦理实质和政治实质"不可或缺的重要一环。"遵从丰富的革命历史经验及其严格的政治逻辑",《讲话》"客观上为'新人'的文化世界和审美世界厘定了终极性的历史内容:它就是人类追求普遍的",而非"特权性质"的"平等、自由、解放的集体斗争经验的史诗性的自我表达"①。梁生宝在创国家大业过程中的自我创造,因之表征着20世纪50年代初农村社会主义改造过程中所召唤的新的主体所秉有之全新精神品质的重要意义。而作为军工人,表征《讲话》所设想之"新人"的新精神,忽大年的状态略有不同,他矢志不渝、初心不改,无论现实境况如何变化,自身所坚持之原则须臾不易。此种精神,唯"崇高"二字足以说明。《长安》因此也是"在当代史的背景下重新讲述着我们伟大祖国社稷干城的永恒故事"。其所书写之军工领域的"新人"及其精神,也可与梁生宝等人一般,共同彰显与共和国发展建设不同领域不同阶段密切相关之民族心史。

---

　　① 张旭东."革命机器"与"普遍的启蒙":《在延安文艺座谈会上的讲话》的历史语境及政治哲学内涵再思考[J].中国现代文学研究丛刊,2018(4).

三

即便在历史连续性的意义上,《创业史》与《长安》"讲述故事的年代"之间的巨大分野仍然存在。我们也不难在"新时期文学"所"重构"的观念中方便地处理由《创业史》到《长安》的"总体性"及其起伏和显隐。然而重要和复杂的问题仍然在于,其所依托的整体观念源于马克思《关于费尔巴哈的提纲》中的如下判断:"哲学家们只是用不同的方式解释世界,问题在于改变世界"①,是为"一种反经院哲学的哲学,它既是阐释性的也是实践性的"②。其所呈示之问题的复杂性,亦属目下现实观念的核心问题所在。"社会主义的'退场'",意味着对思想界所创制之"现代"观念"最为重要的制衡力量的消失"。其巨大的弊端必然在于,"一旦资本的逻辑成为控制我们的最为主要的力量"时,其所引发之"危机"也必然产生。此为在新的时代语境下"重启"社会主义文学和思想传统,回应复杂的、具体的现实精神疑难之根本命意。"延安文艺"经验及其在多重维度上的奠基性意义即在此处。以核心思想论,其对"社会最低需要"的基本关切乃是"民国机制"和"延安道路",抑或"人的文学"与"人民文艺"的根本分野。而就艺术观念之价值论,则"'延安文艺'是在现实与民众的结合中走向了一条'中国化'的道路"。而对延安文艺精神的传承和接续,对于"理解'中国历史',思考'中国文化'"③意义重大。如此,便可更为深入地理解《长安》的总体性视域及"新人"忽大年不息向上的精神的内在意蕴。此间无疑蕴含着《周易》系辞所谓之"天行健,君子以自强不息"的精进之途和刚健气象。④ 中华民族千百年间虽历经磨难却始终奋进的精神原因即在此处。此中刚健有为气象,不惟属民族精神生生不息之要义所托,亦属文艺作品总体性创造所能指涉的最高境界。因为在"乌托邦的构建"不再归于文学,而是"归于实践和政治行动自身"⑤的语境下,小说必然包含着"人类生活最终的伦理目的",亦即"意义与生活再次不可分割,人与世界相一致的世界"。⑥ 这也是梁生宝、忽大年们所依托的观念的出发点和落脚点,亦即人民伦理及其世界创设的核心要义。自晚清迄

---

①② 贺桂梅.《讲话》与人民文艺的原点性问题[J].中国现代文学研究论丛,2022(6).
③ 赵学勇.重新认识"延安文艺"的价值及意义[J].延安大学学报(社会科学版),2010(6).
④ 曾攀.至刚者至柔:论阿莹长篇小说《长安》兼及其他[J].小说评论,2022(4).
⑤ [美]詹姆逊.马克思主义与形式[M].李自修,译.北京:中国人民大学出版社,2018:164.
⑥ [美]詹姆逊.马克思主义与形式[M].李自修,译.北京:中国人民大学出版社,2018:150.

今百余年历史之复杂变局观之,其所蕴含之历史进步意义朗然在目。

《创业史》中所涉之20世纪50年代初具体的现实矛盾无论大小,皆可在其时中国的其他地方共同存在。如周立波《山乡巨变》风格和笔法皆与《创业史》不同,但其间以叙事虚构作品的独特的世界营构回应具体的现实问题,却包含着极多的共通处。在这一点上,湖南常德清溪村与陕西西安皇甫村并无根本不同。盛淑君们的精神和心理因应时代之变,他们作为20世纪50年代的时代新人的现实意义,亦与在蛤蟆滩上下创世事的梁生宝们在伯仲之间。其意义无疑可一并讨论。相较之下,《创业史》所尝试使用的笔法,包含着更为鲜明的时代内涵和现实意义——如梁生宝般深处同样境况,且在探索中成长的"新人",皆可在前者身上找到自家观念的对应处,亦可从中获取应对和处理具体的现实问题的重要经验。当然,就中最为紧要者,乃是汲取不息的奋进的力量。从《秦岭深处》到《长安》,阿莹始终希望写出军工人的真精神,写出他们即便面临个人生命的起落成败,哪怕身处不测之境,却仍然矢志不渝、初心不改的堪称崇高的精神。军工人的价值坚守非但不至于在复杂的现实境况中渐次削弱,反而因外部世界从未间断的困难的挫折磨砺而愈发坚韧。因是之故,《长安》内蕴着一种近乎"天行健,君子以自强不息"的振拔力量,是为民族精神生生不息之精义所在。在20世纪40年代血与火的斗争中,此种精神存在于周大勇(《保卫延安》)等战士身上;在20世纪70年代末则在梁三喜、雷凯华(《高山下的花环》)身上得以延续。忽大年的生命和生活情状,恰在二者之间,源自现实的种种挫折并未须臾稍歇,然而其非为磕绊,而是有着挫折磨砺进而玉汝于成的复杂内涵。即便在和平年代,英雄崇高的牺牲精神和忘我的奋斗精神因是得以炼成,得以光大,得以彰显民族精神攻坚克难,愈挫愈勇的不息的向上的伟力。此属"今日中国崛起的秘密"之要义所在。

四

如人论古典中国士人所能依托之思想时有言:儒家足以处常,道家足以处变。然世变频仍,心亦随之,因而如李白如苏东坡等观念常有因应现实之自我调适,故能无往而不适,能全生,能尽命,且有自家才华之深度发挥。晚清以降,此种观念已变,普通人所能依托之精神,多守常而难应变。如深度感应时代观念之变,则可知忽大年所经见的观念和文化传统要更为繁复。这当然与"讲述故事的年代"的文化观念密不可分。故而叙述历史遗存在特殊年代的文化和现实境遇,亦属《长安》用心之一,为读解书中所蕴之复杂意涵不可忽视的重要一维,乃有古今对举,交互参照的镜鉴之意。其要点有二:一为于特殊的历史时期,如何理解和处理古迹、古物的"存""续"问题;一为在特定年代,中华文脉的"隐""显"及其可能存在的精神和现实影响力的发挥。前者较为集中地呈现在八号工程建设之际对古迹的处理,以及连福收集、藏匿之文物的得失及其所昭示之时代问题;后者则较为充分地体现在释满仓这一极具时代意义的重要形象身上。自开篇以迄故事的阶段性终结,释满仓及其所认信之观念虽屡遭批判,却仍以其巨大的生命力,顽强地存在于若干人物的集体无意识甚或即便偶然一现的观念、行为中。如是种种,在说明华夏文化虽屡遭冲击,仍以其生生不息的力量,完成因应时代之变的在"因革损益"意义上的"自我"调适,且有具体的现实效力。

八号绝密工程所选之建设地在西安,即古长安的所在。故而于现实的具体掘进过程中,与历史古迹迎面相对并不稀奇。然而如前所述,《长安》叙述的重心在现实而非历史。国家在此一时期军事工业建设的宏大考量,自然有毋庸置疑的历史合理性。当是时也,在"古人"与"今人"之间,似乎并不难选择:"该为古人操心,还是为今人担忧?人们是不知道,眼下这个工程实在太重要了,多少人流血牺牲打下的江山,要想法子守住才算本事啊!"[①]长安厂所处之地,"就是历朝亡故人的汇聚地,商周的,秦汉的,唐宋的,一层压着一层"。那些视古迹保护为第一要务的文物人,似乎并不考虑八号工程建设之于国家和时代举足轻重的意义,一旦发现文物古迹被毁,便顿足捶胸,甚至与工程建设人员屡起冲突。无奈之下,忽大年只能以"军事要地,非请莫入"为名,阻止外人进入,以确保工程的正常进度。然而长安厂脚下历史文化遗存委实太多,彼时实难做到两全。作品开篇未几,黄老虎调查忽大年被袭时之所见所感,足以体现长安厂建设过程中所面对的文物古迹保护问题的复杂性:

> 宁静的大地似乎正在苏醒,已能隐隐约约看到波浪般起伏的秦岭了,听说正是这道浩瀚的山梁梁,把大地分成了南方和北方,也把各色

---

① 阿莹.长安[M].北京:作家出版社,2021:3.

草木汇聚到坡崖上,尤其那一个个神秘的峪口还能溢出一道道清冽的河水,吸引了各路神仙隐居过来,还吸引几朝皇上把帝都搁到了山脚下,现在那昂扬的轮廓好像就藏匿着多少钩沉似的。他转业到西安已经一年多了,已经习惯了这里的油泼辣子和捞面了,但他不喜欢这个地方,到处都是残垣断壁,稍一打听,砖缝里就会钻出握剑抱笏的人物,煞有介事地摆弄上一段唏嘘往事,让谁听了都会瞪大眼睛。其实,那耍弄刀剑的年月,城墙还有点防御作用,使用枪炮弹药的今天,城墙就成了显赫的靶子。不过,盘踞在这片黄土地上的王朝,演绎过一幕又一幕风声鹤唳的大剧,走在这片尘埃厚重的土地上,每脚踏下都能听到远古的钟鸣和朝堂的嘈杂,似乎也把历史一下拉到眼前了。如今,颓败的废圮与崛起的新区正好遥相呼应,尽管都是灰砖覆面,却昭示了不同年代的欲望。①

时移世易,时代的主题和重心已不复以往。新中国百废待兴,接受绝密工程建设任务,也深知长安厂建成投产之于国家的重大意义,忽大年自然废寝忘食,全力投入,并无暇顾及其他。当然,以《大秦之道》"鉴古"辑诸篇所述之文物"得""失"之际人之内心的巨大波动为参照,可知彼时忽大年绝无将文物据为己有,日后谋取私利的用心。倒是那个自东北来长安,且在《长安》故事中有着颇为重要的典范意义的连福,承载着作者关于特定年代文物的存续问题的思考。虽未接受更为复杂的文化教育,连福却因缘际会,在东北便接触过文物,深知其价值。其时,"那些地下挖出的泥人瓷马,本来就没人愿意正眼打量,都是他猫在土坑底下一件一件地扒拉出来的"。先藏于床下,后越积越多,便在释满仓的建议下藏匿于万寿寺的密室,且不时细细把玩。"那面直径有半尺的铜镜,上面的纹路细腻得像钢针雕刻的,青龙戏白虎,朱雀迎玄武,一角对应一个,形象灵动,欲飞欲舞,肯定是头模浇铸的,他锯了截枯枝做了个支架,端端正正摆在搁架中央;那尊浅绿色的耀瓷梅瓶,通体布满首尾相接的缠枝莲纹,底部还有几个看不懂的小篆,这可是一字千金啊,想必是哪位朝臣喜欢把玩的什物;还有一堆唐三彩生动得让人咂舌,有的骑马抚琴,有的坐驼吹笛,有个胖姑娘头顶花

---

① 阿莹.长安[M].北京:作家出版社,2021:2.

簪比脸都大,别人可能不明白,连福清楚这就是人见人爱的唐代肥婆哟"①。连福喜爱并甘冒风险藏匿文物的原因无他,乃是私利使然,他梦想着有朝一日将这些文物运回沈阳以牟取暴利。孰料机关算尽,最后却如竹篮打水,总指挥被袭事件,他成了嫌疑人,所藏文物不知所踪。但并不能打消他搜集文物的兴味,他去捡拾万寿寺老住持遗留之佛珠,购买农家炕头的石狮,甚至因偶然机缘竟然到了周原,有了收集青铜重器的机会。其时,听说他将要去招工的扶风县颇有古风,连福便去查询了资料,果然收获极大:"好家伙,陇海线上一个小黑点,距离西安一百多里,居然是西周都邑所在地,国之重器毛公鼎就是那里出土的,人们习惯将那地方称作青铜器之乡,可见宝贝多得出奇了"。连福大为振奋,以为其可借招工之机,去乡下走走,"若能发现一两件带工的青铜器","这辈子就可能不愁吃穿名留青史了"。② 此后果然在扶风县城城墙根的废品收购站中,发现一尊青铜大器——铜鼎。这鼎"足有七八斤重,四面饕餮,怒目圆瞪,一圈龙纹,游戏周围",尤为突出的是,那四个立足"居然是四个跪人",内沿处竟隐现两个篆字。以极低的价格收购之后,是日晚间,居然又得两件。"看来这地方真是一块风水宝地,东西上乘,品相了得,一个似称为卣的铜器,颈身一周乳钉高突,大概是母系图腾崇拜的痕迹,提梁两只夔龙,咧口獠牙,拱身卷尾,一定刻画的是心目中的猛兽。另一个酒杯样的青铜器,虽然通体素身没有太多纹饰,但敞口薄唇,腰部收束,握手处有三道高棱环绕,造型尽显生动了。"③此为"觚",乃古人宴席主持人所持酒杯,"因此演化出孤家自谦",孤家寡人之说,亦源出于此……

地不爱宝,如此等等古迹、文物猝然现身于当代人的生活中,或被视为珍宝必欲藏之而后安;或视之如草芥弃之如敝履对其价值全然无视的情景在全书中几乎随处可见,且皆有呈示特殊年代历史遗存现实境遇的复杂意义,背后乃是一时期文化观念的限度及其问题。

五

作为一部以严整的现实主义笔法写就之中国军事工业的创业史,叙述文物

---

① 阿莹.长安[M].北京:作家出版社,2021:18-19.
② 阿莹.长安[M].北京:作家出版社,2021:55.
③ 阿莹.长安[M].北京:作家出版社,2021:58.

知识不是核心故事的主要内容。如《创业史》故事的原型地,为长安县皇甫村,北距长安城不过数十里,其左近数里处,便是宗教史上颇为知名的香积寺。如再南行数十里,可入秦岭石砭峪、沣峪、天子峪、抱龙峪等重要峪口。其中寺院道观,古迹名胜不可胜数,但在《创业史》的故事中,除秦岭(终南山)时常出现,且居多表征自然之"异己"性和破坏力外——梁生宝带人上山割毛竹时所见所感及栓栓的遭遇即属典型——其他古迹名胜皆不曾述及。这当然与"新""旧"易代之际根本的观念分野密切相关。① 《长安》创作于晚近数年,时代观念已然发生极大变化,在国家层面,已然对发端于晚清,至"五四"强化的文化的"古今中西之争"的历史遗留问题有了更具新时代内涵的全新解释。以此为基础,写作者已无须面对"古""今""中""西"之间的简单的二元对立式的选择。更具包容性和概括力的文化观念,便是中国古典传统与"五四"以降的新文学传统的融通。对此所关涉之复杂思想和文化问题,他文已从不同层面论之甚详,此不赘述。② 单论此种观念如何可以打开理解《长安》的新的视野。

如作者历史文化散文《大秦之道》中所述,陕西历史文化遗存虽在特殊年代略有损毁,但仍以其数量的庞大和所蕴含之民族文化信息的精深而为世所瞩目。行走于西安街头,重要历史文化古迹几乎随处可见,"传统"与"现代"的复杂交织,在陕西的实感经验较之他处亦大为不同。故而,古老文化的遗存及其当代境遇,不仅属长安厂若干重要人物与脚下土地的现实关联,亦属由"旧中国"进入"新中国",却未能完成思想观念的"新""旧"之变,仍在旧社会习得的生活和世界观念中理解并处理新的现实的人物所要面对的具体难题。此难题及其所呈示之复杂面向,在连福身上已有表现,但真正体现作者不拘于书中所述之三十年观念局限的重要人物,是原万寿寺的和尚,后成为长安厂工人,且在作品中具有贯穿性的释满仓。

释满仓少失怙恃,因缘际会,入了佛门。也是天缘巧合,他颇有些慧根,仅追随乃师修行三年,即青出於蓝,"佛经仪规知道得就比老和尚多了"。在八号工程建设过程中,寺庙原址被征用,佛像悉数迁出,万寿寺所藏经籍被焚毁,除

---

① 杨辉."未竟"的创造:《创业史》与当代文学的"风景政治"[J].中国现代文学研究丛刊,2022(11).
② 杨辉.总体性与社会主义文学传统[J].中国现代文学研究丛刊,2019(10);关于"风景"叙述的观念之变,亦可参见杨辉.终南山的变容:晚近十年陕西乡土叙事的"风景"之喻[J].南方文坛,2022(5).

屋宇尚在,其他几乎皆已不存。即便如此,释满仓仍佛性不改,也因忽大年动了恻隐之心,让他留在长安厂,遂成书中所开之复杂精神面向的重要部分,不惟影响着周边若干人物的生活和生命观念,亦在更为广泛的意义上,表征着传统文化精神的振拔力量,即便遭逢巨大困厄,仍生生不息,延绵不绝的基本状态。而于特殊年代中华文化之慧命相续①,佛禅文化虽不能简单地全然代表,但书中几乎贯穿始终的佛家文化意象及其世界观察与应世之举,却无疑可以表达作者更为宽广的文化思考。

《长安》对释满仓形象颇为用心的塑造,并以其所持存开显之佛家观念不绝如缕的现实影响力"弥补"三十年间主流意识形态作为思想和精神依托的"缺失",同样包含着作者对此一时段人之精神和现实处境的复杂性及其问题的深度考虑。即便身在观念鼎革之后的新社会,新思想、新情感、新心理以其无远弗届的影响力影响甚至形塑了忽大年、忽小月等人物的观念和行为,然而一旦遭遇死生之际和"不测"之境,释满仓的佛家观念便忽隐忽现。如成司令的独子卢可明牺牲前,因察觉危险迫近,释满仓为他们诵经。虽未有具体的现实效用,却成为忽大年被"下放"的重要口实。此后多年间,佛家观念或多或少影响了忽大年的生活观念。如他原本牢骚满腹,前往省委大院去见钱万里,孰料得知后者的生活遭际后心里大为震动。"的确没想到堂堂省级领导的背后,居然也会发生那么多难言的磨难,看来还是那个小和尚说得有道理啊,人生来世,踏进炼狱,这不仅仅是佛教偈语,从古到今哪个人物没有经历磨难呢?所以说磨难才是一所大学……"②还如他在儿子忽子鹿为战士们做实弹演示时,无意间流露出的极为复杂的心情:"啊,啊,菩萨保佑,菩萨保佑啊!他忽然想到了满仓挂在嘴边的偈语,真个可笑,一个学了多少遍唯物论的人,这时候怎么想起菩萨了?"然而,当此爱子面临可能的危险之际,忽大年的心理便包含着更具意味的内容,不仅是自我安慰,也表现出一种身为人父的莫大的爱恋和祝愿,情词恳

---

① 对此问题,蔡仁厚有极为深刻的洞见,颇值参照。"五四以来,中国知识分子一直热衷于意识形态之争论,其实,这根本就是一个'永无休止,却又并不重要'的论争。我郑重希望大家清醒一点,豁达一点,立即回到我们'真的生命、纯一的心灵',不要再死心塌地、随着外方人的魔杖起舞了。须知华族的历史文化与民族前途,才是'最优先'的。我们应予关切,应加珍爱,以使之'返本开新、慧命相续'"(《孔子的生命境界——儒学的反思与开展》,学生书局1998年版,第124页)。虽说彼时意识形态的论争并非如蔡仁厚所论"并不重要",但他对中华文化慧命相续的说法却值得省思。

② 阿莹.长安[M].北京:作家出版社,2021:387.

切,意味深长,近乎祈祷了:"不过,都说菩萨是会保佑人的,也许射手的母亲现在就跟菩萨在一起,满仓说过靳子是个大好人,一定会被接引到极乐世界的,也许她现在就在天上看着儿子的演示,也许就在为儿子祈祷念经"①。忽大年借助佛家语汇表达自家期望之举不过偶然一现,真正较为充分地体现佛家观念之现实影响的,仍然是那个佛心始终未改的释满仓。

六

想必是因缘际会,释满仓与忽小月颇多交集。在连福不知所踪之后,释满仓一度成为忽小月心理的依靠。但释满仓虽对忽小月不乏"爱意",却并不掺杂世俗成分,故而在忽小月不幸离世之后,释满仓五内俱焚、肝胆欲裂,心中哀痛无以言表:"月月姐啊,你不该死,没人相信他们那些鬼话,你活着还有好多事要做呢,可你连一句话没留下就走了,走得人肝肠寸断啊。你一路稳稳地走好,一定会过了奈何桥,被侍女们接引到佛界净土,修炼成大家心中的菩萨。月月姐啊,你是神女,我是小鬼,我要用我的余生来为你超度亡灵。"②释满仓为忽小月诵经超度,并依照关中风俗,在亡人数个逢七的祭日,为她诵经祭奠。或许如此还嫌不够,在感知时代观念之变后,释满仓索性悄然离开长安厂,在秦岭山中重建万寿寺,日日为忽小月诵经超度,期望她往生极乐……仍是天缘巧合,这一日忽大年在山中巡视靶场修建情况,无意间偶入"万寿寺",再遇释满仓,遂有关于"武器研发"与"普渡众生",抑或"战争"与"和平"关系的深具意味的观念交锋。

依释满仓之见,人生在世,德善为先,只有消除业障,才能"轮回解脱"。故而当他知晓自己寄身的长安厂是生产武器装备时,内心便十分纠结,以为武器之功能在"杀生",与己所习之普渡众生观念颇多悖谬。忽大年对此说绝难赞同,"普渡众生,说得多好?你看到的火箭是杀人,我看到的火箭是和平。""只有把装备搞上去,才能制衡敌人,阻止战争,那才是真正的普渡众生。"③此说无疑属《秦岭深处》周大军观念的进一步深化,包含着军人关于"战争"与"和平"关系的更为深入的思考。尤具意味的是,在作品的结尾处,忽大年突感不适,晕

---

① 阿莹.长安[M].北京:作家出版社,2021:404.
② 阿莹.长安[M].北京:作家出版社,2021:330.
③ 阿莹.长安[M].北京:作家出版社,2021:462.

倒在地。其时,那万寿寺的小沙弥"举着一枝挂满青叶的菩提",为他"遮挡刺眼的阳光",并转述释满仓的话曰:"这个人就是佛"①。此真如金庸所言"侠之大者,为国为民"包蕴之宏阔的世界关切之意。此佛禅意象于全书的整体意义类乎《带灯》。于复杂的现实矛盾中,带灯勉力维护基层群众的生活和生命安全,孰料因薛元两家一场械斗而遭受不公待遇。作品色调亦随此由"明"入"暗",近乎"颓败"了。然当是时也,带灯与竹子前往新发现的一处景点,见那漫天飞舞的萤火虫纷纷落在了带灯的头上和肩上,带灯遂全身放了晕光,如佛一样。此间自然包含着理想主义的情怀,乃是书中几乎随处可见之"闲笔"意义之紧要处。那些个闲笔"游离了悲楚之界","露出乌托邦的气息",而"生命的脆弱也在这里"②。靳子、忽小月、毛豆豆之死皆教忽大年深感生命之脆弱,但他从中获得的启示非人生之虚无,而是更加痛切地意识到长安厂新式火箭弹的研发之于国家、人民的重要意义。如此,将自我短暂的生命融入无限的奉献中去,便不会在"回首往事的时候,因为碌碌无为而懊悔……③"有情怀如斯,也在三十年间因不断研发新式火箭弹而功勋卓著,为国家长治久安做出巨大贡献。如此这般,乃真正"普渡众生"之大"功业",非"佛"而何?

然此处以佛家观念指称忽大年之伟业和精神,不独包含"改造"与"转化"如释满仓对发展军工持有狭隘之观念人等的用意,亦包含作为传统文化重要一维的佛家观念现实效用"再临"的意味。时移世易,观念亦易,20世纪50年代初长安厂初建之际,忽大年可以"独断专行",排斥文物人因保护历史文化遗存所造成的延缓建厂的可能,而以强有力的军事命令,保障军工厂建设不受干扰。但二十余年后,忽大年等人所面临的现实语境已与20世纪50年代大为不同,军工厂对新式武器研发的重要性仍无须多论,但紧迫性减弱很多。当此之际,忽大年考虑靶场的建设问题时,整体的考量亦复不同。"我那天在农舍喝茶,遇到考古院的张大师喜形于色,说在靶道前方的河谷里,发现了一块摩崖石刻,竟然是唐代书法家柳公权的墨迹,记载了商於古道的兴隆,还记载了诗人们隐居和过驿的情形,所以那帮文物人视为国宝,说话都带着颤音。"④不得已,忽大年

---

① 阿莹.长安[M].北京:作家出版社,2021:466-467.
② 孙郁.《带灯》的闲笔[J].当代作家评论,2013(3).
③ 阿莹.长安[M].北京:作家出版社,2021:466.
④ 阿莹.长安[M].北京:作家出版社,2021:432.

命人重选靶场。虽仍坚持靶场实验为重中之重,忽大年却再无当初"粗暴"的处理方式。其观念之变及其意义,表征的仍然是时代精神转换的复杂命题。

尤具时代和现实意味的是,身在21世纪第二个十年,亦即以"发展"为关键词的时代,贾平凹《带灯》中的樱镇,亦面临一处摩崖石刻的发现所引发的文物保护问题。此为"传统"与"现代","旧"与"新"的辩证考量的又一典型事件,与长安厂发现摩崖石刻时间相距差不多也是三十年。真可谓三十年河东,三十年河西。这河之"东""西"之谓,重点在时移世易的时代阶段性主题的转换。中国古典传统于晚近七十年间之起落,于此可见一斑。而《长安》临近结尾处的如是处理,既说明20世纪70年代末新的时代风气之起,亦蕴含着在当下语境中总体性地观照传统与现代复杂交织之重要时代命题的寓意。古典传统虽在20世纪屡遭磨砺,却始终以其不可阻拒的巨大的振拔力量完成自身的创化生成,并融汇而成新时代更具包容性和概括力的新文化,进而发挥其成就新精神的伟力。《长安》因是表征着古典传统当代赓续的重要问题及其意义,包蕴着更为广阔、复杂的现实议题以及可能的文化应对。其所关涉之故事时间虽终结于20世纪70年代中后期,由之敞开的现实和文化问题却具有朝向未来的开放性和多重可解性。

[本文系陕西省社会科学基金项目(2019J019)、2020年度陕西省思想政治工作研究项目"'社会主义'新人形象与大学生思想政治教育研究"阶段性成果]

(作者系文学评论家、陕西师范大学文学院教授)

历史宏视与个体心魂
——阿莹小说《长安》中的辩证书写*

张 碧

在当代陕籍作家的作品中,近现代秦人长期孤绝而执着地深耕于一爿黄土,并以此积淀出复杂、浑厚的人性光辉,业已成为其恒久的地域文学主题。作家阿莹在获奖近作《长安》中[①],一方面延续了前述文学传统;另一方面,也尝试将小说设置在工业生产这一特定背景之下,通过作品中工业生产与日常生活书写、外向化与内向化言说,以及历史现实观照与人性超越的终极人文关怀等诸多貌似对立范畴的辩证性考察和叙事,显示出社会与人之间多样而复杂的关系,并以此既描绘出特定社会场域中秦人的生存样态和意志品质,同时,也表达出作家关于文学的历史、社会与人性维度的全新思考。

一、工业生产与日常生活:历史叙事与个体生命间的辩证书写

学者段建军指出,小说叙事所围绕着的"长安",是一个同时涵盖着"生产空间"和"生活空间"双重叙事功能与价值意义的空间形式[②]。无疑,从事物质生产,是人类文明得以延续的基本社会活动,也由此构成历来历史题材作品的主要思想旨向与文体范式。然而,历史书写多以宏大叙事的方式,包举宇内地勾勒出史实的主要框架及其意义,却往往无法在具体事件的流变过程中,关注每位普通参与者在其中所扮演的角色,更无暇顾及他们在事件的发展中,所经历的种种欣悦苦楚、悲欢离合。而在《长安》中,对作为历史性表征的生产活动的描写,与对普通生产者人生历程和况味的表现,同时呈现于作品中,使其实现

---

* 本文发表于《大西北文学与文化》2023年第2期。
① 师念.作家阿莹获"第三届中国工业文学作品奖"[J].陕西日报,2022-12-30.
② 段建军.新时代现实主义文学的重要收获:评阿莹的长篇小说《长安》[J].小说评论,2022(4).

了对史性和人性两种书写向度的辩证观照。

小说执着于描写"长安"兵工厂这一特定的空间背景,以史诗般的吐纳、玉宇般的气魄,描述了自第一个五年计划以来,直至1978年改革大潮拉开序幕期间"长安"的辉煌与沉浮,从而为这一特定空间赋予时间维度与意义,也使之具有了苏联哲学家巴赫金所说的"时空体"的价值功能。然而,在对时间与空间的呈现分布上,作者继承和体现出中国传统史性书写的叙事特征。美国汉学家浦安迪认为,中国史学书写传统中的叙事者,既"保持新闻实录式的客观姿态","又以批评家或者评判人的姿态出现"①,从而使历史叙事保持了浓郁的文学与美学色彩。纵观《长安》的基本背景,横跨建国以来二十多年时间的故事框架,使其带上了鲜明的历史史诗特征。然而,作者却并不对"史诗"一味进行粗线条的宏大叙事勾勒,而是坦陈,"军工人有着与普通人一样的欢喜和烦恼,需要着普通人一样的柴米油盐"②,从而更注重对这段历史进程中,诸多个体的不同生命、精神历程的细腻描绘,并以这种叙事形式来暗示:无论何等磅礴、崇高的历史叙事,它的后面都隐藏着不可胜数的民众那细碎、平凡,却又伟岸、璀璨的个人生命叙事。

鲁迅在评价宋代话本《新编五代史平话》这一古典叙事性作品时,认为"全书叙述,繁简颇不同。大抵史上大事,即无发挥。一涉细故,便多增饰"③,事实上,这也在很大程度上概括出所有中国古典叙事性文学——尤其是白话小说普遍采取的叙事策略。在《长安》中,这种从叙事节奏层面,对历史的宏大叙事与个体事件的微观叙事进行把握的叙事手法,显然与中国古典叙事文体十分接近。无论是关于苏联援建计划,还是关于中印战争等重大历史事件,作者都以中国传统小说的书写方式,以高度凝练的宏大叙事方式,对其基本线索进行概括。同时,虽以军事工业生产为基本故事背景,却并不过多描写生产者如何沉浸于精确的数据、徘徊于绵延的流水线间,相反,小说将更多的笔墨倾注于对"长安"厂中诸多生产者个体存在与生命的描摹,乃至品味之中。

人漫长的一生,当然无法脱离不同情感的滋养,"情"是人类立身斯世的基本需求,也体现出人类最为可贵的精神品质。小说着意描写了"长安"中形形

---

① [美]浦安迪.中国叙事学[M].陈珏编,译.北京:北京大学出版社,1996:16.
② 阿莹.长安[M].北京:作家出版社,2021:468.
③ 鲁迅.中国小说史略[M].北京:商务印书馆,2011:106.

色色人物个体的情感世界与经历,并以不同人物的情感,作为贯穿整部小说的主线和诸多辅线。在作者看来,对情感的描写,显然构成每个人物个体最为重要的生命形式。无论是忽大年与黑妞儿间坎坷、坚贞而饱含传奇况味的情爱,黑妞儿对忽小月略显侠义色彩的、女人之间的友情,抑或忽大年与黄老虎经历过沙场上血雨洗礼后的战友生死之情,成司令的父子之情,忽小月分别与连福、满仓间不同意味的男女之情等,无不令这许多人世温情溢出字里行间,彰显出浓郁的人文气息。小说虽以工业生产为基本线索,却并未描写任何工业秩序对人的性情、价值和生活理念的现代性塑型,反而通过对诸多富含农业文明气息的人伦情感因素的描画,"比技术问题更复杂的是人的感情"①,从而在有意无意中,辩证性地暗示出这样一层意味:在中国从农业社会向工业社会形态转型的过程中,秦人仍旧保留着粗烈、质朴而温馨的传统伦理意识与情感。

  小说中,黑妞儿始终怀揣着对忽大年的情谊,尽管并未真正完婚,黑妞儿却执拗地认为自己就是忽大年没有名分的正房。早已与靳子成婚多年的忽大年,对黑妞儿自然态度冷漠,唯恐避之不及。即便如此,黑妞儿伏击、怒骂忽大年的种种貌似粗陋的言行,却依然以一种反讽的姿态,显示出一个村妇对两性情感真挚而忠贞的态度。此后,在对自己与忽大年婚事的想象中,黑妞儿"要领着男人在黑大爷坟前美美地哭上一回,要哭得九曲回肠",在婚宴上,她要"把叔叔婶婶背过来,把村里见过的没见过的长辈都请来。"②尤其是忽大年被关入地下室后,甚至无法等来受过现代教育的亲生儿子对自己的问候,在悲愤而万念俱灰的心境下,却侧耳听到前来照看自己的黑妞儿,因不符合"亲属"身份而与门卫争吵的聒噪声:"我俩拜过堂,算不算亲属?"③黑妞儿对忽大年的执着情感,自然是对旧时代传统乡规村俗的遵从,似与"个性解放"的现代启蒙话语并不相符,然而,却也分明体现出农业社会中对待伴侣严肃、忠诚与坚贞的素朴美德。

  在现代工业社会背景下,这种凸显农业文明情感与伦理的书写,还体现在面对人生暮年的来临而唏嘘不已的忽大年身上。在经历了人世沉浮、世态冷暖后,忽大年希望自己退休之时,尽褪铅华而归隐乡野,在人际间充满脉脉温情的

---

① 阿莹.长安[M].北京:作家出版社,2021:96.
② 阿莹.长安[M].北京:作家出版社,2021:455.
③ 阿莹.长安[M].北京:作家出版社,2021:418.

乡村生活中,抚平辛甘荣辱的人生百味所留下的精神印痕。在小说的另一处,带有传统社会中家长做派的忽大年,假意以活埋的粗鲁方式逼迫小妹结束爱恋关系,这种行为虽显旧时父权制社会的戾气与愚昧,但也不得不说,其中蕴藏着一位兄长对亲生胞妹深沉而浓烈的眷眷之情,是中国农业社会形态下以血缘维系情感纽带的鲜明表征。

总而言之,在现代工业社会秩序中,由于生产、生活方式对现代人的心理结构进行了全新的塑型,人往往形成全新的伦理道德,尤其是形成以追求生产效率为旨归的淡然而冷漠的人际交往价值尺度。然而,《长安》在描写现代工业秩序下的生产、生活的过程中,却辩证性地认识到,并着意描写这一过程中普通生产者源于农业社会的观念与习性,且尤其注重写人们对农业社会式人伦温情的恪守,这既是对历史中个体价值的理性认知和人文关怀,同时,也体现出对社会转型时期秦地民众人伦风貌的历史性反映,表达出对现代社会秩序中遵循传统伦理的人性光辉的真情向往。

二、历史再现与心灵言说:外在叙事与心灵真实的辩证书写

在西方近代文学史上,存在着"外向型"与"内向型"两种貌似对立的书写范式。前者以人物行为、行动和事件、情节为主要内容,而后者更加倾向对人物精神世界和心理活动的展呈。在《长安》中,外向型和内向型两种书写范式,以辩证的、彼此交融的方式得到有机表达,彰显出特定的历史与人性内涵。

一般而言,史诗性小说往往会通过对重大历史事件自身的陈述,以及对事件中不同人物各自的生命轨迹分别进行详尽描述的方式,从宏观、微观的叙事角度,对整个历史事件做整体勾勒和细节言说。毋庸置疑,外向型的书写方式,或曰对外在事件的叙事,构成了史诗性小说的基本写作方式和内容呈现途径。与之不同的是,《长安》在保持了史诗性外向型叙事基本策略的同时,注重将内向型书写贯穿其中,表现人物个体丰富而幽微的心灵世界,从而试图在外向与内向型书写之间实现艺术与伦理效果的辩证统一,实现对外在客观事物的反映与人物的内在真实的表达的双重目的。

不难看出,对人物心灵世界的内在展示,往往是通过不同的外向型叙事方式而施展开来的。小说往往借拥有旁观视角的叙事者,从特定人物的视角来观照事件,并在这一过程中暗暗考察人物的外在言行,以对人物状貌的描摹窥视

和揣测人物的内心世界。小月在踏上不归之途时,叙事者对小月的动作和行为做了悉心的描摹:"她慢慢地打开衣箱,找出自己喜欢的那件藕粉色上衣和藏青色长裤","她木木地朝窗外看去,月光忽然明亮起来,忽闪得人影晃来晃去。"①正是借助这种描写,一位妙龄女子在临别斯世之时,对世界的美好、曼妙的留恋和不忍之情,跃然纸上。小月殒身之后,昔日的战友红向东独自来到友人亡故的地方,"红向东向上仰望暗暗吃惊,高高耸立的烟囱默然不语,一排从下而上的铁梯,像一个巨大的惊叹号,镶刻在细细高高的塔面上。"②忠诚的战友、同时也是怀着淡淡恋情的心上人,一颗灵秀而高贵的心灵就这样别离人世,红向东内心的痛楚和悲愤,正是通过叙事者对烟囱、铁梯等客观语象饱含苍凉况味的描摹而淌出心际的。由此可见,叙事者在对人物行动或外在事件的叙事,与对个体心灵世界的描绘之间不断游移,从而在叙事形式上暗示:历史波澜壮阔的前进历程与貌似微森的个体命运轨迹不可分割。

有时,小说又安排人物以独白的方式来直抒内心情感。忽小月去世后,往往以家长自居、且偶显戾气的忽大年,却向身处彼世的妹妹发出了"有多大的事你说嘛!咋能走这条路呢"的痛楚心声③;忽大年在精神迷茫之中恍惚产生小月重返办公室的幻觉,更是叙事者对人物精神世界的直观写照。然而此处,焦克己的言行却更体现出小说的匠心之处。在小月的追悼会上,一向谨言慎行、甚而略显木讷的"焦瞎子",面对小月遗体,发表了大段沁人肺腑的独白,表达了对故去之人的由衷喜爱与泣血椎心之痛。作者这样安排,固然希望借此体现出一名科研工作者忠厚朴实的面貌,但更重要的是,当一位平日讷言谨行的工作人员,却一反常态地喷涌出内心的真情话语时,小说便借人物习性的矛盾与反差、人物前后性格的张力,显示出人性中内在精神极具震撼力的复杂性。巴赫金认为,一个时代可能既存在反映社会意识形态的、宏大叙事的"重音符号",同时,也往往充满着不计其数的个体的声音④。由此观之,在《长安》的外向型宏大叙事中,作者以这种独白的方式将诸多人物个体的内心活动直白地和盘托出,从而再次彰显出对时代鸿音与个体声音间密切关系的深沉思考。

---

① 阿莹.长安[M].北京:作家出版社,2021:320.
② 阿莹.长安[M].北京:作家出版社,2021:333.
③ 阿莹.长安[M].北京:作家出版社,2021:325.
④ [苏]巴赫金.周边集[M].李辉凡,等译.石家庄:河北教育出版社,1998:363.

在《长安》的叙事策略中,存在一个极为明显的特征:叙事者时而独立发声,表达自己的观点与评价;时而替人物发声,为人物表述其情感与观点,亦即体现出叙事学的"抢话"现象①。这便使得叙事者不断在对外在事件保持基本叙事、对事件的独立评价及向人物"抢话"之间,发生功能的转换。这是作者在表现人物精神世界时所使用的常用手法,叙事者的语言和人物的意识浑然一体,难以分辨到底是谁在发出声音,并表达着自己的立场。在小说中,对这种技法的娴熟运用比比皆是,例如,"忽大年一边苦笑,一边望着屋顶暖气管。人啊人,若想走上这条路,就是一个不折不扣的懦夫了,他乃一介铁血军人,是不是意志消退了呢?"②这样,忽大年和叙事者分别作为叙事主体,而两人的声音,乃至意识彼此产生冲突,尤其是"人啊人……消退了呢"一段,很难判断到底是忽大年在以一个第三者的眼光品评自己作为军人的人格,还是叙事者被以"抢话"的方式,在以一个热心的旁观者身份检视着忽大年的意志品质。人物的精神活动与话语言说,与叙事者声音发生混融之后,也便更容易令读者产生一种印象,叙事者在从小说"上帝"视角俯瞰人世,且表达着关于历史的宏观叙事的同时,也往往进入对个体精神世界的深入观照,分享着他的喜怒哀乐,替他说话,并为他的人生轨迹表达着自己的欣悦与痛楚。

由此,小说既通过外向型叙事手法,对历史总体发展和人物行为分别进行了宏观与微观的览察,同时,也以内向型叙事手法对个体的精神世界进行观照,从而在形式层面,隐喻地表述了这样一种辩证性的观念:宏大而伟岸的历史长河不仅是由无数民众的生产与生活活动构筑而成的,其中更是隐藏着这些个体难以名状的、万态千姿的精神向度。

三、经验叙事与人性追求:肉身的生活与精神超越间的辩证书写

《长安》中所描写的人物群体,在特定的工作场域各司其职,秉持着发展军事生产的共同社会目标。但毋庸置疑的是,尽管如此,在这一生产过程中,各色人等却也怀揣着各自不同的生活目的和精神旨向。这里面,既有忽大年、焦克己这样为国防事业倾尽毕生心血的忠诚国士,也有门改户、哈运来等借公共生

---

① "抢话"指人物使叙事者表达自己的观念、意识和话语的叙事现象,参见赵毅衡《当说者被说的时候》第六章第四节,广西师范大学出版社,2022年。
② 阿莹.长安[M].北京:作家出版社,2021:417.

产活动的便利而损人利己,甚而包藏祸心的宵小之徒。当然,亦不乏黄老虎这样既有赤诚热血也偶有一己之私的人间凡夫。

在小说中,不同人物在肉身与精神两种人生状态之间,或执念一端,或徘徊游移,而作者正是通过对芸芸众生在两者间的抉择方式的比较,凸显出"肉"与"灵"间微妙而深刻的关系,以及人在突破人世的束缚、实现精神超越后的笃实而超脱的人生。所谓"超越",指不再受人生中有限经验的桎梏,尤其在摆脱俗世名利的樊笼后,实现了或酣畅淋漓、或自然祥和的人生境界。尽管如此,不可回避的是,人生往往经由现实经验中诸多艰辛、痛楚、悲怆的洗礼,方能辩证性地深味、体悟和实现这种人生的超越。在《长安》中,诸多人物正是在经受世间纷繁芜事的变迁后,体会到了人生的真谛,并以不同方式实现了自己在"灵"与"肉"间的和谐相处,达到了人生超越性的高妙境界。

小说并未将忽大年全然塑造为一个完人形象。他身上的优秀品质自然毋庸赘言,但同时,也往往体现出平凡,甚而鄙俗的一面。在第一次新婚之夜,留在黑妞儿身上的牙印,让人看到一个男性平凡得无以复加的情肉之欲;令人颇为反感的是,他通过活埋的方式,迫使小月顺从自己的家长意志。这样一个有着无可避免的人性品质,乃至精神缺憾的男人和兄长,固然有着俗世庸常的实相,但在国族生死危亡之际,一颗忠于民族大义的心灵,蜕去了自己久藏其中的皮囊而升华为感人至深的精魂。随着红布撤去,山石上的英雄浮雕展现,忽大年大喝一声:"英雄也是人,一定也不想死……这两位英雄是子弟兵的骄傲,也是抽打在我们脊梁上的鞭子",而这鞭子"是长安人义不容辞的责任。"①显然,对忽大年来讲,军事生产是一种以认识、规划和改造世界为目的的行为,是与经验与实践领域息息相关的物质创造活动。然而,技术是人类达到新的精神高度的必备手段,"理想和新的目的观并非技术的副产品,它们不是技术的直接成果,而必须基于技术而又超出技术、批判性地阐释技术,才被创造生成。这是一项独立的精神创造,它必须在精神层面上把握。"②正是这种物质性实践,使忽大年和众多爱国志士在这一过程中,将诉诸身体的生产活动,内化为精神世界中实现精神与人性超越的必经之途。

同时,对忽大年而言,这种超越的途径也随着人生的绵延而发生着变化。

---

① 阿莹.长安[M].北京:作家出版社,2021:284.
② 尤西林.阐释并守护世界意义的人[M].北京:华东师范大学出版社,2017:68.

山谷靶场的火龙呼啸而过,意味着新型武器研发成功。此时此刻,忽大年在发自内心的释然之后,在联翩浮想中,仿佛看到自己与黑妞儿回到乡下共度晚年的画面,让自己饱经风霜的身心得以宁静,安然沉浸于田园牧歌般的自然生活中,也使得洗尽铅华之后的心灵,真正得到超然于世的升腾。与之相比,黑妞儿的超越之途颇为相似。一个来自偏僻村野的女子,在一番艰辛坎坷的寻夫历程之后终成正果,并在亲朋乡邻的祝福之中,在传统社会温馨质朴的人性氛围之中,复返到一个属于村野女子的生命港湾,也由此终于达到了人生的至境。

  此外,僧人满仓的超越之途则颇为不同。按理说,笃信"色即是空"的佛家子弟早已看破红尘俗扰,对极乐世界的追求本身就是一种超越。然而在"长安"的一番生产生活,让满仓在经历社会生产活动的繁忙之余,也在与忽小月若即若离的情感之中,品味到一丝清淡而馨香的人世温情。小月去世后,深味于万千愁绪、人世无常的满仓再次遁入空门,一方面试图撇清与人间俗情的瓜葛;另一方面,却又将小月的遗物供于佛堂,为其超度。从满仓略显悖论的举动中不难想见,与其说他在试图以佛堂仪式荡涤自己曾受俗世侵扰的心灵,倒毋宁说,是小月这来自人间的精灵,以她的美丽、智慧与崇高的心灵,默默地感染和滋养着一个脱离俗世的修行者最为幽深的内在世界。换言之,对满仓而言,最令其动容和实现精深升华、超越的,并非纤妙的梵音和深沉的佛理,反而恰恰是来自人间光辉而质朴的人性力量。小说最后,作者借小沙弥之口,通过忽大年以社会责任理由来说法和感染满仓这一情节,再次强化了满仓的这种执着于人性而非神性的超越理念:"师父说了,这个人就是佛。"①

  可见,小说在塑造诸多人物形象时,往往以人间俗世的肉身生活,作为人物各自实现心灵超越的基础,从而使作品在对人物的现实生活进行写实的同时,也通过不同维度强调了人类精神向度的重要性,从而辩证性地表达出特定历史时期别具一格的浪漫情感和伦理激情。

四、结语

  作为一部工业题材小说,《长安》一方面真诚地陈述着象征着国族、社会进步的工业生产活动;另一方面,更是通过对历史、社会与人生彼此关系的悉心考

---

① 阿莹.长安[M].北京:作家出版社,2021:467.

察与深沉体味,把握历史发展的宏大叙事与个体生命之间不可分割的辩证关系,并在小说中将这种关系诗性地予以书写和呈现。毫不夸张地讲,《长安》既是一部记录中国现代军事工业发展史的史诗,同时,更是一部刻画特定时期国人心灵、精神世界的风俗史,其深厚的史性价值与人文内涵,必然会激荡着时下每一颗有着历史与人文意识的心魂。

(作者系西北大学文学院教授、博士生导师)

比高原更高的*

张清华

我们约了从美国俄克拉荷马大学来的一位学者乔纳森·斯道林先生一起看戏。之前,还有点幸灾乐祸的想法,心想,总说"洋鬼子看戏——傻眼",这回倒看看他的反应如何,"傻"到什么程度。他问我们是什么音乐会,我们便如实说是"秧歌剧",他问秧歌剧到底是什么剧,我也没法给他解释清楚,于是含糊其词地说是一种"Local opera"(地方歌剧),他晃晃脑袋说,好啊,我喜欢。

一切都比预想要好得多。原本以为不过是用些牵强简单的故事,把陕北民歌中那些精华的调子汇集起来,或者只是要大场面,再加上宣教式主题,不就是唱嘛,不就是嗓门高嘛。但其实真的完全错了,剧情本身是非常民间的:米脂的美女青青爱上了有手艺心地又好的石匠石娃,可是她童年时又和伙伴虎子交好,并曾与他许过终身,后来虎子为生活所迫,上山当了大王,可他仍旧一片痴情,深爱着自幼的伙伴,发誓一定要娶她为妻。还有一个是憨厚的牛娃,他更是与女孩青梅竹马,一起长大。一个女孩面对三个青年,实难选择。这样一个关系引出了丰富的戏剧因素:牛娃迫于情分,也所谓"性格即命运",忍痛答应做"亲哥哥",退出了竞争;虎子势力浩大,可是上山当土匪名声却不佳,这样青青中意的人自然就是石娃了;石娃不但品形端正,而且不畏强势,在土匪虎子面前寸步不让。

按说如果依照通常的处理方式,一定是要把这个冲突尖锐化,使之变成一个悲剧,或者先悲后喜的大团圆剧。一个强势而霸道,一个善良而无助,最终演出一幕抗婚和突转的道德戏、煽情戏。然而剧中并没有落俗套地进行上述的道德化处置,更没有脸谱化地把虎子描写成一个恶魔式的人物,相反,他简直是一个"义匪",在对待爱情上不但忠诚,而且到了"痴情"的地步。他本来完全可以

---

* 本文原载于《米脂婆姨绥德汉》(陕西人民出版社2015年版)。

靠武力强行把青青拉上山,变成"压寨夫人",或像属下建议的那样,暗中把对手石娃搞掉。但他自始至终遵守着契约,用百般努力迎合着青青的芳心,甚至他只有在不得已的时候,才把从前保护过青青生命的秘密讲出来。出于道德上的禁忌和对感情分量的权衡,青青只能做出痛苦而坚决的选择。

　　戏的高潮是在七月七黄昏前的一幕。按照约定,如果太阳落山前,走西口的石娃不能回来,那么青青便是虎子的人了。女孩站在山岗翘首以盼,虎子和喽啰们虎视眈眈,媒婆和青青的姐妹们暗中较劲……时间分分秒秒过去,太阳就要落山,可是石娃仍不见身影,这时虎子已做好了成亲的准备,女孩则打定主意以死抗争,就在悲剧即将发生的时候,石娃终于赶回来了,霎时痛苦的一方变成了痴情的山大王,在僵持对峙中,在他心中的情感天平上,爱最终战胜了欲,义终于战胜了私,他放弃了抢夺计划,当众主持了青青和石娃的成婚仪式,而他自己则反思所走过的道路,宣布解散山寨,让众兄弟下山自食其力,过常人的生活。至此,矛盾终结,有情人终成眷属。

　　这个处理确有不得已之处:如果是要构造一幕悲情剧的话,一定是在石娃迟到之时,虎子强抢青青,坚贞的女孩愤而跳下山崖,成婚的喜宴霎时变成生死两界的惨剧;此时回来的石娃呼天抢地,与悲伤虚怯的虎子一番拼杀角斗,双双同归于尽,剩下扶尸恸哭的牛娃,呆坐在心爱的妹妹和童年的伙伴面前……但那样就不是"秧歌剧"而是一幕真正的"歌剧"了,在这个关键的时刻,剧情的转折虽然陡峭了一点,但是也符合逻辑:这是民间的契约和古老的道义,是这些力量最终决定了人性和善的胜利,爱情和亲情的胜利。结局仍然是感人并且令人满足的,石娃获得了本属于他的爱情,虎子则完成了自身道德的拯救,憨厚的牛娃则从妹妹的幸福那里获得了亲情的慰藉,人间有爱,人间有道,古老的土地和永恒的民间生活在歌与爱、道义与温情中代代延续。全剧中最见光彩的人物是虎子,他在情与理、义与欲之间的痛苦抉择,不但使他个人的形象变得丰满感人,而且升华了全剧的主题。

　　至于音乐的合成就更值得赞赏。主创者把传统的陕北民间的那些悠远绵长的经典旋律演绎到了极致,诗一般的歌词,还有与之和谐一体的现代与西洋音乐元素作为背景,更增加了整体的表现力与厚度。既突出了民间音乐的主题,同时又远比单纯的民歌更丰富和综合。整体的感觉是既传统又现代,既有原汁原味的正统的"土",又有华美瑰丽的现代的"洋"。在抒情和叙事的搭配方面也安排得相得益彰,精练的对话与舒放的歌唱之中把故事交待得清晰感人,场面凸显得紧张齐整,大气繁华。

谢幕之际,观众还流连在一片兴奋与紧张之中,久久不息的掌声,回应着同样神情兴奋的演员,彼此不舍,从这节奏整齐的掌声中可以确认,演出的确是征服了观众。我们也呆坐许久,侧身看看身边的老外,也一脸不舍的表情。晃晃脑袋,连声地说,好啊,真好。

是啊,真好。那时我呆坐在剧场的最高处,有一丝悬空的感觉,仿佛还滞留在那辽远和略带苍凉的歌声里。比大地更高的是黄土高原,比黄土高原更高的是那世代传唱的歌声,比那歌声更高的则是那美丽传奇的爱情……

(作者系著名文学评论家、北京师范大学文学院教授)

至刚者至柔
——论阿莹长篇小说《长安》兼及其他*

曾 攀

一

从革命史观的角度来看,家国情怀是作为最高层级的价值属性存在的,尤其在战争语境下,保家卫国必不可少的是军人毫不妥协的钢铁意志,意味着至高无上的激情与荣耀。作为大国重器的军事工业,则与军人、军队一并构筑着社稷民族的防御屏障,推动现代国家的巨轮轰隆向前,彼此事实上隶属一个战场,同样以敢教日月换新天的豪情壮志,制枪造炮、补给装备、发展科技,展现着军工人的战斗精神与和平理想。如阿莹所言:"军事工业从来都是尖端科技的首选之技,是大国重器的诞生之地,我国几代军工人以高度的历史责任感和爱国主义情怀,默默无闻地劳作着拼搏着,形成了艰苦奋斗、攻坚克难、精益求精、勇于奉献的军工精神,为共和国的历史增添了浓墨重彩的一章,是共和国名副其实的脊梁!"①对于军工题材的小说而言,彰显铁腕精神的刚强坚毅,似乎成为既定的阅读期待,也是一种小说的叙事定规。读到阿莹的长篇小说《长安》,便很容易先入为主,将之视为一种宏大叙事的主题创作。在这里需要特别提及的是,军工题材的写作固然关涉的是国之大者,其背后映射的战争威胁、边境危机等,无不指示着国家战略与国际局势,不可谓不为大,而其中的制枪造炮、精忠报国,背后也对应着生与死的对决,是浩瀚的现实人心与国族观念,甚至是毁家纾难的铁血丹心。

然而不得不指出,至刚者至柔,军工人为国为民,豪情万丈;也会蒙受曲解,遭遇苦难。他们的内心坚韧不拔,以钢筋铁骨迎向一切困难;也极为柔软,受扰

---

* 本文发表于《小说评论》2022年第4期。
① 阿莹.长安[M].作家出版社,2021:469.

于家长里短、儿女情长。于是,在军工人的身上,寄寓着喜、怒、哀、惧、爱、恶、欲的丰富灵魂,艰难险阻中,也是勇往直前的舍生赴死;而情难自禁处,无不是难以排遣的忧伤痛楚。这不仅是一种人性的辩证学,更是历史与时代的多元参照。"军工人有着与普通人一样的欢喜和烦恼,需要着普通人一样的柴米油盐,他们跟共和国一样经历了种种磨难,即使个人蒙受了难以承受的屈辱,即使心爱的事业跌入了低谷,他们对党和人民的忠诚始终不变。"具体而言,对于阿莹的《长安》,军工题材只是小说的外衣,或是一种内在的固有质地,叙事的重心是日常生活的情感,是工人阶层的凡俗世界、情感经历及生产工作现场。当然,这里面又处处包孕着信念与信仰,是国家意志、民族精神的映照投射。那些坚强有力与柔韧如斯的内心,至刚而至柔。

因此可以说,《长安》是近年来难得一见的工业题材作品,而且是鲜有人能够涉及的军工题材,这得益于作者家庭出身与生活经验,"我从小生活在一个负有盛名的军工大院里,在这座军工厂里参加了工作,又参与过军工企业的管理……"①更重要的,是作者对军工人的精神内质和性情伦理的了然于心。如此独树一帜的题材,作者可以说是走到了人迹罕至处,换了别人来写必定会隔了一层,难以表达其中的苦痛与隐忍、悲愤与不甘、豪迈与痛快。宕开一处谈,工业题材对于当下中国的社会境况而言,似乎仅代表一种远逝的追忆。具体说来,长篇小说《长安》的出现,势必意味着对"那个文学年代"的怀念,也即"怀念那个文学曾经拥有的胆识和荣耀的年代,历史为文学提供了英雄用武之地的机遇,那是一个文学的大时代。或者说,那几乎是当代中国唯一一次由'工业题材'领衔主演的文学时代。"②军事工业更显其非同一般的独特性,尤其《长安》写的是一个"绝密"的工程,"军工企业可以说是一个国家必备的生产企业,大多受到政府较强的调控和干预,在中国,军工企业的国有性质更突出,并且还具有机密性。阿莹聪明地抓住了军工企业的机密性做文章,从而使小说的情节具有更大的吸引力。但这也许仅仅是一个技术性的问题,它并不是这部小说最有价值的地方。我以为这部小说最有价值的地方是对军工人精神品质的揭

---

① 阿莹.长安[M].北京:作家出版社,2021:468.
② 孟繁华.把英雄的枪炮深藏在血液里:评阿莹的长篇小说《长安》[N].生活周刊,2022-01-17.

示。"①可以说,小说既是写一个秘密的军事工厂,同时也书写了一个个被尘封的俗世灵魂,其中是大开大合的家国天下,更是隐微人间的情爱纠葛。

二

无独有偶,2021年,蔡骏的长篇新作《春夜》同样是以机械厂及其中的工人为题材,辅之以赛博朋克般的悬疑元素。但二者的叙述向度则完全不同,蔡骏以一种世纪末的颓唐,写出了某种绝望中的未来感;而《长安》则写出了厚重且曲折的历史,更从中投射浩然正气同时也是情义并存的军人本色。那么问题便在于,阿莹的《长安》通过如是之追溯历史的书写,试图召唤的是什么,又或者说,其如何在当代中国构建出自身的意义场域与价值空间?

小说从中华人民共和国第一个五年计划作为叙事的开端,一直讲到改革开放,人物从最豪情万丈的人生时刻,跌入动乱与冷酷,又于焉重拾信念,再奔前途。其中又何尝不是历史及其命运的刚柔相济,明亮与哀伤、苦难与欢愉、低谷与高峰,彼此牵引,又互相生成,引就一曲冰与火之歌。故事以新中国成立后不久,国家绝密的八号工程总指挥忽大年遇袭昏迷的谜团展开叙事,忽大年临危受命,接管八号工程,为新中国制造枪炮,目的是不被西方掣肘。"长安机械厂"的设立,目标是一年可以生产大口径炮弹八十万发,大大提高解放军的战斗力。于是乎,个中人物逐一登场:正气凛然、使命在肩的忽大年,虎视眈眈、亦黑亦白的保卫组长黄老虎,隐于幕后、运筹帷幄的成司令与钱副市长等,包括众多的军工人形象,都是粗中有细的类型,他们身上的刚强坚硬,代表着军事工厂的主流形象;忽大年的第一任妻子黑妞儿,包括忽大年的妻儿、小和尚满仓等人,则是中间形象的代表;至于忽小月、连福,以及兴风作浪、为非作歹的门改户,成为真正的悲剧人物。他们亦刚亦柔、或正或邪,共同形塑了军事工厂中完整的人物谱系。

直至讲到忽大年跟黑妞儿的情感历程,才露出其遇袭的真相,原是因有名无实的"大老婆"黑妞儿所起。而袭击苏联专家伊万诺夫的却是"鬼魅般的"敌伪留用人员连福。连福还使出鬼点子,招收黑妞儿进八号工程当工人,逐渐编织了一个完整饱满的人物关系网,也将故事引向了更为复杂的向度。另一边,

---

① 贺绍俊.阿莹长篇小说《长安》:充溢在军工厂的国家意识[N].文艺报,2021-10-11.

忽大年进京参加军委装备会议,接到军委的军令状,"务必三个月结束工程建设,年底生产出合格炮弹,支援解放军即将开展的军事行动。"①我国由此催生了一座现代化的大口径炮弹厂。小说将不同的线索交叉叠加,不断牵引矛盾体以形成戏剧性的冲突。另一个故事的触发点或说情节转折点是市委派工作组进驻长安机械厂,组长是钱副市长与成司令,以及忽左忽右的黄老虎、门改户等人,改变了原本设定的情节结构。而真正的矛盾爆发,则出现在后来的反右和"文革"。可以说,小说正是通过林林总总却有棱有角的人物,以上下级的生产工作关系、恋人的情感关系以及亲人间的家庭关系,不断触动新的人际关系及其命运机制,形成叙事的鲶鱼效应,从而推动着故事向前。

在这个过程中,小说固然是谱写了一曲赞歌与颂歌,但更是长歌和悲歌。值得一提的是,《长安》正是在这样的叙事辩证法中,提出了关于小说宏大叙事的新的问题,也就是人物极度丰富之后,主体驱动着主题,人物先导而非主题先行,这样的写法是否会以"小"掩盖或妨害了"大",削弱主题创作的宏大叙事?事实不然。真正的英雄主义,不仅仅是小说中如忽大年般冒着生命危险排炸弹、不顾一切抢生产,那当然表征的是抽象的理想主义式的存在,但更重要的是冲锋陷阵与亲情、爱情、友情的相互交融,甚至小说中两者都时常同样表现得惊心动魄,那便是宏大叙事与俗世日常的彼此渗透,否则小说容易在真实度与宏阔度中失去平衡,无所凭依。再确切一点说,就是当代人在生活化、阶层化之外,如何形成主体的意志、精神的认同、价值的想象,构成浪漫情怀以至理想主义?此外,意识形态、家国意志支撑着小说人物的内在伦理,外在则是日常与世俗的情感世界,刚与柔互作表里,由此构成一种互为证明与交相呼应的精神秩序。这是长篇小说《长安》引以为问题并试图加以处置的关键所在。

回过头来看,小说曲曲折折的军工厂故事一路讲下来,本来是男性的、家国的、血性的以及英雄的话语质地,然而出人意料的是,这其中的女性形象尤为突出,且颇为饱满。忽小月是总指挥忽大年的妹妹,却始终仅仅是一个沟通中俄之间的"小翻译",最后在风雨飘摇中凋零。她不顾世俗流言蜚语,和戴罪小人物连福相恋;尔后,感受到来自家人的压力,被安排到苏联,在那里,她与苏联人民联欢庆祝生日,却被认为离经叛道,被提前遣送回国。她开始从男女情爱与

---

① 阿莹.长安[M].北京:作家出版社,2021:64.

个人奋斗的价值序列中逸出，在外部的残酷世界中形成对人世和生命的理解。不得不说，作者在忽小月这一女性身上，寄寓了太多的可供探讨的空间，甚至在深广度上，都比男性主人公如忽大年等人更为引人瞩目。如此看来，忽小月这个人物，可爱可敬，坦荡清澈，也正因为此，她不见容于彼一时代。她从"小翻译"，到被"发配"到熔铜车间，再到技术科协助，在苏联专家撤走之后，面对一堆资料，需要整理、翻译，然后转化为新的生产力，这谈何容易，这时候的忽小月，却换了一番模样和精气神。然而，她的勤恳和专注，并没有换来组织和工友的信任，反而遭致猜忌、迫害，而且是上纲上线的人身指控，被控诉为通苏间谍，也因此，忽小月与她的哥哥忽大年一样，历经人生的几起几落，直至最终不堪忍受。一路下来，忽小月都是一身清朗，但被折磨得遍体鳞伤。在她生命的最后，遇上了交通大学的红向东主编，对他充满了幻想并想展开热烈的追求，由此见出她的敢爱敢恨，落落大方。然而事与愿违，忽小月无奈被门改户的大字报所害，唯有以死挽回自己的尊严。至此可以说，如果忽小月被灼伤导致了她身体上的缺陷，那么被贴大字报辱没人格则是灵魂的受戕。不得不说，忽小月悲剧来自她情感的多重结构，或曰情感结构的多样性在当时不被理解，而认知的单一化意味着某种简单粗暴，丰富的灵魂总是面临痛苦的经历甚至是被摧毁的危机。悲剧如此，哀伤如斯，"悲剧的主人已经悲戚地离开了她所挚爱的工厂"。面对诬告与伤害，忽小月是那么坚定地要为自己的清白、尊严证言，彼刻，至柔者是如此的刚硬强毅。而最后爬烟囱纵身一跃之前，小月将自己所有喜欢的衣服，那些花色鲜艳的罩衣、蓝裙子，统统留给了黑妞儿。

小月之死预示着长安厂悲剧的真正开端，随后，工厂经历了"文革"，忽大年、黄老虎等人受到批判，靳子等因病因故去世，工厂陷入一片混乱。黑妞儿与门改户站在了造反派的两端，与后者的残忍和睚眦必报相比，黑妞儿始终保护着忽大年一方免受戕害。可以说，除了忽小月，黑妞儿的存在同样成为小说的一大亮点。黑妞儿性格大大咧咧，又时常通晓情理，对忽大年，她的内心是坦荡阔达的，她与他成过亲，却因后者的性无能而守活寡，她并没有一直怀抱怨恨，而是追随忽大年进入了八号工程，与其妻靳子卷入复杂的情感纠葛。值得一提的是，她始终不陷溺于斯，而是不断从中逾越出来，与忽大年和他的家庭相处相知。不仅如此，黑妞儿还拯救了连福，又从坑里将受难的忽小月救出来，与后者两两在澡堂洗澡遭遇煤气泄漏差点中毒身亡，化险为夷后增进了彼此的情谊，以另一种方式融进了忽大年的情感与生活。靳子、忽小月离世之后,黑妞儿悉心照料病榻上因脑梗而成植物人的忽大年,直至他苏醒并最终恢复。黑妞儿虽文化水平不高,却仗义且深情,她最后时刻疾恶如仇,抵挡门改户的陷害,有勇有谋与之斗争。从一个乡土世界默默无闻的悲惨姑娘,成长成军工厂中一位刚柔并济的重要女性。

除此之外,在战争中牺牲的毛豆豆、忽大年妻子靳子等女性形象,都活跃在小说中,成为主体群像中可圈可点的"这一个",不断丰富着军工人的形象图谱。她们个个有其性情脾气,又多走向了各自的命运。值得注意的是,小说中隐约有一条线索,关于卢可明等三名下井工人之死,以及后来关于忽小月、靳子等人的离世,似乎都指示着某种至关重要的精神伦理贯穿其中,也就是对生命的尊重与礼赞。那些事关重大的生与死,与国家民族的宏大叙事是相交织的,彼此融汇却不被强烈的光芒掩盖,个体生命的刚强与脆弱,壮阔而珍贵,始终在小说中闪烁。

三

小说最为核心的人物,无疑要属长安机械厂的总指挥忽大年。小说开始后不久,在下涵洞抢险的历程里,忽大年便遭遇了人生第一次的波折,不幸牺牲的小电工卢可明是成司令之子,忽大年也因为此事故被处分,被暂停厂长书记职权,下放劳动,以观后效。随后,忽大年遇到了反右和"文革",被批斗后关进"牛棚",生命的起落始终呼应着历史的沉浮。值得注意的是,忽大年的命途如淬炼的钢铁,每一次浸泡与出炉,都是新的冶制和提级。后来,忽大年得以恢复原职,再次主持长安厂的工作。小说也完成了一波三折的讲述,更能坐实其中除了人物钢铁般的意志之外,重要的是专注人物的性情、选择和命运,他们并非万能,也始终背负软肋,却并不妨碍反而增益那些个体的光辉形象。

应该说,除了日常生活与情感历程,军工厂的生产工作成为人物的另一重心理模式。"'长安人'的主体性具有工人阶级和民族国家的双重内涵。但不止于此,'长安人'又是一个以建设和发展、发明与创造为己任,尽职尽责的现代职业伦理共同体。同时,这也是一个以情感和家庭为核心的传统伦理共同体。"①忽大年与忽小月兄妹二人，时常处于被误解的现实状况之中，包括军工厂的诸多人物本身，都曾经历人性的挫折乃至生命的风暴，但无论是处于生活的、情感的抑或是职业的话语序列，在他们身上都能呈现出军工人认真谨慎、一丝不苟的作风，而且在平淡轻松处，还能显现其可爱与活泼的性情。

小说最后，绝密任务大踏步向前，"长安人从生产第一发炮弹到完成火箭弹科研"，直到火箭弹装箱发往沈阳军区，经历了无数的日日夜夜，付出了心血和生命。故事到了最后仍旧一波三折，忽大年等人押送生产出来的武器到达哈尔滨后，火箭弹在演示时却发生了燃爆事故。直到实弹演训发射，由忽大年之子忽子鹿与焦克己执行，最终大获成功。小说的故事完成度是非常高的，除了忽大年等人的生命轨迹，又如作恶多端的门改户，最后因盗卖文物被告发收监，出狱后再次遭受心理的重创而自我了结了生命，真可谓"人在做，天在看"，命运的循环，似是天道之轮回；而另一方面，忽大年与黑妞儿再归于好，并义无反顾地奔向了秦岭深处，去实践他的火箭弹定型试验，朝向属于军人的使命和荣誉。热火朝天的军工厂，纷纷扰扰的人世间，在忽大年的眼泪与快慰中落下帷幕。白烨针对忽大年这一核心形象指出："共和国的军工人如何志坚行苦，如何无私奉献，如何风骨峭峻，如何大义凛然，都凝聚在这样一个雕像般的形象里，可歌可泣，叫人感激感念。"②八号工程是一个绝密任务，作者将历史褶皱处的人情世态与个体命运交代出来，这是一个国家和民族何以"长安"的秘密/秘诀所在，奉献与牺牲，不甘与痛心，无畏与忧惧，在炼制枪炮的井口与烟囱喷发出来。

总而言之，《长安》里的军事工业生活，既有轰轰烈烈的大江大河，也有犹疑忐忑的小情小爱。"一条切合艺术规律的表达就是，工业题材的小说创作要想获得相应的思想艺术成功，首先必须做到宏大叙事和日常叙事（更进一步说，还必须使得日常叙事成为文本的主体部分）的有机结合。"③不得不说，小说有一种以大见大的气魄，在一个宏大的家国视阈中，叠加人物的宏阔气度和精神情怀。众声喧哗中容纳着多元话语的激荡，更重要的，历史与人物在情感回响、精神汇通之中，如百川入海，完成了小说叙事自身的盛大与气魄，这才是所谓之

---

① 王金圣.当代历史的现实主义美学重构:《长安》与中国当代文学的现实主义问题[J].当代文学研究,2021(6).
② 白烨.阿莹的长篇小说《长安》:慷慨激昂的军工之歌[N].中国艺术报,2022-01-17.
③ 王春林.评阿莹长篇小说《长安》[J].长城,2022(1).

宏大的真正意涵。文学叙事中的家国情怀,更是意味着一种开放的胸襟,不同层级的话语系统在小说里构筑文本世界的筋脉网络,相互之间实现深层的缠绕、交织,刚者柔所成,柔者刚所就。

  小说以极为厚重的篇幅,讲述了从新中国成立到改革开放伊始的历史,事实上对于这段历史的讲述已经足够多了,要讲好很不容易。《长安》可以说开辟了一个新的场域,英雄气概、儿女情长,小说最后是一个开放式的结尾,正如作者所言,"我没有为主人公设置一个光明的尾巴,似乎为主人公设计了一个悲怆的结局,其实是将人物放置到大潮将至的氛围中,让人物更真实更纠结,也让读者对改革开放更期待。"①而中国如今已于改革开放泽被之中四十余年,再回过头去看那些筚路蓝缕的灵魂,曾经如此焦灼,依旧那么坦荡,而且寓柔于刚,且刚且柔,面对那段沧桑的历史,同时也是回应自我的心灵。给那些豪言壮语一个交代,更是为那个"时间开始了"的历史境况,追逐一种精神的和灵魂的深层匹配。于是在那里见证至刚者的热泪盈眶,亦书写出至柔者的坚忍不屈。为一国也为一心之"长安",且因此间之不屈不挠而且歌且泣。

四

  小说里,忽小月是个会俄文的小翻译,她棱角分明的性格,及其所交杂着的不同文化元素,呈现出一个复杂而开放的精神世界。然而,她对外来文化的认同以及在极端年代的本土现状中不得已招致的误解甚而是毁灭,代表着在一个单一的价值禁锢和认知狭隘中,无数个体所承受的严重壅塞。忽小月身上代表的是一种女性的与审美的话语,其与外在的诸多话语存在着种种"博弈"。"博弈的形式广泛多变,不存在事先设定的意义发布中心,不存在各种话语图谱的比例配置。很大程度上,博弈恰恰显示出历史对于各种话语图谱的调度。"②由于特定的历史使然,人们仿如从一种语境不恰当地被转译至另一种语境一般,始终背负着种种历史的与现实的,以及生活的与情感的误读。不仅如此,军事工厂制造枪炮是无中生有的过程,更准确地说是一个生产转换的过程。这与"翻译"本身的形而上的意义是若合符节的,那些曾经在工人阶级那里深以为然的国家话语和意识形态,如何译介成历史的与当代人的具备深刻内在认同之

---

 ① 阿莹.长安[M].北京:作家出版社,2021:470.
 ② 南帆.美学:感性的洞见与盲区[J].南方文坛,2022(1).

话语,并反馈且回响于当下的中国语境,这是《长安》中立意探究的命题。

孟凡华提到,如今的工业题材已经"风光不再","各个领域文学的不断式微,从一个方面反映了时代生活的变化,或者说,工业题材的文学命运与工人的命运,恰是一个事物的两面。但是,'劳者歌词事,乐舞者或者舞其功',无论是传统的力量,还是现实的要求,从中心到边缘,这一题材仍在艰难地延续。"①阿莹的这部长篇小说《长安》似乎提示了某种时代精神的延续和传承,以当代文学的"前三十年"映射"后三十年"及其后。因而关键不在于小说反映了历史的何种向度,而在于为何此时追溯如此的过往时刻。从小说写法上来看,其启发了当下主题创作如何开创新意,也即以更为浑厚、圆融的历史的叙事的辩证方式,创生丰腴与盛大的包容性;以更为粗壮的根茎,生出新枝节,结成更为丰硕的果实。而阿莹的《长安》,正以其刚中带柔的强韧、热血,为当代中国虚弱的部位注入能量。不仅如此,在这个过程中,柔刚相济同样是一种互译,"天下之至柔,驰骋天下之至坚。"②忽大年们的大江大河,与围绕他们的温情敬爱,都意味着一种"至刚者至柔"的心理辩证,而忽小月们的柔和温情,不断在钢铁冶炼中注入火焰,"至柔者至刚",形成了英雄主义的精神互释,更是回溯历史不可或缺的价值比照。

(作者系《南方文坛》杂志副主编、文学评论家)

---

① 孟繁华.把英雄的枪炮藏在血液里:评阿莹的长篇小说《长安》[N].生活周刊,2022-01-17.
② 《道德经》第43章.

图书在版编目(CIP)数据

阿莹研究论集 / 段建军主编. — 西安：西北大学出版社，2024.11. -- ISBN 978-7-5604-5557-0

Ⅰ.I206.7-53

中国国家版本馆 CIP 数据核字第 2024F4S665 号

阿莹研究论集
AYING YANJIU LUNJI

主　　编	段建军
出版发行	西北大学出版社
地　　址	西安市太白北路 229 号
邮　　编	710069
电　　话	029-88302825
经　　销	全国新华书店
印　　装	陕西博文印务有限责任公司
开　　本	787 毫米×1092 毫米　1/16
印　　张	18.5
字　　数	290 千字
版　　次	2024 年 11 月第 1 版　2024 年 11 月第 1 次印刷
书　　号	ISBN 978-7-5604-5557-0
定　　价	68.00 元

如有印装质量问题，请与本社联系调换，电话 029-88302966。